U0908778

2022
中国
年选系列

2022年中国

中篇小说精选

中国作协创研部　选编

长江出版传媒｜长江文艺出版社

图书在版编目（CIP）数据

2022 年中国中篇小说精选 / 中国作协创研部选编
-- 武汉 : 长江文艺出版社, 2023.2
(2022 中国年选系列)
ISBN 978-7-5702-2941-3

Ⅰ. ①2… Ⅱ. ①中… Ⅲ. ①中篇小说－小说集－中国－当代 Ⅳ. ①I247.5

中国版本图书馆 CIP 数据核字(2022)第 208497 号

2022 年中国中篇小说精选
2022 NIAN ZHONGGUO ZHONGPIAN XIAOSHUO JINGXUAN

责任编辑：梁碧莹　王洪智　　　　责任校对：毛季慧
封面设计：徐慧芳　　　　责任印制：邱　莉　胡丽平

出版：长江出版传媒 | 长江文艺出版社
地址：武汉市雄楚大街 268 号　　　邮编：430070
发行：长江文艺出版社
http://www.cjlap.com
印刷：武汉中科兴业印务有限公司

开本：680 毫米×980 毫米　1/16　　印张：19.5　　插页：2 页
版次：2023 年 2 月第 1 版　　　2023 年 2 月第 1 次印刷
字数：310 千字

定价：42.00 元

编选说明

每个年度，文坛上都有数以千万计的各类体裁的新作涌现，云蒸霞蔚，气象万千。它们之中不乏熠熠生辉的精品，然而，时间的波涛不息，倘若不能及时筛选，并通过书籍的形式将其固定下来，这些作品是很容易被新的创作所覆盖和湮没的。观诸现今的出版界，除了长篇小说热之外，专题性的、流派性的选本倒也不少，但这种年度性的关于某一文体的庄重的选本，则甚为罕见。也许这与它的市场效益不太丰厚有关。长江文艺出版社出于繁荣和发展文学事业的目的，不计经济上一时之得失，与我部合作，由我部负责编选，由他们负责出版，向社会、向广大读者隆重推出这一套选本，此举实属难能可贵。

这套丛书的选本包括：中篇小说选、短篇小说选、报告文学选、散文选、诗歌选和随笔选六种。每年一套，准备长期坚持下去。

我们的编辑方针是，力求选出该年度最有代表性的作品，力求选出精品和力作，力求能够反映该年度某个文体领域最主要的创作流派、题材热点、艺术形式上的微妙变化。同时，我们坚持风格、手法、形式、语言的充分多样化，注重作品的创新价值，注重满足广大读者的阅读期待，多选雅俗共赏的佳作。

我们认为，优良的文学选本对创作的示范、引导、推动作用是非常重要的，对读者的潜移默化作用也是十分突出的。除了示范、引导价值，它还具有文学史价值、资料文献价值、培育新人的价值，等等。我们不会忘记许多著名选本对文学发展所起到的巨大作用，我们也希望这套选本能够发挥它应有的作用。

这套书由中国作家协会创作研究部编选，具体的分工是：

中篇小说卷由何向阳、聂梦同志负责；

短篇小说卷由岳雯、贺嘉钰同志负责；

报告文学卷由李朝全同志负责；

散文卷由王清辉同志负责；

诗歌卷由李壮同志负责；

随笔卷由纳杨、刘诗宇同志负责。

中国作协创研部

目　录

霞满天

王　蒙

1

在王蒙上小学的时候，看到一拨男女大学生从大街上走过，不知道为什么，我替他们觉得焦躁：他们年纪这样大了，还在一堂一堂地上课、做作业、考试，我从他们身上，看到的是急迫与不安，是期待与得不到，是成长带来了或有的腻歪与疲劳，闹不准还有点空白，就这样上学呀学上呀六七千昼夜，老天。

我是急性子，一辈子催促自己和亲人，被说成是“催人泪下”。我觉得人生的最大痛苦和冤枉，是徒然等待，推迟进行，一些操作与发生耽误了点、分、秒。

在我满三十岁的时候，吓了一跳，怎么噌不楞噔就三十了呢？哪儿来了个三十而立？果然三十？我什么都没准备好，无缘无故、无着无落、无声无色地三十岁矣！三十功名桌与椅，八十里路门与户！我还有一肚子青春的烦恼与火热，诗情与故事，大志与大言，大心与大胆，还有点滴的露珠儿似的才华，像一位可敬的老师说的，我并没有做没有写也没有弄出什么瓜果李桃儿来呢。

四十岁，一九七四，“五七”干校刚毕业，我已经老大。少小才刚老大悲，喁喁未罢踽踽归，人生奋力拼八面，不可空空走一回！

安徒生的一个故事，一个坟墓碑文上写着类似如下的文字：

逝者是一个作家，但是作品尚未动笔。

逝者是一个画家，尚未来得及准备画布。

逝者是一个政治家，亟待首次竞选演说。

逝者是一个运动员，梦里获得了世界冠军。

大意如此，不是原文。

二十世纪七十年代，我觉悟了，不能只知道等待。我开始正式动笔，《这边风景》的花与叶绣将起来。此前，“五七”干校休假期间，已经试写了一些段落。其中有一段写伊犁农民春天大扫除，还有俄罗斯族妇女擅长以石灰水兑蓝墨水把墙刷成天空的淡蓝色。我提到：这是当地的习俗，也是爱国卫生运动的实践。一位老夫子式挚友，听了“爱国卫生”四字，笑得岔气。没有办法，我有我的底色，我的童子功，我的不同路子。

曰：革命。

2

四十二三岁以后，日子正常化、顺当化了。我对五十岁六十岁七十岁八十岁……的反应日益淡定，活进深处意气平，当然必须稳住阵脚。淡定也是晚近时兴起来的词，此前，我更习惯的是燃烧、激越、献身、豁出去，让暴风雨来得更猛烈一些吧。

嘲笑“爱国卫生运动”一词语的挚友体格极佳，在新疆，冬季零下三四十摄氏度，他户外步行半个多小时来我家做客，帽子都不戴，他的鼻子与耳朵都呈现出胡萝卜色，不以为意。现在却说成不以为然，“为意”与“为然”都分不清，咱们这个中国的认字儿情况到底是咋啦？我的挚友喜欢喝酒，喝多了走出房门，找一个墙角把迷魂汤子与已经咽下的食物倒逼出来，呕吐干净。回来坐到小饭桌前再吃再喝，谈笑风生，面不改色，同时用普通话、陕甘方言、维吾尔语、俄语掺杂上英语、德语说着笑话。同桌的朋友，都称颂他是“铁胃人”。

他吸烟，又买不起好烟，他吸的香烟又臭又辣，并于吸吐过程中时有小规模爆炸叭叭叭儿叭儿出现。

他喜欢读书，喜欢研究比较语言学，向我传授遇到特殊情势，可以用背诵书页或外语单词生字的方法，稳定情绪，心理治疗，利用一不小心就会白白浪费的时间，有所长进，自然入定，百毒不侵。他认为苦学也是气功，在被一批中学生死缠烂打不可开交的时候，他背诵普希金的长诗《叶甫根尼·奥涅金》而意守丹田，进入情况，完事以后，他一个人弯腰练功立在台上，泥塑木雕，拽也拽不下来。

老夫子定力如山。

我让他给我背诵“叶”诗，他只说了一段，说是诗人诗句里说：“走遍俄罗斯，找不到一个女人长着美丽的脚板。”

提到俄罗斯女人的脚，带来的是阔大感与生命力度，自然令一批中国亲苏中老年知识分子开怀畅阔不已。

我们当中有的人，有的为普希金的诗作中出现了这样的低俗，面露憾色与痛惜，老夫子突然独树一帜：

“你们怎么这样不懂、不通、不解呀！酸溜溜的小男人才会发生为普天才改诗的冲动！普希金有多么体贴，多么亲切，多么含情，美丽中饱含生猛！再温暾他也是俄罗斯！”

讲到俄罗斯，他用俄语原发音，像是说“嘞儿阿斯衣！”（Россия），元音 o 发类似 a 的音，味道果然不一样。

是吗？你又觉得老夫子他体贴了普诗人，超越了诗，超越了最最可笑的小布尔乔亚与风雅，超越了文学与儒学的呆气，超越了传统，更超越了爱情、失恋、追求、懊悔、挑剔、肝肠寸断、要死要活。他的本真天性小小子劲儿可以与普希金、莱蒙托夫、杜牧、李后主、贾宝玉——也不妨加上唐·璜——比肩。

他还讲过由于一段时间夫人回内地探亲，他把家里弄得乌七八糟，夫人回家后大怒失态，对他又骂又打，又哭又喊，又抡又跳，小施家暴。观察着夫人的声像，他想起了“酣歌醉舞”“珠歌翠舞”“燕歌赵舞”……一串串四字成语，他觉得非常幸福，比世界许多地方许多历史时期许多人要幸福得多多。

“语言啊语言，学那么多种语言，为什么不会为自己的生活细节做出最佳命名呢？”老夫子说。

为此，他含蓄地写了新诗，登在那一年本自治区文学期刊“批林批孔”专号上，大意是虽然林彪和孔老二想破坏人民的幸福，但我们仍然是载歌载舞，莺歌燕舞，快乐欢欣，声色琳琅。

他说自己的老婆发起脾气来，堪称声色琳琅的啊。

我离开边远地区后不太久，传来他患咽喉癌的消息，之后急剧恶化离世。我始终感觉到他在离去的那一刻，可能脸上露出了一个轻松却不无诡异的笑容。

他是个大好人。后来，他在世时对他歌舞交加的夫人告诉我说，老夫子已经预感到了改革开放快速发展的好时候，他临别时说：“你们会有非常好的生活。”

愿他安息。

3

另一个北京油子老乡，也差不多同一个时期，咽癌去世。他一直闹腾移民国外，靠已经移民到澳洲的俄罗斯族艺术家友人帮忙，终于实现了移民梦。出发前患病住院，迅速走了，他的故事我写在小说《没情况儿》里。我的感觉是他离去时说了一句京腔话：“齐了，您。”

后来访问澳大利亚墨尔本时请他妻子、舞蹈家——曾经是谢芳的同伴、一位心直口快的女性——吃饭，她说到自己的移民洋梦，她希望拥有一艘自己的游艇。

流光匆促或堪哀，四海五湖运未裁，游艇白帆卿且觅，碧空银浪鹭鸥来。

后来见到的是与他们同事的另一家老北京，他们移民海外后回京探亲，我请他们吃饭，他们为北京面貌改变之迅速而极不习惯，甚至啧有烦言，意思是说他们此次回来，找不到自己的老家了，北京变得让他们不认路了……我不知道说什么好：一日千里好，还是妥留故迹好？发展变化、旧貌换新颜，还是平和保守、一切大体照旧好？

而他们的在本土上过体育学院打手球的闺女，则埋怨老朋友见到他们只知道请吃饭，说得我尴尬惭愧。据说小朋友曾经心仪一个残疾人，被父母劝退了。

心灵、心理、心愿、心病、心犹不甘。出国生活、定居、归化，滋味究竟如何？

是的，陈寅恪大师说过，去国移居，恰如寡妇再醮，不可总是怀念前夫，更不可再叽叽咕咕抱怨前夫。

还有两位对我极尽关心帮助照拂的老领导，老河北人，打死他们他们也不会反认他乡作故乡的啦。他们在我最艰难的时候对我伸出援手。二位都是离世于口腔癌。他们都是河北人，都爱吃刚出锅的热饺子，都在包饺子时评论面和得要软硬合度，筋道弹性，得心应手。他们俩都爱说“打倒的媳妇，揉倒的面”。其实他们是最最良善的爱妻主义者，是媳妇面前的五好丈夫。我想念他们，感恩他们，绝对不能辜负他们。

4

三十多年前，我一度因颈椎病而狼狈不堪，那时我发狂地写作，又被通知参加许多会议，接待各种来访友人，国籍不一。一旦病起来，旋转性晕眩，天旋地转，深感恐怖。在一个海边的中等城市文艺之家，我看病疗养了一个多月，认识了一位海滨城市比我大五岁的朋友。

他姓姜，是该市政治协商会议领导人。面相很好，尤其是目光明亮。他每天注意看报，皱眉思索，还与我不断切磋讨论苏联在斯大林去世后的变化与埃及、伊拉克的政局，直至赤道与北极南极。他有点驼背，有点秃顶，还有点东张西望。他很健谈，既谈市、省、北京的领导干部的升降前瞻回顾，也谈吃喝玩乐与半荤半素的笑话与谜语。麻烦的是他的口音比较重，说话大舌头，发不出“儿”音来，该发“儿”的时候，他发的是“哦”，这样他的说话至少有三分之一我听不清原文，但自以为能猜出他的话语里的百分之八十的原意。

我们有时和另外两位年轻人一起打麻将牌，年轻的“手哦”胡乱出牌，但是常常和（读胡），市政协主席就点评说：“傻小子睡凉炕，全凭火力壮。”

那里是革命老区，他父亲是抗日烈士，他小时候当过儿童团长，抓过地主“还乡团”的探子，在北京的革命大学，他学习过一年，在省委所在城市的党校，学习过两期。他的老区少年积极分子与根正苗红的来路，使我觉得十分亲近。

分别后不到一年，听到了他因病去世的消息，我十分震惊，兹后又屡屡听到他的故事，更是令人唏叹。

说是他老家有一个不无精明却又不务正业的小伙子，乘上了发展市场经济的东风，开头是崩爆米花，后来卖煎饼馃子，再后来加上包子、老豆腐、烧鸡、炒肝，置备了流动餐车，成了小财主。小老板还经营社会政治，不但当了政协委员，还取得了有关部门给予组织保安公司的批件，成了家乡一个能人。

说是此位能人以当地眼光中的高薪，聘用了一位练硬气功的保镖，保镖在自己左臂上刺青，上书“恩公姜勇”四字。他与我的牌友同宗，都姓姜，论辈分儿他应该叫主席爷爷。

姜主席到了年龄，下岗了，人们议论说，小老板事业与财力的飞速发展，姜同志艳羡有加，出招帮助他多方发展，并且抵押了房产，贷款投资，与小老板亲密合作。

小老板傻（精）小子睡凉炕，火力越来越壮，被鼓动睡上了从未与闻的“期货”市场大炕。已经一步登高的傻（精）小子，“成功”得太顺利了，他还要一步登天，冲天，超越太空，他还要拉上已经退休的大官与他一起飞天高冲：结果是上当受骗，不但赔得精光光，而且负上了债。

傻（精）小子也是接纳了旁的坏小子的主意，早早花钱办下了太平洋一个岛国的护照，突然间消失踪迹。而我们的姜主席，就这样地跟随着傻（精）小子，从热炕上一直跌入无底深潭。

此事闹得沸沸扬扬，省纪检委与检察院来到此地进行立案调查，老姜突然死亡，正式说法是心肌梗死，也有人说，说不定是人设自尽的。详情不好过问。

是个惨痛的愚蠢与白痴的悲剧故事。我们会奇怪志士与贪官、艰苦高尚与蝇营狗苟、有板有眼与全无常识、可敬可亲与无耻无赖之间怎么会这样近在咫尺。

同时我又回忆起二十世纪改革开放初期，万事起头难，万事起头鲜，万事开头美，万事开头欢；春潮正澎湃，春风涨满帆，春意暖人心，春花喜人寰，春气大浩荡，春雨润万田；一番风光，透着可乐、可为、可笑、可奇，新鲜芽苗，破土出长，什么都有可能，什么都不一定，摸石头，湿布鞋，飞越彼岸，节奏翻一番。讲的是思想更解放一点，胆子更大一点，步子更快一点，是抓住机遇，是呼唤是号召是杀出一条血路，是奋力变动力，是无商不活，无工不富，无农不稳；是各种商品等待着出入产销，各种人才等待着发财致富。

看官，以上是本小说的“楔子”。您知道什么是“楔子”吗？中华传统小说与戏曲，常常要有个帽儿戏、帽儿段子。比如听戏，刚开幕，戏园子不像现在的剧场那么有秩序，找座位的、招呼亲友的、递手巾把儿的、卖孝感酥糖的还在闹腾。需要台上先蹦跶蹦跶，渐渐聚起观众的注意力。读小说也是一样，开个头，对世道人情、生老病死感慨一番，显示一下本小说的练达老到、博大精深，谁又能不“听评书掉泪，读小说伤悲”？

5

该说到正题上了。

随着市场经济的发展与计划生育规范的推进，养老事业养老产业渐渐发展、壮大、升级、攀高。长者之家的名称，有的人从《易经》《诗经》《楚辞》《汉赋》上找词儿，唐以后的都嫌俗浅。长者之家的工作人员，各个受过专业训练，持有民政部门颁发的从业执照。医疗、康复、饮食、娱乐、心理抚慰、绿化、环境都有专业团队机构与责任部门，会客、剧院、舞厅、书画、棋牌、球馆、卡拉 OK、酒吧、咖啡、书报……各种不同性质与规模的餐饮、琴室都有专门房舍、设备、服务人员。入住要有会员卡，购卡费五十万至百万元，月服务费还要收万元左右。VIP 型的更高。

我的一个老友人的孙女名叫步小芹，争取到了民政部门的指导支持，创业兴办了一个称为“谙贲”的敬老院，“谙”读“案”，熟悉之意，“贲”读“毕”，是说美丽，你认不得与读不准，她的命名就更算成功了。

两年后对这个长者之家名称，说是反映不佳，又赶上民政局局长问小步起这样的名字，又要立“案”，又要枪“毙”，究竟是想跟谁过不去？她顺势立即改名为通俗易懂的“霞满天”三字。

这个过程令我想起历史演义小说对于武将阵前对打的描写，常说是“卖一个破绽”然后如何如何，以退为进，以破绽求机会。绝了。

“霞满天”以后，果然前来联系入住的老人增加了百分之四十，收费在各种压力下减少了百分之十六。步小芹是明白人，明白人不较劲办糊涂事儿。这加强了有关部门对于步总“听招呼”的好印象。

我应邀到她们的六万平方米建筑面积地盘上看了一下，并听她讲了前所未有的奇葩故事：

二〇一二年，“霞满天”这里入住了一位八十六岁的女性教授，她曾经受到过举国公认、大名鼎鼎的某学界泰斗的夸奖，她号称懂十余种外语。她入住的时候有大学的三位年轻工作人员陪同前来，提包推箱，还有一位男士十分谨慎地专为她推着一小车贵重物品，包括工艺瓷器、镜框照片、一幅油画和美国原装戴尔电脑与DUO无线蓝牙音箱。资深美女教授的名字叫蔡霞。奇怪的是她自己拿着一个专用网兜，内装一个篮球。进入了房间以后，她首先做的不是打量门窗、采光、生活设备、洗手间，也不在意到窗口看到的风景与建筑。她做的第一件事是从手袋中拿出一个粘钩，把平滑的底片紧紧贴在同样平滑的床头墙面上，摩挲摩挲，使粘钩底片与平滑墙壁之间完全吻合，无胶胜胶，真空零距，然后稳稳当当地把篮球网兜挂到了上面。她眼眶含泪，面带笑容，自语说："你陪着我呗。"

莫非她曾经是知名的国家女子篮球队的体育明星？个头却不像啊。

以蔡老师的身材、风度、举止、穿着和笑容，更不用说她的知识学问经历名气，来到"霞满天"长者之家，可说是春雷滚滚，春风飒飒，春雨潇潇，春花灿灿，一举激活了高端昂贵、似嫌过于文静的疗养院，引起了"霞满天"的浪漫曲高调交响。一批男生休养员，特别是单身男生休养员，最小的六十岁，最大的一百零三岁，为之换了心情，换了发型，换了领带与裤缝，换了英国衣料、意大利裁缝、法国围巾，和不但是法国而且是戛纳附近的世界第二小国、面积一点九平方公里的摩纳哥公国出产的三件套男用化妆品和德国亚马孙电动剃须刀。

还有说是焕（不仅是换）了三观的。

然后出现了一些如果是如今，实应上传网络的文学戏剧小品抖音：有的男士由于望蔡兴奋眉目呆痴，受到夫人痛斥。有的男生由于从蔡教授出场以后再也听不清夫人的问话也延迟拉长了与夫人交谈的节奏，被夫人察觉，不止一家提出了在本院开展"反带"（节奏）的口号。同样女士中也有对于蔡老师的眼神的质疑，她们说女性品德，主要看眼睛目光，水汪汪、眉目含情、娇媚弄姿、过于灵活生动、迹近勾引卖弄的眼睛眼神眼白与瞳眸，是各国各地各民族淳风良俗所不可允许不宜接受的，对于白骨精、画皮、蜘蛛精、玉面狐狸的眼光，一定要警惕，不能去看，不可回应，不准对视，严禁眉来眼去。

同时本所管理团队，一致认定，这些话语只是老年寂寞性的自我调笑、自寻安慰、自作多情、自解心宽，类似歇后语："管丈母娘叫大嫂子——没话找话儿。”

蔡老师的高雅与美丽是磁石，也是刀刃，是温情，更是尊严，是暖洋洋，同时是冰雪的凛然不可造次；只消比较一下蔡老师的亭亭玉立，与一帮子酒肉穿肠、大腹便便、口气臭浊、举止鲁拙的俗物蠢男的风度观感，也就没有人再说什么了。

更不要说舞会上的情景啦。每个周末，这里都举行一次舞会，下场跳起来的不超过休养员的百分之十，但是多数人都会前来，坐在软椅上，喝杯小桌上的茶水或者软饮料，听一听半生不熟的探戈舞曲《彩云追月》《鸽子》，华尔兹《中国圆舞曲》《青年圆舞曲》《皇帝圆舞曲》与《蓝色的多瑙河》……

每次舞会之前已经有了不知多少关于蔡教授将要、会要、可能要、大约前来或者不来、迟到或者早退或者准时，起舞、或者只看、或者未定、或者随机下池的消息。蔡老师已经成为传播与猜测的话题，成为舞会的兴奋点，舞翁之意不在舞伴，不在嘭嚓嚓，不在灯光乐手清咖果盘，而在蔡霞一人。有佳人兮女神之光，下舞池兮温雅淑良，万般风韵兮似隐步态，鸽子探戈兮展翅飞扬。

而老男生们随之浮想联翩、自作多情、忽然豪放、时而沉郁、希望失望、期待成空，增益了对于生命与爱情的品尝想象、回味反刍，也许更美好的说法是想入非非，ICBC（爱存不存），若尽不尽，罗曼蒂克，余音袅袅。最喜应为耄耋时，春光阅尽心犹痴，轻盈一笑天光丽，桃李春风舞未迟。

一位级别与教育程度最佳的男生对太太说：“进了长者之家，难免烦闷，所有的人告诉你好好休息，休息休息休息，人生只剩下了休息，那就等待最好的休息吧。然而，我们不能不承认，凡是没有死亡的人都是活人，凡是活人都有人生的权利和义务、欲望和文明、向往和期待，还有那么一点点‘坏’劲儿。苏教授，噢，你看我连人家的姓都记错了，人家姓蔡。姓蔡？菜彩材采猜揌，一个提手，一个思想的思，它念‘塞’，也念‘猜’，你说好不好？为什么不让寂寞的单调的等死的老年变成随缘一笑、且歌且舞的幸福老年呢？”

好的，道行已经突破纪年、岁月、加减乘除，若再无想入非非、痴心依旧，其悲切更欲何如？否定之否定之否定即肯定之否定之肯定，更是肯定之肯定，其乐无穷，其乐连连！乐天乐地，乐山乐水，君子饮酒，神仙抱朴，遨游天外，嘭嚓击鼓，玄之又玄，善哉妙舞！

百年不过小歌舞，汇入了时代大歌舞，康姆尼（公社）式的大歌舞！

6

蔡霞老师进院两年即二〇一四年，八十八岁，她跌了一跤。

对于“霞满天”这样的高级长者之家来说，这是严重事故，这个事故几乎使业内部分股票崩盘。

所有的讲养生与医学常识的人都宣扬老人勿摔，摔人无老。伤筋动骨一百天，老人平躺三个月又十天后，内衰五脏六腑神经肛肠，外废四肢五官筋骨皮肤，并从头脑开始衰弱颓唐迷茫荒凉；只能从骨科病房直奔骨灰美罐。

不好理解的是跌了这一跤，蔡老师身体损伤有限，大腿轻度骨裂与肌肉瘀伤，卧床三周后可在护理协助下下床行动，生活自理，康复进展大大优于寻常，金刚不坏之身。瞧人家！

但她的风度形象与精神状态出现了一点变化，开始显出过去未有过的刹那迟钝呆滞，怔怔忡忡，与原来的神仙风韵开始脱离。跌跤时下颚与口唇也有撞地与擦伤，好了以后似乎微微有一点天包地的上下齿的不吻合。

她的跌伤惊动了她所在的大学，新来大学担任校党委书记的领导邵教授带了院系负责人前来看望。步小芹等长者之家的行政与服务与医疗负责人也都陪同大学领导进到蔡的宽大的住室。他们发现，蔡老师的说话风格产生了一些变化，说话比摔伤前声音小，速度快，口型不到位，口齿有些不清，但她的声音低沉立体、脉脉含情、如歌如诉，感染动心。

随行的外国语学院院长没话找话儿，指着网兜问道：“您这样喜欢篮球吗？床上躺着，还能拍打一个大篮球？”

蔡霞翻了一下眼珠，一瞬间显出了那么大的眼白，把别人吓了一跳。

也许是长期当老师当的吧，过去蔡老师说话非常注重交流、互动，只一说话，她的目光一定注视着听话的对方，与对方的表情相互呼应。对方听得入神，有首肯与关注的表情，她会显出满意、津津有味、愈发要讲精彩讲生动讲透彻；对方没太在意或者有点没听明白，她会立即反思自己可能讲得不够清晰，是不是第三人称人家可能听不出是指谁来，或有其他疑点，同时她也会自省是不是讲得无味，需要生动；人生一世，时时刻刻离不开的是生动二字；她会立即予以必要的补充、强调、变更语词与语气，吸引对方的注意，推进对方的理解接受。

现在呢？为什么她的说话增加了自言自语的韵致？她的说话平添了几分低垂眼帘、忧郁温存、自恋自怜。过去说话是显然的对唱，现在呢？是自我中心的独唱咏叹调。

而在听到随行院长的问话以后，她的表情是何等诡异！

停了一会儿，十秒钟，看望她的人与她自己，双方失去话题线索。

又过了十秒钟。

询问篮球的老师觉得尴尬，有一点不对劲。

蔡霞目光里出现了几许火星，她随意一笑，念念有词："谢谢书记，党委的报告批下来了，教育部决定给我授荣衔，给我发国家科学与教育奖金，还有香港的学术基金会说要支持我千万元人民币。我非常感谢，我请求不要奖励我个人，我喜欢的是低调行事。"

她讲这几句话的调子像是在念稿，如果不说是祭祀词与祈祷词的话。

她的话使大学的探视人员吃了一惊，教授怎么了？天啊！她产生了幻觉，她无中生有，白日说梦！

7

告辞后，邵书记与院长等到霞满天长者院的主持人、王蒙的老同事孙女步小芹院长的办公室，共同探讨。当然，将获巨奖是幻想中事，而蔡教授在大学从来没有过幻听幻视胡言乱语的记录。步小芹找来了本院心理医师，回答是他也略有所感。他说摔跤的那一天是蔡老师拿着自己的篮球到体育馆投篮，投了好多个，累得气喘吁吁，一个球也没有进，她神态失常，平白无故地跌了一跤。后来，出现了一点意外的变化。但蔡教授的想象型谈吐，与精神病学所认定的幻觉、幻听、妄想，尤其是迫害狂，全然不同；她绝无与不存在的对手争论纠结，感觉到某种危险、恐惧、紧张、压抑……这些负面的情绪与心理病态。相反，她有时的低声含笑自言自语，更像是一个美好的假设，一首诗，一个温馨的微笑，一次巧遇，一种闲暇中的自慰，文静中包含着一点悲哀，与悲哀一起，还有几分得意——她的温存、春风、细雨……还有学历，她怎么可能不自得自诩？那种平缓与自美自赏的想象是正面的、丰富的与深情的。心理医师甚至认为，蔡霞老师的幻觉是文学性、诗学性、教育学性、养生学性质的，她太聪明了，提提神就想说一说，怎么说就怎么像。虽然她此生遭遇过重大的不幸，现在孤身一人，但是她仍然充满对于生活、对于他人、对于自己的光明与善良的爱抚与信念。她不像最近一位颇有名气的文学人，总要匪夷所思地隐身离去；另一位山呼海啸的大家，绽放了令天地增辉的鲜花，又向珍爱的一切泼遍了腐臭毒辣的脏水……禀赋超人的女性，钻起牛角尖，吓唬人。

心理医师还说，在医学课堂里没有听导师讲解过类似的病例，医学研究档案与学理假设上也没有这种说法，但是根据他近二十年的临床经验，他认为蔡霞的横空出世的受奖婉拒说，其实是一种语言训练、交际经验回顾、思维培育、世情重温，也是一种老龄存盘过期乱码的智能补偿。老来失去多，不失又如何？幻想宜美妙，美妙自快活。仍然多谦逊，俯首先谢过，彬彬有礼处，教养育亲和。

蔡霞其后一天给十几个熟人打电话，说到自己将要受奖而坚决谦辞的故事，这相当令人惊骇。但总体上说，蔡老师的情况无恙，预后甚佳。那些接到了她的辞谢奖项故事电话的友人，开始或有一怔，很快便是恭喜恭喜的笑声；而听到了她的谦辞坚辞的态度之后，也都一律表示理解和赞扬，认为蔡老师做到了著名人物、教授、清雍正九世孙爱新觉罗·启功先生所题的北京师范大学校训八个字，“学为人师，行为世范”，启功体书法，温良恭俭，精纯沉静。

此后大学的同事们来探望教授，她的受奖说、谦辞说有些发展，说是收到了外事部门信息，将要授予她菲尔兹国际数学奖，她强调自己的专业是语言学，但是加拿大的专家坚持要发奖给她，指出她关于语言的符号学论述适用于数学的符号理论。她学的当然不是数学，她岂能接受数学奖欤？不仅是数学奖，甚至于纽约方面试探着与她讨论，要给她颁发基泰精神病学奖。

“遗憾的是，世界上只有精神病学奖，没有精神病人奖。”

她与客人们都忍俊不禁，多人赞佩她的幽默与机锋。

说得多了，听者就接受了。人们对她的辞奖说闻怪不怪，点头称是。

美丽的荒谬，也比疯婆子怨怼的卖弄好一点，要知道，她已经退休二十九年，到本长者疗养院也两年了。本院的休养员长者显示某些心理不平衡不稳定的记录，并非少数。

慢慢地，她的倾诉不断发展，可以兴，可以观，可以群，可以嬉戏喜怨了。她加上了新的节目，她开始对人说她将晋升级别与军衔，先是少将，可以称她为蔡将军了，最近又说是快要获得中将军衔了，她也坚决请辞。一个多月后，在她的生日，校长来看望她的时候，她说她受到印度宝莱坞、美国好莱坞、韩国希杰娱乐公司，还有伊朗的电影人阿巴斯的热邀，希望她写作与出品一部关于中国的故事片电影剧本。

莫惊奇，事事有来历，凭空不会兴灾异，幻梦也非凭空至，悲到尽头应是喜，牛到极处又无趣，与时俱化是实际，努力努力再努力，未成大器仍优异，总还是，勤勤恳恳，爱怜众生，脚踏实地，嘿嘿，嘻嘻，她是有、一点点、个人的脾气。

8

更离奇的是二〇一三年本地民政部门干部前来巡视检查，收到一封休养人员郦女士举报信，说是郦女士的先生、著名朗诵艺术家、六十三岁的美男子宋春风受到了蔡霞的吸引乃至骚扰，写信人的家庭完整受到威胁，要求将蔡某人请到本院其他分支院所去。

高龄长者能出此等事情？他们本应该万事看透、宠辱无惊、色即是空、古井无波？不，那可能是古代，是血压低、血糖低、血脂与胆固醇“四低”的时代。全面小康、总量第二、购买力世界第一、拥有百分之二十以上中产阶层人口的时代，高龄长者们有可能渐成为终其一生、老而不衰、暴风骤雨、石破天惊、爱爱仇仇、永远的激情飙客，怎么能提前消停、过早瞑目、早早退避三舍？

稍稍打听了打听，观察了观察，民政巡视组做出结论：并无此事。巡视员找郦女士沟通，郦女士主动撤诉，此话带过。

又过了一年，蔡霞的自慰自语，有所压缩，只有最亲密的访客来时，她才压低分贝，感叹这么一回，而且不要求任何回应，不怕你是微笑、疑惑、点头称是或者摆手劝阻。她说完了她的，如同宗教信徒做完了早课，立即回到现实生活世俗杂务之中，谈论房价、SARS疫情、气温、晴阴、湿度、狗不理包子铺、快递网购、垃圾分类与厕所革命，防止便秘与生理病理诸事务。长者们普遍认定，对于他们，排泄远重于摄入，小康以降，三天辟谷，有益无损，三天不走动，大难临头。

9

二〇一五年来了蔡霞教授的闺蜜，送来了一批唱盘与U盘新款，她的住室从此音乐涌动。她很快迷上了新疆的《十二木卡姆》，像哭，像笑，像呐喊，像调情，像婚礼，像乡愁，像怒吼，像赏花，像暴风大雪，像相思苦恋，像胡杨也像大漠，像甜瓜也像坎儿井，更像千年不倒不死不烂的大漠胡杨。蔡霞随而起舞，有两次感动得哭湿了枕头。她还引用新疆维吾尔族舞蹈家的名言："一天没有起舞，便觉得辜负了人生。"

有五六个老头儿受到了这风情浓重的声乐与器乐的吸引，他们走近蔡老师房室，门外蹭听，他人走过，他们赶紧走远一点，等人少了他们回来再蹭。蹭蹭蹭，人生须蹭足，蹭天蹭地蹭音乐，生活即歌舞，人生如老虎，虎虎生威大志竖，一日寻它千百度，真善美无数，大美在身旁，大美在己手，大美在此处，大美在前何庸怵？

后来听得多的是莫扎特的《加冕弥撒》，蔡霞听这部作品的时候脸上是含泪的微笑，她轻轻点着头，既有欣赏，又有认同，还有赞叹，连连伸出大拇指。她告诉步院长说："你听这个女高音独唱，她是一个非裔歌唱家。"

她听舒曼也听《茶花女》，听日本演歌也听腾格尔。听十九世纪出生，拜恩戈尔德的歌剧《死城》，听着听着会从椅子上站起来，行立正礼敬，她说，无怪乎人们说德意志是通过这部歌剧，从战争的黑暗与崩溃中开始走出来了。

她也听"文革"中的红太阳颂歌，特别是张振富与耿莲凤对唱的藏族歌曲："您是灿烂的太阳，我们像葵花，在您的阳光下幸福地开放。您是光辉的北斗，我们像群星，紧紧地围绕在您的身旁……"她听得满眼热泪。她小声说："早春最爱唱这个歌……"这里，没有人知道她说的是什么。个别人以为蔡老师说的是春寒料峭的清明前季候。

二〇一七年，蔡霞九十一岁，大年三十头一天晚上的本院联欢会上，蔡霞用俄语、英语、法语、波斯语朗诵了普希金、拜伦、艾吕雅、哈菲兹的诗，再用汉语做了翻译，她重新显示了风度与聪敏，良好教育与自信，饱经沧桑与活力坚韧。

霞满天长者之家的心理医疗主任医师说，是时间与音乐，或者是音乐与时间，治好了她的精神疾患。反正音乐是时间的艺术，旅游是空间的求索与发现，它们的医疗作用都是很大的。

为什么提到了空间的旅游？也还少有谁知道情况。霞满天，并没有旅游业务，小步他们还不敢组织古稀耄耋群体的大空间活动。

第二天晚上她看 CCTV 的春节晚会，边看边有议论与不甚满足，不甚满足也仍然津津有味地从猴年末尾看到了除夕夜的子时三刻。

从此，蔡霞渐渐恢复了初到“霞满天”的最佳状态，没有发音不清，没有天包地，没有念念有词，没有幻觉奇谈，没有走路时的身体摇摆。九十一岁的她更加从容、成熟、尊严、体面、清晰、克己、多礼。她提升的是人境、圣境，也许可以说是佛境，她离开的是言语的迷失，她清醒地告诉步院长：“我知道我有点胡言乱语，对不起，我有点憋闷，我不服我的倒霉噩运，我想着我应该有点幸运、福气、彩头，我相信我的生活里会有许多美好的东西出现。没有也会有，没有当作有，心里有，念里有，想着有，话里也要有。我要快乐，我要幸福，我不信我会常常不幸，我要的是高雅与幸福，不是炫耀，不是撞大运，我又不愿意显摆显摆。我想撒撒气儿，我要坚持我是福星，不是灾星。当年胡风是主张自我扩张的，后来扩张到笆篱子里去了。太冇好意思了。”

王按：后来，步院长说，这些一时露头的偏失，全部自动清零，冰雪洁净。王说：“我感觉到的是一种痛苦与对痛苦的反击宣战。她，要表达的是成功与胜利，她本来应该胜利和成功。”

王按：侃侃而谈，念念有词，这就是岁月积蓄，逝者有声。是反刍与消化，是遗忘与淘汰雪藏，是珍惜与告别，又是永恒的安宁与纪念。人会消失干净，仍然有话语留存。笔补造化天无功，病里微言意不穷！

渐行“渐远”，可以用五线谱上的五个表示“渐弱”的“P”符号来表示，一年一年，不愉快的记忆渐行渐远。蔡霞有不愉快的记忆，步院长注意履行为休养员的私生活保密的规则，还没有告诉王蒙。

青春百样美，老态P般甜，活到惊人处，苍天变蔚蓝！爱情耽热火，歌赋醉华年。香蚁（酒）得佳贮，举杯叹月圆。

老泪思早先，新诗记变迁，春秋酿深意，广宇惊鲜妍，惜爱愁应忘，欢欣乐未眠，此生多感触，何日不缠绵？

谁无不称意？谁有金刚身？敢历八番苦，乃游四海新。悲哀怜楚楚，喜乐忆津津，受用天人趣，清流洗净真。

唧唧得与失，恨恨谁人知。开阔艰难后，清纯困苦时。少年多激越，成长渐矜持，灿烂容光焕，丰饶岁月痴。

亲爱的读者，王蒙从小就想写这样一篇作品，它是小说，它是诗，它是散文，它是寓言，它是神话，它是童话，它是生与死、轻与重、花与叶、地与天，它不免有悲伤，有怨气，有嘲讽，有刻薄与出气，有整个的齐全的祸福悲喜。同时，尤其重要的与珍贵的是刻骨铭心的爱恋与牵挂，和善与光明，消弭与宽恕，纪念与感恩，荡然与切记，回肠与怀念。

高尔基说过陀思妥耶夫斯基的作品像是狼写出来的。高不喜欢陀。我没有感触到陀的狼性。而且，某种情势与条件下，我们固然不可以请狼先生放羊，但不妨容许狼写两篇小说试试，同时注意防护，注意狼的利爪与獠牙。

珍惜文学，珍惜生命、生活、生机、生长、使命、运命、受命、人生。不能接受对“生命”一词的一分钟猜疑与敌视。病态、冷漠、敌视与仇恨生命批判生命的人怎么能算人呢？我们珍惜的人又是什么人呢？且请读下去再读下去。

10

当步院长告诉蔡教授她的爷爷是王蒙的好友，她说我也与王爷爷谈得来的时候，蔡霞说她愿意让王蒙了解她的经历。

说是蔡霞对步院长说：

你不可能信服我的命运，我的遭受，我的不幸，我的噩耗。屋漏再遭连夜雨，船迟偏遇打头风。走平路落马，进高厅撞墙。躺平偏中十分准，低头巧遇二把刀。绊跤星点石子，砸头颗粒流星。

我敢问，谁见过比我更倒霉的老姐？

我生于一九二六年，一九四五年十九岁赴英留学，不必说我出身于资产阶级，我知道我的原罪。我在剑桥大学学法语、西班牙语与俄语，当然前提是先学好英语。我结识超拔英武的中国留学生篮球队队长，比我大两岁的薛建春。我俩在剑河边牵手行走，我们谈论民国的徐志摩和校园皇后陆小曼，梁思成和林徽因，以及为林小姐终身不娶的逻辑学家金岳霖。我们欣赏两岸的秀美，听醉了教堂的钟声悠扬，忧虑着抗战胜利后国内形势的严峻与危难，我们感到了中国即将大变，这又使我们心跳加速，全新的国家与前景在向我们招手。

……一九四九年新中国成立前夕，我们赶回北京，我们参加了大中学生的暑期学习团，我们听了大诗人艾青的讲演，听到对于徐志摩和他的诗《别拧我，疼》的嘲笑，惭愧极了，也兴奋极了，革命改变着一切，我们也见到了周扬与丁玲。我分到四川大学的外语学院，他分到文化部的外事局。一九五四年，我们二人结婚，两地分居，好不容易确定了我调来北京，与建春团聚。

一九五六年，建春作为随团外语干部随中国艺术团去拉丁美洲演出两个月，中间在瑞士德语区苏黎世市休整排练。那时美国对新中国采取封锁政策，赴拉美阿根廷、巴西、智利 ABC 三个大国与遥远陌生的乌拉圭巴拉圭唱京戏、耍坛子、跳红绸舞与唱陕北民歌，是一件突破局限、扬眉吐气、走向世界的大事。那时当然没有中国直通拉丁美洲间的民航航班，我们的人员分两批，走莫斯科、布拉格、苏黎世、墨西哥，再到拉美其他国家，这是个辛苦麻烦的航程。回程从苏黎世到布拉格一段，本来建春是坐第二班飞机的，另一位在瑞士遇到亲戚的团里的同志报批以后临时与建春换了航班……想不到头一班飞机出了事故，建春三十岁，与我结婚两年，死于空难。我哭了三年，患上角膜炎、结膜炎、青光眼直到鼻炎。为什么，这究竟是为什么呢？不为什么，不为什么，为什么这样的不幸会降临到我的头上？我，我的祖上，究竟造了什么孽，犯了什么罪，害了什么人，让我受到这样的天谴地震空难！

或者说，有天大的不幸者，也就有天大的福气，有池鱼之祸、无妄之灾者，也就有天上掉馅饼，地涌醴泉，穆清祥和，符瑞天相。

我说的是建春有个弟弟，比他小六岁，比我小五岁，名叫逢春。他没有建春的苦学勤勉，也没有哥哥的高大英俊，但是他极其聪明伶俐，而且有一副意大利的澎湃与俄罗斯的多情男高音好嗓子，毕业于苏联莫斯科柴可夫斯基音乐学院声乐系。在他哥哥去世三周年，一九五九年十一月，我三十三岁的时候，他来找我……

命，这都是命。他唱了一晚上怀念与爱恋的歌曲，唱了格林卡的《北方的星》，唱了柴可夫斯基的《连斯基咏叹调》，也唱了刘半农诗、赵元任曲的《叫我如何不想她》。前者表达了年轻稚嫩痴情的连斯基在与叶甫根尼·奥涅金决斗丧命前的心情，“啊，青春，你在哪里?”这样的歌词令人销魂。而“不想她”呢，就像后来李谷一的《乡恋》一样，推动开始了一个新时代。

连斯基的歌，本应该由铜管与大提琴奏出序曲，我的这位小叔子逢春，以闭嘴的鼻音模拟序曲与过门的伴奏，他一个人变成了一个乐队，管、弦、弹拨、吹奏、打击乐器齐全，而主要是自己的男高音独唱；再有他说在苏联，他的俄语名字就是连斯基·谢尔盖，他在苏联姓谢尔盖，是因为谢尔盖的发音最接近薛，而俄语里难以拼出汉语中的 uē 这种复合元音。与此同时，他拿出来了递给我看的，是一九四九年的日记，他写到了我与他哥哥回国，十七岁的逢春见到我后受到了什么样的震撼。他写到他一夜不眠，只想着我这位“天使”与“圣女姐姐”。

“我决定自杀，我已经见到了，听到了，想到了也融化了，我已经活到了这样一个熔断点。与蔡姐姐见了面，可以了，满足了，确实是生存过了也飞翔了失事了，我已经变为彩霞和礼花，变为奏鸣和独唱，变为跪在蔡霞姐姐面前的一块永远的石头。我还需要什么呢?”

……不用说别的了，我嫁给了建春的遗弟逢春，也可以说是另一个建春。原来，我与建春的婚恋是一个建构一个寻觅，后来与建春的胞弟，是一个巧遇一个偶然，是幸运之鸟大难以后立即栖落到我的霉运的额头，甚至于是我从人生中坠落，撞上了逢春，撞成了我们俩的满怀爱恋。我嫁给了中国式加意大利式兼俄罗斯式的歌声，嫁给了他的疯狂的对于嫂嫂姐的恋情，嫁给了永远的我与剑桥、苏黎世、布拉格、意大利与俄罗斯的缘分与灾难，嫁给了《太阳出来喜洋洋》《教我如何不想她》《啊，你冰凉的小手》和《今夜无人入睡》，嫁给了《青春，你在哪里?》《黑桃皇后》，嫁给了一个无论怎么说，有哥哥的脸型、有哥哥的嘴角、有哥哥的笑容更有哥哥的口音哥哥的眨眼的另一个男孩子。

11

蔡霞继续说：是的，出嫁在一九五九年，似乎也可以说，同时是一九五六年，还同时是一九四五年与一九四九年的重版，是时间的多重叠加，是人与国与家，还有我正在逝去的青春的情与梦的热遇……当然，你算得出来，一九四五年，我十九岁，四九年，我二十三岁，五六年，三十岁了；而建春三十一岁之时，逢春二十五岁。五九年，三十三岁的我与二十八岁的逢春在北京结婚。各种机缘，我们举行了盛大的婚礼，在北京颐和园听鹂馆，五桌婚席。

结婚十三个月，一九六一年，我们得到了一个儿子，起名叫早春。早春更是建春的几何相似形制图，是建春再世，是我的与建春、逢春、早春三春的生活，从儿子呱呱坠地重新从头开始。

奇特的是，早春在幼儿园就是拍皮球的冠军，小学三年级他长得个子很高，他喜欢球类运动。高小他已经开始打儿童篮球，初中一年级他就选入了中学的篮球校队。父与子两代打过的篮球，是我的命根子。

对不起，猖狂，与逢春结合，我又觉得我是世界上最幸运的一个人，大恸反得喜，深埋又还阳，得了儿子后，何事再牵肠？我，我正是陷入大悲哀大痛苦，哭泣成病的准寡妇当中，康复得最快乐最完美最称意的唯一一个特例。我被命运砍了一刀，养好伤，受用了命运带给我的新的可能，新的机会，新的补偿，是痊愈的快乐，是康复的成功，是另一回新生，是咸鱼翻身，是命运碾轧后直起腰，爬起来，起跳，一米八，超过了打破世界纪录的郑凤荣，她是一米七七。

我想的是什么呢？你必须活着，活好，活着就有爱，活着就有情，活着就有戏，活着就有天空和太阳，活着就是春天，花开，叶绿，水流稀里哗啦，鱼戏南北西东，鸟也嘀哩嘀哩地叫，虫也变蛾变蝶升空，虫儿们组成了绿色的夏天的夜夜室外乐队。

乐观是不是轻薄？佛家讲究大悲、慈悲、悲悯，应该怎么样去感应和体悟？

我的罪，我的罚，我的悲，远未做好准备。这是幼稚，更是浅薄。

12

蔡霞继续说：一九八一年，学校暑假期间，逢春出国演出。我们的儿子参加完高考，信心十足去上一本。快要满二十岁的早春，回到他爹他大爷老家，一个著名的旅游景区N市郊区农村。山川壮丽的农村在改革发展中开始兴旺，民居发展开放，接待八方来客，吹海风、洗海澡、吃海鲜、坐海船，躺在海滩上穿着泳衣晒太阳，外加登山爬山看日出采野菜、戏弄松鼠、偶尔看到五颜六色的山鸡。一九八一年的八月六日，是阴历七月初七，是鹊鸟搭桥，让牛郎与织女相会的七夕，是中国的情人节。在N市模仿国外新建成的一个游乐场，早春赶上去玩翻滚过山车，突然过山车的钢缆机件出了问题，几名游人坠落。幸亏那天游人不多，斯地斯时人们的购买力还相当有限，游乐场式的地方，只有部分人问津。就这样也遇难二人伤七人。我的早春离开了我们，提前会他的伯伯建春去了。

请问，你们谁能相信，这样的十年不遇、百年难遇的事儿，像一颗流星在太空坠落，两次坠落不偏不正，全都瞄准到我蔡霞灾星的脑门子上了。

我到现在也不能相信，不，这太夸张，这不真实，这不是真的，是编的，是胡思乱想的走失。如果是真的？这就是不可能的。如果说这也可能，那就只能是假的。是的，我在一九八一年和一九八二年集中力量思考与研习的是概率论，我的遭遇出现的概率绝对近于零。这应该也是一个数学悖论，如果一切都是可能出现的，那么就是必然等于，一切的不可能也都是可能的；如果不可能也是可能的，那么不可能就和不可能相悖，如果可能中包含着不可能，可能就与一切不可能是相通与相等的。那么不可能究竟是可能还是不可能呢？可能=不可能，不可能≠不可能？不可能是可能的还是不可能的呢？

我的遭遇让我几乎得上了菲尔兹国际数学奖。“=”这个等号本身就是剑桥大学十六世纪时候开始使用，然后普及到世界的！

那一年我五十五岁，逢春五十岁，早春是永远的十九岁。

你说什么？作家王蒙？他比我小八岁。他对长者院的生活很关心？好的，你可以把我的故事告诉他。

13

蔡霞说："是的，我是白虎星，我是扫帚星，我是《圣经》里传递天谴信息的约拿，我是'Estrella de desastre'（西班牙语，灾星），我是魔鬼撒旦。我怎么成了妖孽？底下的事更难于启齿……"

步小芹后来把蔡霞的奇异的经历背景继续讲给王蒙。

年已半百的歌唱家薛逢春的声乐事业正当日益兴旺，儿子的事让他突然衰老，儿子的死亡使他失声，他糗到了家里。

过了一年半，蔡教授由于她的外语专长，随着改革开放与对外关系的发展，仅仅顾问、评委之类的名衔就获得了十几个，应联合国秘书处的邀请她带着学生访问了纽约与日内瓦的联合国机构以后，又担任了中国的对应机构的顾问职务。五十二岁的逢春不但声带痊愈上台演唱了，而且被邻省的一所艺术院校聘请为声乐教授。

如此这般，薛逢春与她，原来就风风火火，人五人六，虽遇大难，兼职合法化以后他们的名声与添加的收入飞跃增加。他们常常体会与称道本土的敬老文化传统，时间使得有专长的长者价值不断升级，岂止小康，岂止中产，他们绝然地进入了高收入阶层。一九八三年，他们买了三百多平方米的独套别墅商品房，从蔡霞家乡雇用了沾亲带故的家政服务员，称蔡霞为表姨的李小敏。

李小敏二十一岁，读过高中，上过两年烹调培训班，她已经参加过两个年度的高等学校入学考试，未能够得着分数线，为维持生计愿意做家政服务，并在下一年再试一次高考。

李小敏浓眉大眼，瓜子脸庞，上唇丰厚，下唇稍稍兜起，言语清晰，口齿伶俐，眼里有活计，手里有灵巧与气力，表现的是新农村的无限希望。从李小敏来了以后薛家清爽整齐，顺风顺水，深合蔡霞心意。得机会蔡霞就辅导小敏高考应试，特别是小敏的弱项外语，在得到蔡老师指点引领以后，突飞猛进，二人对她次年夏季的考试，信心大大提高。

一九八四年，李小敏考取了一类大本，学外语。蔡霞挽留她周末或其他自由度大的时间依旧住在她与逢春定居的别墅房里，适当帮助家务。他们也在日常零花方面给小敏以慷慨的资助，又给了小敏大批她这里用场有限的各式服装鞋帽。她与逢春常常出差在外，而几年来超市的供应越来越方便，家务劳动大大减轻，有个小敏（干）闺女，生活走向圆满无忧。

蔡老师喜欢这个孩子，心想，有这样一位亲情打工妹、学子，有这样一位有志气的本乡本土本家的年轻人，使他们的家庭产生了新的活力新的感觉新的希望，她决心资助她学好功课，直至毕业就业。她决定等小敏毕业后把她正式认作己出，后继有人，也是缘分。

小敏进入大学三年多，一九八八年，蔡霞陪学校邀请接待的一位国外的教育专家到西部少数民族地区几所大学交流。恰好此时逢春感受时令小恙，减少了出差，回家休息。蔡霞回到家，发现诸多蹊跷。

真正的，挖心丢命吞噬蔡霞人生的大难横空出世！

14

王蒙想：没有比她这里发生的事更简单、更麻烦、更无耻、更自然、更无话可说、更丢人现眼的了……

伟大的恩格斯在《家庭、私有制和国家的起源》中讲过："如果说只有以爱情为基础的婚姻才是合乎道德的，那么也只有继续保持爱情的婚姻才会合乎道德。"这就是说，以不爱了为理由解除婚姻关系是天经地义的。还有说："如果感情确实已经消失，或者已经被新的热烈的爱情所排挤，那就会使离婚无论对于对方或对于社会都成为幸事。"这话十分精彩，尤其对于长期的封建旧中国，曾经有那么悠久的岁月，人们常常被剥夺了自主求偶、享受生命所不可或缺的情爱的人们，得知了上面的两句话，振聋发聩，幡然新生。

但王蒙还是想说一句，正像没有爱情的婚姻其实很不道德一样，没有道德的爱情，也绝对不会是有可靠的幸福和前景的，更不会是有保障、有责任，执子之手与子偕老的生命中一个温暖的重大方面。人际关系，包括性爱关系、家庭关系、亲子关系、夫妻关系，岂能有太多太过分的失道德非道德反道德缺德缺阴德！没有道德的盲目爱情，可能表现的是人类性格与个性中原始、自私、乖戾、粗鄙、野蛮、丑恶、矫情、挑剔、嫉妒、诽谤、怨怼、仇恨，没有丝毫人文意识的这一面。从相爱得要死，到相互攻击伤害仇恨毁灭、不共戴天，使家庭成为绞肉机，使情侣成为仇敌，这中间只有一步之遥。不讲任何道德的爱情带来的多半不是幸福，而是烦恼灾祸；不是浪漫，而是自欺欺人；不是健康，而是变态、疯狂、折磨、毒辣，是从千言万语的美丽，到千头万绪的丑恶狰狞。

没有道德的婚姻，还可能是阴谋与骗局，是桎梏与牢笼，是虚与委蛇的伪爱情；爱起来千姿百媚，不爱起来千疮百孔；经营起来红利滚滚，表演起来曲极其妙；恶劣起来流氓无赖，冷热软硬暴力俱全。

有多少人享受着充满爱情、高尚情怀、受到社会肯定、法律保护、道德提升的婚姻！有多少人从来没有享受过、没有知道过、没有试验过人类的文明使男女能够如此和合相悦幸福！也有多少人受到了受够了如梦如痴、乌烟瘴气，要死要活的歇斯底里，还不断地出来什么家暴、冷暴、杀妻、杀夫……的报道，使人想到恋爱结婚成家不寒而栗。

在电视节目里，从《社会与法制》节目中频频看到的是情人夫妻间刑事犯罪案件，让爱情与婚姻彻底摆脱道德，让爱情绝对排他地诗化流行歌曲化，也许就难免同时进入了民事至刑事案件的法学范畴啦。

15

蔡霞说：“我明白了人生的某些好与坏、生与死、成与败，在没有发生以前它们只是不可思议的偶然，是不一定有因果链、报应循环、预兆预警的。一旦发生，就是绝对，就是必然，就是宿命，就是无暇张嘴咀嚼更无暇思考拿主意，你已经，你必须，你只能生吞活剥、原原本本地咽下去！

“那么，哼哼，稳稳地给我站好了，敲起小鼓，要的是你给阎王爷跳一场独舞！要的是你给命运一个回应，一个决心，你不用怕，从拔舌地狱始，剪刀、铁树、孽镜、蒸笼、冰山、油锅……各式地狱多灾海都不妨走一遭，然后你挺起身形，鼓起勇气，你不能垮，你要死马活医，置之死地而后生；你还要再学十种外国语言文字，再走百个千个美丽的风景，你还要欢欢势势地给我活、活、活！再做千种万种有益的好事，也许你还要遨游太空，登月球，移民另一个天体……

“至少给人们留下你的灵魂的记录与痕迹。

“荒唐的痛苦正像一种病毒，摧毁生命的纹理与系统，同时激活了生命的免疫力与修复功能。我明白了，我不可能更倒霉更悲剧了。已经到头，已经封顶。我蔡霞反而坚定了一种信心。生活呀，你敢荒唐，我就敢坚决，你能狠毒，我就能消化排泄，也许是满不在乎，你下损招辣手我反而觉得小意思而已；老天爷完成了男男女女，相恋不已，相乐不已，礼义不已，也永远有厚颜失态不雅出轨不已，对此事的态度，可以做到愈益坚毅清明，云开日出，演到哪一出就算哪一出。人只能以善求礼义，不可能以暴行礼义。”

蔡霞说，在她最痛苦的时候逢春安慰了她、爱抚了她、填补了她，她冷静全面地评价了逢春。她知道，逢春是个好男人，作为不拒绝不轻视通俗唱法，时而与通俗歌星有所合作的美声歌唱家，作为被许多女生评为有“女人缘”的男生，他多次被同行和粉丝异性青睐，被出自高官大款名门以及工农兵杰出人物的娇养女孩儿们招手入梦，他对蔡霞“嫂子”讲过十几个堪比柳下惠坐怀不乱的故事，逢春说，十九世纪以后，已经没有这样的人与事了。他自尊自爱自强，他爱妻敬妻护妻，对于“娱记”们来说，对于粉丝们来说，他已经是太严肃太正经，“正经”到影响票房的程度了。但是他也有把持不住的时候。他开始老了，他意识到他已经快用不到把持什么了。

何况这里还有一句话，没有人挑明过，但是蔡霞清清楚楚：薛家优秀的两兄弟，都以她为妻为指望，不孝有三，无后为大，中华文化注重传宗接代，香火永续，这是血脉深处的基因，除不净的。

蔡霞是逢春的爱妻，但她也忘不掉，她是嫂子，长嫂如母，这又是一句传统老话，这样的嫂叔文化使她益发幸福温暖，陶醉疼爱，却又有所不安、含羞、不好意思，一直觉着未必撑得到永远。还有年龄，那时候有哪个国人知道其后十五年才有的法国总统马克龙与小丽的婚配年龄范式？这应该也算是法国对爱情文化的一个贡献。

早春的游乐场事故，甚至使她反思自身对于薛家的凶险，雪灭于莱，她在噩梦中看到了这么四个字，梦中大喊大叫，把走南闯北的歌唱家吓得也变了声儿。虽然饱受西洋文化的浸淫，也仍然具有洗不清的古老中华的集体无意识根脉。

16

小敏悔恨至极。逢春与小敏，在蔡霞面前，争着骂自己。逢春说："我没出息，我下作，我糟蹋了外甥女，我可以去自首，我犯了罪……"

小敏说："我贱，我没见过这么好的男人，我该死，我当时想的真是就这么一回，死了也不冤枉了。我把薛先生拉下了水……"

蔡霞敏感地注意到，一直称薛逢春为姨父、"叔叔"的李小敏，已经坚定地称比她大三十二岁的薛逢春为先生了。已经先生了，还说什么？在我们的传统里，未婚女生上了床，这是比天大的事儿啊。人生路途上，女生比男生更勇敢、更决绝，更以命相搏，女生可以比男生更清醒地走上不归，女生比男生更经得住事儿。

何况，他们生活在爱情婚配也处于前所未有的变局的时代。

在某种意义上，蔡霞告诉步小芹说，痛苦在于发生了这样的丑闻，然后一切由她做主，她必须，她成了决定三个人，不，加上后来得知的小敏腹内胎儿，共四个人的命运的主宰。逢春与李小敏是两个罪人，胎儿等待出世，无辜无恙，无声无息无能。生活与命运的主动权，集中落入蔡霞手心。

她可以选择驱逐李小敏。李小敏表示接受，不找"先生"任何麻烦，同时拿出了医院的尿液与血 HCG 检查证明，她已经怀上了薛逢春的孩子。

蔡霞还提出可以认李小敏为干妹妹，孩子她偕同抚养，承认李小敏是孩子的生母。他们可以给小敏付高额损失赔偿金。李小敏可以另寻配偶，他们支持她的正当婚姻，光明前途。

听到这话，逢春几乎想给嫂妻下跪，蔡霞手一挥，眼圆睁，阻止了他。

小敏断然拒绝。她决定立刻告辞，回大学住，不对任何人透露胎儿的父亲是谁，她独自一人承担未婚先孕的历史责任。她要求的只是为她的人工流产手术提供医护帮助。

逢春歌唱家痴呆呆地注视着小敏，泪流如注。

就在此时，蔡霞嘴角一撇，略略一笑，这是这个大节点上她唯一闪过的一次冷笑。她用了不到两秒钟，她大声用俄语喝道："разводиться！（离婚）好的，我决定了，我说的算。我以建春原配，早春儿子加我的名义说话。连斯基·谢尔盖，咱们俩准备好身份证、结婚证，明天就去民政局婚姻登记处办理离婚手续！”

然后她用中文又说了一次。

她感觉连斯基·谢尔盖这个俄语名字，现在用着比较容易接受得多。她在剑桥学过俄语，逢春在苏联留过学，除了汉语外，俄语是他们两人的通用语言。从逢春的俄语名字讲起，像是讲一个俄国留学生的远东西伯利亚故事——история。对于她本来没有任何意义的、有点可笑的名称，存在的就是合理的，这个名字就这样活起来了，派上用场了。先用俄语沟通一下，非常必要，这是离婚的决定，也是两人共同度过了五十年代那个好时代的一个纪念，有始才有终，有终并不忘始。

蔡霞遇大难而更清楚明白决断，临大事有静气，她一丝一毫的犹豫与为难也没有，立即做出决定。正是由于冥冥中蔡霞自觉灾星的铁帽子向她死死地扣下来了，她必须以身阻击，必须发力千钧，决不哭天抹泪，那样只会是携手崩溃灭亡。她这样的噩运万里挑一，百千年一个，那么概率论告诉她，她必须迎上去。她与薛建春、薛逢春、薛早春世俗缘分已尽，她爱他们，她感恩他们，她仍然想着他们，她留下了当年建春、后来早春玩过的篮球，作为她的圣物和出嫁薛门的永远纪念，陪伴她一生不会孤独，不会寂寞，不会怨天尤人。她要栽种别处的生活奇葩。生活在别处，因为生活无穷，你的 N 经历对于生活的∞来说，近于零。你永远有需要追求与摸索的崭新的生活领域。你必须忘记逢春与小敏的尴尬低俗，你可以换位思考，理解与原谅一切。清醒的原谅比清醒的复仇有意思。她感谢自己最痛苦的时候得到了逢春小叔子、后来是正正经经丈夫的保护。她此时，愿意全力保护逢春与小敏的名声和未来。

她毅然决然，她脑洞大开，突然感觉这不一定就是坏事。她创造了家庭变故中以最小的伤害与痛苦、最大的和平与好意、克己复礼地免灾除咎的稀有样板范例。

不幸唤醒了她的高雅、宏毅、豁达，不幸使她更加慈悲、宽恕、担当。人生几十年，得失俱有限，善恶一念间，但愿心如莲。她认定，逢春可以在二十七岁时如痴如梦地相思尚无人知道即将大难临头的嫂子，那么他也有可能，出现某种冲动，感应一个崇拜他、迷恋他的事业与英俊的，这样一个鲜花怒放女子，而她也蓦然以蛾扑火、以身饲虎。正是迟迟未谢春，骊歌一曲感郎君，荒唐本是寻常事，迷惑一双孽障人。毕竟本无猜，事情做出来，查无大恶意，或显凡俗胎，事本无可恕，情或有侧歪，吉凶凭卿意，罪赦任卿裁。且在不测中，找出欢喜来！

各有各的遗憾与安置。人生谁无憾？生活谁无灾？咬住牙关后，导出金玉来！可称妥善，难以无缺，求仁得仁，差强人意。

关键在我。

亲爱的建春、逢春、薛家兄弟，我爱你们。

亲爱的早春儿子，当亲朋好友强烈反对我与你爹分手的时候，我回答他们："早春给我托梦了，儿子他说，'妈妈，你做对了，好妈妈。'"

儿子的话一言九鼎。儿子仍然与我在一起。没有人敢于再说什么庸俗低级的话了。

果然早春那时节频频入梦，鼓励了我，安慰了我。梦中见到早春的时候，我听到了建春的声音，只有音频了。啊，坠落于苏黎世—布拉格的航线上。再没有梦到过建春，因为建春不想打扰我与逢春的生活。在梦里听到建春的话语声音的同时，响起了斯美塔纳的交响诗《伏尔塔瓦》。布拉格的河流，流逝于迷人的交响，四溅的水花，还有捷克斯洛伐克的一去不复返的记忆。

那也是一种国家记忆，已瓦解了的国家的记忆。

后来，离异了，捷克与斯洛伐克。

人间有离异，正如有集聚，捷克斯洛伐克，蔡霞逢春亦。

亲爱的小敏，祝你幸福。

蔡霞说：一对新人结婚的时候，我们祝福他们相爱一生，白头到老。那么假若祝词没有完全兑现，不是相爱一生，而是半生多半生少半生若干年月，如果头发没有全白，如果是半白、灰白、略白，然后，他们拜拜，你失去了他，他失去了你，这是可能的，这是人们尤其是女生应该有所准备的。

罗曼·罗兰的话是："凡是不能兼爱欢乐与痛苦的人，便是既不爱欢乐，也不爱痛苦。"何况是为了逢春弟弟。也可以为小敏小丫头。这丫头不是那鸭头，头上哪有桂花油？曹雪芹就能原谅与包容她们，包括袭人、小红、彩霞、彩云……

陀思妥耶夫斯基说过，他害怕的是辜负了自己承受的痛苦。天！陀氏当真写出了沉甸甸的痛苦，没有烧包，没有矫情，没有小题大做，更没有一点点个人鼠目寸光的怨毒。你可以摇头叹气，你可以抹一抹眼角的咸泪，你可以苦笑嘲笑耍笑怜悯悲悯大赦天下，两人的事归两人，自己的良心只有自己知道怎么安置。

什么？嗯，不是灾星，这不是我的选择，而是我的巧遇。要与我的巧遇拼到底，拼到骨灰罐，拼到成为一张遗像挂墙。已经连连承受了灾祸，但并非注定了要承受灾祸，更要使劲减少灾祸。有灾难可以，认灾星不必。死者常已矣，生者犹于戏，命运孰得悉，大数据哪里？家破人犹存，情了心未寂，以善良待人，以善良惠己，修福福得以，秀善善永志，为人须得体，好好活下去！

蔡霞心平气和地解决了她面对的尴尬与难题。号啕大哭的是逢春，捂着脸涕泣、叩头如捣蒜的是李小敏。

最后，蔡霞与逢春双双自愿离婚。

离婚以后第一件事，她到了布拉格然后维也纳。她乘坐了伏尔塔瓦游艇，听着乐曲美美地大哭一场，这才到了她要哭的时间与地点。如果在家里包括老家的建春与早春墓地哭，只能刺激逢春与小敏。在布拉格当晚，她梦到了长着马克思式大胡子的捷克古典音乐奠基人贝德里赫·斯美塔那来见她。甚至到了维也纳听上《蓝色的多瑙河》了，她还挂牵着水声叮当如铜铃的《伏尔塔瓦河》。

蔡霞哭建春、哭早春、哭自己的泪水，从北京流到了布拉格，从黄河长江，流到伏尔塔瓦河，然后流进易北河，向着德国的文化古城德累斯顿，然后是德国第二大城市、海港汉堡，最后与泰晤士河一起流到北海去了。

17

小步说老人院里的奇葩太多了，九十岁以上寿者，都是奇葩。不寿而能奇乎？不奇而能寿乎？不寿不奇能算好好地活了一世一遭一回乎？

奇葩逢奇葩，奇葩创奇闻。悲哀即功课，快乐绽缤纷。生老与病死，苦乐与悲欣。何物愁与恼，何得乐与欣？何事罚与罪？何为丑与损？反身求诸已，光明日日新。

一九九一年秋天，小敏生下了逢春的又一个儿子。逢春给小儿子起名“又春”。逢春毫无斟酌地几乎给蔡霞留下了他们所有的房产与积蓄。李小敏千恩万谢蔡霞的宽宏，臊眉耷眼地接受了逢春的求婚，断然否定了自家父母关于彩礼的要求，并声明推迟二十年再正式举行婚礼，以表达对表姨的尊重，随时等蔡姐回来她就滚蛋。她与逢春领了结婚证，是为了孩子。但对于家乡人，不举行婚礼，等于结婚仍待完成。

直至二〇〇八年九月二十日，斯年的中秋节后第六天，得知蔡姐去了不可思议的远方，七十七岁的逢春与四十五岁的李小敏，带着十七岁的儿子，回老家聚集李家村亲友吃了一顿自称地方全席的流水席，算是新婚喜筵。

那么，请猜猜，薛逢春与李小敏婚宴的时候，蔡霞在哪里呢？

什么？猜不着？我告诉你，二〇〇八年整个九月下旬至十月份，八十二岁整的蔡霞，人在南极。

逢春与小敏离开蔡霞以后，蔡霞也趁退休机会辞去了部分社会兼职。第一，她添置了乒乓球案子网子球拍黄球白球，她与一批同事同学在她那里赛起了乒乓球，而且，与众不同的是她喜欢打削球，她心仪的是五十年代的球星林慧卿，她的削球下旋动作舞蹈感非常强烈优美。她认为她的打球，美比胜不胜利更重要。第二，她以七折至三折的廉价购置了哑铃、拉力器、动感单车等健身器材，坚持锻炼身体，并以这些健身器材招待欢迎来客。第三，更加牛气冲天的是她报名参加了民间办的话剧表演培训，并且自行与本校学法语的研究生，排练了法国文学作品改编的舞台剧《八美图》，前后演过五场，全部用法语，至少是高调震撼了外国语大学、法语留学生与在京讲法语的各类人士。她说，她可以好好做一些自己想了多年却没有做的事情了。

她说，与《八美图》中八个女人一个大男人的丑恶毒辣故事相比较，她只能说自己的生活幸福。

一九九二年秋天一过“十一”国庆，她自驾出游新疆天山南北，去的时候走北路，张家口、大同、呼和浩特、包头、银川、兰州，整个河西走廊，哈密、吐鲁番、乌鲁木齐。在新疆她又走了伊宁、新源、库尔勒、喀什、和田，她前后走了两个月，尽看了雪峰、云杉、胡杨与白桦林、高山湖泊、戈壁长河、草原、马场、牧民毡房、高昌遗址、交河古城、喀什噶尔清真大寺、十二木卡姆、沿叶尔羌河两岸的刀郎木卡姆，还有维吾尔族加蒙古族风味的哈密木卡姆。

尤其难忘的是天山北麓中果子沟的哈熊。从乌伊公路上走，在兵团经营的五台公路服务区住一夜，第二天她经过了可克达拉——绿色的原野，走到隶属博尔塔拉蒙古族自治州的沙地中的绿洲精河县午餐，还享受了“抱着火炉吃西瓜”的奇妙经验。饭后到达了高山湖泊——当地人称作三台海子的巨大的高山咸水湖赛里木，走过狭窄的峡谷果子沟。那里长满了野生小苹果，进入秋冬，苹果落地，发酵变化，获得了芳香酒精成分。由于当地长住的多是哈萨克牧民，那里的大个子熊只，也被称为哈熊。可喜的是蔡老师亲眼看到了吃了太多的酒香野果的哈熊摇摇晃晃的酒仙步态。

凭借果香化酒仙，哈熊醉舞亦奇观，微醺更觉身轻雁，飞越天山一顾间。

屡遭磨难女儿身，教授多灾祸患临，自从峰下观熊舞，能不怡然笑煞人？

亲亲别后是新疆，游罢天山岂断肠？驿路遥遥情最切，匆匆歌舞是家乡。

回京时候，南路，经过细长的甘肃，她走陕西西安、河南洛阳三门峡郑州，河北邯郸石家庄。回来以后，她整理新疆记事，改来改去，念念不已。

天山南北自驾游以后，蔡霞对自己的旅途留影颇觉遗憾，北疆草原，那拉提山谷，喀纳斯天堂，尼勒克长廊，库车杏花村，阿城镇苏河口，喀什大寺，她硬是没有留下配得上轰轰烈烈的此行的照片。于是她购买了摄影用旋翼机，学会了全套操作本领，回到了航模比赛的学生时代，她从天地，从山河，从城乡，从东西南北，寻求与开拓着恋恋难舍的美丽。她留下了人见人爱、人人赞美艳羡的摄影图片。

次年，她又自驾车去云南，滇池、洱海、玉龙雪山、丽江古城、崇圣寺、三塔、石林，到处是花朵，到处是树木，到处是奇瑞山水路程。回程外加偌大四川与重庆市。

18

又过了一年，她五月份自驾再游西藏，甘肃的敦煌令她神往赞美，青海西海（青海湖）令她沉醉流连，进入西藏，零下一摄氏度，然后二三四五六摄氏度，渐生暖意，蓝天白云雪峰伸手可触，藏羚羊、牦牛、经幡，新奇开眼，令自诩“光杆司令”的蔡霞教授平添生机。从海拔不到一百米到五千米；越过十几座山岭关隘；穿过金沙江、澜沧江、怒江，三江并流的壮丽景色；经过泥石流群，经过了不知多少次寒温易貌，也是日日经四季，天天历人生，终于到了西藏拉萨，布达拉宫、大昭小昭寺、八角街，住进最初是与外资合作的拉萨拉威国际酒店。

干脆说，蔡霞虔诚而又嘚瑟，她拜了布达拉宫的观音菩萨化身白度母——卓玛嘎尔姆或妙音天女。她学会了梵语六字真言“唵、嘛、呢、叭、咪、吽”。她喝了青稞酒，她请了唐卡药王法相，这里不可叫购买。关键是，拉萨五昼夜，她东跑西颠，没有吸过一次氧，海拔再高，没有她的心气高，心脏再吃力，没有她的精力健，倒霉倒霉，疾风知劲草，事故事故，事乱见忠良，祸大激神力，灾多好转身！苦难到了极点，她只有快乐，只有起兴加油，只有抵抗到底，只有祝福惜福信福求福……再无其他选择。

心知肚明，不选择快乐与爱恋，难道能选择哭啼啼、怨狠狠、家乡的话叫“一头撞煞”吗？不，不，不，不！

她不想那样。永远不会，绝对不会。

一九九六年，她进入古稀，后来她觉得不如叫作“鼓戏”之年。她觉得进入新生活新年代以后，不妨用革命样板戏《沙家浜》中胡司令的名言“（这茶）喝出点味儿来了。”来形容自己的心态了。

理应是京剧里正经高贵的韵白，锣鼓点节奏，花旦问：“茶饮可还中意？”净行（花脸）答：“喝出一些滋味来了！”其中“滋味”二字，声调突然提高八度，音量也大大增加了分贝。而“了”读“燎”，大声，起伏曲折，行板如歌。

她还去了俄罗斯伊尔库茨克、贝加尔湖，北中南欧洲名城。去了突尼斯、尼日利亚、南非的好望角、伊朗的四十柱宫、埃及的卡纳克神殿。

她乘坐了各线游轮，旅行社则写邮轮，大概是为了避讳落水而游的“游”字吧。蔡霞连死都不怕，还避讳游游水吗？

19

二〇二一年，在“霞满天”院里，王蒙终于见到了为九十五岁庆生的蔡霞“院士”。

步小芹的“霞满天”长者院事业有成，她已经在全国建立了三座分院。她说蔡教授自从二〇〇五年春节联欢会上做了多种语言的朗诵以后，立刻被全院称为院士，其实她是教授，并不是科学院院士。还有人说是香港的浸会大学与北京师范大学在珠海合办了博雅学院，他们聘请了一批海内外知名的学者做该学院的院士。也行。

步小芹干脆说：蔡霞教授，现任霞满天长者院院士，院之名士学士，名正言顺，岂有疑义？

九十多岁了，蔡“院士”仍然挺直着腰身，脸上嘴角上呈现着幸福的笑容。

这样的气质与腰板，能不院士吗？

蔡“院士”的身世故事以多种多样的版本在本院包括各地分院传播，包括了各式添油加醋。事迹经过了民众的涂染便变成了动人的传奇。

院士本人主攻语言学，后来又都知道了她在剑桥选修过生物化学第二专业。在这个“霞满天”院里，没有谁说得清什么是生物化学，而她本人，回答旁人提问时说，生物是有生命活力的物质，有营养摄取，有呼吸，有排泄，还有细胞的生长与死灭。生物化学研究生物体的化学进程，还要用化学合成的方法，科学技术的手段来解决生物体的某些产生、抑制、调整与改变的进程。最简单地说，李锦记老抽与二锅头的生产就是生物化学。尖端一点来说，一八九七年毕希纳兄弟发现没有活细胞的酵母抽提液也可以进行复杂的发酵生命活动，从而颠覆了生机论，把无生命的物质与有机物质、离不开一定的物质的生命联结起来了。

解答之后，人们就更加糊涂敬畏了。人们理解，这样，女娲用泥土捏出人来，十分合理。蔡霞是“霞满天”的顶尖宝塔。但她之被人熟知，更多的原因是她朗诵的诗词与她的超高龄美貌。人们还说她一生学问深、经历惨、出身高、命运糟，才在十来年前在本院犯了精神病，破天荒的是，病着病着就好了，她有不一样的经历，不一样的学养，不一样的活力。

她大大方方，老而不衰，她的全身，她的颜面，每次让你看着都那么舒服顺当自在适意。不知道为什么，她的面颜上根本没有过多的皱纹与干枯的皮肤，也没有任何赘肉，只有从容润泽和优美笑靥。所以她不显老，无须表现自己尚没有老。文化驻颜信可称，微微笑过醉芙蓉，哈啰你好皆如意，甘甜酸涩乐人生。她不显弱，更不会逞强。她的永远的含笑的表情透露着幸福与自足，文雅与高贵，她的声音平和淡定，她出现在任何一个场合都带来一股清风，使在座的其他人互视而笑。她的出现又永远像没有出现，像飞过了一只燕子或者飘过一朵薄云，除了愉悦，对一切都只有浮光掠影，高雅文明，没有瓜葛与掺杂。不黏糊。

曾经有过杂音，曾经有过尘埃，曾经有过病症，曾经有过过程，曾经有过对于陌生的比自己优胜的人的敌视；现在，终于功德圆满，院士修炼，与天为徒，天人合一，莫得其偶，是为道枢。

还有她的多礼，一个陌生人走过她身边，她会报之以和善的目光，一个人向她微笑，她立刻回报以春光明媚的感激，她似乎马上轻轻点头与收颏。而当有人叫着“大姐”或者“院士”向她致意的时候，她会缓缓地站立起来。你不禁惊叹，她站立得那样从容而且完美。不像有的老人，七十一过就不敢再坐沙发了，从软软的沙发上他会根本无法及时站立。医生说是老男人坐太柔软的沙发会有伤睾丸。长者院这里还有一位老画家，由于见到大人物急于起立，扭伤了腰，现在还每天用红外线理疗仪治疗。

20

为庆贺她的九十五岁生日，二〇二一年，院里举行了蔡霞摄影展，引起轰动。一些外来的摄影家赞不绝口；少数人则是称赞她的摄影用无人机。之后，自助餐聚会上，蔡霞应请求讲了她的南北极旅行故事。她说：

二〇〇八年，咱们国家的南极旅游启动后，我在中秋的第二天开始了南极之旅。只说到“旅”，且不说“游”，我不是仅仅旅游，我只是追求精神的救赎和世界的我尚不知的那一面。我的旅游是朝圣，是深省，是学习，是寻找归属。当然也是探险。我想更多地知道一点，我们活一辈子，离不开一辈子，却仍然说不清道不明的我们的世界。

……我们先到达了阿根廷的布宜诺斯艾利斯，然后从北到南坐了三个小时的飞机，到乌斯怀亚市海港，登上了豪华的邮轮。我们经过了被称为魔鬼海峡的德雷克海峡，飓风每天二十四小时，吹倒了大冰山，激起摩天大楼一样高的海浪与雷鸣一样的轰响，吹得邮轮颤抖摇摆吓人。而那里一座座的蓝冰山冰丘，是十万年才能形成的。还有一座座黑色冰山冰丘，五十万年才能形成。姜是老的辣，冰是老的黑，深奥严实啊，我们的世界的"极"点。

我们需要勇敢，也需要恐惧，经历了战胜了恐惧才有勇敢，才好吹牛。

极，就是终极，就是绝对，就是无穷。说法是，到了南极，四面八方十六路只剩下了北方。离开南极点，往哪儿走都是北，以北半球的人来说，南极就是地球上的最远。当然，这是从地理学从方向与道路角度做出的判断，如果从数学从立体几何上画图论证，另当别论。

还看到了成千上万的企鹅，说是南极有六百万只左右的企鹅在那里生活，密密麻麻，白的白，黑的黑，黑背白肚的黑背白肚，有没有白背黑肚的我闹不清了。还有一种白脖子上系黑带，很绅士味道，俄罗斯人称它们是警官企鹅。我亲眼看到了一只鹰隼拿一只小企鹅当猎物，向小企鹅决杀俯冲，四只大企鹅迎战以身护崽，这里边肯定有小企鹅的父母，另两位大企鹅呢？它们有亲友，物种认同，和斗争底线哲学。

有大鲸鱼，鲸鱼能将海水喷到旅客的游艇上，也许是欢迎？人类后来认识到，人之屠鲸，太残酷，太过分了。我们看到了废弃的捕鲸船，我们对鲸鱼难免歉疚。南极也有大海豹，有一说是海豹的智力比猩猩更发达。

南极还有探险队员的坟墓，人是先锋，有时也是恶徒，是牺牲者，也是享受者。南极有我们中国的科学考察站，最早的站位于乔治岛。那里有一个小伙子是我的一个同学的孙子。我给他带去了国内刚刚度过的中秋节的一块广式月饼，我大叫着呼喊他的名字找到了他。我们游客的全部行李在阿根廷国内航班上不能超过三十市斤。一块从伟大祖国带去的蛋黄莲蓉月饼，引起轰动，在场的科考人员分而食之，有的感动得流了眼泪。

……后来去了北极，北极最多的动物是白熊。北极最吸引人的是极光，极光闪耀，我伏地痛哭，我在极光里看到了"坚强"两个大字，既然不怕活一辈子，就只有坚强二字。我留了影。去过极地的人都说，他们的心永远留在了极地与极光里。

21

世界怎么这么大，这么新奇，这么令人震惊？人生人生，你走不完你的人生，世界世界，你看不完你的世界。直至最后一分钟，你仍然觉得生未了，情未了，思未了，做未了，你仍然感觉到人生苦短，也就是人生甘甜，无论如何，请不要怀着对人间的冤屈与憎恨离世。蔡霞相信，南极本来是企鹅、鲸鱼与海豹的世界，鲸鱼已经生活了五千万年，企鹅是三千六百万年，地球本身是四十六亿年，而人类的存在只有三百万年。

人被天地被世界被大块创造出来，唯独我们有感知有思维有欢乐有痛苦有造孽也有反省，有夸大也有侵略，有反思也有坚忍。我们知道了学习。我们应该做怎样的人？做怎样的事？说怎样的话？痛苦怎样的痛苦，开心怎样的开心？我们这些远没有企鹅资深的新新一族群，我们足足地折腾了世界，一直到南北极，一直到太空，我们从灾难与成就两方面，应该得到启示与淡定。

国外有这样的惊天之论：人类应该要求自己，人类应该有所不为，不要使人类变成地球的恶性癌细胞。

你与幸福同行，与灾祸角力，被小人诬告，因不解而对一切津津有味，因大限而庄严，因辽阔而小心翼翼，因新知而热烈，因无端而难舍。

九十五岁的蔡霞与八十七岁的王蒙见面，她笑着说："我读过你的《夜的眼》和《初春回旋曲》。"

"什么？回旋曲？"我一怔，一惊。

《初春回旋曲》一直在我心里，发表以后没有一个人说起过它，以至于听到蔡霞的话我想的是，好像有这么一篇东西，可是我好像还没有写过啊。

似有，似无，似真，似幻，似已经写了发表了，似仍然只是个只有我知道的愿望。

她说："欧洲民间的轮舞曲，两个不同主题的对比。读着它，就像当真跳了舞。"

她笑得甜蜜。

“谢谢你。”

我问道：“我不懂的是，您为什么二〇一二年，在您八十六岁的时候停止了全球化旅行，变成霞满天的‘院士’了呢？按我的想法，您应该下一步是旅游到太空啊，可以上月亮或者火星的啦！”

她微微一笑，闭上了嘴，含笑莫测高深。

她说，太空旅行训练有点来不及了，她遗憾的是没有养一只小豹子当宠物，当儿孙，她希望在野生动物的观感中改善人类的形象。

步小芹小声告诉王蒙：“二〇一二年初，中日友好医院查体时候发现她的淋巴结有变化……”

我怔了一下，觉得自己越来越聋，戴上一副五万多元的丹麦出品助听器也还是完全听不清楚。同时非常后悔胡乱提问，转而用目光向小步挤挤眨眨说话：“怎么你没有告诉过我？”

小步歪了一下下唇，轻轻挤了一下眼睛，她是想说，“不要提这个事儿”，我以为。

蔡霞嫣然、淡然，而后我要说的是，蔡霞向我飘飘然地说：“我，早就，忘记了。”

精彩，豪杰，什么样的风范、人物、面貌一新啊！！！

我心里还说：“然而，你没有忘记连斯基·谢尔盖这个俄国名字。”谢尔盖——Сергей，出自拉丁文，本来就是高大上的意思。许多俄罗斯男人起这个名字。亲爱的高大上啊，你当然也可能通俗与一般化了一回。谁让你也是同样的部件、零件、螺丝与电流组装的呢？

王蒙心里还想，也许真的可以请求河北与山西动物园专家与驯兽师帮助，进太行山找上一只刚刚出世的华北豹小崽，请蔡老师养好一只豹子，丰富她的通向期颐的人瑞生活吧。

（原载《北京文学》2022年第9期）

五湖四海

王安忆

一

她不知道日子怎么会过成这样!

他们原本是水上人家，当地人叫作"猫子"。这个"猫"可能从"泖"的字音来，溯源看，是个古雅的字，但乡俗中，却带有贬义。安居乐业的农耕族眼里，漂泊无定所的生活，无疑是凄楚的。"猫子"自己，并不一味地觉得苦，因为有另一番乐趣，稍纵即逝的风景，变幻的事物，停泊点的邂逅——经过白昼静谧的行旅，向晚时分驶进大码头，市灯绽开，从四面八方围拢，仿佛大光明。船帮碰撞，激荡起水花，先来的让后到的，错开与并行，"猫子"们都是有缘人，相逢何必曾相识。夜幕降临，水面黑下来，渔火却亮起了。

修国妹出生于二十世纪五十年代末，他们这些船户已就地编入生产大队，虽然还是水上生计，但统筹为渔业和运输。活动范围收缩了，不如先前的自由，好处是稳定。小孩子就在岸上的农村小学读书，大人走船的时候，歇在学校。就这样，修国妹读完高小，又在公社的完中读到初三毕业。这个年纪，又是女孩子，算得上高学历，父母也对得起她了，于是回船上劳动。这年她十五岁，读过书，出得力气，相当于一个整劳力——其时，船务按田间作业计工计酬，人依然住船上，背底下还叫作"猫子"。没两三年，分产承包制落地实施，他们分得船和船具——原来就是他们的，归了公再还回来。东西的价值算不上什么，重要的是政策。他家从事运输，集体制的运营，在计划经济内进行，接货送货固定的几个点。但是沿途几十里，水道分合，河汊连接，无数村庄人户，哪条船没有点私底下的捎带。鸡雏鸭雏，麦种稻种，自酿的米酒，看亲做亲的婆姨。三角五角的脚费，总归是个活钱。所以，“猫子”的家庭其实是藏富的。要是下到舱里，就能看见躺柜上一叠叠绸被褥，雪白的帐子挽在黄铜帐钩上，城市人的花窗帘、铁皮热水瓶、座钟，地板墙壁舱顶全漆成油红，回纱擦得铮亮，好比新人的洞房。倘若遇上饭点，生火起炊，摆上来的桌面够你看花眼：腊肉炒蒿子菜、咸鱼蒸老豆腐、韭菜黄煎鸡蛋、炸虾皮卷烙馍，堆尖的一盆盆，绿豆汤盛在木桶里，配的是臭豆子、腌蒜薹、酱干、咸瓜……这是看得见的，还有看不见的，就是银行折子。数字有大有小，但体现了“猫子”的眼界，在人民币差不多只是簿记性质的日子里，他们已经涉入金融，似乎为改革开放自由经济来临，提前做好了准备。

张建设遇到修国妹的时候，她虚龄二十，在乡里就是大龄女了。“猫子”的身份不能说有，也不能说完全没有，影响恰当恰时的说亲。中学里，有男同学喜欢她，约她到县城看电影。并不是一对一，而是齐打伙，几个男生几个女生，心里知道只是他和她。回学校的路上，天已经黑了，意兴不像去时的振作，便散漫开来，变成络绎的一条线。他俩落在最后，不说话，只是有节奏地迈步，身体轻盈，飞起来的感觉。事情却没有后续。少年人的感情本来就是朦胧的，同时呢，乡镇上人又早熟，一旦涉入恋爱便与婚姻有关，所以就不排除现实的原因，大概还是“猫子”的偏见作祟。

有一次，行船到洪泽湖一个小河湾。这时候，乡镇企业遍地开花，四处都是小工厂的大烟囱。运输业随之兴隆，建材、原料、产品、半成品，货装到不能再装，吃水深到不能再深，远远望去，走的不是船，而是小山样的载重。这是白天。晚上呢，河道上满是夜航船，呜呜的汽笛通宵达旦。那是去湖南岸糟鱼罐头厂送酒糟，当地特产大曲，据学校的老师说，《清史稿》就有记载。托水的福，多条河流交集本县境内，有名目的淮、浍、沱、涡、濉，无记录的溪涧沟渠就数不清了。家家有酿酒的私方，计划经济时代，兼并合营成全民所有，到市场化的年月，一夜之间，大小糟坊无数。宅院、巷道、街路、河滩，铺的都是酒糟，县城上空，云集着酵醋的气味。修国妹家的船到了南岸，卸货掉头，回程途中，经过叫管镇的地方，从乡办棉纺厂接单。精梳下来的落棉打成帆布包，装够一船，已是下午二三点。沿岸找僻静处停靠做饭，岸上几行旱柳，棵棵都是合抱，出枝很旺，连成厚密的屏障，只要传来鸡鸣狗吠，就晓得有村庄。叫爹妈在舱里午眠，修国妹独自在甲板点炉子坐水。这边淘米切菜，那边锅就开了，下进米去，不一时，饭香就起来了。仰脸望天，日光金针雨似的洒落，沙啦啦响，其实是风吹树叶。忽看见树底站一条细细的身影，像她在镇上读高中的弟弟，不禁笑了笑。铁钩划拉出炉渣子，掺着未烧尽的煤核，铲到瓦盆里，将沸滚的饭镬移过去焐着，换了炒勺，倾了油瓶，一条细线下去，嗞啦啦响起来。煎三五条小鱼，炒大碗青菜，臭豆腐早焖在饭里，然后叫，吃饭了！扭头看，那孩子还不走，觉得好玩，玩笑道，吃不吃？他真就来了。一溜碎步跑过斜坡，跳上船。一张案板，正好一边坐一个，不知道的以为一家人。大约有半年光景，接连到管镇接货送货，就也经过这里，那孩子掐算准日子似的，准在柳树林里，船靠岸，就钻了出来。有时带几棵菜、半碗酱，有一回，他娘也跟来了。晓得是来看人的，也晓得很称心。下一次来，带的不是菜和酱，而是两磅毛线，一块灯芯绒料，几近下聘的意思。修国妹的妈私下里还请先生对了俩孩子的八字，水上人都有点信命。是她不答应，第一眼看他像她弟弟，一直当他弟弟了。虽然他比她早生半年，可“弟弟”不是以年月断的，她那亲弟弟也就小一年多点，因隔年又有了妹妹，于是，妈背上一个，她背上一个，好比是他妈，缘分就不一样了。

第三次，用另一种算法，也是第一次。她还在妈肚子里，停泊沫河口，老大们聚了喝酒，也有女人怀胎的，众人起哄指腹为婚。那条船是什么地方的不知道，老大姓甚名谁也不知道，就当一句戏言过去了。山不转水转，十八年后，同一个停泊地再遇见，老大还是老大，女人还是女人，当年的人种却开花结果，正巧一个男一个女，也都读了书，在船上帮衬，那个约定霎时间就回来了。年轻人都是浪漫的，这戏文般的缘起，彼此生出好奇。但走船的生涯踪迹无定，恋爱中人最怕离别，一年时间过去，竟没有再见面，却出来一个张建设。

七八月的淮河，水涨得高，船从双沟新桥底下过，她站在舱顶做引导。双沟在苏皖交界，水域很宽，多条支线汇集，并齐河口，收紧了。只听马达汽笛，此起彼伏，万舸争流的气象。她一个小女子，水红的短裤褂，赤着足，手里挥动小旗，左右前后竟都按她的指点，避让错行。张建设就在对面的甲板，船帮贴船帮，摇动着，擦过去，上下看看，照面了。

两条水泥轮机船大小和载重差不多，张建设却已经是老大，登门拜访，是父亲出面接待。来客虽是初见的生人，但吃水上饭的都是一家亲，并不见怪。因带的礼厚，金华火腿、符离集烧鸡、阳澄湖蟹、东北天鹅蛋大豆，另有两副女人的金镯子，上海老凤祥的铭记，就晓得是个走四方的后生，也猜出几分来意。有待嫁的女儿，断不了说亲的人。修老大读过几年塾学，经历新旧社会，到了今天，明白时代的进步，自己是受益的。儿女的事情，且是这样的大事，就不敢行包办的老法。女儿从来没有应许过一回，旁人说他没有家长的威权，他嘴上辩解，暗地里却是高兴的，出于舍不得的心。这一回，和以往不同，没有拉纤的中人，自推自，是开门见山的意思，他就有些失措了。一边让座，一边嘱女人办酒菜，先称客人大兄弟，后改口大侄子。两个年轻人倒很坦然，仿佛认识许久似的，互问姓名和学校，发现虽不属一个县份却有共同的熟识，无非是同学的同学，朋友的朋友，表亲的表亲。他插不进话，显得多余，讪讪走开去，到后舱理货。再回到前甲板，两人却不说话了，一个低头摆碗筷，一个举着酒瓶子，割瓶口的蜡封，眯缝着眼，躲开嘴角烟卷的烟。修老大不禁恍惚起来，因为看见了年轻时候的自己和孩子妈。下一回，是他登张建设的船。按规矩，要物色媒介，有当无过个手续，自己的女人也是这样说来的。可是，什么也代替不了做父亲的眼睛，有生以来头一回聘闺女，桩桩件件都要亲力亲为。

张建设的船保养得不错，新做的防水，马达也好使，尤其是日志。进货出货、行驶里程、途经地名、收支账目，分门别类记得清楚整齐，让修老大汗颜。赶紧合起来，不看了。船上用了小工，远房的表亲，洒扫就也干净。只是舱里有些乱，被褥有时间没拆洗了，衣裳洗是洗了，却不叠齐收好，而是搭在一根铁丝上，就像没洗过一样。中午饭是乡下人的粗食，小工的手艺，整条的河鲤鱼、整个的肘子、大块豆腐，都是一个煮法，炖！炖到酥烂，料下得足，口味十分带劲。一老一少两个老大，面对面吃喝，酒上了头，说话的声气大起来。老的说：大侄子的船什么不缺，独缺一双女人的手！小的应：女人好找，知己难寻！老的道：知己不是“找”，是“相处”的！小的又应：伯父听没听过“一见钟情”？老的摇头：这就难了，天下哪有这般准的事？小的抬手拦住：您别说，我真就对上一个！

何方人氏？近在眼前，远在天边。这话怎讲？老的有些酒醒，眼睛直看向对座，那个人是忍笑的表情，其实清醒得很："近"是距离，却隔座山，就"远"了。什么山？老泰山！这话说得俏皮，两人都笑一笑，停住了。听见小工在岸上吹笛子，掺了鸟的啁啾，声长声短的。张建设收起笑意，双手端一盅酒，肃然道：从此以往，伯父您就是我的亲父！修老大耳朵里嗡嗡响，喝干酒，翻过盅底，亮了亮。就这样，吃完饭，送上岸，看日头向西，白日梦似的。事后难免懊恼，太没身份，至少也要拉锯二三回合。这后生确实有定力，一旦上船，舵就到他手底下，让人不得不折服。

渐渐知道，"您就是我的亲父"这句话，不是无来由的。张建设父母早亡，相隔仅半年，都是哮喘病。船上人最易得的两疾中的一疾，另一项是关节炎，因常年生活在潮冷的环境里。并不是绝症，照理不至于丧命，但时断时续，累积起来，最终吊在一口气上，其实是风湿走到心脏。那一年，张建设和弟弟张跃进，一个读中学，一个读小学，都未成人。有人出主意，报个虚岁，送大的当兵，每月津贴供养小的，可是当兵的名额让大队书记的儿占去了；再有人想到结亲，哥哥成家，弟弟也算有了怙恃，但头无片瓦、足无寸地的"猫子"，八尺长的汉子都难娶媳妇，更遑论未成年。如此，只剩一条路，列入五保，生产队养到十八岁。兄弟俩穿着孝衣，额上系着白麻，眼泪和了土，满脸的泥，就差一具枷，就成了听从发配的犯人。到末了，大的那个直起身子，开言道：叔叔伯伯费心，从今起，我就下学，请队上派工，大小是个劳力，倘挣不出我们兄弟的粮草，先赊着，日后一定补齐！说罢，拉了小的跪地磕响头。其时，身子没有长足，还是孩子的形状，说话做事已有几分大人的做派，比他爹妈都强。人们私下里说，那两口子都是软脚蟹，想不到下了一个硬种。所以，张建设比修国妹长一岁，学历却矮两级。

这是一段凄苦的日子，弟弟住读学校，他在大队运输船做小工。大队的船往往走的长线，出行十天半月不在话下。上岸第一要去的地方就是小学校，等弟弟下课，将些攒下的吃食塞到书包，手掌心摁进几个分币。十来岁抻个头的年龄，每回见，衣裳裤子都紧一紧，直至脚趾头顶出鞋壳外。就地脱下橡胶防水靴，看那小脚丫子哆嗦着套上，转身打赤足走了。第二去的就是自家的破船，泊在河湾里。揭开油布一角，爬进去，黑洞里无数只眼睛射向他，是破绽的口子。船和房屋一样，没有人气顶，便一径颓圮下去。他抱膝坐下，四下里一片静，仿佛神灵出窍，又仿佛魂兮归来。父母的遗物，所谓遗物就是被褥衣服，清点无数遍了，可用的拣出来，实在糟烂用不上的也烧了。板壁墙上，他们兄弟的奖状：三好学生、普通话比赛、年级最优，揭下收在藤条箱，垫着桌椅床柜架起来，依然受了潮。母亲的针线匣子，一枚银顶针，氧化变成黑色，他取出来，戴在中指上，其余一并放入藤条箱，垫几块砖瓦，再架高一层。舱顶的漏是补不起来了，路上拖来的油毛毡压上去。他相信，总有一天，张家人还会在这船上过自己的营生。

万事开头难，起初是咬着牙一天一天熬，熬到某个阶段，就渐渐尝出些甜头。越拉越紧，扯头就开的绳结；锚链直溜溜下去，手臂忽的一麻，扎到底了；眼看对面船迎头过来，打个满舵，闪过了；喝酒划拳，船工们的荤笑话，岸上的大姑娘小媳妇，他甚至交了相好，一个寡妇，带一群儿女，鞋都露着小脚趾头，让他想起自己。替人捎带——逐渐的，他也有了自己的私活，就问有没有穿剩的鞋，到地方一股脑儿扔上去，扔下来的却是新鞋，麻线纳的底，钉了胶皮，后帮子也镶了皮，晓得是水上人的脚。走船人哪个没有沿岸的风月，因为他小，就要受人起哄，先是红脸害臊，惯熟后便嬉笑打闹，欣然接受。可他是读过书的人，晓得爱情和同情的分别，也晓得鱼水之欢和天长地久孰轻孰重，还晓得此一时彼一时。

十八岁那年，他从大队船上出来，单立门户。自家船稍作修葺，货舱重铺一层水泥，重置马达、柴油机、锚链、缆绳，新添一座船钟，从蚌埠旧货市场淘来的，不知道哪艘海船上的物件。这些贴补可说都是拾来的废旧零散，一件一件集起来，再一件一件交割，多的换少的，少的换多的，大的换小的，小的换大的，倒手无数个来回，终于变无用为有用，凑合成三五成新。大队拨给几单货运，他又自谋了一些。政策开始松动，上头开一分，底下就是十寸。耕作还有统购统销约束，捕捞和运输，尤其后者，本来就属集体经济权限，其时就更自由了。他驾着船走在河道，船钟铛铛地敲，穿越马达轰响，回应汽笛长鸣，凌空回荡，仿佛来自天庭的清音。他很快博得名声，不只因为是最年少的老大，主要在于人品。行业其实是江湖，“水上饭”的道更深。辖地的管治只不过名义上，具体事务还是人情款曲，随时日久远渐成公约，俗话叫“做行规”。他出道早，难免受欺，倘若不开蒙，或就一辈子屈抑，抬不起头，如他这样，心明眼亮，却可以从弱到强，由浅入深。父母在世，他只是看；父母离世，便是亲历；到如今，独驾一条船，则有了感悟。归纳起来天下祸福无论大小轻重，端底就一个“争”字，落到水上世界，不外争河道，争先后，争上下游，顺逆风。两相对峙，总是强者取胜，强中有更强，所谓山外有山，天外有天，永无止境，但有更高一筹的，就是不争！所以，反其道而行之，守着一个“让”字，让掉的那些利好，用“勤”补上，计算起来，也并不见得有亏缺，倒积蓄起人缘。老大之间有了纷乱，往往请他作仲裁，这时候，“理”就出台了。“理”这东西，本是天下为公，却很怕霸蛮，扛不住会偏倚，有句村俚说得好：秀才遇到兵，有理说不清。好比一物降一物，霸蛮还怕一件东西，就是“让”，于是，他这样不争的人才有胜算。他自认在弱势，但弱势有弱势的活法。他相信，这世上既然容下一个人，必有一份衣食，不是天命论，是人生来平等的思想，他到底和父母辈的人不同，也是时代的进步。下一年，国家经济继续松绑，一系列开放政策脚跟脚下来，普惠大众，他的人生从此焕然一新，之前做梦都不曾梦到的，这里又有些命运的成分，他不信也不成。

分产承包手续完毕，下到船里，过去的日子扑面而来。父亲掌舵，母亲在舱外打水，铅桶哐哐地响。擦得铮亮的甲板，照得见他跌跌爬爬的身影，腰里系一根绳子，另一头系在妈的腰上。接着是弟弟，小小的，红红的小脚丫子，打着滑，船上的孩子都是这么长大的。此时此刻，他忽然发现已经长大到，这船盛不下自己了，猛一鼓气就撑破它，好像鸡雏撑破蛋壳。船帮的木板朽烂了；甲板下的龙骨断裂，凹陷下去；水泥防水层不是这漏就是那漏，不定什么时候，一觉醒来，船从身子底下滑走，人在水上漂。旧换新的时候到了，他想。

决心下定，即开始筹措。这些年走船，虽是以工分计，仅够他和弟弟的口粮，但私拉的单子，分账多少有他几个零钱；后来独立出来，暗地下的收入又多了些，合起算一份。再一份是身下的船，或只能当废旧货出手，如何折扣都有限。忽然闪念，购买者多半化整为零，分门别类，赚其中的利润差价，为什么不留给自己赚呢？想到这里便按捺不住，说干就干，先收拾打包，星期天张跃进从乡镇中学回家，兄弟俩搭手，河滩上支起油布棚，归置日用的琐碎，转眼间底舱挪空，直接将顶掀了。这是张建设拆解的头一条船，多年以后往回看，可算他事业第一步。事情不出预计，单是轮机部分，就抵得旧船的整价；墙板、地板、顶板、箱柜，作堆卖，又是一价；烂掉的龙骨，集拢卖个柴火价；锚链、绳索、篷布、油毛毡、大小铆钉、合页、锁扣，三不值两，也是个数目。承包制下，船户都在修葺，都是用得着的物件，不出三日，剩下一个船壳子。翻过来，涂上防水漆，就这么倒扣着，旁边是父母的坟头。“猫子”们的墓，只能做在河滩的斜坡，真叫作“死无葬身之地”。他特别留下那只船钟，好像有了它，就会有船，早和晚的事情。这份钱添上，新买一艘，不过十之三四，余下的大缺口，用什么补上呢？

当晚，睡在油布棚里，棚顶漏进星月，是个一无所有的人了。心里并不觉得沮丧，反是轻松。枕下的船钟滴答走秒，数着时辰，一夜无梦。村烟鸡鸣里醒来，被盖让露水打湿，头脸也是湿的。望天边朝霞，就知道是个晴日头。拉根线绳，晾上衣服被褥，小泥炉生火煮面，搅进油盐酱醋，热滚滚下肚。就着河水涮了锅碗，再细细洗漱，睡乱的头发梳齐，整整衣裤，提一个人造革小包，上路了。离开水道，天地变得宽广，似乎没有边际，陡然间，人被解放了，同时，也生出渺茫，不晓得前面什么等着。可是，一步一步走过去，自然看得见，他信的就是这个。现在，他从返青的麦田间走上公路，稍等片刻，班车来了。近午时分，汽车驶过水泥大桥，迎面一座拱门，塑成三面红旗的形状，就晓得进县城了。下了桥，农田迅速向后退去，两边房屋稠了，将车路挤得越来越窄，跑着马车、牛车、拖拉机、汽车、手推车，自行车在车缝里游龙似的穿行。柴油机的马达、汽车引擎、喇叭、铃铛，此起彼落，牛和马最安静，沉着地迈步，勿管前后左右如何催促谩骂，只按着自己的速度和路线。还有轮子底下溜达的猪啊狗的，从容闲散，俨然地方的主人。班车沿途停靠几次，下去些人，又上来些人，下去多，上来少，渐渐只剩二三人。卖票的看他，好像问去什么地方，他不回答，因为不知道要去哪里。他自来的活动范围都在河道周围，经过无数大小城镇，也只在临水的边际，没有进入中心区域。此时，班车通过拥塞的进城道口，街面疏阔，而且齐整，东西纵向为主干道，南北横向断开的多是小街，鱼骨似的排列。这是整体的结构，从局部看，小街由住家和摊贩组成，此时已到收市，就寥落下来。干道则为公家的营业，从车窗望出去，玻璃的门窗，门楣上的招牌，招牌上的大字，虽也人迹罕至，却是威严的气派了。一行字进入眼帘：中国农业银行供销合作总社。心中豁然开朗，此行的目标有了。过两个路口，一转车头，熄火了，剩余的人清空，他不敢停留，跟着下去，看见墙上的红漆涂着：客车总站。他才晓得，已经走到再也无法走的尽头。回到路口，站定了，认准方向，直接奔银行大门去了。

初起的念头是存钱，身上的家当卸了，即可翻转腾挪。推门进去，当门三个窗口，都空着，后面的磨砂玻璃墙里，似有绰绰的人影。他"喂"了一声，好些时间，方才有人隔墙应道：中午休息，下午一点办公。抬头看看，壁钟走在偏出正中一刻的地方，他决定就地等待。慢慢在厅里踱步，活动活动手脚，一边看墙上的张贴，每个字至少看过两遍，窗口有了动静。就在这等待的几十分钟里，张建设改变了主意。

走到第一个窗口跟前，探头问道：哪里办理贷款？窗口里的女人抬起眼睛看向他，仿佛被惊着似的，说不出话。停一停，问是私人还是公家的业务。他一笑：可公可私。女人脸上的表情更警惕了：什么意思？他回答：农村联产承包制，既是集体也是个体，您以为公还是私？女人皱皱眉头，以为抬杠寻事的。街上少不了闲人，俗称"街华子"，专找女营业员搭讪，面前这一个又不很像。黧黑的皮色，肩背厚实，出大力的样子，衣服穿得板正，扣到领口，显见得乡下人进城。面上和悦，那几句答词却藏着机锋，就不是乡下人的简单。有些摸不着路数，只觉得不可小觑。女人站起身，转回到玻璃墙后头，压着声说了什么，再出来，则尾随一个戴眼镜的男人。那男人矮下身，凑在窗口看出去，他也矮下身，就脸对脸了。里面人问知不知道贷款是怎样的事，他侧身指了墙上的告示：上头都说了的！正是农业贷款的宣传书，里面人不由笑了。这项政策下来有段时间，紧锣密鼓张扬，并不起效。农村人都是做一口吃一口，十分不得已才会背债，渐渐地凉下来，不想忽然间竟来了一个。紧接着，窗口里面递出一连串问题，姓名生年，户籍所在，教育程度，家庭成员——看起来是主事的，他对答如流，但当问到有没有抵押物这一项，陡然卡住了。他涨红脸，挠挠头，咧嘴笑了，露出一口整齐的白牙。男人直起腰，和女人相视一眼，都见出对方的好感，女人说：若无抵押，有担保人也可以。

最后，是由大队书记做了担保。张建设父母去世那年，武装部来征兵，有人撺掇报张建设，私心里多少为减轻负担，五保户的支出平摊在各家各户头上，紧巴巴的年月，压根草都有分量，结果去的是书记的儿子。

自觉得从孤雏口中夺粮，心里藏了愧疚，还是要归到那年月的难处。儿子是回乡的知青，书读到半拉子，倒落得肩不能挑，手不能提。本以为吃上军饷，终身都是国家的人，无奈扶不上墙的泥巴，三年时间，列兵去，列兵回，连个党籍都没争到。私下曾经想过，倘若换了张建设，不定会有怎样的前程。他看好这孩子，单是这一条，就敢做担保人。往返几趟，办下贷款，差不多同个时候，书记大伯替他找到卖家。这时节，船家们都在晋级装置，一手兑一手，一条半新旧的机轮船兑到他名下。修国妹父亲前去视察的，就是它。

二

张建设和修国妹来往走动半年，正式喝了订婚酒。船上人家因是过着流动的生活，多半亲戚少，尤其张建设，连个家长都没有。请书记大伯做大人，和修国妹父亲母亲并为上首，下首坐了两人的弟妹，再加书记带来的小子。复员回家几年，还穿着军装，说普通话，看起来很像下来巡视的干部。他当兵在徐州卫戍部队，驻扎军分区大院，外勤站岗放哨，内务则洒扫庭除，替首长做些杂役。首长都是战争中过来，吃过苦的人，作风朴素，也没有架子。儿女们就不同了，养尊处优，难免有些浮浪。当兵的也是年轻人，有样学样，总会沾染习气。操场上玩球，肢体冲撞，几个言语回合，摘了帽子，抹下腕上的手表（参谋和列兵的区别就在有没有手表）然后或单挑，或群殴，打得起烟。徐州历史很久，人物说话颇有古风。那里生活三年，见过些世面，又怕家乡人不知道，因此滔滔不绝，席上的话让他全包。那两个弟弟一个妹妹只有听的资格，三个大人初次见面，拘着礼，低声细语地客套。修家母亲敬了盅头酒，硬挣着回去炉灶，换张建设上桌，替二位爷搭桥。三人静静地喝酒，耳朵里尽是聒噪，书记大伯到底挂不住，对张建设说：你是个有主张的孩子，成家立业了，莫忘记提携同年兄弟！张建设抬手向下首用力一划：都是我的弟弟妹妹，谁敢说不管？修家爹爹眼圈红了，他的头生女要让这人娶走了，仿佛看见吃奶娃腰里系根绳子在甲板上爬，爬着爬着，背上又驮个小的，蜗牛似的，头顶扎两根小辫，是蜗牛的犄角，眨眼的工夫，长成个大姑娘，姑爷都坐到跟前了。真是割肉啊，由不得生出恨意来。可是呢，俗话说得好，女婿是半儿。他倒是有儿子，可儿子没长兄总归孤单，所以听见那担当的誓言，又是欢喜的。

婚事定了，成亲又过了一年。这一年里，银行的贷款还去大半，又积攒下迎娶的费用。前边说过，乡镇企业大兴，尤其苏南地区，人口稠密，农地紧凑，与几座工业城市相邻，无论发展的需求还是条件，都在龙头。继而向北延伸，越过省界，一径带动起来周边。物流几十倍上百倍增量，旧路不够用，新路不及开，高速公路还是遥远的传说，内河运输就夺得先机，变成主要渠道。计划经济的行政区划打开了边际，水网联通起来，左右逢源。拘泥得久了，外面世界的大和远就让人生畏，多还是局限在原先的地盘上活动。张建设却不怵，他的线路拉得很长，从淮河穿过洪泽水域，到高邮湖、邗江、六圩，顺长江到江浦、秣陵关、江宁镇，回进皖地。皖南这一片，本来就是富庶，如今又腾飞发展，成经济重镇。走过这些地方，张建设的经验是，发达地区一定从江河而起，再向沿海伸延。他读过书，鸦片战争之后签订《南京条约》，五口（广州、福州、厦门、宁波、上海）通商，按下西方列强吞噬中国这一节，但说现代化速度，却是历史转折，社会的突变。在他头脑里，"海洋"是个象征性的概念，带有理想的色彩，离现实很远。现实是，地方大，人就小；地方小，人就大！看得出，张建设不是好高骛远的人，比起保守主义，他又要稍稍往前多看一步。于是，在这内河航运兴隆昌盛之时，他预感到更可能只是蜜月期，很快便结束了。抬头看，岸上的标语牌，赫赫然映入眼睛：要致富，先修路！沟渠填埋，农田等不及收成，压路机便开过来，打夯机的轰鸣昼夜不停，盖过了船的轮机声。他已经看得见，陆路代替水路，车代替船。到那一天，旧的生计就将被新的代替，具体不知道究竟是哪一种，但他笼统地认识到，天下事物都是共生灭，同呼吸，就看你把不把得到脉！

迎娶修国妹，他的船油漆一新，舱里满满当当。玻璃门的柜橱、梳妆台；大件有自行车、缝纫机，俗话叫"两轮一转"；小件是气压热水瓶、三五牌台钟、双面绣的插屏；当然少不了"三金"：金项链、金耳环、金戒指。修国妹的嫁妆有得一比：床上绸缎面湖丝棉被子、珠罗纱白底隐花帐子、羊毛毯、羽毛枕；地下铜锁铜包角的樟木箱、红木的套桶和脚凳，黄杨木的婴儿摇床都备下了；穿的有呢大衣，男式海军蓝，女式玫瑰红；新款羽绒衣，也是一蓝一红；衬绒夹袄，男装驼绒，女装羊羔绒；牛皮鞋，高帮、低帮、棉、单、凉、拖；单是锅就十来件，钢精的、生铁的、搪瓷的，双耳的、单柄的，煎、炒、炖、煮；成套的碗盘、茶碟、酒壶酒盅，各有几十头；顶别致的一盒西式餐具，大小刀叉勺，嵌在紫红平绒托上。一样一样送上甲板，摞起来，罩了桌面大的喜字，展销会似的。喜酒摆了十条船，大船三席，小船两席。两边的客人多是同行业。修老大行船日子久，结识在三四代以上；张建设走得远，都有隔了省的朋友来贺礼。下午三时开宴，入夜八九点还未散去，条条船掌了灯，河湾里点了火似的，红彤彤一片。直到东方露白，才一艘艘相继离开，马达突突响着，渐渐远去，消失在晨曦中。

这场夜宴，可说象征了水上运输的黄金时代。拉不完的货，接不完的单子，卸载的空船，被厂家拉住不放走，又装一船载到下一家。沿河挤挤挨挨着大小码头，码头后面，新厂连老厂。天际线改变了形状，原先平缓的弧度上，凸起许多锐角，视野变得狭窄。听觉呢，也是拥塞，岸上是机器的隆隆声，岸下是船的马达和鸣笛。直至暮色下沉，夜色渐深，方才消停。这是张建设喜欢的时刻，水面疏阔许多，喧哗收敛起来，星月仿佛升高了，船尾拖了细浪，心里格外安宁。白昼里麻木的知觉此时恢复了，甚至更加灵敏，似乎，万物都在发力：潜流在码头的木柱间绕行，鱼排籽、孵卵、破膜，地龙拱土，水蛇蜕皮，鸟族在枝头求偶……他以为在梦里，烟头的亮是梦里一个醒，带他回到现实。于是，听见自己的脉跳，舱里面妻子的鼻息，胎儿在母腹翻身打滚，他是个拖家带口的人，不由笑了，这无声的笑也进了耳朵！头顶上三星排列，时辰不早，烟蒂扔出船帮，“噗”的一声。叫出小工守夜，换进去睡了。小工是从江苏地界泗阳找来的，也是个孤儿，原先在乡里的麻刀厂做，受不了那个气味，宁愿当“猫子”，硬跟着船过来。

头一个孩子生在船上，取名舟生。其时，他们在巢湖那边，皖南比皖北发达，运费几乎翻番，一单接一单，几上几下，回程的日子一推再推，终于挨过日子，分娩了。修国妹可说自己给自己接生，母亲生弟妹的时候，她就在跟前，看不看都进眼睛里。生完了，就轮到张建设。想不到，没经过女人事的男人，竟然会侍奉月子。猪蹄炖得起膏，鲤鱼熬成牛乳，黄糖水打溏心蛋，莲子红枣粥，茼蒿菜煮水，用来煞油腻，苹果掏去芯子隔水蒸，也是压火气。第一口奶是他吸出来的，夜哭郎是他起来抱着摇到天明，母子俩的洗涮也归他。隔壁船的老大笑话说：男做女工，越做越穷！他回答：我这个女人命旺，破得了天戒！船驶到临淮关，和老岳家碰头，已经二月二龙抬头。婴儿出世剃胎毛的日子，按规矩是由舅舅动推子，可舅舅在学校读书备高考呢，还是张建设自己来。外婆绞线头的小剪子，一绺一绺，又有人戏谑：修理地球啊！他笑接下句：锦绣河山！多半亲力亲为，他和舟生最亲。

日子过得快而且满，娶了娘子，生了儿子，攒了票子，舅子小姨供进城上学，自己的兄弟则送走当兵。这时节，生计多了，太平世道谁愿意出征打仗？参军的热便凉下来。这张跃进少小缺爹娘管教，天生也不是读书的料，要不是做哥哥的辖制，怕已经辍学上船了；二也是还张建设自己的少年心愿，听书记大伯的孩子说话，晓得虚多实少，还是有触动。这一批征兵是新疆驻防，内陆的人听起来，远到天尽头似的。这里单军服上身，发下的已经是棉和毛，看到那一双大头靴，方才有些释然。他忘不了张跃进顶出鞋的脚趾头，那是软肋。安顿下几个小的，还有一个大头，就是允诺书记大伯帮衬的，他的同年兄弟。起先，那兄弟看不上他的帮衬，问娘老子“借”了钱，和战友参建水泥预制件厂，不到半年，钱打了水漂，战友们一个个跑得看不见。于是，书记大伯亲自押解到跟前，求个小工的营生。他怎么敢！不知道谁雇谁。来回寻思几遍，最后给明光镇的窑厂，也是他的客户，牵线做个销售主任。家家户户盖房造屋，砖瓦先是紧缺，接着过剩，因为四处都在开窑。临高望去，东南西北的大烟囱，吐出滚滚黑烟。出窑的时辰，有电的地方拉了线路，高支光的灯泡大放光明；没电的则扎起火把，映红半爿天。再一眨眼，满视野破土动工，或者从无到有，或者推了旧的盖新的，真叫作，眼看着起高楼，眼看着楼塌了！建材就又走俏了。

张建设做了这中人，实是心里打鼓，随时会出事似的，有一段时间，都不敢再往明光那边接单。过后传来风评，竟然很好，颇有作为的气象，方才松一口气。

书记大伯的儿子，大名李爱社，小名社会，和张建设的名字一样，听起来就知道什么时候出生，二十世纪一九五八年，月份还大些。到底走过外码头，开了眼界，又操一口普通话，乡下人称普通话“标准语”，代表着官方，已经起了三分敬。这时节，如方才说的，砖瓦的市场，一时买方，一时卖方，要有眼力，看得准风头，顺风和逆风各有理据，这就要靠说辞了。刚从泥里拔出脚杆子的庄稼汉，眼和嘴都是拙的，缺的正是他这号人物。慢慢地，张建设接续上这头的老关系，有时看见李爱社，穿一身西服，打着花领带，来不及照面，好容易过上话，口气里是救济自己，给他生意做。所以，就又不从那里走了。

这一段日子，无意中留下纪念。那是在洪泽湖，搭了个年轻学生，上船就支起架子画风景，时不时放下画笔，端起照相机按快门。张建设忽然兴起，说替我拍一张，学生说好，让他站船头，稍许端详，快门“夸哒夸哒”连着两响，结束了。下船时，他没有收捎脚钱，写了邮寄的地址。十天半月以后，这事都忘到脑后面，照片却收到了。两张小，一张大，附了底片，拍得很好。仰角的镜头里，他手撑在胯上，身后蓝天白云，前景里看得见舱房的屋檐，檐下面还挂了一卷缆绳，就知道是在船上。他们老家的男女，生相都标致，似乎有南亚人的种气，高鼻梁，宽额头，双眼皮的多，张建设也是，神情轩昂，无限风光的姿态。

现在，张建设的计划是上岸。他们还在青壮，岳父母却是向晚的年纪。两位大人都有肺弱的迹象，关节也开始变形，使他想起自己早逝的爹和娘。看见舟生腰里系着绳子，被母亲牵着在甲板上蹒跚学步，想到的是自己，他们不能世世代代做“猫子”。并不是对身份抱有成见，如今，谁敢小视张建设呢？但漂流的水上生活总是无根之萍。古代圣贤说，无恒产者无恒心，他是个有恒心的人。和存在决定意识的唯物论反过来，意识决定存在，就是要用一颗恒心创造恒产。不能说是自小的立志，提早十年，莫说十年，五年，三年，甚至仅仅一年前，他也不敢去想。可是，如今不是有实力了吗？从这里说，恒心又是从恒产里起来的，还要回到唯物史观。就像先有鸡还是先有蛋的问题，其实是个循环的关系。所谓上岸，落实到行动，很简单，就是造一座屋。钱不是问题，建材对别人也许是问题，对他却不是。做运输，没少和砖瓦水泥钢筋木材的供应商打交道，人脉很广，难处在于“地”。他们被人蔑称“猫子”，这“猫子”两个字从词源上看没什么不是的，硬生生让这营生背上污名，归根究底，就是无地。无地则无籍，无籍则无名，无名则无族，而为乌合之众。张建设倒没有改写历史的远大目标，他向来没有目标，只有计划。计划的第一步，也是基本的一项，就是地。

地，这一件事情，唯有一个人能办。谁？还是书记大伯。书记是岸上人，统管七个平地生产队再加两个水上生产队。联产承包，分田到户，一系列改革，公社还原为乡镇，生产小队还原为自然村，在生产大队的基础上联合自治。这样大队便成为国家行政系统的末端，同时，计划经济体制也在这一节涣散开去。大队书记现在叫村长，出自于民选。农村的事情，哪一朝哪一代，明里暗里，主导性的力量总是来自宗族。书记的李姓是大姓，所在也是大村，几乎占大队人口一半，无论上级任命，还是现在的民意，都和它有关联。书记大伯和张建设不是族亲，在后天的缘分，一个由另一个抚孤，另一个呢，眼看到了托老的时候，生亲不如养亲。在这通常的人情底下，有更深的渊源，两个都是人里的龙凤，嘴上不说，内里却惺惺相惜，视对方为忘年知己。所以，张建设才有胆开口，向书记大伯要地，地可是乡下人的命！

多少也应了世事变化。分田的时候，借了县里测量局的人和尺子，连地埂地边都不放手，横来竖去地丈量。但种田的兴头很快被工业热潮盖过去，春种秋收周期缓慢，收益有限，哪里比得上机器！零散的地块又三三两两合起来开厂。土地流转中，实际面积又被利润统计盖过去，价值就有了涨缩。书记大伯在村子低洼处，近河滩的位置，切下半亩地。张建设不能让书记大伯为难，他以高于通常的钱数向村委会买下三十年租期。这时节，土地市场没有过明路，凭借约定俗成，民间的交易其实相当活跃。

张建设的财力足可以造楼，但只盖了五间平房，他不愿压过村人，尤其书记大伯的风头。村人们收留了他，他永远是谦卑的。龟缩在庄子台基底下，仿佛稍不留意就踩平了，渐渐地起来一股子生气。白墙黑瓦，前后各留一块园地，南院窄些，铺了砖，贴墙排几行盆栽，海棠、芍药、月季，大瓣的花，姹紫嫣红。北院种菜，支起架子，上面豆角、茄子、西葫芦，底下南瓜，一盘一盘，中间是豌豆荚，绿生生的。

修国妹的二胎就生在这里，取名园生，听起来像男孩，但要看这“园”字，就知道是个女孩无疑。虽然有生育制度管辖，船民们却依旧多生多养，水上饭总是风险大，人口就是保障。反正，船一开出，无有定所，谁也不认谁。集体制解体之后，就更自由了，“计划”内的政策对于他们基本失效。但张建设依法缴纳了超生罚款，他不能让自己的儿女“黑”掉。接下来，户口落到何处？什么事难得倒书记大伯呀！人场官场，可谓纵横家。土地使用权和所有权，宅基地和“地上物”烩在一锅，分盛碗里，你中有我，我中有他！还是拜世道所赐，八十年代开初，所有物权都在重新定性定量，事实上就是再次分配，变通的渠道很多，左右逢源，最终以居住地开立户籍，由这初生儿顶了门户。将来，张跃进复员转业，小弟大学毕业，小妹呢，也正在高考，带走水上户口，落回来就是陆上人。世事难料，后来谁也没有回来，连园生都离开了。张建设算得上思想超前，结果，还是被历史抄了近道，那真是和时间赛跑的日子。

两位大人安置进新房，舟生留下，吃奶的园生缚在母亲背上，再出船去。头一个孩子修国妹连尿布都没怎么换过，这一个从落地起就黏在身上，自然宠溺得多。两个都有一方偏袒，谁也不受委屈，是理想的家庭。那小工幼年吃苦，压抑住了，以为不会长了，想不到上船后放开吃喝，发起来，蹿得和张建设一般高，身子是少年人的细弱，秉性却很稳重，也随张建设。不像人家的小工，称主家“师傅”，而是叫“爸”，修国妹却是“师娘”，排阵有点乱，意思是对的。时间久了，两人真仿佛认了一个大儿子，就把“小工”叫成名字，后来又变“大工”，听起来是“大公”，像日本人。岳父母上岸，原先那条船修补修补，让“大工”掌舵，跟着张建设，装一样货，吃一锅饭。渐渐地，园生下地走路了，腰里系根绳子拴在她妈身上。有一日，叫大工吃饭，人没有来，下一顿也没来，问他怎么吃的，低下头期期艾艾说：今后自己开灶，不劳累师娘了。两人共同“哦”一声。修国妹想，孩子大了，有了相好，要娶媳妇了；张建设想的是，大工要做小老大了。算起来，大工跟了他们四年半，萝卜干饭当出师了！于是，当下拟定船租，比惯例少抽一成，再分出一些货单。看他的船渐渐走远，马达声哒哒地击着水面，很久很久，难免是惆怅的。大工的离去却打开思路，他何不多买几条船，招几名老大，按比例收益？多年的经验告诉他，单凭自家，即便从昼到夜，再从夜到昼，不过挣一份衣食，过日子尽够了，也只是过日子。张建设的心要比寻常日子大出那么一点，通常叫作事业心的一点。以目前的财力，额外置办船是吃力的，当然，倾其所有也凑得起来。可是他不想回去那个捉襟见肘的草创时期，吃二遍苦，多年的勤力都白费了似的。再讲了，事业是他的，多少有私心的成分，不能为自己侵害家人的利益。这些朴素的守成的计算，其实体现出“有限公司”的初级思想。书本上的教条，在他是切身体会，也意味着一个乡下人正走入现代经济社会。

他去到县城农业银行。还清最后一笔贷款，已经过去三年时间。推进玻璃门，还是那个营业厅，窗口里也是过去的面孔，但他却像经历了翻天覆地，不再是原先的他，几乎有洞中一日世上千年的心情。贷款部的男人依然是那一个，还贷时又见过两面，知道他姓姚，副科的职级，就叫姚老师。倒不是虚称，因真受教过的，就是发放给他第一笔贷款，带有启蒙的性质。姚老师没变化，只是眼镜框架变黄，显出老旧。姚老师从窗口看见他，绕到前厅引他进办公区，两人握一下手，显得很郑重。如今，农业信贷已经普及，业务迅速增量，但张建设是第一个客户，又是按期清偿的第一笔，就有开张大吉的意思。姚老师记得他的名字，此时却和印象有点不同，好像长高了，或许是真的，民间说法：二十三，蹿一蹿。算起来，最近一次见面时，他正二十三。但更可能是岁数的原因，原先的小年轻，长成汉子了。

这一回申请贷款，有抵押物了，两条机动运输船，加五间平房，还有良好的信用记录，这比什么都有价值。这又推进了张建设的认识，诚信比实物更重要。临近中午，他邀姚老师吃饭。姚老师虚让两回，答应下来。张建设先行一步，去到新起的酒楼“水上人家”占位，点菜，到后厨捞一条鱼，摔在砧板，亲眼看着开膛破肚，才又回到座上，从二楼窗口往下看。他的县和修国妹的同在淮河沿岸，她在北，他在南。他靠过那里的码头，记得满城的酒糟味，空气都是发酵的，有一种丰腴；而他的地方因是在下游，受淹频繁，就要贫瘠得多。这县城原先只一条大街，向两边分出横巷，所以说它像鱼骨。新中国成立初期，拓宽一个交叉路口，设置行政机关，渐渐开出一些国营店铺，成为中心地带。到六十年代，建起一幢百货大楼，所谓“大楼”，不过二层，却是县城的制高点。他和修国妹订婚那年，来这里逛过。两人先下馆子吃饭，一盘爆炒猪肝，一盘爆炒腰花，特别对乡下人的口味。然后去百货大楼买结婚的物件，看见柜台里有白瓷碟子，问多少价钱，女营业员头也不回，说：不卖！修国妹说：凭什么不卖？女营业员说：不卖就不卖！一里一外地对嘴。百货大楼的女营业员，都是天仙，凡人够也够不着的，可天仙变起脸来，比厉鬼还快，原来是“画皮”。修国妹平日显不出，这时节连他都惊呆了，竟然这么嘴利，句句占理。女营业员哭了，梨花带雨的，又恢复天仙模样。就有人出来劝和，里面人哭着说：难道你要买我身上的衣服，我也要卖给你！于是明白，那白瓷碟子本是个盛器，里面的螺丝帽、螺丝钉，才是出售的商品。两人走出门，站在台阶上笑了半天。忽听有人说：一个人笑什么？原来姚老师到了。赶紧起身让座，问喝哪种酒？姚老师说酒不喝了，下午要上班。于是招来服务员，泡一壶顶级黄山毛峰，冷盘也上来了。面对面和姚老师吃饭，有一点恍惚呢！似乎不太真实，同时呢，又再自然不过，仿佛之前所有的日子，都是奔着此情此景来的。

姚老师是街上人，出身一般人家。父亲在机械厂做工，母亲没有正式职业，有时在澡堂卖水筹子，这里的澡堂，兼营热水店；有时到县医院做清洁；儿女未成人自己又年轻的时候，到河码头拉过水，一个汽油桶的水五角钱。在这个几万人口的江边小城，就业的机会十分有限，他们这样的老户算是好的，路数多人脉广，就找得到活计。姚老师是长子，家里尽力供他读书，高三那年正逢“文革”上山下乡，就近插队城郊。出身清白，本人又努力，巧的是，第二年地区办五七大学，便推荐上了。原则是哪里来哪里去，但也有几个按需分配，他就在其中。先是在底下供销社，再到县农行，加起来已有十年光景，算得上业内的老人。底下一串弟妹，长大没学到本事，倒混了习气，进不去厂子，又不肯务农，高不成低不就的，最后都闲在家里吃娘老子的。如今，因这大哥的人脉，一个个有了事做，大集体，小集体，总归是饭碗。父母方才歇下来，舒心一段。紧接着，就是男大当婚女大当嫁，除妹妹出门子，余下四个兄弟加他自己，都是进人口的。姚家只有小两间房的地皮，张建设悟过来，城里街上，也有地的难处——大的结婚占一间，二的占第二间，上辈人挤回原籍，幸而那里留了一间旧屋，等三的娶亲，挤出的就是他了。从单位分了一间宿舍，刚搬过去，四的媳妇说定了。二和三可没那么好商量，也是没办法——一个在码头做搬运，另一个也在码头，名义“纠察”，实际是水警下面不入编的社会管理，类似民兵的组织，不发制服，臂上套个红箍，手里持一根警棍，再衔一枚哨子，就是全部的装备了。权力却很大，客轮乘载的大多是乡下人，畏首畏尾的，于是分外嚣张。领着上客走队形，非走直了不算，下客则相反，要将人群驱散，放羊似的漫在河滩。一早一晚两班航次，余下的时间便是抽烟打牌。这种行当专会培养粗恶，所以，这一个最难缠。老大的权威靠实力支持，本来资源就有限，分摊到各人更微薄了。姚老师是家中唯一读过书的，接触的都是斯文人，脾性磨软了，怕的就是硬上的那种。无奈之下，给四的赁了私房，替他交租金。这样，三又不干了，要与四对换，两兄弟便闹起来。外头没消停，里头又起波澜，姚老师的允诺，他媳妇不认。幸亏平时攒下些私房钱，支应了这头，再对付那头……

听姚老师絮叨家事，张建设极为震动，想不到日子竟然过成这般窘急。他向来以为丧父丧母是天谴般的惨事，不料想有父有母可生出如许烦恼纠葛。他以为城里人不必挂虑衣食，却是比衣食更无从解。所以，他想，人世就是苦，不论从哪里起因，又在哪里生成，终是要面对和克服。

这一趟，不只从农行贷款，更要紧的，和姚老师做了知己。两人相差整十岁，这个距离在青少年几乎是隔代，但人向中年，却是平辈的兄弟，随着社会上的进退，甚至会重排长幼的序列，他们之间渐渐显现这样的趋势。张建设始终不改口"姚老师"的称呼，可是有时候，是他替姚老师作主张。其时，他买下三条二手船，将其中成色新的租给姚老师的四。这四是兄弟中最末的一个，家中所有被上面几个层层盘剥，到他则殆尽无余，大哥的人情也用到头了，这也是姚老师格外帮他的原因。这四本来有些随大的，本分，指望他多读几年书，有个公家的工作。但家庭是那样的氛围，出一个姚老师已经是奇迹，初中勉强毕业，在手管局做临时工。手管局底下挂靠无数单位，多是作坊式小企业，打铁铺子、石灰窑、渔具厂、五金店，五花八门，没个主项，总之，凡够不上国营工农商部门的，都归到它。所谓"临时工"，其实就是杂役，仓库守更巡夜、拉板车送运货、安装门脸、烧水扫院，任人差使，学不到手艺，还受憋屈。却不耽误找对象，这家的子女，包括姚老师本人，都准时嫁娶，年龄又压得紧，一个挨一个，容不得喘息。张建设提出这办法，一是为姚老师解困，二也是看四的老实可怜，要是二和三，他就不敢担责了。

四的船，重上一遍防水漆，舱房尤其刷得簇新。四的对象是街上人户，现在，张建设知道城里生活的局促，格外送一架缝纫机和自行车，当年娶修国妹时候的"两轮一转"。喜宴办在姚家老屋，排了一巷子桌面，是给四撑腰，不叫哥哥们欺负，也给大的长了威风。张建设和修国妹被请到上桌，和两家大人，还有姚老师的领导同席。虽是最年轻，但领导带头，都称呼老大和老大师娘，害他们不停地起身敬酒，一杯一杯喝下去，师娘面无变色，老大倒有些撑不住了。

现在，张建设连他自己，总共五条船。对于一个刚起步的船东，恰如其分，输也输得起，赢呢，眼前的路长得很呢！

三

修国妹的弟弟修国华，家里叫作小弟，晚她一年半。因底下一年半有了修小妹，母亲要哺乳，就把他交给大的了。修国妹七岁上小学，他只五岁半，也跟着去学校。乡下的小学，有一半是托幼，家中管不及的孩子，送去消磨时间。他们是住宿，男女不分横排睡一张大床，因为挤，也因为铺盖不足，都打通腿，姐弟俩就合被窝。爹妈走船，十天半月看不见人，那小的白天还好，有许多事情分散注意力，到夜里想起来，直哭直哭，怎么哄也哄不住，招来许多嘲骂，被叫作“哭死宝”。大的自然不依，一句回十句，一人对十人，那张利嘴便从此时练成的。后来上到三四年级，学校翻了房子，分出男女宿舍，她的被窝进来小妹，出去小弟，刚治好的夜哭症又发作了，这一回是哭他姐姐。修国妹就隔墙骂，骂那些耍笑他的人，骂到小学毕业。大的二的上公社中学，剩下最小的。这修小妹是另一个路数，不单自家姐姐，天下人都是她姐姐。来到不久，已经钻过所有姐姐的被窝，让所有姐姐梳过小辫。哥哥姐姐走，她非但没有眷恋，反是窃喜，因为自由了。姐姐要管束她，哥哥呢，让人难堪，被叫作“哭死宝的妹妹”。她不像姐姐那样抗击，而是回避，撇清关系，佯装没感觉，表示“哭死宝”是“哭死宝”，自己是自己。一方面，是和兄姐分开长大，难免感情疏离；再一方面，独享父母照顾，多少有些自私。总之，他们三个，合力看，上面两个亲，底下一个独；分开说，则两头强，中间弱。整体上是平衡的。

“哭死宝”却也有自己的优势，读书。若非此长，即便姐姐扶助，也难立足。少年人群是个蛮荒社会，遵循丛林原则，弱肉强食。学习毕竟是校园生活的主流，就可出奇制胜。在乡下小学里并没显出山水，男孩都是后发，他又比人小一岁半年纪，走路都不稳，铅笔握得住吗？只能勉强跟上，不至于脱班。到了完中情形大改，每学期考试都往前排几位，初中三年级便名列第一，免试晋升高中。这时节，姐姐回船上帮父母干活，小妹小升初，也是修国妹的主张，如他们这样吃水上饭的人家，要想在岸上谋个立足之地，读书是个途径。知识青年上山下乡，村里也派到学生落户，大多是颓然的，修国妹看到的恰恰是，这些人另有一种命运，他们迟早回去城里，开展前途。修国妹自诩读过书的人，比周围人有眼界，晓得天地的广大，人在里面的小，唯其如此，才会有机缘，虽然不知道前面有什么等着，走过去，说不定哪一时迎面撞着，可不是吗？她遇着了张建设。

小妹其实不是读书的材料，可她喜欢集体生活的热闹，也受集体欢迎，属社会型人格，和小弟分处两极。他们长得不像，很少有人认出是兄妹，没人喊小妹"哭死宝的妹妹"，事实上，"哭死宝"的诨号没人知道，现在叫的是"白先生"。他长得白，船上人很少见这样的白皙，一个男孩生成瓷样的皮肤，简直是浪费，所以，这"白"字里就有一点戏谑。"先生"则是同学们封的，老师有事外出，常常让他替班上课。开始也有彪悍的男生欺他，也曾哭过，但老师不依。高中的男生站起来和男老师一般高，有时候就要讲武力，面对面地开打，几次过后，便怵了。"白先生"的地位渐渐成为公认，小妹不再回避亲缘关系，还特特告诉人们，"白先生"是哥哥，虽然从不称他哥哥，总是"小弟小弟"地叫。这就换作"白先生"躲她，严格说，躲她身边一双双眼睛，那眼睛都会逼人的。女孩子通常早熟，又盛行一种风气，和高中生交朋友。"白先生"可说是学校的精英阶层，长得好，还是同学的哥哥，正合乎戏文里的风月情节。"白先生"上面的姐姐，下面的妹妹，都是强势的人，使他格外对女性生畏。面对小妹一帮同学，真有羊入虎口的意思。这场追逐中，小妹最得意，既有脸面，又有实惠，因都来巴结她，争相做她挚友。她有意无意地，拿哥哥做人质，索取好意，心里却清楚"白先生"的斤两，无论表面多么风光，终是个无害无益的家伙！

小弟高三毕业，正逢全国恢复高考，进了省城的工业大学。积压十年的考生一并拥入高等学府，他是应届，又早读书，班上最年长的那个，差不多生得下来他。"白先生"自然做不成了，即便同学，他们这些小的，也属无名之辈。一九七七、一九七八年的校园，是"文革"前初高中、人称"老三届"的天下。于是，创建社团，组织论辩，出报出刊，演戏演剧，一时间风生水起，如火如荼。小弟们插不进嘴也插不进腿，走道都是擦边，除去课业别无其他。这样的边缘状况，到了大三大四，逐渐起了变化。还是那句话，校园生活终以向学和求知为主流，也意味着教育回归正途，小弟修国华有点脱颖而出的意思了。乡镇中学的头名状元，在来自全国的生源中，至高不过中游，头年打基础，次年起跳，第三年便腾空而跃。他的专业是电气工程，任课老师建议他考研，转计算机方向，其时，计算机在中国还在普及阶段，国外已经呈现新业态。小弟的学习禀赋，体现在专一，他特别能够集中注意力，亦步亦趋地进到深处，却不太具备联想的能力，触类旁通，简单说，就是路子窄。老师的建议确实挺有针对性，拓展知识领域，改造思维模式，同时呢，也指出下一步的目标。靠他自己是想不到的！

暑假回家，姐姐结婚，他第一次见到张建设。他又拔了个子，姑舅两人站在一起，舅子高出半掌，体魄上，不及姑爷的半身。细长的身条，脸更白了，架着副眼镜，比姚老师的新款。张建设暗想：不像修国妹的弟弟，倒像儿子！小弟则觉得姐夫和姐姐很配，都是有力气有主张的人，罩得住自己。

下一年，小弟本科毕业。因本校的计算机专业是新创，程度有限，还是老师做主，放弃直研，引荐报考隔省的大学研究院，通过卷试面试，顺利录取。过完暑假，即去就学。本可以走水路，开自家的船，沿途有几个货点，方便接应，还可看风景，好比古人赶考。可他也许用脑过度，或者是环境影响，逐渐养成晕船的毛病。听起来挺奇怪，水上人家的孩子不服水。因为这个，他连续几个寒暑假不回家，修国妹结婚，回来了，是住在书记大伯家里。所以，就改陆路。

去省城上学，本应是修国妹送的，这时候不巧，舟生未满百日，挂在奶头上，就由张建设出勤。小妹自听说有南京之行，便一径闹着也要跟去。大人都不同意，是从盘缠计算，节俭里过来，眼下的日子都觉得造孽了。修国妹一向以为这个妹妹和他们两样，有“街华子”的浮浪，不是根性里带来的，而是风气所致。她和上面两个相差没几岁，可就这几岁里社会转变，从不足走向有余，是好事情，却也让人不安。内地镇市的物质世界尚可估量，省城就难说了。小妹多次起意到合肥看小弟，都被扼制住了，这一回无论如何不肯罢休。多少出于无奈，修国妹转念想，到大学里走一走，或许激发上进也不定。小妹很聪敏，即便心思不在读书，也混到居中。其实呢，还是宠溺心作祟，在她眼里，弟弟妹妹永远长不大。有了舟生，自己做了母亲，照理他们也长了辈分，却相反，一并做了她的儿女。最后，就站到小妹这边。张建设对大学不熟，内心难免生畏，舅子是只能人帮，不能帮人，有小妹一同探路，总归踏实些，却又不好忤逆岳父母，等修国妹态度出来，事情就定了。

这三个人搭长途车到蚌埠，天已向晚。先在火车站看班次，买第二日的票。离开售票处站在马路牙子上，张建设想吸支烟，就有女人拥上来，拉他们住店和吃饭。走过两条街才算突围，剩下零星三四，尾随两个路口不见了。张建设知道凡车船码头都是法外之地，有不可测的危险，宁愿走远，到中心城区住一家大宾馆。他们一行都没进过宾馆，一推门，迎面而来几个外国人，以为去了不该去的地方。张建设撑持着率先往里走，那一伙人不及后退，差点让行李箱绊了，后面两个小的紧跟，小妹差不多是从对面人的腋窝底下过去的，只听一阵“索来索来”的疾呼。此时，却又迈不开腿了，光从上下左右照射，隐隐地传来音乐，水晶宫一般。恍惚中，有人引他们到服务台前，里外的男女也都是水晶人似的，闪闪烁烁。办好手续，乘上电梯，升、升、升、停，门打开。声光电收起，地毯上的栽绒发出一层薄亮，却是又深又软，把脚步声吃进去。在静谧中走过一扇扇紧闭的房门，门上刻着号码。三人分作两间，张建设和小弟一屋，小妹自己一屋。各自收拾了再聚一起，商量吃饭的事。张建设问弟妹们，“索来索来”什么意思，是不是责怪他们无礼？两个小的告诉说，恰恰相反，是向他们说“对不起”。张建设说，那还是咱们失礼了！

说一会儿话，便出门乘电梯下楼。适应的缘故，大堂里的灯光不像起初那么炫目，玻璃门外则一片灯海，车和人行在其中，都带了一束光似的。沿街走去，挑一家门脸敞阔，挂红灯笼的。果然轩敞得很，横竖排开，几乎有上百张桌，因是现烫现吃，就可从容照应。铁镬子嵌在桌面里，隔成太极图似的两部分，分红汤和白汤，名为鸳鸯火锅。他点了牛羊肉，鱼虾海鲜，再加各样蔬菜，粉丝面条，又格外端上七八种蘸料。小弟心生不安，问姐夫花多少钱，张建设说，钱挣来就是为花的，重要的是物有所值。小妹说声“吃”，便下了筷子。他喜欢热辣辣的红锅，小弟却沾不得星点，只在白锅里涮。小妹则红白锅穿梭来回，小弟就嫌她混淆了辣和不辣，小妹不理会，兀自左右互动。于是招来服务员加一双筷子，令小妹分食，这才安定局面。同行不出一日，张建设已经领教这一对姨舅被惯得不轻，一个不经事，另一个专惹事，到社会上去，各有各的难为。他并不生嫌隙，倒是羡慕有父有母的孩子，不像他们兄弟，茕茕孑立。张跃进去部队已经三年，还未探亲一回，平时不怎么想起，想起就有一股辛酸，好在热气遮脸，花了眼睛，慢慢地，喉头的堵下去了。

吃完肉菜，下一束挂面，七分熟捞起，拌进佐料，再喝两碗汤，盘碗都干净了。结账离桌，走出门，凉风兜头吹来，一身透汗，脚下轻快，就在街上漫走。不知不觉中，转上岔路，路灯逐渐稀疏，终至全无，倒也不见得黑，因为有天光。两边的房屋矮下去，路也宽阔了，风鼓荡起来，却是湿润的，就有点沉，贴着人的脸和身子。前面绰约断续的灯亮，横陈一道高堤，愈走愈近，只看见大柳树间拉着电线，缀着五颜六色的小灯珠子，底下一溜摊位，衣服鞋袜，日用百货，南北干鲜。接着一段小吃铺，自己拣了鱼肉蔬菜，过了秤，交给掌厨的，或煎或炒，或汆或烤，热火烹油的，十分蒸腾。走过去，又是衣服鞋袜。小妹走不动了，眼巴巴地来回看。暗夜里的灯本来就有一种诡谲的色彩，光影交错中的织物，花团锦簇，真仿佛羽衣霓裳。和百货公司橱窗里的展示不同，一是量多，二是款式奇异。摊主大多态度倨傲，不在乎买卖，其实志在必得。像小妹学生模样，不挣工资，又没大人陪伴，只不过解个眼馋，更不会搭理了。女老板绕出摊位，也不开口，抬起胳膊肘子，人就顶到一边去了。小妹哪里受得了这个，胳膊肘顶回去。女人倒吃一惊，又笑了，捉住小妹的手，凑到亮处翻来覆去看，说钩了面料上的丝。小妹抽不出手，任女人一个指头一个指头捋过去，纵然有千百句厉害话要说，却让眼泪噎住。最后，女人松开手，说道：要买才能摸！还在小妹身上摸一把，言语和动作透露出猥亵，小妹终于哭了。已经走远的张建设和小弟折转身找她，见她僵直着身子，站在树影的暗处，看不清脸，觉得有事，却想不出什么样的事。张建设说：看中什么了，咱们买！小妹说：不要！扭头就往来路去，那两个疾步跟随。张建设想再看河上的船，却也只得走了。走到宾馆，分头进房间，张建设和小弟说了会儿话，这妻弟本来口讷，和姐夫又生分着，不过是敷衍。于是，相继洗漱，各自歇下了。张建设注意听隔壁小妹的房间，没任何动静，反有些不安，倘若有个短长，怎么向修国妹交代？势必早去早回。明日出发，当晚夜车返回，家里还有许多事，缴贷款，收租金，船上的马达要保养，筹划着给舟生办百日酒。想到舟生，不禁生出万般的欣喜，忽然间归心如箭。

以下的行程都按张建设计划走，将小弟送进学校，立即领小妹奔车站。小妹没提什么意见，听从姐夫安排，这也有点反常呢！顾不上多想，晚上八时整，登上京沪线快车，向北去了。火车启动，有一段经过市区，华灯夹道，广告和路牌在空中勾勒出红绿的线条和立方体，旱桥下的车流是光的河，惊鸿一瞥，不夜城滑出视野。晨曦中，车到明光站，张建设先下去搭船，修国妹在码头等他，留下小妹，独自北上。

下一年暑假，小弟回乡探亲，就已经是陆上人家，不再有晕船之虞。家中常住只有爹妈，但处处有姐姐的手：专给他辟出的单间，桌椅床柜，一应俱全；白粉墙上贴了各样奖状证书，从小学中学到大学；藤书架上是学过的课本，还有闲书，以武侠小说为主。自此，每年寒暑两假他都回来。不晓得姐姐在哪片水上，饭桌上的鲜菱角、野茭白、鸡头米，分明走船人放下的；房间里的新玩具跑车、随身听、澳洲的羊羔皮，种种稀罕，不也是走四方的采买？临近岁末，姐姐姐夫带着小外甥，一帮人呼啦啦进门，他倒跑开了。至亲就是这样，不见想，见时躲。隔年的寒假，添了园生的啼哭，小弟向来怕吵，从功课里抬起头，寻到摇篮跟前，用眼睛瞪视，瞪到她收声，忽地笑了，才知道彼此是喜欢的。再到暑假，园生已经满地走，牵着绕到屋后，穿出山墙间的夹弄，上了堤岸。抱起园生，看河上的船，仿佛看见了自己，也像园生这么高矮，负在姐姐背上。后来，下地走了，一根绳子拆两股，分别系在姐弟腰里，再合一股系在舱门的柱上，就像一对拴着的蚂蚱。拖拽着跌倒爬起，脸对脸唱《拍手歌》，船在身下摇，竟一点儿不晕呢！再后来呢，园生换了舟生，一个跟船走了，一个留在岸上。都是姐姐的亲骨肉，喊他舅舅的人，但和那一个亲，这一个远，就像姐姐和姐夫的区别。总之，每每回家，都有变化。

这三年里，小弟硕士毕业，直升读博。小妹头年高考落第，下年再落第，直到这年，考上皖南一所师范。姐夫手下的船翻了倍，自己的那一艘雇了船工，专做几家老客户，不为生意为的情分。县里买下商品房，受政府奖励，落了城镇户口。二老留恋这院子，弃船上岸，还没住热乎呢！因此姐姐一家先过去，舟生眼看上小学，县里的学校自然好过镇上的；园生呢，要进托儿班，乡下可没有这个。修国妹不跟船了，管岸上的交道，兼顾孩子。好比快刀切菜，顺遂的日子总是疾速的，回头看，都要吓一跳，竟然走出这么远。不单是他们，四周围也都变得不认识。县城拓展了，原先城关的分洪闸一下子到了中心区域，成为地标；土路铺上柏油，栽种行道树，甚至立起信号灯；平地起来高楼；码头的河滩修筑台阶，辟出方场，围一圈花坛；露天汽车站现在建了玻璃钢顶棚，底下一排排连椅，日光投进来绿莹莹的，班次增添十数趟，公路向四面八方辐射、交会，输送人流和物流……

无数河汊被填埋，主干水道变得拥簇，往来繁忙，显得格外兴隆。事实上，别人也许没注意，却躲不过张建设的眼睛，他看到，水运的总量在迅速下降。不说别的，轮渡客就在减少；数一数停泊点的船家，也在减少；最关系生计的，货单在减少。连他这样的老码头，都吃过退订，也有的，是买他面子，勉强维系着，同样躲不过他的眼睛。陆路比水路时间短，运载多，吃用开销低，汽车就像公路破出膜的鱼子；反过来，汽车又催生公路，他不也买了一辆上海牌小车？更要紧的，就是乡镇厂式微。这一波兴起的都是织印、建材、五金、小化工企业，流程简易粗疏，快速获利的同时也快速污染环境，河面上肉眼可见柴油漂浮，码头上水客的号子声不知何时沉寂下来，替换的是打井的钻机轰鸣。街上人家，院子里巷道里，甚至机关驻地，都在开凿地下水。国家垂直省、地、县，一路设置环保部门，眼看关闭潮就要来临，内河里的船运也到收尾。就在这时候，发生一件事情，张建设的转折不能说直接起因这里，但却是关键性的推动。

这就要说到李爱社了。张建设不是介绍他到明光镇上的窑厂做销售？头两年业绩不错，人脉铺得很广，都有浙江的订单。浙地的自由经济分外活跃，温州那一带从来没有消停过个体买卖。世道轮转，到今天却应了潮流，成为先驱，连山林海岛河湾都允许私人买卖。乡里村里，街里巷里，起来无数寺庙，一边是砖瓦需求量大增，另一边则用地紧凑，供应不足，于是四处进货，听起来也合乎情理。张建设每回遇书记大伯，多是喜讯。最近的消息，是在上海开发业务，虽有夸张之嫌，但这是个勇进的时代，只有想不到，没有做不到，所以也信了。其实，以张建设的眼光，是可看出破绽的，他多少有点存心的，半睁半闭地，让开了，不想让书记大伯扫兴，或者，也怕给自己惹麻烦。可是现在，麻烦来了。那窑厂里有张建设的熟人，否则也不能走人情，事后知道，李爱社主管销售，从簿记看，收益涨幅明显，但至少一半用于推送渠道，并且不断扩大，相应之下，汇款就有限了。工人日夜加班，一批批出货，上船上车，一溜烟地不见影，打水漂似的。当然，三角债已经遍及全社会，到处都是讨债的人，谁也脱不了钳制。但是，刨去正当的债务，或多或少，总也有盈余，否则，办企业为什么？李爱社的做派和口气都是宏大的，高屋建瓴，乡下人哪里是对手！每一次结算都被他吓回去了，这样，终于到了发不出饷也开不了工的日子。李爱社造下的亏空，即便在账面上也盖不过去。那些浙江、上海所谓的铺货点，他声称投资失败，全是虚拟，实际是吃喝交际，再加受骗上当。这才叫山外有山，他设套，人家设套中套，箍桶似的越箍越紧，终于逃不过了。民间的习俗是讲私了，第一，老百姓怕见官；第二，打官司费时费钱还伤面子；最后，就算胜诉，把人打进大狱，就算两清了；但窑厂的本钱，一半集体，一半集资，关门熄火，于公于民都不好交代。厂领导商议，还是要找个居中的人顶事，冤有头债有主，顺藤摸瓜，就到了张建设这里。张建设先吓一大跳，紧接的念头是，他逃不掉的，两边都是他的人！于是，丝毫没有犹疑，一口应承。他没有去李爱社家找人，生怕他父亲难堪，但岳父母却上来了，说书记大伯去了家里，都哭了。张建设此时就知道，不能有片刻拖延。

事情简单得很，两个字：还钱！说起来，张建设有了事业，钱却不如没事业的时候凑手。怎么说，那时候，哪怕只有一块钱，也是自己做主的；现在，百万家财，却是套在人家手里，所谓“人家”，或者银行，或者房产商，或者发货送货的上家和下家，有他欠人，也有人欠他，需要变现了，才能挪动。最终，他决定卖船。因是急着出手，降了一二成；单方面中止期约，又补偿租户违约金，所以，三不值两，一条船不够，再加一条，把李爱社的饥荒平掉了。这一切都是张建设和窑厂直接过从，事主都没有露面。交割完毕，张建设即登门书记大伯家，报告结果。大伯低着头，发顶花白，原本一条壮汉，却已经是老人了。张建设想到那句老话：你养我小，我养你老。但不好出口，人家是有儿子的，要他养做什么？自己受的恩情，做儿子都不够还的。说不出话，屋里屋外看一遍。大伯不抬头也知道他看什么，遂说道：那冤孽去了南边！其时，“去南边”往往是奔前程的意思，心想，李爱社要东山再起。紧接着又怀疑起来，起得来吗？究竟不好细问，也不便多留，像是邀赏似的，说了声：保重，大伯！起身走了。下了台子，过去村道那边，进自家小院。家前家后打理得更加齐整，豇豆棚葫芦架一层高一层低，底下爬着南瓜藤，已经结实，二老的日子很兴旺。朝屋里喊了声：走了！岳母跑出门，就只看见一个背影，上了河岸。

李爱社的事故，让张建设提前收拢船东的生意，卖船的经历又一次敲响警钟，内河运输的黄金期在颓势上，他们的机动船也老旧了。而且——这些日子他放空船任意漂流，不知觉中从淮水到洪泽湖，再到运河、邗江、长江，直下江西九江，临鄱阳湖，烟波浩渺中折转，溯源而上。原先密集的河汊多半填地修路，主河道架上许多新桥，涨水期里，河面淹到桥台，稍大些的船只便无法通行，行话叫作“闷桥”。于是，尚存的支线就拥挤不堪，就像城市交通高峰时段的堵车。他不赶趟，就总是让和等，看一条大船从洞口露头，渐渐出来，舱棚顶上站一个小女子，短裤短衫，抬腿举手，嘴里嚷嚷着，不觉笑起来。因为想起修国妹，初次遇见的样子，大不过这孩子的年龄，心里就又着急起来，不知道此时此刻，她带了舟生园生在做什么。于是开足马力，左突右进，竟然在一团乱麻中挤出缝，针似的穿过去了。从小没有家的人，总是特别恋家。

张建设还去看了姚老师。姚老师调往公署分行任贷款部主任，随了升职，底下的弟妹情况也改善许多。弟弟们搬出老屋，乡下的父母便回城安居，本来在船上住的四弟，在城关买下农民的宅基地，造起三层楼房，县城扩大，又将城关乡纳进，倒成了中心区域。那条船还在手里没放，张建设只当送他，租金有一期没一期的，当年脚无寸土之地，如今横跨水陆两界。姚老师迁往公署所在地级市，住进银行自建的商品小区，象征性收取费用获得产权，房屋装修得像五星级酒店，又收拾得干净，进门是要脱鞋的。穿了尼龙袜的脚一步一打滑，姚师母的性情也变贤淑了，亲自下厨，中午饭是在家里吃的。

姚老师胖了，眼角的鱼尾纹抻平，至少年轻十岁。最明显的是精气神，轩昂起来，像个做大事业的人。不知道本来如此，还是文明风气陶冶。姚老师家的菜式非常清淡，在出力人嘴里，可说索然无味，恨不能张口要一碟咸菜下饭，但看起来姚老师家不会有咸菜。酒是好酒，师母却限得很紧，姚老师呢，量也减了，二三盅就上头，眼圈红红的，仿佛要流泪。张建设说到转向的计划，诚恳请求：还要请您帮忙！姚老师回答了一句奇怪的话，等一些日子过去之后，再回想，方才明白其中意味。姚老师说：我和你张建设的交道，最是清白！

半年以后，张建设投入新行当，就是拆船。不出他所料，内河上的营生正发生变更：货运上了陆路，客运呢，演变成旅游项目，兴隆的土木工程诞生出另一碗水上饭，挖沙！载着起重机和链带的挖沙船，像坦克，又像炮楼，威风凛凛行走河道，似乎象征一种前所未有的力量的雄起。淘汰的旧船先是流向二手市场，再从二手市场溢出，流向废旧物处理厂。到了这里，价格几近倒挂，送的要向收的缴钱。姚老师透露给张建设信息，地方政府开发工业园区，选址在淮浍涡三河交集处，开始启动招商引资。发展是硬道理的草创时期，农村土地流转活跃，可说是最低成本。趁此机会拿地，远算近算都是划算，问题是拿来以后怎么办？一不能闲置，二是必在实体经济范围，越出去就需要无数批文——如今，专有一行，倒卖批文，都是通天的人物在做。姚老师告诉说：像我们草根社会，见都见不到其中最末的一个！

也是机缘，年前，张跃进回家探亲。走的时候还是孩子，此时长成一条汉子，个头比哥哥高，肩膀也宽起来，说话有胸音。没有穿军装，穿的是便服，一件皮夹克。新疆那地方，九月下雪，非皮毛不可抵御，所以，皮夹克就是寻常物件。果然，拉开行李箱，一件一件取出来，帽子、手套、靴子、围脖、羊毛毡子、狗皮褥子，整张的狼皮，眼珠子绿莹莹的，像在看人。堆了一床，屋子里顿时弥漫了动物油脂的膻味，老少都惊呆了。反过来，张跃进也是惊呆了，少小失怙，记忆中，就没有家，忽然间，平地冒出热呼呼一大伙子人，上有老，下有小，他还做了叔叔。那舟生眼馋他的夹克、军靴、军帽里印着的番号，黏在腿跟前，胳肢窝夹起来，跨到脖颈，就这么在村道上走。张建设跟在身后，渐渐走到前面，领上了河岸。兄弟俩并齐站着，同时从兜里掏出烟，互相看看，哥哥取了弟弟的，陌生的边地的牌子，对了火，抽一口，几乎呛着，异族的气味，咳几声，咽下了。两人没有多的话，只看堤底下的船，哒哒的马达声响，仿佛从很远处传来。幸而有舟生的发问，两个大人都不及回答，方才不至于冷场。不过，亲兄弟之间，再生分也是血脉偾张，烫心！老家的院子里住了两天，便随兄嫂去城里的新楼，比平房逼仄，但居高，可远眺。张跃进再一次惊叹，这小县城和大都市有何差异！当年新兵出发，就在两条街外的武装部上的卡车，望过去，找了半天，才看见鸡窝大小的一个院落，夹在楼缝里。

那几日，有一搭没一搭的，张跃进也知道了张建设的规划，就说部队里有一个老乡兵，是县委大院的子弟，早一年复转，走前家里就定好工作，水利局做科员。他正想看战友，哥哥不妨也去，兴许能得到什么信息，张建设说好。两人扒拉些干鲜水产，事先并不通知，凑个星期天，直接拍上门，果然逮个正着。亲不亲，战友情，两人见面，一个大拥抱，推开来，你一拳我一脚，再拥抱。反复数次，气咻咻地歇手，这才看见门口还站着一位。张跃进介绍是哥哥张建设，战友亮着眼睛道：原来是你哥，早听说了，大胆创业勤劳致富，上过县榜的！张建设说不敢当。张跃进又惊呆了，哥哥已成名人。这一天余下的时间里，都是战友和张建设说话，张跃进倒成了陪客，他并不觉得受冷落，还高兴自己能为哥哥扩展人脉，不一定帮得上多少，总是聊胜于无！

战友比张跃进长两岁，叫海鹰，是干部家孩子常起的名字。“海鸥”“海燕”“海鸽”“大海”“小海”，他们大院，就有两个“海鹰”，幸亏不同姓，否则就要搞混了。父母是从总参下到省军区，再到地方人武部。那一年，海鹰小学三年级，说一口北京话，人长得白净，在县城里显得很突出。应该说，县委的子弟多有一种轩昂的精神。海鹰又更特别些，从小生活在大城市，完全没有本土气息。这些外来的家庭对儿女都有着长远的规划，他初中毕业没升高中，直接入伍了。一是上山下乡运动还未过去，上面的哥哥和姐姐都当兵，按政策他跑不了插队落户，于是未雨绸缪；二是，军队出身，子承父业，下一代多半也是从戎的道路；事实上，还有第三条，部队系统好比一个大家庭，自己人总是方便照顾的。海鹰很快入党，提干，无奈他不喜欢军旅生活，不像北京大院里长大的哥哥姐姐，他在地方上，就算县委宿舍，还是避不了“老百姓”习性——这是从战争年代流传下来的社会分野的称呼。所以，海鹰就养成散漫不受拘的个性，在参谋一级上复转。本来有机会到公署和省城工作，但也是自小生活的影响，他就喜欢这个地方呢！他早已经学会本地话，时不时地，遭到哥姐笑话。比如硬币说成“毛疙”，头发说成“头毛”，盛饭叫作“垛米”。他交下了朋友，不只干部子弟，也有“老百姓”。这就是他的好处，没有门户之见，甚至，“老百姓”的吸引更胜一筹。后街背静的巷道，鹅卵石路面，自行车轱辘“格楞格楞”响，喊着同学的名字，柴门“吱”一声开了。杂院里，东家西家的披屋，挤出巴掌大的空地，支着铁鏊子，底下烧着树枝。面糊划一圈，竹签子一抹，再一挑，“啪”，翻个身，一张薄饼出来了。晚上留饭，吃的就是它，当地人称“烙馍”，卷进配菜——桌上至少七八小碟，小鱼、虾干、肉丝、蒜薹、芫荽、黄瓜丝、腌萝卜、臭豆子、鸡蛋皮……老话说，隔锅饭香，也怪他们家的伙食太过程式化，主食分干和稀，菜分荤素，从饭堂打来，盛进搪瓷缸，提回家直接上桌。母亲一来上班，二来没手艺，难得下厨，不是生就是糊，他家的锅都是糊底的。他和他的朋友，在哥姐的眼睛里有点“俗”，也是“老百姓”的同义词。但有一项，不得不服气，那就是，这些朋友，勿论男女，长相都十分周正。前面也说过，可能临水的缘故，还是要远涉种族，此地人样貌好。朋友中有一个姑娘，传说正和海鹰处对象，这大概是他要回来的最主要原因。早恋，也是地方上的一个特色。就这样，张建设认识了海鹰，由此，走进县委大院。

四

这是一段激情四射的创业生涯，走过的路可用一句旧诗作形容：“山重水复疑无路，柳暗花明又一村。”拿地，立项，验资，注册，企业建制，技术引入，设备购买……曾经帮过的人，现在都成了帮他的人。驾着上海牌小车，在纵横交错的公路行驶，自觉像一只蜘蛛，将散落的人和事网织起来。脚踩油门，简直要飞起来。身后的喇叭一迭声响，催促他不得有一时喘息，他催促前面的，也不让有一时喘息。都是急切切的心，赶往各自要去的地方。间或想起家人，他们在做什么呢？大的上学，小的托儿所，他们的娘，得一日的闲空，满城里找房子。他们要租一间办公室，只一间，因是从最底层做起，就紧着手脚。修国妹也开一辆车，比他的高一级，桑塔纳，插空就开到乡下园子。二老种的瓜豆，结了果实，来不及采摘，落地再长新一茬。船上人都眼馋青绿，盆罐里栽葱韭蒜薹，舱顶下挂一个竹笼，里面是青蝈蝈，叫出来的声，也是碧翠。闺女来，必载一车的新鲜菜蔬，再打回头。顺道接回孩子，做一桌好饭，等他回家。小弟小妹读书，都在近边的城市，最远的张跃进。新疆那地方，仿佛天边，但男子汉大丈夫志在四方，可不是，有升迁营级的迹象了。人人安稳妥帖，十年——莫说十年、七年、五年，甚至仅仅一年前，都想不到的圆满。他毕竟年轻，又正在风头上，难免忽略某些迹象，等到后来，回想起来还是有破绽可查的。

说起来和正事无关，不过是旁枝错节，那就是小妹。自去芜湖上学，头一年寒暑两假都未探家。第二年，学期中间忽来一趟，称是实习路过，第二日便起脚出发了。下一年，小弟博士三年级，得到公派美国的名额，临行前的假期，家人嘱他到芜湖，带小妹同行。到学校宿舍，却说人已经退学。再到学生部，辅导员是新留校的研究生，都没见过修小妹，只知道是勒令退学。接着就到了校办，刚接手人事的老师检索出档案，竟然记录有一次警告，一次察看，原因统是违反校规，甚至受警方训诫，具体情节没有体现，为保护学生，不影响以后发展，通常都隐去了。小弟大惊，也不敢追问，在他有限的社会常识里，退学、警告、训诫，这些词汇全不存在。匆匆回家，不敢告诉爹妈，怕吓着他们，只和姐姐说了。修国妹初也是一惊，静下来又觉正在意料之中，小妹从来不是个安分的人。她先瞒了张建设，让小弟送两个孩子上学校和幼儿园，自己开车去乡下，记得小妹上次来家，哪里都没去，倒去了爹妈处，兴许留下什么线索。父亲在园里收南瓜，直接抱了磨盘大的一个装进车后备箱。母亲问小弟小妹到了没有，修国妹说小弟到了，小妹在考试，再说上年回过一次，今年就不定了。母亲告诉，来到的那日，先去她大伯家，自己家里只站了站，丢下些东西就走了。哪个要她东西？要她的人！母亲说。修国妹是什么心，玻璃心！瞬间明白小妹专来打听李爱社，那么，十有八九往南方去了。果然，转身到书记大伯家，问李爱社的地址，说有生意上的问题咨询。大伯扯下一张日历纸写给她，说，那回小妹咨询李爱社，这回换了大妹，也要咨询李爱社，他倒成了香饽饽！修国妹更有底了，放下两瓶洋河大曲，告辞了。

晚上，张建设回家，修国妹才将这一段的你来我往说出来，接下来就要看他的了。大忙的时候添乱子，心里惭愧，言语上难免迟滞诘屈，绕了一时，对方终于听懂。张建设接过字条，见是广东东莞，盘算盘算：正巧，在广州买了一辆蓝鸟，连人带车就开回来了。修国妹直想道一声谢，夫妇之间到底说不了这样见外的话，停了停，叹出一口气：我们家的人真不省心！张建设抬头看了她，正色道：什么我们你们的，一家人！修国妹红了眼睛，起身叫来小弟，两人轮流询问一番。这小弟眼皮子底下的都看不见，隔好多层，越问只有越糊涂，就放他睡觉去了。关起门继续讨论，数点出许多往事，都是危险的。一味想象，除去害怕，并无补益，便收起话头，打点了睡觉。次日早晨，张建设带了个司机，直接驶往蚌埠火车站。车留下，等到了广州，提出蓝鸟，两人换手开回蚌埠，再各开一辆。修国妹为他们计划，铁路、高速、找人、自驾返程，黑不宿，白不歇，也要十个早晚。没料想，第七天夜里，出门的人就到家了，带回一个人，不是小妹，是李爱社。

小妹晚生于上面两个，连头带尾不过三年和五年，差不多是挨着，却像两代人。因是最末的那个，爱娇的日子仿佛没尽头，永远当她小。她也仗着“小”，任意索取，多少有些盘剥家人的感情，也可见出，秉性里缺少忠厚。在某种程度上，是要归于社会的潮流，自我觉醒，个性解放，启蒙运动往往这里开花，那里结果，思想革命普惠大众，总是最利己的那部分。所以，就让她有理由随心所欲，百无禁忌。稍做一点规矩，便反讥为“过时”。家里这些人，她唯一有些怵张建设。同属于过时的人物，但不得不承认张建设自有独到之处。比如对她的着装，别人多啧啧称奇，张建设却质疑说，想出蝙蝠衫的人未必见过蝙蝠，真要见过未必会学样，脚蹼连到手指头，瘆人不瘆人？当时不服气，不多日子，这一款悄然收场了。关于牛仔裤的意见则是建设性的，横掌劈在膝盖处：这里铰一剪子才好走路行动！果然，时间过去，真兴起破洞的风潮，位置正在张建设劈过的地方。歪打正着里或许有点先知的意思呢。从时尚趋势延展到事业，也是此一步看彼一步，彼一步看此一步，退一步进两步，拉锯似的走到今天。即便小妹这样没有历史感的人，偶尔都会掉头望一眼来路，觉得像做梦。她也是在船上出生，腰里系一根绳子，牵在母亲腰里，甲板上爬来爬去。有一次，翻出船帮，直落水里，让邻船老大的晾衣竿子钩住衣后襟挑回来了。二三岁的记忆，经大人们反复说起，方才有印象，却是另一个自己。

据李爱社说，小妹告诉他——他不能辨真假，小妹的话很离奇，不大像现实中发生；同时呢，合情合理，可是小妹自小爱编瞎话。父母的偏心一半因为她小，另一半就是瞎话骗来的。那些甜蜜的陷阱，连修国妹都防不住要踏入，别说老实颟顸的双亲。再说了，瞎话也无大碍，做个好梦都是欢喜的，就只当小孩子淘气，谁料想如今却不敢信她了。小妹告诉李爱社，到师范上学，是为减轻家庭负担，虽然尽着吃用，从不曾限她，可毕竟复读两年，等于多吃两年白饭，很不好意思——这就是小妹迷惑人的地方，富于感情色彩。事实上，从没断过向父母兄姐讨要，还不包括背地里姐夫的接续，小姨子张嘴，能回绝吗？还要瞒着老婆，修国妹是要追个究竟的。于是，她说，无奈之下，走上勤工俭学的道路。也是风气使然，班上老板的女儿，也在餐馆端盘子呢，听人说，她老爸出去吃饭，出手的小费就够她半年打工的收入。她修小妹也端过盘子，学校周围最不缺的就是饭馆，补充食堂伙食的不足，大家称之“黑暗料理”。她打工的“海南鸡饭”是个连锁店，大老板在新加坡，从来不露面，各家分店由小老板负责经营。有一次，小老板去向大老板结算盈亏，特让她陪同，因大老板不太会说中文。要知道，新加坡教育有英语华语两类，中产阶层往往读英校，大老板就是其中一个，所以，需要翻译——他说的英语。别人没什么，张建设倒想起送小弟转车蚌埠，宾馆门口外国人“索来索来”的话。正想着，李爱社忽一拍案：就这么着，和大老板对上眼了！

修国妹笑起来，权当韩剧，往下走吧！然后，李爱社继续说，大老板在市里买一套房，让修小妹住，虽然离学校远些，但不必打工了，余裕正够补上路途的耗费；再讲，公寓的环境当然好过集体宿舍，小妹是个重视生活体验的人！听到这里，大家都笑一笑，这话说得新鲜，也很准确，到底是南方来的人。李爱社继续往下：对外说帮亲戚看家，偶尔地，也回去睡一夜，打个幌。那大老板从此也不住酒店，有了落脚，样样妥帖。然而，百密也有一疏！原来，小妹在学校有男朋友。即便和大老板同居，两人依然维系着关系，一半障眼法；另一半，大老板不经常来，大多时间是一个人，难免寂寞。那男友有几次到女生宿舍找人扑空，耳边又吹来风声，接下来，无非是吵架、盯梢、堵门、赎身似的交付分手费，还是咽不下这口气，竟然以卖淫报警。总之，地震一般，就算校方不勒令退学，小妹也只有一个“走”字。从爆发到平息，大老板都没有露面。又过一段日子，新房客上门了，这才知道公寓并非“买”，而是“租”，且租期已满——事态变得严重，同时呈现真实性，听的人收起谐谑的态度，紧盯着李爱社。

然后，就是寻人的旅程，凡有连锁店的城市，小妹都去了，于是知道，有连锁店的城市都有一个家，男主人总是在出差。最后，小妹去了新加坡，这一节又有些不像了。出国，即便是新加坡这样的亚洲华人国家，对于内陆人也是难以想象的。可是，想不到不等于做不到，国门开放了，左右都有远渡重洋的人，他们家不也有个小弟，去的还是美利坚。落实到小妹身上，却又成了妄语似的，她凭什么呀？无论如何，情节到了高光阶段，李爱社也激动起来。小妹在新加坡终于找到大老板的家，照顾到里外面子，小妹称自己是来读书的学生，那大婆——单这一地，就有大婆、二婆、三婆——开始很冷淡，抱着警惕的态度，后来，渐渐松弛下来。小妹年轻无邪，出言天真，带来很多趣闻，要知道，大婆、二婆和三婆的生活是很沉闷的。终年炎热，四季不分，镇日闲坐，菲佣包揽所有的杂务，只有两个去处，一是教堂，二是购物。教堂每周一次礼拜，购物呢，也是单调的，只有夏装，秋冬装也有，供旅游出行用，但外面的世界令她们害怕，冷和肮脏。她们最爱说"肮脏"这个词，旅馆肮脏，饭店肮脏，厕所是肮脏之最，除了自己家，都是肮脏的，只能守在家里。做什么？麻将。大老板若是在，这种概率很低，正好一桌。其余时候让最长的女儿充数，可人家要上学，上学的年纪刚过，就要拍拖；底下的儿子，喜欢运动……现在，小妹补上了缺口。小妹在新加坡的日子，大多是在麻将桌旁度过，小妹心想：难道这就是嫁入豪门的生活？再有大老板——中间回来，进门看见小妹坐在牌桌旁，不禁吓一跳！大老板在中国西装革履，堂堂一表人才，在这里，则汗衫短裤，夹趾拖鞋，汗湿的头发底下，露出谢顶的迹象，脱掉金丝边眼镜，裸着一对水泡眼，是她要嫁的男人吗？他们私底下外出，去的是牛车水，令她想起中国大小集贸市场，还没有这样的热。大排档里吃福建炒粉、蚵仔煎，也是热，汗流水爬的。他答应给她一笔钱，足够做个小生意，她还了个价，说要做中等生意，拍板成交，第二天她就离开了。

之后的讲述渐趋于平淡。小妹得手这笔钱，回家问了李爱社的地址，掉头就往东莞去了。对于自己的经历，李爱社说得很简略，做过工厂、贸易、餐饮，都是与老战友合伙，小妹来到的时候，正在一家台资企业高层管理的位置，他替小妹寻了几家公司，需从办公室小妹做起，这"小妹"不是那小妹。小妹没有应工，见过大世面的人，东莞这地方显然盛不下她了。修国妹问小妹看起来如何，李爱社回答乍见面没认出来，细细看原来是瘦了，化了妆，穿得很新潮，比先前漂亮许多，也成熟许多。说罢看了修国妹一眼，仿佛将两人作比较。这姐妹俩分属不同的类型，姐姐任哪里都是圆和饱满，杏眼，桃子脸，苹果般的腮帮；妹妹则处处尖利，单睑的吊梢眼，几乎插入两鬓，薄削的鼻翼，双颊也是薄的，锥子似的下巴颏。以乡下人传统观念，姐姐无疑好看过妹妹，现代美学却不同意，会给小妹两个标签，时尚和性感，所以，小妹便刻意强化。眼影抹得很重，鼻影粉也是，唇膏用一种巧克力色，在雪白的粉底上重新画出一张脸，神秘的魅惑的惊艳。李爱社停了停，犹豫着，欲说还休的样子。修国妹心跳得很快，又不敢催他，只是静等。

小妹来东莞，不是一个人！李爱社终于吐口。那个人是谁？修国妹问。就是她原先的男朋友。听见这回答，修国妹倒笑出来：这才叫起大早赶晚集！李爱社正色道：这就是大妹妹和小妹的不同，你讲的是目的，她讲过程，好比“看山是山看水是水”到“看山不是山看水不是水”，最后又是“看山是山看水是水”！修国妹更要笑了，张建设止住她，问两个人怎么相处的。这话问得很含蓄，但都知道其中的意味。李爱社说，同来同往，同进同出。回答得也很微妙，接下去就不好深究了。此时，张建设和修国妹才注意打量面前这个人。自打窑厂那门官司之后，他们第一次见到，两边都只字未提。这边是顾忌那边脸面，那边却也无一点愧色，就更不好说了。和所有南方来人一样，也是黑，但在李爱社，黑里又有一层黄，长膘的缘故吧，肚腩起来了。腰里束一个尼龙小包，除此没有其他行李。看出对方两人的疑惑，向后一靠，说道：这次回来是看看内地有什么项目，可以与沿海地区合作。去南方的日子，见识了开放的社会，就觉得过去太拘着手脚，错过许多机会，现在也还来得及，当迎头赶上！话题进入另一个领域，修国妹并不关心，张建设则敷衍着，问他倾向于哪个行业，有没有预期计划，或者范围设定。得来的回应是，你张建设有用得着他的地方，尽管开口！好的，张建设说。从东莞一路过来，就已经了解李爱社的状况，没什么可商量的，远兜近绕，最后还是张建设。好在，新起的公司里，位置是宽裕的，只是不敢委以实权，便专配了虚职，公关科长。听起来过得去，却不涉及业务。至于小妹，修国妹叹气道：看造化了。继而又说：倘若那个男同学真娶了她，也算正途。张建设不禁笑出声来：什么时代了，照联合国年龄划定，还是青年人，却老八股脑筋！修国妹不服气：圣人怎么说？男有分，女有归。张建设笑得不行：说你老脑筋，你就倚老卖老。修国妹正色道：千条江河归大海，不信我们走着瞧！

张建设晓得女人是特殊物种，不按规矩出牌，凭的是感觉，不再与她争。但两人都同意瞒着父母。问起来，只说去了新加坡。二老不知道新加坡在哪里，张建设解释“南洋”。“南洋”就懂了，戏文里有“下南洋”的说法。之后，过一节编一节，蒙混过去了。

回想起来，这几年像做梦似的。一夜间，沿河滩十数里地都归了自家；又一夜间，滩上排满废旧船；再一夜间，卷扬机开来了，焊割的电火闪得半天亮；旱坞、水泥路、一间跟一间工棚，接连冒出地面；随之而来的是人，空手的、带工具的，单个的、携家带口的……开头，修国妹还给工人们烧饭做菜；自己忙不过来，就雇人，先一个，后两个三个四个，脱出身打扫饭堂。饭堂也在扩大，一间，两间，三间。她掂起扫帚转眼被抽走，说“老板娘我来”。现在，遇人都称“老板娘”，她不喜欢这称呼，可是怎么办呢？又不能堵人家的嘴。只有一个人称她“师娘”，就是从泗阳跟来的小工，如今叫大工的。他也上了岸，公司里管收旧船，车辙水路，四面八方，所以难得见。还有一个不称“老板娘”的，李爱社，叫的是乳名“大妹妹”，她也不喜欢，就躲着走。渐渐地，修国妹和工地疏远了。

他们又搬家了，从公寓迁进别墅。也是一夜间，县城扩得很大，周围的几个乡都划进，行政改为“区”。别墅坐落城北，靠近淮河，倒和修国妹原先所属的县域接近，东南风的季节，能嗅见酵酸的气味，眼前就浮现那铺了酒糟的横竖街巷，赤膊的男人用木耙推着热气腾腾的褐色渣滓，河面上吹来湿漉漉的风，小城上空便氤氲笼罩。太阳当头照下来，看出去的景物仿佛漂移流动，恍恍然的，心里有一股郁塞。现在，这股子郁塞却是想念的。装饰新家打发了时间，她开车到蚌埠、南京，甚至上海，挑选家具、窗帘、墙纸、灯具，带回图样给张建设看，张建设看过后说，很好！是相信她的眼光，多少还有一点点敷衍。有几次，修国妹希望他同行，一起定夺，他实在脱不开身，只能联络当地的朋友陪她。那些朋友尊称她“张太”，虽然不惯听，但总比“老板娘”文雅些。他们称她家“张公馆”，这就叫人忍俊不禁了。挑选好东西，从仓库或者产地直接发货，回家等着查收即可，余裕的时间还可游览。

进到大城市，她就有些怵开车，动辄得咎。逆行、压线、大转弯小转弯，外地牌照的禁忌更多，幸亏有张建设的朋友。她坐在副驾驶一侧，看窗外的街道，只觉得人多，车多，熙熙攘攘，说不定就有一个小妹呢！小妹杳无音讯，她的心情也很复杂，既等消息，又怕消息，不知从什么时候开始，小妹的消息总是凶多吉少。抬手拉下遮光屏，景物变得绰约。

朋友引导，她去到许多名胜，领略许多奇境，大开眼界。看的地方多了，难免混淆，反倒平淡了，却也有不期然的感动。比如上海青浦的一家木器厂。老板与她称得上安徽大同乡，但在皖南，黄山脚下的休宁县人，木匠出身。自明清时候，盐业兴隆，商贾人家聚集，修宅造园，所谓徽式风格的建筑群指的就是那里。近些年，新城规划拆除大片老房子，老板他便将些窗棂门楣屏风照壁收了往上海出售，先是几件几件，后来竟一幢一幢，梁椽檩条编了号，运过来整体复原，供给会所公馆——那可是真正的公馆。赚了些钱开工厂，专做仿古家具，渐渐有了名声。那工厂离市区很远，地名也很含糊，就走了些弯路，到地方已近中午，老板请吃便饭。说是便饭，也铺满了圆桌面，老板娘掌勺，做的都是家乡菜。隔一条长江，就和修国妹的地盘不相同。臭鳜鱼、咸肉冬瓜、炒青蒿、土鸡清汤。夫妇俩都长一张团脸，很喜气的样子，装束打扮，待人接客还是乡俗的风气，饭碗压得瓷实，菜盘堆尖，西瓜在井水里冰镇，切成大块，刚咬个心便夺走递上新的。修国妹想起她和张建设创业的经历，他们都是生逢好时代的人，凭靠一双手打下小天地。出于这心情，她格外多买几件东西，一具立柜，一张案子，两把官椅，四个绣墩，还有一条长凳，原木锯板，带着疤眼，自有一种野趣。可见得，老板并不拘泥仿古，也吸取现代因素，另辟蹊径。

定好发货的时间地址，互留姓名电话，下午三四点往回走。和来路一样又错了方向，车上人笑说这一天是鬼打墙日。车开进村落，门户关闭，鸡犬无声；下车走几步，见几个老年人坐在树阴里，趋前问路，彼此都听不懂话，是口音的缘故，也不尽然。磨了一会儿，知道已经过了地界，到了江苏。村道边有一座小庙，门前独立一株银杏。按惯例，相对处，原先应还有一株。推断下来，那庙至少缩去一半，地形也改变了。题额却是新写，赫赫四个字："觉海禅寺"。仿佛有所来历。寺门虚掩，推进去，迎面一尊佛，他们几个皆不通法，"韦陀""药师""托塔天王"地乱猜。暗处忽有声音起来：阿罗汉也！这才看见斜侧矮几后坐有一僧人，面前排着香烛、签筒、认捐簿子、纸笔砚台，还有一具木鱼。就商量抽签，每人买一对红烛，一束线香，点燃供上，依次跪在蒲团上，先磕头，再摇签，哗啦啦跳出一支，忙忙拾起，到和尚处兑签文。修国妹也凑兴摇了一支，题为“春兰秋菊”，请师父解释。本想替小妹求的，句句倒像说自己。兰菊称不上花魁，都是清远的品格，虽然季季绽开，但只是个中平签。修国妹自以为好命，同时又是劳碌的命，所以就很认。那师父却说，中平签其实最好。为什么？修国妹问。师父笑道：女施主有没有听过这句话，月满则亏，水满则溢？修国妹不禁“哦”了一声。

后来，修国妹时常想起这句话。可是，怎样才叫作“满”呢？张建设的拆船厂正式挂牌，用“舟生”取名。舟生这年十二岁，修国妹怕小孩子根子浅，顶不起，反而折福。张建设又笑话她老脑筋，执意用这两个字，不仅体现了事业起源的历史，同时呢，可不是吗？舟生无疑要接他父亲的班！从现在起，舟生就被当作“接班人”培养。小学毕业，张建设托人送他去江苏常州一所重点中学读书。修国妹是舍不得的，她自己幼年在寄宿中生活，知道孩子的社会有多少粗粝野蛮，她的强悍有一半是在那时磨成的，只有那样才能护佑小弟，不让受欺凌。内心里，她有些把舟生当小弟，或者反过来，把小弟当儿子。正由于母亲的心情，她看出这两个孩子秉性不同，舟生颇有几分胆气，三九天里，和小伙伴打赌，光着身子扎进河里。于是就有另一种担忧，怕他闯祸，想到这里，她倒宁愿他受点委屈，也不做蛮霸的“老大”。于是计划舟生初入学的时候，周末开车接回家，周日晚再送去；为往来方便，专在芜湖市买一套商品房。计划安排很快作罢，这所以升学为目标的完中，制度十分严苛，堪比军队。周六周日都排了课时，每月只半天休息，临近考试，半天也没了。而考试又格外多，期中考，期末考，模拟考，测试考，小考大考，周考月考。她只能扣准中午或晚上的饭点，在校门口小餐馆，叫一桌菜等人出来。时间总是局促的，舟生打仗一般到厕所换上干净衣服，匆匆吃到一半，上课和自习的铃声透过高音喇叭传过来了。修国妹一个人坐在桌边，等服务员打包买单，然后带着一摞餐盒，还有一包脏衣服——团着舟生的体味，只有做母亲的才嗅得到——驱车回程。在这惶遽的见面中，舟生长成威武少年，像父亲年轻的时候，又不全像，因要高过半个头，显得颀长，骨肉匀停，是没有受过劳力之苦的身体。修国妹看着他，不由惊喜地自问：是我的儿子吗？儿子长大了，让人高兴，但也变得生分，话少了许多，甚至，一顿饭的时间都没有交谈。最后，吃饭取消了，只剩下换洗衣服的交割。这是和母亲。和父亲呢，也是生分的，表现在一种敬畏。他崇拜父亲。公司每月开例会，逢舟生在家，就带去旁听；毋管听进听不进，都能一坐到底。修国妹问会上说些什么，也是与他热络的意思，他回答得很简单，三言两语，似乎将母亲排除在业外。有一次听他称呼父亲“张总”，“张总”也欣然接受，心里好笑，觉得挺装的，不免生出嫉妒，因父子间有默契。不过，有一点让她扳回局面，那就是，凡要钱要东西，舟生都是向她张嘴，所以，到底还是和妈妈亲。

不管怎么说，养育舟生的经验告诉她，不能和儿女分开。后来，园生由她做主，在本地小升初，就出自此心。当然，还是吸取小妹的教训，她不能让园生脱离自己的视线范围。她也知道园生和小妹不同，换一换，肯定要遭到抗拒，但园生却是顺从的。看起来，更可能性格使然，环境不过外因而已。园生出生在家境上升的日子，张建设遵从古训“富养女儿穷养儿”，没有要求，只一味满足。丰裕中长大的孩子，说得好是物欲淡泊，不好则是缺乏进取心。中学的女生，多半虚荣，又在这样的社会。县城调改为县级市，上了城市化的轨道。理发店变成美发中心，澡堂变成洗浴城，百货大楼变成购物商圈。“商圈”这个词最形象，街市真的一圈一圈扩开。取的都是欧陆风的名字：维也纳广场、巴黎春天、罗马大道、爱丁堡城堡，分支出佛罗伦萨小镇、巴塞罗那风情、爱琴海、多瑙河，管它在哪里，去过没去过。入夜时分，华灯齐放，外挂式电梯升降，上下穿梭。和这些名字同样，国际潮流衍生在地时尚，繁殖品牌，要多少有多少。小女孩恨不能一夜长成大人，可脱去校服，这些校服不知从什么渠道采办的，无一不是臃肿灰暗；到了周末，倘若在街上遇见她们，准保认不出来，以为是小姐。城里面也有了酒廊夜店和迪斯科舞厅，里面活动着真正的小姐，都是外乡人。就是口音这点事将这小姐和那小姐区别开来。园生镇日一身校服，冬季棉，春季单，还戴起近视眼镜，像她的小舅。修国妹想，他家祖上定是读书人，偃息多少代，如今得逢时运，冒出青烟。和小舅不同，园生虽然近视眼，学习却只在中游。多半也是环境造成，大人不是没要求吗？生活又舒适，养成疏懒的性子，凡事没个争夺，无可无不可。修国妹和张建设都是逞强的人，少见这样的怠惰，有时也着急，再一想，他们这么吃苦，不就为下一辈享福吗？

前面说了，工业园区选址在淮、浍、涡交汇两岸三地。自清中期始，黄河水枯改道，借此河口转入南北大运河，即成要道，直至二十世纪六十年代，往来还很繁忙。但因泥沙俱下，历年淤塞，行不得大船，渐渐式微。如今遗留三座石桥，就是当年盛景的证明，列为当地文物保护。岸上星散几家粮油店，一座水泥三层楼房，山墙上写着省属粮库的字样，从外形窥察内部结构，大约几度改造以变化用途，终也挽回不了命运，彻底荒废下来。张建设早就瞄准这地方，无论租还是买，船从水上过来，拆成散件直接走陆地出去，又有大片的滩地作业，至于地上物，则大可废物利用。旧楼房供仓储，以此为中心，扩建食堂宿舍办公楼，再延伸店铺旅社。新业兴起，周遭自然形成小社会，纵然有一天，拆船没了市场，附属或成主体。张建设就是这点与人不同，眼睛总能看前一步，谈不上远大，只这一步就足够转开舵了。这一步也是时局所赐，国企正清负清偿，从头来起，否则怎么敢小虾吞大鱼？他没有野心，是行动派，当年一无所有进城去，不知道前面等着他的是什么，但是一步一步走过去，自然看见了。

现在，张建设要行动了。迎头第一件事，是资金。他有钱，当然远不够投资，更重要的，他懂得用于投资的钱不是从自己口袋里掏出来，而是从银行贷出来。贷得越多，信誉越好，也越贷得出。于是，选一个星期天，再去找姚老师。经过又一轮城市化改制，县级市变为区，划分给两个地级市管辖，他所在的区正纳入原先的公署，延续了之前的行政隶属。

这一次的造访却不太顺利。他先去姚老师家，公寓门紧闭，按几遍铃，并无应答。于是再去姚老师上班的银行。银行搬了地方，扩大门面，营业厅如酒店大堂，顶上一排排牛眼灯，底下大理石地面映着人影。信贷部的窗口闭着，想起是周日，除存取款部开一扇窗，其他都停业，只得退回来。最后，还是门口的警卫，曾经见过几面，悄悄与他说，姚科长出事了。虽然早生出狐疑，还是“咯噔”一下，顿时不知所措。稍定定神，问什么样的事，警卫没有直说，大概也说不清楚，但告诉姚科长现在的住处。其实就在原先的片区，但不是大户型的高层，而是后面的老院子。这新住宅原来以机关宿舍旧地参建开发，半福利半商品，科级以上职员都有权申请，但公务员的工资距离买房，即便大大低于市场价，也难以企及，银行员工显然是高收入人群，所以能够轻松拿下。

穿过一片空场，场上堆着建材和建筑垃圾，缝隙间裸露出枯黄的草皮，显得颓败。走进连排平房的夹道，两边的门都敞开着，贯通前后。星期天的早晨，家家在洒扫和烧煮，小孩子溜着旱冰鞋追赶，铁轮子擦过水泥路面，“哗哗”地响。阳光照射，气氛倒是蒸腾。越往后去，越拥簇，刚入职不久的青年，二三人合住，或者新婚夫妇独一套，还有房屋置换进来的社会人口，成员多而且杂。东西和人从门里漫到院子，再漫到巷子，索性盖起披屋，几乎把过道堵死。他侧着身子拐几个弯，走到不能再走，倚墙搭一个小院，盖了玻璃钢顶棚，就知道是姚老师家了。敲几下门，没人应，再要敲，门上忽开一扇小窗，把他吓着了。窗里是姚师母的脸，罩在玻璃钢的蓝光里，看起来很奇异。里外对视着，双方都没说话，门开了一条缝，他侧身进去了。院子很小，不过三四步深，放了几盆花草，也泛着蓝光。是个小小的横套，门厅一头卧室，另一头并列厨房厕所，地方局促，收拾得却十分干净，但更显出冷清。他把手上的东西放下，蒲包里是虾蟹，礼品盒是参片和虫草。姚师母向地上打量一番，吐出这么一句话：只有你来看我们。

中午饭在姚老师家吃的，张建设下厨，带来的蟹蒸了，虾是氽了调酱油醋，炒一盘蔬菜，冰箱里有现成的肉馅，和面包了饺子。单身生活的训练，虽然歇了多年，一旦上手全回来了。主客二人开一瓶洋河，对饮起来。因为酒意，也因为难得有人说话，姚师母变得饶舌。张建设插不进嘴，就只是听，想这女人不容易，跟姚老师并没享多少福。先是拉扯小叔子姑娘，终于熬出头，却遭遇事——从姚师母滔滔不绝的诉说中，他终于明白姚老师犯的事名是受贿。信贷部门总是有许多人围着，已经不像当年，他初次见姚老师的时候，谁也不敢试水。现在，供不应求，难免会有疏漏，姚老师就受了举报。师母说，一个小小的科长，手里有限几个钱，得不着的以为你欠他，得着的发起来，也未必想到分给几个红利！张建设不由脸红，自己分明也是其中的一个。师母倒没有这个心，一味地喊冤，将对面人当作知己。看她眼皮肿着，不知道流了多少泪，此时涂上酡色，有点像戏台上俊扮的面相，头发蓬着，演的是苦情戏。建设，她喊他的名字，你听说没有？命里七斗，莫求一升，你姚大哥就是个穷根，怎么得来，怎么还回去。她摊开手，转着身子：一眨眼空空荡荡！我是尽其所有退赔，少让他在里面受罪，最后算作九万元贿款，一万元一年，九年刑期。将跟前的菜盘往中间一推：只有你，建设，还来看我们！她的笑容让张建设害怕，避开眼睛，向四处看看，问：孩子呢？他知道姚老师有一个女儿，在省城上大学。师母回答，依然沿着话头：建设你和姚老师最清白！张建设想起同样一句话，出自姚老师的口，不禁有些激动，端起酒杯：我敬师母一杯！师母一仰脖，干了，继续说：你要小心，“飞鸟尽，良弓藏；狡兔死，走狗烹”！张建设方才想起师母是中学语文教师。是的，他应道。又问：女儿什么时候毕业？一年半，师母回答。接着方才说：你是能人，做庸人一世平安，能人就不定了！师母半个身子伏倒在桌上，一瓶酒见底，她一人喝了十之七八，不能再喝了！他站起身，说：女儿毕业，我这里永远给她留着岗位！师母抬起头，仿佛从梦中醒来，看向他，动着嘴唇，最后说出一句话：建设，你要小心！

张建设去了一趟省监狱。姚老师并不如他想的颓唐，由于起居规律，生活俭朴，面色倒比在外面清朗，显得年轻。看到张建设，说：我知道你会来！监狱管理有序，尤其对这类经济犯，晓得之前做过大事业，有身份，就格外给予些方便。接见是在一间大厅，摆了许多小桌，亲友见面说话，仿如自由的日子。两人说了很多，姚老师感叹：这是个群雄竞起的时代，机会和陷阱一样多，要步步留心。意思和师母一样，但环境不同，深浅也不同，多少是痛楚的。张建设留了一笔钱，记在大账上，供姚老师买些需要的吃用，告别说：以后再来！姚老师回答：欢迎欢迎！两人都笑了。张建设发现姚老师其实是风趣的人，过去绷得太紧，不大觉得，如今松弛下来，露出真性情。

五

追溯起来，事情变化从小弟归国开始。舟生上中学也是同一年里，多少因为牵挂的缘故，让她忽略了端倪。小弟公派美国读了博士学位，再读博士后，延宕下来，由公转私。那一年，美国向中国移民发放大量签证，本以为小弟会因此变换身份，长期居留，不承想，他偏偏回来了。起初，可说风光无限。国门打开，地方上不乏出境深造的青年，但小弟是衣锦还乡第一人。县长都出面宴请，特地要见父母亲大人，感谢养育一个好儿子。这二位一生未曾见官，坚辞不受，结果就让大姐和姐夫代表了。到场还有一个人，与小弟同行的女同学。席面上，修国妹说了些礼节性的话，此外就只是应答。她倒也不怵，但没有太大的谈兴。小弟本是个闷嘴葫芦，这些年在美国生活也没锻炼出什么新气象。没去过的人以为大码头，身在其中才知道，人地两生，四顾茫然，更加局促逼仄。具体到小弟，美国就是个实验室。告诉你都不相信，连迪士尼都没去过呢！自然说不出什么见闻。似乎比走之前更木讷些，眼睛直直地看人，实在被恭维得紧了，就看姐姐，竟是可怜的。幸而有张建设，懂酒场的规矩，代小弟喝敬酒，又敬对方，还挺会逗趣。那女同学是个大方人，也有些量，不主动出击，但来招接招，添了些气氛。否则，局面就尴尬了。逐渐的，张建设和女同学成了主角，修家姐弟这边清静下来，两人都松一口气。

小弟回来，是应聘美国在上海的一家分公司，说休息几日再去报到，一日挨一日的，就不提上班的事了。住在姐姐、姐夫的别墅里，那里有的是房间，还都套了浴室，吃饭也是现成。虽然雇了烧饭的女人，但小弟的吃食，修国妹顿顿亲手调治。眼看着他脸上长了肉，也添了血色。有一日，看他在阳台，扶着栏杆吹口哨，是一支未曾听过的曲子，轻松愉悦的旋律，跟着也快活起来。上海公司的事情似乎都被忘记了，修国妹有几次想起来，打算提醒一声，话到嘴边又滑过去，其实呢，也是有意忽略。小弟则没有一个字说到的。姐弟俩都很满意这样的生活，有时搭伴去常州看舟生，再有时和园生逛街。比较起来，小弟和园生在一起更有趣些。舟生个头与舅舅一般齐，骨架却硬朗结实，气度也强悍，小弟在跟前，难免瑟缩了。园生是个女孩，百事与她无关的样子，近视眼镜后面，目光迷蒙，小弟喜欢耍她，耍的套路很幼稚，也很单调，不外乎藏起东西任她乱找不到，或者要这个给那个，比如去麦当劳——现在，二三线城市也有麦当劳了——辣椒酱当番茄酱，翻来覆去的几招。园生就吃这个，每一次都像第一次，大惊和大喜，舅甥俩乐此不疲。逢到年节，舟生从学校回家，再接来乡下的老人，满当当坐一桌子，修国妹依次看过去，缺一个小妹，但有人顶了缺，这人就是小弟的女同学。

女同学名叫袁燕，不知谁起的头，都称她燕子，反是小弟，依然叫大名，很郑重的态度。关于袁燕，小弟提及不多，修国妹怀疑他本来了解的就少。燕子是个爽朗的姑娘，很快就和家里人稔熟起来。她说，父母是与邢燕子一代的下乡学生，“燕子”这名字显见得从这里来的，落户在皖南与苏北交界的天长县，按后来上海知青子女回沪政策，满十六岁子女可有一名回沪指标，她一九八〇年到上海，读完高中，考入大学，录取的法律专业，大三年级公派留学美国，硕士阶段换了会计专业，公费转自费，继续学业。她和小弟认识就在这时候，一家华人超市，小弟结账后走反方向，从收银处折回商场，再要出去被保安拦住，正不知所措，燕子来了，从一满车方便面和老干妈底下翻到收银条，这才脱身。接下去是找车，小弟又忘了自己的车型、颜色和车牌号，因是刚买的二手车。两个人推着购物车东西南北几个来回，到底没找到，燕子就送小弟回去，发现两人的宿舍只隔了一个街区。第二天，小弟收到警局的罚单，原来他停车不合规矩，被拖车拉走，让他去交罚金领车，又成了燕子的劳务。一生二，二生三的，最后成一对恋人。他俩的学校在美国中部的俄克拉荷马州，美国大陆的腹地，幅员辽阔平坦，校区还算是个小社会，校外几乎就见不到人。刚去的日子，需要应对学业和生活种种繁缛，比较充实，等安定下来，一切归于常态，就不免感到沉闷了。同是异乡客，加上邂逅的方式，在这乏味的地方，称得上传奇呢，结缘再自然不过了。

从某种程度上，小弟回国是因为袁燕回国。上海的聘约更像是和袁燕，而非小弟，最大的可能是作为袁燕入职的条件，小弟得到一份或者半份工作，工作的内容也或许和专业有差异。这样的配置的身份，总归让人不舒服，即便像小弟隐忍的性格，也很难忽略，如此就可以解释小弟为何迟迟不去赴任，一日一日延宕。回到家，且又是非比往昔的家，小弟出国前基本在寄宿中度过，没有太多对日常生活的概念，此时方才体会个中滋味。姐姐像小妈妈，他打小就很黏她，在姐姐的照应下，他忽然意识到这些年的苦楚，真是孤单寂寞。后来有了袁燕，好些了，可能好到哪里去呢？一个人的寂寞变成两个人的。袁燕的兴趣比他广泛，广泛又怎么样？至多不过开车出游，风景是好的，却更让人惆怅。还有同学间的聚会，各家带一个菜，他和袁燕算是一家——他们各自退租原先的房子，合租一套单元，男女同居有一半从经济出发，当然，还有情欲，健康年轻的身体的正当需要；最初的刺激过去，趋于平常，就是单纯的生理性质了。聚会中，小弟是最寂寞的那个，出言干枯，行为乖僻，理工男大都是这样的。与人打交道，不晓得怎样开始，开始了又不知道怎样结束，自己都为对方难堪。倘不是袁燕主动出击型的性格，他大约一辈子交不上女友。现在，同样为袁燕不平，必须和无趣的他朝夕相处。出游、聚会，再有购物，仿佛回到事情的原点，他和她不就是购物遇上的吗？仿佛暗示生活的周而复始。尽管叫人提不起精神，但没有袁燕主张，他也不会做出回国的重大决定。小弟的人生都是被推着走的，他不会拗着来，从某种方面看，算得上顺其自然。是服从的原因，还是命运照顾，他没有遭遇过危险，比如像小妹这样，小妹已经几年没有音信，爹妈渐渐不再问了。他们也相信顺其自然，不是小弟天性里的消极，而是世事磨砺，变得通达，不知道就当它不存在，再说了，没有消息就是好消息。若不是这般苟且，做父母简直死路一条。

袁燕在上海上班，每两周来一次，就像一对通勤的夫妻。修国妹将整个三层清理出来，重新装修一遍，等他们正式结婚后搬进去。两人的关系看起来也是稳定的，摩擦少不了，有几次，闭紧的房间传出争执的声音。说是争执，其实就是袁燕一个人发言，最后，摔门走人结束。修国妹决意不管他们的事，可到底放不下，听几句壁脚，正合她的猜测，是为小弟工作。还有几回看燕子脸上有泪痕，趋前要问，未及张口，那人就如受惊的燕子，"嘟"一下飞走了。不问也能体会袁燕的委屈，想她应聘这个公司，大约有一半是替小弟谋职，兴许原本有更多的选择，不得已放弃了。这是个独立上进的女孩子，比小弟强。修国妹很清醒，小弟需要的就是这样的人，尽管内心有点妒忌，妒忌两人的好。也因此，袁燕和小弟龃龉，她心情是复杂的，有忧虑又有一点窃喜。但终究是理性的人，依着劝和不劝散的古训，依然循喜事的规矩，先上门觐见袁燕的大人，再接来他们家，双方正式会晤，摆了订婚酒。

按知青子女的政策，袁燕在上海有了户籍，父母退休便落叶归根。无论政策和人情，都是从此出发，但善政之下，具体的处境却各有苦衷。知青子女落户，首先要征得原生家庭的同意，大家都知道，上海人口稠密，住房紧凑，本已经达成平衡，再介入新因素，和谐面临危机。往往这一关上，就遇到阻碍，欣然接受的也有，断然拒绝的更有，大多数情况是有条件协议，所谓"条件"无非不参加房屋分配。袁燕回来的时节，祖父母都已离世，叔伯家就靠不上了，好在外公外婆还在，做得了主，户口顺利迁入。说是外公外婆，其实是舅舅舅妈家，面上和气，内里却处处设防，老人家守持中立，也费了苦心。人事之复杂，堪比一个小社会，足够成年人招架，莫说十六岁的孩子。即便在这样局促的环境里，袁燕依然认识到大城市的优势。夏天晚上，和邻居小伙伴——与人亲善的性格帮了她，到哪里都交得上朋友——一伙小姑娘走过弄堂，满地铺开竹榻躺椅，简直插不进脚。穿出弄口，一阵凉风扑面而来，身上立刻滑爽了。是海上的风，沿着楼宇间的狭缝，溜过细长蜿蜒的直街，到了黄浦江面，激荡起来，将她们的裙子鼓成一朵花。江边防波堤几乎全被恋人占满，一个钻进去，臂肘顶开，然后一个一个进去，别人拿她们没办法，傲娇的蛮横的年龄。凭栏望远，风里灌满江水的咸腥，江鸥飞翔，带着一点亮，轮渡突突突驶过去，对岸黑压压的农田，几根大烟囱。对面人看过来，就能看到她们身上镶着的光的轮廓，是城市之光。只要三分钱，三分钱怎么也省得下来，上学的公交车少乘两站，七分钱就变成四分钱；早点吃一根油条尽够了，省下一个咸大饼，又是三分钱；系辫子的玻璃丝、手帕、小塑料钱包，稍微紧一紧，三分钱买一个轮渡的筹子，就可以从浦西到浦东，再从浦东到浦西，随你几个来回。船到江心，回头看，殖民时期的欧式建筑呈弧度排列，石砌的塔楼、窗檐、廊柱、拱门，仿佛古代征战的工事，囚禁着抵抗失败的俘虏，失去王位的太子公主，野蛮人登上宝座，床幔里躺着压寨夫人……海关大钟敲响了，钟声是新政权的颂歌，旋律分解成单音，夜空中的拖尾，流星似的，消失在天际，阁楼上闷热的睡眠由此添了梦境。当然，单靠这个是不足以支持的，袁燕有着相当务实的头脑，生来如此，还是生活造就。她明白，自己实际就是一个楔子，将父母在这城市里挤出去的空间重新再挤回来，艰苦是艰苦，她又不是生于斯长于斯，谈不上什么乡愁。上海给她另一种赠予，她的衣服鞋袜是上海产的；她家的菜肴是上海式的，什么都要放些糖；她多少是存心，说话尖团音不分，这让她和她们一家与众不同。遥望的光荣是一回事，身在其中又是一回事，正因为如此，她更珍惜大城市生活的价值。对上海后天培养的喜爱，使她很冷静地将它视作一种回报，回报她小小年纪寄居外亲的屈抑和惶遽。

高中毕业，袁燕考上大学，住进学生宿舍，但户口也随人迁出。前后脚的，表弟占住阁楼上她的床铺。表面上看，是退出来，事实上是更深地介入，她有了独立的身份，不再依附于人。外公外婆日渐苍老，更仰仗舅舅舅妈照顾，父亲母亲来上海，都落脚在袁燕的宿舍，母女合睡，父亲则到男生那边找一张空床。许多本地学生原则上住校，却宁愿走读，也要回家。除夕夜，在外公外婆家吃过团圆饭，三口人来到空荡荡的校区。万家灯火，春晚的歌舞声从窗口流出，汇合在城市上空，仿佛与他们无关。分离两年，时间不长，却是关键阶段，她从孩子长成大人，彼此变得生分，在一起，没太多的话说。她在心里向老天发誓，要替父母在上海垒个窝。大三那年，外公外婆家房子动迁，她听到消息即去居委会、街道、拆迁办，出示原有户籍，并让邻居写证明信，她的户籍目前虽然归入学校，但实际是房屋的同住人。舅舅舅妈自然不情愿，可挡不住外甥女的一句话——大学毕业，她将合理合法回到原有户籍。同时呢，让渡名下一部分利益，要不是舅舅收留，怎么能进上海？她说。于是，得到一笔补偿款，加上父母的积蓄，还有她做家教的收入，多一点是一点。同学牵线，董家渡买下一间棚户，只八九平方米，却是私房；想不到第二年又逢拆迁，这一回就得到一套一室户的简易工房。远虽远，但按照城区扩大的速度，很快就接近中心地带。父母提早办了退休，回到上海，她呢，公派美国。二十世纪的九十年代，所有事情似乎都有着既定的步骤，自行错落次序，既不超前，也不落后，向着目标走去。目标也是既定的，潜在于行动之中，可以将它归为运势，但并不因此减免困难，这就要看你能不能克服。

袁燕决定回国，是有考虑的。她知道，"人生来平等"的美国，可说对移民最无偏见，但凡事都分先后，第一艘登临新大陆的"五月花号"，决定了英格兰天主教的首席位置，像他们这样非我族类，需从败势求优势，那就是母语和母国。周围的同学多有归去的意向，也多止于务虚，只有袁燕投出简历。大部分没有消息，几次面试，都无疾而终。她并不失望，有当无的，一份一份地投寄，不期然间，接到聘任。立即辞去现职，收拾行李，带了小弟上路。当然，在谋求发展的大前提下，异域生活的沉闷也是不可忽略的因素。同时呢，中国正逢活跃的变革时代，上海既不是深圳的全新，又不是内地的古旧，恰正处于新旧交集，前生今世和未来衔接的节点。她不像根生土长的父母一代，对这城市有执念，而是抱客观的态度，能够充分认识其中的机遇。

自从将十六岁的女儿送去上海，父亲母亲就再不干预她的决定。回来上海，难免会有惋惜，他们还等着她结婚成家，和很多家长一样，去美国帮着带孙子呢！美国是个神奇的地方，寄予人们许多想象。但也称不上十分失望，女儿在身边终究有照应些，尤其是这样的女儿，有哪件事她看错做错过的？况且还带着一个毛脚（女婿）。他们见过小弟几面，袁燕领去家里一次，外面吃饭又一次。他们都喜欢这个白面长身、轻声细语的男孩子。有同样的留学背景，重要的是他苦孩子出身，他们不愿高攀，儿女亲家如何交往？后来，男孩的姐姐上门拜访，更留下好印象。修国妹并不是成见中乡镇企业家的老板娘，满身名牌，披金戴银，当然，开了一部好车。他们不懂车，只看见这辆车的漂亮和干净，车里走出的人却很朴素。厚密的头发剪到齐耳，削薄的刘海下一双清澈的眼睛，显得年轻。白衬衫，牛仔裤，系带跑鞋，像一个女教师。后备箱里装满新鲜瓜蔬，自家腌制的腊肠咸鲞风鹅，还有一屉素馅包子，说是她自己蒸的，当场吃了两个，烫嘴。他们甚至觉得这姐姐比袁燕更像女儿。修国妹对他们也有一见如故之感，让她想起当年大队的下乡学生——上了岁数就是这般模样，从颠簸的日子过来，受许多煎熬。他们两人乘一班长江轮离开上海，因学校不同，落户地也就不同，上码头就分开，各在县辖底下南北两个公社。但两人都是乒乓球手，业余一级和业余二级，二十世纪六十年代，全国上下大力推动乒乓球运动，于是就在县级比赛中碰面，然后结缘。说起年轻时候的往事，脸上有了神采，肤色光润起来。其实，他们不过比自己年长十来岁，半代人的差异，姻亲关系则是上下辈，她原本代表父母出面的。修国妹从做父亲的容貌看见袁燕的轮廓，端正的脸模子，下颏略略见方，显得有点硬，但唇形的曲线是柔和的。颀长的身材却随母亲，因父亲是中等偏低，想到乡里有俗话，爹矮矮一个，娘矮矮一窝，便很为袁燕庆幸，继承了双亲的优点。

后来，两人争相说话，结果母亲占上风，修国妹想，将来袁燕和小弟，大约也是这样的力量对比。母亲告诉她，他们替县乒乓球队打出成绩，升级地区队比赛，再借用到省队，但迟迟不能转成正式编制。你知道，体育是青春饭，她说，耽误不起时间，眼看小队员一茬一茬起来，他们不能在一棵树上吊死！赛事里度过的年头，已经错过几轮招工，于是，他们做了一个选择——修国妹认定出于女方，袁燕也像她，杀伐决断，是竞技运动之大要。他们毅然离开省队，回各自生产大队。原先的集体户凋零了，或去工厂，或推荐上大学，也有迁移走一去不来，这段日子，母亲脸上浮起红晕，总是他——指着父亲，骑三小时自行车路来她住的地方，再骑三小时车路回自己住的地方，有一回，河上的石桥冲塌了，就又多两个小时绕路，父亲插进嘴：幸好搭上一辆拖拉机！母亲又接过去：到的时候已经半夜，听到门响，同住的女生吓坏了。你知道，她看着修国妹，那女生一人的时候，常有痞子敲门呢！我知道，修国妹说。

半年后，大批次招工来临。这时候，他们的运动特长又用得上了，倒不是体育，而是文艺，文体一家嘛！事实上，也是一次杀伐决断。天长和江苏接壤，江苏和上海接壤，淮南则是安徽内陆，地理上远一步；但是，淮南煤矿开创于二十世纪三十年代，总部设在上海，渊源上近一步。再有一项胜数，就是农业户口进入城镇，称得上改换门庭，你知道？我知道，修国妹说。没什么可犹豫的，双双去了淮南矿务局，一个在子弟中学教音体美，另一个，即袁燕的父亲，下到煤矿机械厂生产科，逢到系统职工乒乓球大赛，分别代表学校和工厂出征。这时候，他们生疏了球艺，兴趣也淡了，渐渐退出，一个转任语文老师，一个改做供销。就在这一年头结婚，年尾生下袁燕。修国妹暗中一算，少小弟九年，心有触动，男女相差三、六、九，乡俗以为忌讳呢！再想，什么时代了，鬼都投胎做人，张建设又要笑话她老脑筋，随即放下。看跟前二位，就觉得袁燕这位新人类，和他们旧人通了款曲，变得亲近了。

应修国妹邀请，袁家父母来她家县城的别墅。小弟去接未来的岳父母，舟生接爷爷奶奶——孩子们向来这样称外公外婆。他这年十八岁，刚考得驾照，特别喜欢开车。园生本来要跟小舅一起去接人，修国妹不让，怕挤着了大人。先有些不悦，但很快过去，听母亲使唤搬这搬那，打点客人的食宿。这孩子性子忒好，让人又喜欢又担心，想她将来要嫁给什么人，能不受欺负。向晚时分，小弟的车到了，却没有袁燕，说公司加班，晚些自己来。修国妹难免介怀，自己的大事不上心，只推给别人。人多事多，忙起来便忘了。张建设自小失怙恃，没有亲家见面的环节，总归缺点什么，这回就可补上。又是家中的独子，两位老人分外重视，洗浴梳头，穿了新衣服，拘手拘脚的。好在燕子的爸妈岁数矮一截，合着长幼尊卑的礼数，恭顺得很，渐渐也放开了。张建设从来把修国妹家当自己家，老的是爹娘，小的是弟妹，担着长子的身份。经他做主，当晚是亲友会，关起门不对外，下一日才是订婚宴，摆在酒楼里。张建设的意思还是，说是家常饭也请厨师来办，修国妹却不同意了，坚持亲力亲为，让帮佣的女人打下手，又叫来大工做采办运输。凡师娘开口，大工立时拍马赶到。食材都是新鲜的，做法全是老土茬子。红泥炉子托着双耳陶罐，炖的红菜：走地鸡、四对猪蹄、鲍鱼海参；生铁架上铜铫子，是白汤：千岛湖的大鱼头、河蟹剁成两半两半、条虾、蛤蜊、蛏子；炭锅里是全家福：猪肚、鸡鸭血、蛋饺、鱼圆、肉圆、冻豆腐、白菜、粉条；鏊子上是烙饼，卷着馓子、炸酱、土豆丝、炒鸡蛋，无数小碟子间插在硬菜底下的空当里，臭豆子、老香干、酸萝卜、油辣子、芝麻盐、煮花生、腌蒜瓣，数不过来。在这乡下的桌面上头，是枝形吊灯，一周一周的花苞状的灯泡中间，一束水晶流苏，直垂下来。上海来客惊呆，想不到社会发展得神速。这小小的县城，不要说和大城市比，即便是美国白宫——他们从电影电视里没少见白宫——那塔状的素白的一座，里面又能如何？一路驱车过来，已经见识许多奇峻的建筑，黄金顶、紫琉璃、翘檐挂了铃铛、大红的斗拱、锥尖上立着一只五彩公鸡……都说上海是都会，把内地都叫成“巴子”——乡下人的意思——他们自己才是“巴子”呢！今天，“巴子”进城了。

酒和饮料是用小车子推上来的，那小车就像外国电影里的马车，高背、敞篷、车斗里各色各样的盛器，送到跟前，让自己选。他们哪里知道什么是什么，只觉得眼花。张建设说：喝来喝去，还是中国的白酒最称口！说着，拔出一支细颈瓷瓶，身子上写着“五粮液”，于是舒出一口气。等修国妹从锅灶忙完，落了座，这两人才有到家的心情。有她在，这晶莹剔透的天界方才回到人间，与他们有了关系。当然，张建设也很好，处处照应，且不显山不露水。比较他和他们，更可喜的是他和岳父母之间，并不多话，爷俩脸对脸接火点烟，吐出一口，回肠荡气的。喝酒呢，也不碰杯，举起来眼睛看眼睛，仰脖干了，互相照一下杯底，贴心！不是俗话说的“半子”，是“多年父子成兄弟”。难免联想起自己，那毛脚也很好，但不会成这样的翁姑。同时呢，也觉得女儿有眼光，会看人，不单看本人，还看背景。这样想，是因为亲家比女婿更让人满意。

酒足饭饱，主客稔熟起来，张建设说：看袁爸袁妈很年轻，身体也好，何不出来做点事！“袁爸袁妈”的称呼是港台的习俗，从电视剧和生意上的交游学来，用在这里很贴切，名分是两代人，年龄只在一半，不大好叫。袁爸笑道：我们都不是有大志向的人，年轻时或许有一点气性，也让生活磨没了，能回上海，有落脚地，有退休金，人生不过如此！张建设说：我并不是让二位发挥余热的意思，从早到晚，镇日守在家中，多少有点闷气。袁妈说：他不嫌闷气，天天去公园看人下棋，上午一班，下午一班！袁爸不服：开门七件事，都是我的业务，什么时候耽误过？袁妈也不服：开门七件，闭门可是无数，我又何曾耽误过？一句去一句来，两口子永恒的对嘴，怨艾中小小的得意。正说着，袁燕到了，席上难免乱一阵，错落交替着起让，她就近挤在园生的末座，隔了桌面向对面的长辈们点一点头。修家的老人没什么，袁家的则欠了欠身子，收住口角，人们再纷纷落回原位。修国妹看出这家大的怕小的，感情有些疏远，于是尽力周旋，不使冷场，无奈两位就此沉寂，激励不起来了。修国妹暗自叹息，不意间，桌底下有手伸过来握住她的，是袁妈的手，就知道对方领她的情。

再吃喝一轮，张建设对了袁爸说：若不嫌弃，助我一臂之力如何？袁爸木瞪瞪看他，不晓得正话还是反话。张建设接着说：袁爸是资深供销，公司就缺这样的角色，你想，整条船收进来，拆零了销出去，上家和下家中间穿针引线，走的是命门，自己家人才牢靠呢！只见袁爸的眼睛一点一点亮起来，脸也红了，袁妈的手在发烫。修国妹紧紧回握一下，喉头几乎哽住，心里为老公叫好，真是个知冷知热的人，又担得起肩胛。这话题看似新起，其实接着前茬，抬举了大人，也是给小的脸面。袁燕却不屑：我父亲——“父亲”二字让修国妹颇为刺耳，看她一眼。袁燕浑然不觉，兀自说下去，父亲做销售是上个世代，如今形势大变——张建设做出一个阻止的手势，未及出声，“父亲”抢先开口了：万变不离其宗，比如乒乓球，球、拍、赛规都有变化，可战略战术，还是进攻和防守！袁燕显然很少受爸妈抢白，涨红了脸，强笑着：乒乓是小球，真正衡量体育标准的是足球篮球。“父亲”也笑了：女儿，不要看不起爸爸，中美外交怎么开始的？乒乓球，小球推动大球！话扯得远了，却很机智，大家不禁鼓掌，事情就这么定了。

正式的订婚宴放在“水上人家”，张建设当年请姚老师就在那里，名号还是那个，形制已经大改。酒楼变成园林，绿树葱茏，原先有个水塘子，如今是一面湖，烟波浩渺，往东南连接到小溪河，小溪河至远可抵洪泽湖，那就没边了。餐厅分布在树林竹篱、亭台楼阁、湖心岛，他们包了一处水榭，额题“渔舟唱晚”。对面是人工垒砌的山崖，一匹瀑布直泻而下。廊下可垂钓，收获的鱼虾送到灶上现做。晚霞渐尽，渔火亮起，张建设凭栏望去，想起圣人的话：“逝者如斯夫！不舍昼夜。”仿佛看见多少时间过去，瞬息之间，所谓白驹过隙。可人事变故，又沧海桑田，不可预测。拿姚老师说，跌宕起伏，眼看触底了，半年前保释出狱，究竟柳暗花明。此时此刻，带了妻女也在席上。书记大伯老两口，李爱社一家，是张建设的大媒，牛不喝水强按头结了婚，倒沉下心来，年前生了个小子，做父亲的人，就不敢乱来。张跃进的战友海鹰，早两年辞去公职，过到公司做了副总，媳妇就是中学同学，本来家里最看不上眼的一对，有出息的都忙事业去了，倚靠的还是身边人，这时，也跟着儿子儿媳来凑热闹。单这三家，就是一桌首席。次一桌是自己家。第三，公司里的人，不是头面上，都是贴身的庶务，比如大工；比如张建设的司机，即姚老师家的“四”；帮厨的女人；整理园子的花木匠，拖家带口全上了桌。

事先，修国妹迫着小弟穿西服，白衬衫，打领结。袁燕呢，穿的是一袭闪光缎的长裙，外面压了件宽肩窄袖的小西装，真是一对璧人，神仙眷侣。修国妹拥住他俩，推到袁家爸妈跟前，那爸妈不由退一下，表情有些瑟缩。张建设接过人来，送去未来的翁姑。这两位倒坦然得很，做父亲的在儿子后脑掴一掌：人模狗样！大家都乐，袁燕脸上也闪过一点笑影，遂又收起了。别人没觉得什么，修国妹却感到不安，这个开朗的姑娘，今天晚上，不只今晚，还有前一日，甚至更早些，变得矜持，不像她了。座上人都在兴奋中，小孩子前后奔跑，争着投食给水里的鱼，青壮年开始划拳行令，老的叙起往昔，少不了称颂主人家的好光景。轰轰烈烈之下，修国妹也按捺心事，酒意上来，心跳得又轻又快，她坐不住了，一手持瓶一手端杯，穿梭敬酒。吉利的话想都不想，自己跃出口去，好比口吐莲花。最后，敬到张建设，换了个大杯，碰在面前人的杯沿上：张建设，我们家的功臣，要是没有你，不会有我们的今天。我代我爹妈，弟妹，舟生园生，还有我自己，谢谢你！旁边的园生，她向来没见过母亲这样夸张的举止，皱起眉头：妈，你喝多了！众人这才感觉女主人确有些过量了，可在场的谁不是醺醺然，陶陶然，说话没个斤两。翻江倒海中，唯有一人，就像强台风的风眼，纹丝不动——修国妹汪着泪的眼睛里，人和物都在打转，围着圆心，袁燕的脸。她自知醉得不轻，心里却明镜似的，一清二白。之后，她足足睡了两天，方才驱散酒意，很奇怪的，那一点警醒也退去了，再想不起来。

按乡下人的公约，订婚比民政局登记还算数。小弟这边的彩礼自然不在话下，令人惊诧的是，袁燕那边，竟然拿出三十万元的陪嫁。如她父母这样的阅历，不吃不喝，又能有多少结余？修国妹是从那日子过来的，晓得凭力气吃饭的有限。私下问小弟，小弟一脸懵懂。收，不落忍；推呢，怕伤人的自尊。最后还是收了，来日方长，从此就是一家人了，这么想，心里略好过一些。走了旧礼，再行新法。修国妹专去上海，约袁燕到卡地亚买一对戒指，铂金上镶细钻，另有一对纯金无装饰的，正式结婚再拿出来，由新人互相戴上。

这桩大事办妥，接下来考虑的是小弟的就业。拖了年把，上海外企那头显然不再预留位置，和燕子间的争端平息了，修国妹就是从这里估摸出形势。看起来像是燕子妥协，另一方面也可视作放弃。因此，和谐的局面就变得可疑。但是，不已经订婚了吗？修国妹对自己说。要紧的是，小弟必须要有个工作。最近便的，就是自家企业，以前不敢夸嘴，如今，他们大可称得上企业！张建设没二话的，立刻任命技术部主任，无论电气工程、自动控制、计算机数据，都不出小弟的专业，转天就去上班。公司总部建在三河口，粮库的旧址，目前只是一幢三层水泥预制件的楼房，但业务十分繁忙，人进人出，车来车往，周遭的商业服务逐渐带动起来，就有了复兴的气象。从别墅过去，四十分钟车程，小弟先还勉强，拖延着，修国妹硬是将他送去按倒。三天打鱼两天晒网的过了一段时间，有些喜欢上了。姐夫罩着，手下人都服他管，又真有几手，见识过现代化的工业运作，不能全用，只那么一点点，也足够了，所以就是轻松的。天天回家，吃姐姐做的饭，高速没有覆盖全境，走的是公路，虽然颠簸，却有风景可看。最重要的一条，自家的公司，不必依仗袁燕。小弟再孱弱，也是独立的人格。在就业的忙碌中，时间过去大半年，无论当事者还是局外人，忽然发现，这两人的婚礼，停止了进度，滞留原位。待后续跟上，再度纳入议事日程，不巧突发一件事，又延宕下来。谁也没预料到的，小妹回来了。

六

姐妹俩面对面站了一会儿，小的一跺脚，大的眼圈红了，紧接着，怀里塞进个包裹，低头一看，是个婴儿。密匝匝的眼毛盖着，嘴里含着个奶嘴，睡得没事人似的。

修国妹一肚子的问题，让这“包裹”堵回去了：这些年在哪里，做什么，过得如何，等等。回来的头几日，就在房里睡觉，包裹里除了人，还有奶粉奶瓶，纸尿裤，婴儿润肤液，所有行李都在这里。从孩子头皮上的胎脂看，刚足月的样子，食量却很大，眨巴眨巴眼，一满瓶奶就见底，吃饱就睡。母女俩像是欠了上辈子的觉，还都打呼噜，一声高一声低。小的进食还在顿上，大的就没个准了，白日黑夜，开门坐到餐桌跟前，也不说话，等着上吃的，好像住店的客人。有几次大的小的碰上饭点，做母亲的眼睛横过来，落在孩子身上，睡眼惺忪里忽然闪出一道精光，霎时间又收回，继续低头在碗里，然后再进去睡。修国妹装没看见，心里宽一下，小妹再出格，也还有舐犊之情。孩子吃饱了，吐出奶嘴，看着喂她的人，睫毛展开一排翅子。修国妹觉得有点不对，又说不出什么不对，背脊上有点凉。把人抱到窗户边，日光底下，那一对滚圆的眸子，颜色变成很浅的黄褐色，好像夜里的猫眼。双睑很宽，噘起嘴唇，也是滚圆。真是个洋娃娃，修国妹暗自说道，紧接着被自己吓一跳。可不是吗？这娃娃是个洋种！修国妹胸口打鼓一般，怦怦地响。解开襁褓，胖乎乎的胳膊腿，小肚子，也是浅褐色。赶紧裹起，竟有些发怵。她离开窗口的亮地，走到小妹睡觉的房间，隔了门听见鼾声。怀里的小东西也睡熟了，排翅似的睫毛合上，投下一片阴影。这几天似乎又长大些，日前刮净胎毛，青森森的头皮又发茬了，隐约打着卷似的。修国妹茫茫然踱开，脊背上的凉意忽变成燥热，身上烫得很，原来人还抱在手上，沉甸甸的。放下在摇床里，还是园生小时睡的，从老房子搬别墅，一股脑儿卷来，想不到这时候用上了。

修国妹没有把这惊人的发现告诉人，现在，家里大多时间只有她和帮厨的女人，其余不是上班，就是上学，一律晨起暮归。张建设隔三岔五出远差，从一地到另一地。袁燕倒比往常回来勤了，除周末外，中间还会有一二宿。登记和婚礼继续延宕，其实办不办也无所谓，都当她是家里人，修国妹也不像过去那么守旧。偶尔想起，心里会顿一顿，但很快转到小妹身上，放下了。小妹结束这种日夜颠倒的沉睡，恢复三餐一觉。修国妹把孩子交还给她，看她喂食、洗涮、换尿布，还是负责的，却不见她哄逗嬉耍，连笑容都十分少见。倒是那种锐利的精光，时不时闪烁一下。不知不觉中，修国妹也传染上了，她审视摇床里的人，带着一种苛责：这东西究竟从哪里来的？视线移向小妹，小妹转过脸，避开了。修国妹暗自冷笑，一个娘肚子里出来的，心连心，谁不知道彼此！

这一天，修国妹走进小妹的房间，看她收拾东西，不由一惊，脱口道：你要走？小妹抬头，两人又面对面。姐姐凄然想道，这几天的吃和睡还没养胖你！小妹的脸白得像纸，透得进光，鼻梁上暴出青筋。又想，月子里落下的根，再怎么养也难了。

姐姐，小妹开口了，都记不起小妹什么时候叫过她“姐”，口口声声“大妹妹”“大妹妹”，生气的时候，则连名带姓“修国妹”，显得很严正。小妹咽了一下口水，接着说：姐姐是世界上最好的人！修国妹厉声道：你别给我来这一套！小妹叫道：姐姐总是让我们，帮我们，是我们心里的靠山！修国妹打断她：我才不要做“靠山”，难道欠你们什么吗？小妹强硬起来：你是大的，大的就要管小的！修国妹跟着嚷：你什么时候服过我管？你什么时候当我是大？小妹跺脚：当不当你大你就是大！修国妹也跺脚：你当你小？小妹连连跺脚：比你小，比你小！修国妹跺得更响：我当我的大，你当你的小，井水不犯河水。小妹回不上嘴，动手撕扯，修国妹用力一挣，小妹坐倒在地，号啕起来：帮我带孩子，帮我带一年，我保证领她走！修国妹气急道：人在跟前你都走得开，一年以后，你能来？小妹仰脸闭着眼睛，使劲地哭。修国妹的眼睛也湿了，依稀看见小小的小妹，和小弟争，争不赢；还窥视到那双小吊梢眼，掀起一下又合上，狡猾的小表情。眼睛干了，跟前是青黑的眼圈，凹陷的脸颊，发顶上竟然有几丝白。哭喊停止了，因为没力气，剩下激烈的抽搐，那身子薄得，纸片似的。时光流逝，童年的爱娇，终也抵不过人生遭际！眼泪下来了。两人静静地哭了一会儿，修国妹反手将门锁别上。

两条路由你自选，修国妹说，眼睛不往小妹看，凭声气知道那边渐渐平息下来。一条路，你走你的，但是必须把事情向爹妈交代清楚！我有什么事情？小妹哑着嗓子说。修国妹一笑：你很好，都是那冤孽的事，不能从石头缝里蹦出来！小妹回道：十月怀胎，肚子里落下的，老天爷的事！这强词夺理无疑是小妹特有，她倒不生气，反有点释然，过去的那人没有绝迹，回来了些。于是又笑了：南瓜还要扑个粉，天下万物哪一样不是出自于雌雄相合？也有单性遗传！修国妹说：那你就和咱爹妈说明白这个遗传道理。小妹翻了个白眼，还要强辩，修国妹止住了她：第二条路，什么也别说了，把人带走！小妹嗫嚅道：带哪里去？修国妹说：该去哪去哪！小妹不作声了。修国妹不禁有些得意，从小到大，从来没有钳制过这个妹妹，小弟也没有，他们向来都是输家。于是，到好就收，留下一句：不用现在回答，什么时候想好再说！跨过地上的包裹行李，出了房间。想了想，还是把门反锁，钥匙揣在口袋里。小妹不是个认理的人，倘若一味来蛮的，怕是挡不过她。

这一日的午饭和晚饭，都是帮厨的女人送进去，里面的人倒也安静，没有发生抵抗的行为。第二天安然度过，第三天也是。修国妹看出人已经辖制住了，便开了锁，却不敢走开，坐在底下餐桌边听动静。午后，大人小孩都歇着，修国妹有一时盹着，猛醒过来，对面是小妹的脸，相隔一张长桌，又远又近地看她，便将眼睛迎上去。两人都不开口，就像小孩子的游戏，“我们都是木头人，不许说话不许动”。最后，还是修国妹撑得住，小妹先说话。有没有商量？她说。当然，修国妹说，都是大人了，讲道理的。小妹移开眼睛看了窗外，庭院阳光下，晾竿上的衣衫在飘动，五颜六色，蝴蝶似的。小妹说：我要不走，你怎么和爹妈说？她用下巴颏点了点摇床的方向。修国妹眼睛不抬：地沟里拾的！小妹逼进一句：你拾的！这就是小妹，惯会甩锅。但紧要处依了自己，枝节让她一步又有何妨？好！她说。显见的小妹舒出一口气，心里冷笑，真让她走，她也没地方可走，不如顺坡下驴！这样，一大一小留下了。老家的爹妈过来，看到小妹，欢喜都来不及，来龙去脉就不问了。至于孩子，乡下人向有拾猫拾狗的习惯，拿命当命，见怪不怪。看那小东西哪里都是圆鼓鼓的，还取个小名叫“核桃”，至于大名，修国妹做主，姓她姓，是她拾的嘛！交一笔钱落下户籍，从此家中添个人口。

私下里，修国妹问了孩子出生日期，才知道，其实还在月子里。于是调羹做汤，从头补起，小妹的脸圆润起来。有一回，见她坐在院子的葡萄架下，树阴盖了一身，怀里裹着个东西，一拱一拱的，原来是小家伙在吸奶头。小妹早已经没奶水了，母女俩在过嘴瘾呢！修国妹悄悄退回屋子，没有揭穿，却生出欣慰，小嘴叼上奶头，就再甩不脱了。这是没人的时候，当了人面，走路都要绕道，十分嫌弃的样子。然而，做了母亲总是有改变，瞒过别人，瞒不过修国妹。小妹的目光柔和了，不像过去，刀子一般。更重要的，母爱使她快乐起来，跟着随身听唱歌，神情怡然。她唱的多是粤语和英语，略微透露一点过往经历的信息。姐妹单独相向，会讨论孩子的未来，说未来太远大，只是眼下的一日一日，许多问题接踵而至。

比如，开口说话怎么叫人？讨论的结果是，叫修国妹“妈妈”，小妹是“小姨”，舟生园生即“哥哥”和“姐姐”，张建设呢，就是“爸爸”。说到此，小妹严正了脸色，看着姐姐，问出一句话：姐夫知道？修国妹反问：你说呢？小妹被问倒了，别过脸去。修国妹想，到底有她难堪的一节。张建设在小妹，至少是一半的父亲，真正的父亲她可是不忌惮的，任着性子坑蒙拐骗。既然话说到这里，修国妹就建议，等张建设在家，一并谈谈小妹的前途。姐姐说，晓得你在社会上有自己的人脉，但比不上自己家的人，路是窄些，心是诚的！很少有的，小妹没有回嘴。

这天晚上，将闲人驱出去，三人坐齐了。小妹佯装不在意，其实是有些局促，到家后头一回与姐夫面对面。修国妹和张建设相视一眼，想的是同一件事，终于把这人拿下了。停了停，张建设哈哈笑起来，修国妹问笑什么呢，张建设说，许多年前，他和小弟小妹三人在蚌埠，正要进酒店，迎头撞上一伙老外，只听对方口口声声的“索来索来”——小妹你还记得？小妹点头，脸色却很茫然，不知道如何说起这事。张建设接着往下说：以为骂我们挡路，其实呢，是“对不住”的意思！修国妹倒第一次听说，笑道：要反过来，骂你们当客气话，才尴尬！可不是，张建设对了小妹：所以，读书少就吃亏，我顶羡慕你们这些受过教育的人，我和你姐姐没碰上好时候，只能拼力气！小妹说：姐夫你可不是靠力气拼的，你有好头脑。张建设认真道：一个好汉还要三个帮呢，现在有你姐姐，你哥哥，加上你，就满三个了。修国妹伸手搡小妹一把：听出来吗？有戏！小妹梗起脖子：还没说完呢，到底谁帮谁？张建设说：你帮我！小妹回过去：姐夫就是好汉啰！修国妹在她头顶掴一掌，张建设宣布：面试通过，聘任法务部主任。小妹住嘴了，有些惊呆，事情这么简单。张建设又说：照理和你哥哥平级，但他多做了两年，待遇高你一成，以后看业绩再调。这两人没回过神来，那边一拍案：散会！

修国妹暗自吐一口气，小妹是个没定性的人，难保她从此安分，但眼下总归有了着落，过一日算一日。好在她有软肋，就是核桃，天下儿女都是父母的软肋，但谁知道小妹是不是天下的人呢？权且当她是吧，就不怕降伏不了。稍稍定心，却又隐隐有另一种不安，现在，他们全家都拴在一条船上了！可是，这不就是家族企业吗？她对自己说，多少释然了。

小妹上班头一桩事是学开车。修国妹送她去报名、注册、缴费、认师——自己考驾照时候的同一位。原来国企的货卡司机，关停并转后开了一爿驾校，那阵子，随着汽车工业勃兴，驾校遍地开花，经过几轮竞争，大浪淘沙，出局了。卖了营业牌照，也不去别处，就在易主的生意里做教练，老东家给新东家打工，多少是存心，让人不自在。但手艺好呀！他向学员吹牛，当年学车，底座架起，轮盘空转，就是三个月！看小妹跟了师傅去，那背影是驯服的，驯服得叫人起疑。修国妹骂自己神经过敏，转身坐回车里。返程路上，从三河口作业区绕一下，远远的，只看见一片扬尘，遮暗了日头。与河滩地平行一二里路，才渐渐走出去，回到清朗的天地间。张建设的事业真的做大了，大到她都不敢看，远超出她的眼界。张建设和她说起生意上的事情，她已经听不懂了。但是，放眼望去，哪里不是日新月异？昨天这样，明天就是那样，他们还不算什么，一路下去，皖南、苏北、苏南、浙北、浙西、浦东，可说越演越烈。她都想不起原先的地貌和作物，以及天际线，连同她自己，想起来也是惘然。

顺遂的日子总是过得快，核桃一天一天长大，顶着一头羊毛似的鬈发。修国妹极力梳平，紧紧扎两个小辫，沿额角别上一溜发卡，看着她浅褐色的瞳仁，想：这到底是谁啊！孩子笑得咯咯响，打个鱼挺，险些蹿出去。修国妹感觉到她的力气，暗自说：野种！被自己吓住了。园生的同学来玩，自从有了核桃，那些小女生来得勤多了，争相抱她，十分抢手。小孩子都是人来疯，这一个又格外爱热闹，动静特别大。小姑娘喊她“洋娃娃”，让修国妹听见，心又是别的一跳，仿佛道破玄机。她对园生说：以后少让同学来。园生问：为什么？园生近视镜片后面的小细眼，开阔的眉间，鼻翼两侧，哪里都显出宽扁，核桃则是凸凹有致。修国妹认识到不同人种的差异，基本可分作两类，一种平面，一种立体。这是外部，内部呢，就体现在性格上了。落实到园生与核桃，前者和缓，甚至有些怠惰；核桃则是躁急，随着年龄增长，这样的异禀将越发显现。虽然是“拾”来，为什么别人家拾不来，偏偏是她们家？这么想，就钻牛角尖了，但修国妹已经刹不住车，她紧张兮兮，疑窦丛生。先当帮厨的女人泄漏出去什么，她可是亲眼看见小妹带核桃回来的，第二天找个由头打发了。再然后，轮到袁燕。燕子这一向回来得不怎么规律，有时候两三礼拜看不见，又有时，比如近几日，则反过来，天天来，替舟生申请美国大学，帮忙填各种表格。舟生挺喜欢这位舅妈，“舅妈”两个字又让她想到，两人的婚宴拖延下来，始终没办。这念头闪一下即过去，因有更迫切的事端。核桃的来历连小弟都蒙在鼓里，燕子也从不问，就是这一点让人不安！分明有所察觉，为避免难堪，索性沉默。有谁聪明得过她！修国妹看着吊灯底下的两个人，埋头在一桌面的表格，偶尔吐几个外国字。燕子忽抬起头，转向修国妹：姐姐你和我说话吗？修国妹意识到自己出了声，且不知道说的什么，窘极了。遮掩着，起身端茶送到桌上，不料舟生叫起来：拿走拿走，水洒下来了！燕子斥责舟生：怎么和妈妈说话的！修国妹端回茶杯，生出些妒意，好像儿子归了人家。有了这成见，燕子的嫌疑就更重了。事实上，燕子不知道是假，不在乎是真。在她这代人，又是出过国，并不以为单亲妈妈稀罕，只是看见全家口风闭得铁紧，才当不知道。

修国妹想到搬家，搬去哪里？芜湖。早几年，舟生在常州读书，为方便接，市区里曾买过一套公寓，基本空关，供公司里人出差时候落脚打尖。事实上，住酒店更便捷，极少用得上。不如出手，添些钱在市郊买一幢别墅。张建设也赞成，并不因为核桃，核桃算什么事？谁爱嚼舌头谁嚼去，他的心意是在发展。内河里的船家，终年在水网周转，那些无名的支流，纵横交错，岔口套岔口，够几辈人进来出去，倘若天人合一，逢得机缘——他说起那年送小弟上学，在蚌埠淮河大坝的夜晚，星月满天，坝脚下是乌泱泱的黑水，腾腾地奔流，流去哪里？洪泽湖、高邮湖、邵伯湖、邗江，那就是入了经籍的水系，再要天人合一，就到了长江。长江，是一次大机缘，所以叫作“天堑”。不说山海，只说省界：江苏、安徽、江西、湖北、湖南、重庆，沿途又分出干流，向西有汉江、乌江，向东呢，黄浦江，黄浦江的造化就大了，直向东海……修国妹听张建设说话，好像第一次认识他，这是谁啊？心这么高，都飞到天上去了！

接着就是找房子，江北新开发的工业园区，房地产跟紧旺起来。大小中介来不及开门店，举着牌子直接站在高架匝道底下，稍流露些意思，立即跨上摩托，引了去看房。所谓看房，其实看的是工地。打夯机轰隆隆震得耳朵疼，塔吊悬在头顶来往，戴了安全帽，危险地攀爬在没有扶栏的水泥墩。手脚并用登上楼顶平台，直起腰，看见前方白茫茫一条，有汽笛声传来，顿时心情疏朗。这就是张建设神往的长江，气象宏大，与内河不可同日而语。船上长大的人，总是和水亲，此时，仿佛回了家。修国妹摘下安全帽，风吹乱头发。那风走过远路，将细碎分散的能量收集起来，变得浩荡，可气味是一样的，带着泥土和青苗的气味。中介的年轻人，穿一身黑西装，脚上的白跑鞋粘了泥灰，顶着蓝黄相间的头盔。这一带，遍地跑着这样的铁骑兵。他不明白这个客户为什么要上房顶，上了就不下来，“阿姨阿姨”地喊她，絮絮叨叨着客厅、卧室、卫浴、前后花园。她一句听不见，满耳都是风声，江鸥的扑翅和鸣叫。终于，修国妹转过身来，问什么时候交房。犹犹豫豫说了个日子，晓得他也不能做主，便不再为难，说声“好”，探着路下楼。已经到饭点，工地没有人了，机械停歇，静寂中，好像换了人间。她这才注意四周环境、房屋间距、空地面积，还察看水泥型号、钢筋粗细、地基的深度，他就知道不是一般的“阿姨”。本来不指望买卖成交，多少次看房都是没结果，这就叫作概率，不料想“阿姨”要约下定的时间，简直喜出望外，小脸涨得通红。一句话的工夫，万事大吉，铁骑兵跨上摩托，鸟一样飞走了。修国妹踏着满地的瓦砾沙土，走回自己的车，忽然“噗嗤”笑出来，从什么时候开始的，买房就像买白菜萝卜，提起来就扔进篮子，做梦似的，恍惚里，一个自己看着另一个自己。她坐进车，点火发动，开走了。

现在，她要去公寓看看。张建设的意思，卖它不如等着它升值。沿长江一带，前景向好，就这几年，房价翻倍不止。再说，手里的活钱足够全款付清。修国妹倒不因为吝惜钱，只是觉得造孽，心里不安，房子不是白菜萝卜——“白菜萝卜”又来了，自己真是个过时的人！张建设说，他不是钱不当钱，而是看得透钱的物性，其实是个活物，会缩水，会起泡，“通货膨胀”“泡沫经济”就是从这里来的，唯有不动产可以和通胀赛跑。这就不是修国妹懂的了。还是回到具体的现实，那就是，房子要人气顶，一旦空下来，便颓圮了。张建设又和她解释不动产的本质，比如房子，价值主要在地，而不是地上物，水泥、钢筋、砖瓦，要多少有多少，地却只少不多，俗话不是说物以稀为贵？这道理修国妹是懂的，他们水上人家向来对土地怀有崇敬的心，可是转化为“投资”“增值”一类的概念，又茫然起来。她务实地想到这么几处房子，单是收拾都顾不过来呢！张建设没话说了，就是笑。讨论到这里，决定卖是要卖，但不必急赶着，非抢在买别墅之前，再说，也要等出价合适对不对？

修国妹好久没去公寓了，小区甬道上的停车明显多了，几乎占了一半，余下的勉强容纳两车交会。水池干涸了，露出生锈的喷水眼。树木有日子没打理了，变得凋敝，草坪则裸出褐色的泥土。巡视的保安也看不见了，只有拾荒者在垃圾箱里搜拣。零落几处阳台晾晒着衣物，在风中飘荡，原本居家的温馨，反增添了冷清。走进单元门洞，谁家门里传出油锅爆炒的声音和气味，稍许驱散些荒芜。修国妹家的公寓在顶层，走上去，两边的公寓多是紧闭，金属的镂花拉起蛛网。看起来，大部分房屋空关，她不也是吗？业主们，就像张建设说的，是为投资置产。走到自家门前，掏出钥匙开锁，推进去，面前陡地大光明，睁不开眼睛。向南一排玻璃幕墙，正对着正午的日头。在玄关换了鞋，走上晶亮的柚木地板，湖面似的倒映着投影。墙角的沙发蒙了布单子，揭开来，掀起一片细尘，在空中打着细小的旋。餐桌上一层薄灰，抹一把，手上却是干净的，是漆水的反光。卧室拉着双层窗帘，眼前忽然黑下来，适应几分钟，橱柜床具渐渐浮出轮廓。她摸到壁上的开关，灯亮下生出一点夜色，翠蓝底金银撒花的床罩，踏脚地毯的波斯图案，乳白镶金的梳妆台，荷叶卷边的镜子里的修国妹，又仿佛一个自己看着另一个自己。赶紧退出去。走到次卧，按惯例设计成儿童房，其实舟生已经是少年了。一应用物全是原木颜色，涂了清漆，透出纹理和疤节，想象中的森林小木屋。她和舟生总起来算，不过住过三五夜，一切都是簇新，真舍不得出手呢！留给园生结婚用？想到这里，都要笑出声来，这园生年纪小不说，还开窍晚，什么时候嫁人？到她嫁人社会又不知变成什么样。一个人在房子里穿梭，浴室的地砖壁砖三件套，全是白陶瓷，雪洞似的，生冷生冷。打开热水器，放些水，雾气起来，漫出些暖意。厨房是不锈钢主打，散发出兵器的刀光剑影。找到一包方便面，水在锅里沸腾，面块带着调料一并沉下去，辛辣鲜浓的香气顿时弥散开来。她合上锅盖，又一遍想，房子要人气顶呢！

回去之后，和张建设商量，要不，先住到公寓，慢慢等别墅交房。张建设说，有这么着急吗？修国妹说：这核桃见风长，转眼听得懂人话。张建设笑起来：未必，我看她憨得很，只园生一半，舟生的百分之一！修国妹听他贬核桃不够，顺带把园生也捎带进去，讥诮道：你儿子天下第一！不是你的儿子吗？张建设反问。园生不是你女儿？修国妹也反问。当然，张建设答。静下来，再又缓缓道：女孩子家，笨一点是她的福气。修国妹说：你指我的吧？张建设说：你又不笨！可是我福气好啊！修国妹认真起来，两只杏眼睁得溜圆，看着对面的人。那人禁不住又笑起来：福气好吗？好在哪里？修国妹越发认真：跟了你就是福气！那人正了神色，肃然道：是我的福气。说到此处，两人都有些激动，还有些窘，因流露感情感到害羞。夫妻间就是这样，时久天长，越发怯于谈爱。收起话题，两人分头做各自的庶务，搬家的事暂且搁置了。

舟生的事按部就班，先收到学校的录取通知书，正是小弟和袁燕就读的那一所，然后申请护照签证，租房子，订机票，兑换货币。几乎袁燕一手操办，修国妹只是置办行李。小弟出国的携带，也是她收拾打点。那时候，没几家做西装的店铺，都是买的现成，面料也不对，穿起来像乡镇企业老板——他们家可不就是乡下人出身的老板？现在不同了，她带舟生到上海老锦江的礼服店定制，其中有一套燕尾服，却被否了。袁燕说西装其实是商务职员的工作服，燕尾服出席的大场面，别说留学生，一般人都接触不到。舟生不愿要了，修国妹怎么肯由他，母子僵持不下，最后解铃还须系铃人，袁燕发话，说不定呢，导师的生日、婚礼、音乐会、教堂……好，带上黑色三件套，其余留下。做父亲的，别的没意见，唯有一件，就是鞋，绝不退让。于是，单的，棉的，室内室外，山地雪地，运动休闲，张跃进伸出窟窿的脚趾头，是永不泯灭的痛楚。这些鞋也是袁燕帮着挑的，修国妹装箱打包，不免要想，这鞋里的心结，燕子知道吗？临近出发的日子，袁燕向总公司争取到一项差事，正好与舟生同行，多少缓解旅途上的挂虑。小弟当年出国是二十五岁，舟生才满十五岁，修国妹难免要生悔意，可她一己之力怎么挡得住时代潮流？少年人但凡有可能，都往国外读书，赶早不赶晚，原先是读研，后来是本科、中学、小学，更急的，娘肚子里就跑了去，等着落地。到了机场，她虽不舍，还撑得住。想不到的是张建设，舟生进海关那一刻，竟落泪了。她还没见过他落泪，只见他一手掩面，另一手挥赶着，一迭声地说：快走快走！看舟生和袁燕前后相跟走向关口，排进出境的长队，不期然间，又一次想到，儿子不是自己的，归了别人。这别人不是那别人，是孩子的舅母，自己的弟媳，可是，真的是吗？她几乎不能肯定了。

小弟和袁燕的事涌上心头，驱散了舟生离开的伤感，但也是折磨人的。正狐疑不安，张建设提出一个建议，这建议从某种方面确定了那两个的事实婚姻。张建设说：是不是让袁燕的父母搬到芜湖的市区公寓住？修国妹说：从上海搬到三线城市，人家愿不愿意？张建设说：上海也分三六九等，他们的房子像个柴棚。修国妹说：你去过他家啦？这话出口，两人都吓一跳似的顿住了，停一停，张建设回道：不是听你说的？修国妹依稀记起自己向家里人描述过那一次造访。张建设解释：公司总部早晚落地沿江城市，袁爸跑业务也方便些！修国妹不作声了，房子有人住好过无人住，住的又不是外人，是亲家。不久，袁爸袁妈就搬了过去，上海的房子出租，每月得几百元租金，虽然经济已经不是问题，但这不就是过日子吗？搬家公司的车上卸下的，也是过日子的杂碎，拆下的纱窗、油毛毡，那藤条箱大约是从下乡时候用起的，甚至还有一把生煤炉的蒲扇，连修国妹都觉着多余了，心底又有一点感动。眼看着公寓被填满，原先的流光溢彩暗淡下来，同时呢，有了烟火气。修国妹和小弟帮忙收拾，中午，袁妈摆了一桌饭菜，有现烧的，也有事先备下，随车带来，天晓得她是端着一锅鸡汤。吃饭时，就要提到去美国的袁燕舟生。袁爸问小弟为什么不一起去玩玩，小弟的回答，令在座人很意外，他说：那地方我再不要看它一眼！修国妹这就知道小弟的留学经历并不那么愉快，然而要不是袁燕做主，他是下不了决心回来的。

安顿下袁家父母，姐弟俩驱车返回。先在市中心盘旋，红绿灯闪烁，身前身后车水马龙，小弟说：这和美国有什么两样！好不容易绕到匝道，经环线上了高架，从高楼齐腰驶过，看得见窗户里昼夜开着的白炽灯，人行天桥到了脚底，就这么将城区抛在下面了。小弟又一次说：和美国有什么两样！他变得飞扬，这大约是美国唯一的馈赠，速度。他喜欢驾车，再长的车程也不会生倦。身居技术部主任，本该人家替他开车，可他还替人家开，送这送那。无事的时候，一个人漫游，随机上一个匝口，沿高速而去，去到不知什么地方。反复变道，总能回到出发的地方。修国妹说：美国总有一点好处吧？他回答：有，高速公路，我们也有了。修国妹就没有话了。姐弟俩向来说得少，做得多，有一颗贴己的心。和小妹正相反，来去都在口舌上，却隔着肚肠。但是说到了汽车，小弟有些停不下来，他接着说：美国人是汽车人。这话怎么说？修国妹不禁也来了兴致，紧着问道。有一回，从芝加哥回学校，下了高速，车忽然熄火了，路边是一座教堂，对了，是个礼拜日，一群教民做完弥撒走出来。你知道，他对姐姐说，美国人，尤其美国男人，决不能看见一辆车停着不走的，于是，趋向前来，帮着检查，结论是必须送汽修厂，你猜怎么着？修国妹说不知道。

大家一起推车走，沿途不断有人参加进来，推了两公里，一直推到地方。两人笑起来，修国妹说：看起来，美国的好处还不少！小弟点头又摇头，不知同意还是不同意。姐弟俩难得这么畅快地聊天，所以都很快乐。

汽车走在高速公路上，飞越过无数河流：襄河、沙河、女沙河、池河、小溪河、沫河……从半空中往下看，它们变得多么小；船呢，玩意儿似的，里面的人在过家家，有爸爸妈妈，兄弟姐妹，摆桌吃饭，安床睡觉。她就是在这片水域里出生长大，昼行夜泊，想起来就像上辈子的事，其实呢，不过十数年的工夫！不要说她们姐弟，连舟生，不也是叫舟生吗？现在，舟生去到美国，那个公路和汽车的国家。小弟的话匣子打开了：在我看起来，世界上所有人，不论男女老幼，就分两类。一类喜欢美国，我就叫他们"新人类"；一类不喜欢美国，叫"旧人类"。修国妹觉得这说法很有趣，有意探讨：比如——小弟说：我和你是旧人类，小妹是新人类。修国妹说：小妹并没有去过美国。小弟说：不论去没去过的！修国妹接着问：舟生呢？小弟说：舟生还小，没定性，显不出来，好比初生的鸡雏，不辨雌雄！修国妹大笑，想不到小弟也是风趣的，笑过了，问出一句心存很久的话：袁燕属哪一种人类？小弟没有立刻回答，方才的活泼收起了，正色道：我倒没有把她归进去呢！后半段路程是在沉默中走完，两人都没再说话。

七

核桃一岁半的时候，新别墅交付了。围绕她的闲话，早平息下来，坊间自有一种吸纳异质的能力，尤其小孩子最没成见，外边人看着稀罕，叫一声"小外国人"，四周的小朋友就一迭声喊起来：中国人，中国人！但搬家已成定势，不只为核桃，张建设的拆船公司也在芜湖市里租下几层写字楼，供企划、法务、销售几个部门办公。小妹搬过去，小弟留在三河不动，园生还有半年高中，不愿意中途转学，也不动。修国妹到乡下动员爹妈搬进城，生活便利，又好照顾小的。前一条理由不被认可，后一条很有说服力，就依了。修国妹想的是把小院退给村委，书记大伯说不容易得来，手续都全了，不定哪天用得上，暂且就托大伯看管。收下一季瓜菜，满满塞了两辆车，一并开进城里老别墅。原先的帮佣打发了，老人家不惯差使人，样样都要自己来，这一桩，就依了他们。隔日，修国妹便和小妹核桃去到芜湖的新别墅。

搬迁的日子里，张跃进转业回来，军队到地方，按规定降半级，在行署教育部门任科长。走的时候一个人，回来一家三口，媳妇是部队驻地的居民，原籍湖南，父母是当年农垦的场工，自己读了师范，子弟小学做老师，如今转到地市中学。修国妹以为两口子中至少有一个会在自家的企业里谋个要职，有些担心小叔小婶生隙。张建设沉吟道：美国洛杉矶是高速公路上的城市，以车代步，有不成文的规矩，一家人不乘一驾车！你的意思是——修国妹问——鸡蛋不能放一个篮子？就是这个意思。修国妹释然了些，又好笑道：好像你去过洛杉矶似的！张建设就笑笑。张跃进的女儿比园生小两岁，初中一年级，沿着哥哥家孩子的起名习惯，叫作疆生。也许水土的关系，长得有几分维吾尔族人的模样，眼睫很浓，一双大眼睛，和核桃一起，好像亲姐妹。多少因为这个，修国妹很欢迎她来玩，园生周末过来，阶梯般一溜姑娘，领着上街看电影买东西吃麦当劳，众人眼里一个幸福的母亲。

公司分部开张，凑着十周年的日子，举办庆典。从装修起，张建设就不让去现场，说要给个惊喜。修国妹按捺不住，开车到写字楼下，玻璃幕墙上张了篷布，透出灯光。后面的车摁着喇叭催促快走，绕个圈回来，还是那样，篷布后面的灯光，汽车喇叭大作，索性放弃探究，只等那一日来临，揭开谜底。再说啦，她也藏着个惊喜呢，看谁的惊喜胜一筹！好像回到小时候，和弟妹玩耍，此刻则带有闺中戏的意思。他们真是配着了，多年夫妻，彼此都无倦意。这一段时间，又好过又难挨，仿佛出阁前夕，甜蜜的不安。幸亏时不时地打岔，转移些注意力。舟生回来度圣诞假，修国妹想起小弟留学的时候，家境不像现在，哪里能说回就回。袁燕从上海带来一棵雪松，于是就有了圣诞树。平安夜，小孩子都来了，除自家的几个，李爱社的一个，海鹰的一个，园生的同学，姚老师女儿的孩子与核桃一般大小，客厅地毯上坐满了。上海的蛋糕点心，铺了一桌，最受欢迎的却是修国妹的麻叶，面皮上撒了芝麻盐，油锅里炸出来，一箩一箩，没个够。吵着要过通宵，未到子时就都睡着了，喊起大的，抱走小的，留宿的留宿，回家的回家，瞬间走空，余下一地糖纸、礼品的包装、圣诞树的彩带挂饰、小孩子的玩具车。修国妹一件件拾起，归置在墙根，免得第二天早上绊了脚。见沙发后面横着一卷包裹，俯身细看，原来是舟生，蒙了沙发上的毛毯。想叫他起来上床睡，又怕扰了觉，就不动他。静夜里，听得见他的鼻息，细细的，小猫似的。这么长大的一个人，还是她的小儿子，骨肉连着骨肉，心连心！

到那日子，修国妹带了袁爸袁妈，踏进大楼，升降机电掣一般，耳边呼呼的风响，停下，开门，站在了中央圆厅。挑空三层，玻璃穹顶上蓝天白云，底下一个平台，停一艘木船，外壳漆水斑驳，挂着几缕水草。走近去，看后舱压着货包，前舱檐下，甲板支着案桌，桌上有酒有菜，人却不知去哪里了。修国妹想，这情形好生眼熟，分明在哪里见过。陡然间，视线模糊起来，恍惚间，饭桌边有了两个人，一个是爹，一个是张建设，正交接自己的终身大事。她抬手抹一把脸，人不见了，看得更清，那不是从小长大然后出阁走的水上屋吗！她叫一声：张建设！喉头哽住了。众人都鼓起掌来，穹顶下弹出一串气球，五色缤纷。她给张建设的贺礼在庆典结尾时亮出，是一具船钟。早年张建设从蚌埠旧货市场买来，又从旧船拆下，张建设自己大概都忘了，修国妹却一直收着，几度搬家都留下来了。事先，专去上海找了个亨得利钟表店的老师傅，换了表芯，擦拭一新。这一回，轮到张建设湿了眼眶。

千禧年轰轰烈烈来临，这具有天象意味的转折，落实在修国妹的纪年，那就是核桃四岁；园生升高三，备考大学；舟生呢，在美国提前完成本科学历，去到另一所学校读研；小妹三十七岁，大约因为前一段感情挫折，至今单身未婚；小弟三十九岁，袁燕三十六岁，保持现状，既没有登记，也没有办酒，过着两地通勤的同居生活——修国妹想，如果有了孩子，兴许可推进事态？可是袁燕并没有受孕的迹象。

现在，袁燕来芜湖的时间多了，人家的父母在这里呢！再则，也给公司帮点忙。小弟还是在三河上班，住县城的老别墅，独享爹妈的照顾。没有小妹争宠，也没大姐的管束，倒十分自在。乡下人讲虚岁，三十九当四十，就是半大的生辰。姐夫送他一辆雪铁龙吉普，很中他的心意。一踩油门来了，再一踩走了，到底是和姐姐亲，和老的吃饭穿衣是好的，但是有什么话说呢？这一段，袁燕替公司争得一个大单，美国军用运输船。张建设很看重这笔生意，倒不是多大的进账，而是意味着开拓海外市场。所以，决定随袁燕同往，亲自谈判。舟生在相邻的大学城，也召过去，已经到了熟悉业务的时候，将来这一切都是他的！再加上小妹，就像多年前，送小弟去省城上大学，小妹非跟着去不可。她总是被外面的世界吸引。不过这回是姐夫主动安排，法务部主任嘛！三个人走后，家里剩下修国妹和园生核桃，小弟来了，就载上她们兜风，都能开到上海，住个一两夜。核桃骑坐在舅舅的脖颈，园生和妈妈跟在身后，一行四人走过南京路步行街。江风浩荡，载着万点灯火，一层层过来。核桃挣着下地，在防波堤观景台疯跑，园生前后堵截，两人的衣裙在风中，蝉翼般透明。修国妹和小弟凭栏望着远处的渡船，亮晶晶的小窗格子里，飘出乐声。他们就像一家人，是的，他们本就是一家人，美国那边的人，也是一家人！修国妹暗暗一惊，她想到哪里去了啊！在这璀璨的天地间，人都变得有点不像。小弟的衬衫吹得顺风篷似的，下摆抽出裤腰，她看到一个开始发福的中年人。观景台上人越来越多，大半是游客装束，也有附近的居民，穿着睡衣拖鞋，大小几口，居家的安详平和。这才是一家人呢！修国妹想，胸口别别地跳。

美国一行人回来了，谈判很成功，张建设什么时候不成功了？因为时差，还有亢奋的情绪，他白天黑夜不能入睡。修国妹凌晨醒来，听到客厅里的踱步声，裹件衣服下楼，看张建设在绕圈走路，走得很急。头发洗过，没有梳平，此时奓起来，就像一头困兽。修国妹叫他，倒把他吓着了，原地一跳，回头看她，眼睛灼亮，她不由也一惊。有几分钟时间，两人屏气站着，仿佛要重新认识。他舒一口气，她接着缓下来，问吃点热乎的怎么样。他先摇头，是觉得不对症，再点头，反正闲着也是闲着。她转进厨房，点火煮水，打进四个鸡蛋，加两勺白糖，端上桌。他说声“谢谢”，她笑道：这么客气！他也笑：美国人的做派，时不时的，谢谢，谢谢，说溜嘴了，到机场踩了老太太的鞋，应该说对不起，出口还是谢谢！她嗤鼻道：美国真厉害，十来天工夫，就叫人改性情！自觉得出言促狭，便换了话题，问舟生怎么样，能派上用场吗？张建设的脑袋在碗口上摆了摆：傻！怎么会！修国妹不服。张建设说：古人有言，“橘生淮南则为橘，生于淮北则为枳”，就是这个道理。她不禁好奇了：美国人傻吗？他又说：我们乡下人也有话，“人大愣，狗大呆，包子大了都是菜”，说的就是那地场的人！她紧追着问：到底怎么个傻？他放下吃空的碗，靠到椅背上，热食使人放松，变得慵懒：就说吃饭，中国餐馆也学洋人，单人单份的客饭。两个美国人，照理各点一种，凑成两个菜式。他们不，面对面，一人一盘红烧肉！她同意说：是有些愣。舟生也学得这脑筋——说到这里，张建设又气又笑：燕子带给他几张碟片，我也不懂，什么“重金属”，是他喜欢的，不想就像烫了手似的，说是盗版碟，触犯法律！修国妹大笑起来，舟生拒绝袁燕的东西，格外让她开心。因笑得太放肆，张建设诧异地看向她，这才止住。此时，两人之间忽然一阵透亮，窗户纸似的。晨曦照进来，映暗了厅里的灯。修国妹伸开双臂，朝天打个哈欠，起身回房间继续睡觉。

园生高考一日一日临近。她不像哥哥天资聪慧，又是女孩，家人的期望不高，在普通中学读书，没经历压榨式的应试训练。性格散漫自由，其实未必是坏处，但晋升晋第的社会主流，却不是少年人抵挡得了。从县中到芜湖高中，学校和学业都是新人新事，需从头来起，大概还和青春期叛逆有关，园生忽变得进取。可基础就是那样，方法也欠科学，周围都是拼搏的人，更上一层楼谈何容易。每逢模拟考排名，或因位置前移兴奋，或反之沮丧。压力刺激内分泌，在她这样丰腴的体质就是肥胖，于是又多了一个问题，每天都要过磅，减则喜，增则恼。她迁怒母亲的基因，为什么非遗传给她，哥哥却继承父亲。继而是，哥哥上重点中学，自己没有。事情迅速演变成分配不公，性别歧视，不是吗？妈妈总是说，没关系没关系，上了大专又怎么样？你这话敢对舟生说！园生顶撞道，连“哥哥”的称呼都没有了。近视镜片后面的小细眼鼓着一包泪，更显得肿泡。做妈的又生气又心疼，又帮不上忙，还着急。她也就敢对母亲无礼，父亲还让她生畏。修国妹为此暗自庆幸，总算有个怕的人，要不怎么镇得住！

园生的同学也不来玩了，修国妹以为只是功课的紧张，后来发现她们已经变成竞争对手。不只是排名先后的追赶，还有信息资源。有一日，园生在饭桌上。园生很少上桌，都是送到房间里，像五星级酒店，修国妹几乎都见不到她，想舟生住校，独自度过青春期，做父母的倒缺了一课。园生说，班上有个同学的父母够上了题库的关系，得到许多题型，所以步步都能踩到点。修国妹这才知道还有“题库”这东西。袁燕说：所谓“题型”不过是鸡生蛋蛋生鸡，有迹可循。园生横过去一眼：哪里都少不了你！修国妹喝止道：怎么说话的！无意看见对面的小妹——对了，这是周末，全家人都到齐。核桃在桌肚里钻来钻去，小妹在笑。张建设低头往嘴里划饭，好像没听见。小弟呢？小弟眼睛避开，好像怕着什么。受了抢白的袁燕，没有回敬，大人不把小人怪的表情，吃完碗里几口，离开了。桌上人似乎都松一口气，重新开始说话，她发现，屋顶底下，其实弥漫着一股敌意，冲着谁来的？她不想知道。

园生报了几个补习班，有限的课余时间也填满了，难得在家，也锁在房间，像是佛堂里的闭关——她对核桃说，又赶紧收起，生怕一语成谶，真要做世外人。核桃懂什么，只知道玩和吃。现在，与她做伴的是疆生，周末和假期，搭小弟或者大工的车过来这边。本是来找园生的，无奈园生不见客，好在有大伯母同核桃。她们三个挺投缘，再加上小弟，家中老小，都叫“小弟”，他一律都应。这样组合，也是一家人。前面说过，疆生与核桃更像姐妹，但肤色不同。疆生和园生都是白皙的，核桃呢，越来越显黑，不是严格意义的黑，而是颜色深。小弟载她们三个，车开得飞快，两个小的尖叫着。修国妹看疆生，好像看到以前的园生，轻松，快乐，而且随和，感叹地想，孩子不长大才好。可是，像小弟这样，永远是个小弟，也不好吧？心事就又起来。车出了高速匝道，驶在堤上公路，放缓了速度。底下是河道，走着机帆船，远望过去，小小的。两个孩子指点说：看，一个小娃娃！可不，水上漂的，也是整整齐齐的人家。她想说，她们的爸妈，爸妈的爸妈，再往上去，大约还有曾祖，高祖，就是在那豆荚般的舟船里过活，说出来她们未必相信，就不说了。

车离开河岸，在国道省道盘桓，远兜近绕，就到了老别墅。她时不时过来看一眼，或者自己开车，或就是搭顺风车，像今天这样。即便这样频繁地来去，仍然吃惊它的变化。原先的花草山石都挖掉了，留下那一池子水，接了皮管作灌溉用。前院栽几棵果树，枣、李、桃、杏，还有一棵无花果，树底下是菜豆架，分在甬道两边。后院砌了双眼土灶，一具柏油桶改制的炭炉，专做熏腊用，屋檐下挂着的腊肠、风鸡、臭鳜鱼，就是产品，白色马赛克贴面已成烟黑。墙脚垒了鸡窝，外形不出乡土风气，功能却十分现代，遥控的自动门，底部也是自动，升高推出，拾蛋和清扫，再收回，显然出自小弟的设计。走进楼里，底层格局未有大动，因老人腿脚不便，住着餐厅边的保姆房，其实只睡觉用，大多时间在屋外活动。厅里添置一台投影电视，屏幕几乎占一面墙，镇日开着，无人看，但不开却不行。楼上是小弟的天地，一间主卧，并不睡人，布置成机房的样子，电脑、路由器、扫描打印，一列排开；次卧为音响室，喇叭主机低音炮、航空椅和沙发供听音坐卧，地上还扔了个睡袋；床呢，安在朝北的客房，床上床下齐整干净，竟至于简素。修国妹下意识转头嗅嗅，想要嗅出点什么，什么都没有。

屋顶底下的人各得其所，过得不错。二老壮年便露出端倪的风湿病，如今丝毫不见踪影，腰背直起了，脸面光滑。但是，修国妹却看出一种苍老，潜在于表面的健硕之下，那是什么状态呢？她在心里问自己。每一回，她试图开口，话到嘴边总是拐个弯，小弟他——说出半句，便被母亲接过去，好得很，好得很，就是忙，或者，就是懒。怎么办呢？生来享福的命，不像大妹妹你和小妹，说到这里，话头又转了，小妹她也是好命，有人帮衬，你最劳碌！她瞅见母亲在看核桃，眼光里很奇怪地带着嫌弃，核桃的小手在外婆膝上扶着走过，外婆本能地掸了掸她触碰的地方。他们不是不知道，是不想知道，面对一个新世界，已经放弃了解。安居的生活其实让人颓唐，吃水上饭的，多少都有五湖四海的气势，现在收敛起来，变得谨慎了。就这样，修国妹放心又不放心地离开，回自己的家。

高考将至，全城笼罩着紧张的空气。考场附近的道路车辆禁行；酒店客房抢订，为考生住宿和午休；出租车也在抢订。随即就有高考经济出台，住宿餐饮交通一条龙服务。园生变得暴躁，动辄发怒，大家知道她找茬，都绕道走避开。核桃虽小，也觉出气氛不同平常，仿佛要与这压抑作抵抗，一早起来，走进走出地大声唱歌。园生受了吵扰，冲出房间，一溜烟下楼，揪住核桃劈头盖脸打去。核桃何尝受过这个，惊吓之下，都不知道叫喊。修国妹听到响动赶来，只见两人脸色大异，一个赤红，一个煞白。先在小的背上拍几掌，吐了几口饭食，号啕出声。转身对付大的，人早跑回房间，将门踢上，修国妹抢进一只脚顶住，硬是推开。园生一头栽到床上大哭，修国妹反舒了一口气，说：你哭出来倒是好的，憋得死人！曲身坐在床沿，听哭声从强到弱，有声到无声，渐渐变成饮泣。底下的那个被帮佣的女人带走，家里只剩母女俩，终于静下来。又过了些时间，修国妹说：起来。迟疑一会，园生翻身坐起了。两只眼睛肿得像桃，因为哭，也因为失眠。洗澡去！修国妹又说。园生下了床，不一会儿，浴室开始放水，门缝钻出一缕缕雾气，做母亲的威严也一点点回来了。这一天，她们没有说话，走个对面也当看不见，侧身让过，陌路人一般，但是一张桌上吃饭了。核桃却是怕了她，再不敢大动，速速吃完，下了座，远远站着，用眼睛瞄着这边。修国妹看她可怜，并不去理睬，人，自小要有个忌惮。园生就缺这个，原先还不敢对她父亲放肆，不知什么时候起的头，也不放在眼里了。

吃过晚饭，修国妹说：园生跟我睡！话出口，心里却是不安，不知道她来不来，要是不来，自己的面子往哪里搁？这一日的规矩也白做了。正上下忐忑，园生竟然推进门来。眼泪都冒上来了，自己的儿女啊！她撑持着，一点不露，不能失了身份，还有，万一哪里做得不妥，人又退回去，简直如履薄冰。园生将枕头扔在床上，她到底没守住，扯过来，和自己的并拢。园生背对着躺下，她闻到女儿的体味，洗发液浴皂润肤露人工复合的层层香气底下，唯有母亲才觉得到的乳臭。她极想抚摸这身子，却没胆子，浑身都是刺，青春期的芒刺。门推开了，探进一个小脑袋，核桃抱着自己的小枕头，挨到床跟前。修国妹刚要伸手，人已经一骨碌上来，滚进腋窝里。修国妹搂住核桃，另一手试探着伸到那一个的颈下，没有遭到反抗，于是往身边紧一紧。现在，她们母女就又在了一起，跨越青春期。青春期是个什么东西啊！将骨肉生隙，亲人变仇人。核桃打着小呼噜，这孩子倒是心大，不记仇。她觉得到园生的脉跳，均匀，轻盈，有弹性，骚动的青春也有静谧的时刻。园生动了动，修国妹屏住呼吸，由她翻身，身子贴住身子。心肝！她又要掉眼泪了。园生闭着眼睛，问出一句话：她是谁？修国妹好像被施了定身术，不能自主，停一时，回答道：妹妹。园生不说话了。修国妹又说：小妹妹！园生的反应则是轻轻的鼻鼾，她睡着了。

修国妹睁着眼睛，暗夜中的房间有些变形，床啊，橱啊，转角柜，窗帘和窗帘盒，壁灯，画的边框，都有些不像，动静也是另一种。白昼里的无声变得有声，这里响一下，那里响一下，好像有什么秘密要说出口，到嘴边又刹住。

清早起来，一切都回到原状。园生备考进入冲刺，校内课程，校外补习，回家再加时，通宵达旦。她长了黑眼圈，体重急剧增加，满脸疙瘩，脾气像个火药桶，随时爆炸。但是有那一晚的妥协，修国妹心里有了底，也生出策略，那就是当进即进，当退即退。她想，舟生并没让她受过这些磨折，也正如此，她和女儿更亲。说起来，父母真是贱骨头。好容易挨到上考场，煎熬中度过三日，园生把课本、教辅、题册，装进一口破缸，拖到院子里，点上一把火。看神情，像是满意的，又像彻底放弃。修国妹不敢问她，她倒自己问上来：你就不想知道我考得怎么样吗？修国妹以为是找茬儿，转而想：怕你吗？挑衅道：无所谓！园生说：你就对舟生有所谓。修国妹说：也无所谓！园生说：你像做妈妈的吗？听到嘲笑的口气，知道警报解除，正色道：无论你们长成什么样的人，都是我的儿女！园生嗤一下鼻子，表示不相信，走开去了。修国妹用火钳将飞出来的纸片捡回缸里，灰烬飘起来，仿佛被日头融化，不见了，天特别蓝。好了，她对自己说，好了，一劫渡过，接下去还会发生什么？天知道。可做人不就是这样，一劫连一劫，渐成正果。

修国妹说要犒劳园生，让她选一个地方旅游。小弟帮着在网上搜索，有各种游学，夏令营，遍及欧美。但想到要去到陌生的地方，结交陌生人，园生就打怵，说要疆生跟她同行。结果是她跟了疆生，去乌鲁木齐的外婆家。一月以后，两人晒得黑黢黢的回来，录取通知书也到了，本市师范历史系的走读生。在园生，无论资质、基础，以及努力程度，都恰如其分，合乎她的天命。不攀上，不伏下，细水长流。园生安静下来，回到原先的平和驯顺。修国妹则多有一重欣喜，那就是女儿不会离开身边，到她看不见的地方。

这边山重水复，柳暗花明；那头，张建设的事业则一路勇进。公司如他期望顺长江东去，直抵上海崇明。崇明岛南港与浏河口相望，沿岸一溜滩地，行政区划属江苏省界，许可、注册、地价地税，均按江苏国资辖制，对内陆企业就有多种便利。张建设占得先机，盘下一块地，建了船坞，挂出分公司牌子。于是，往来苏、沪、皖三地，最忙碌紧张的时候，连续几周不回家。三河的地方，只做小型船只拆解，机构随之压缩，名义上公司本部，实际已剩空壳，但为享有新区优惠政策，继续保持注册地身份，真正的中心转移至芜湖办公楼。技术部则向沪地延伸，在崇明另立项目开发部，专业性弱化，余下零碎的行政庶务。小弟不擅长此项，又乐得清闲，推诿给底下人，就是大工。大工算得上企业的老人，但生性老实，从不曾有僭越的念头，凡事都要请示，找不到张建设就找师娘。修国妹虽然不懂，但喜欢他的笃诚，尽力上通下达，因而多少也知道些三河的前后。同一地的分公司，当门立着水上人家的旧船，只开幕时一见，之后再没有去过，所以倒是隔膜的。那里由小妹掌管，张建设任命她执行副总裁，代总裁行使职权，直接向他负责。早出晚归，正好错开时辰，核桃差不多把她忘了。难得碰面，两人像不认识似的。小妹本来想最好没有这人，渐渐的，真骗过自己，以为和她没瓜葛。后来，修国妹想起，觉得是一个征兆，预示变局的开端，那就是，亲的远，疏的近。

这一天，袁爸袁妈上门，修国妹不禁道一声“稀客”。两家有日子没走动了。在修国妹这边，顾虑是袁家住他们的房子，有巡查的误会。那边大约也出于同样的原因，受人恩惠难免瑟缩了。此时，修国妹一边将客人往里让，一边想着，是为袁燕和小弟的事吗？她注意到，袁爸形容大不同以往，身穿一件休闲西服，褐色的细格子，底下是牛仔裤旅游鞋。袁妈的穿着依然朴素，是雅致的朴素。修国妹不认品牌，却认气度，两人比初见面时候，年轻至少十岁。神情的改变尤为显著，变得轩昂。带来的礼物一件件摆上茶几，家中老少每人都有，连帮佣的女人都不漏掉，最后，是一串钥匙。修国妹接在手里，又熟悉又陌生，见她纳闷，袁妈笑道：自己家不认自己门！修国妹这才“哦”一声，明白了，可是——修国妹困惑地看着对方。

袁爸欠起身，拍拍对面人握了钥匙的手，修国妹忽生一个念头：放在过去，他哪里会做这样的举动！大妹妹，袁爸说。过去他也不曾这么叫过她。大妹妹，谢谢你借我们房子住，住了有十年吧，到了完璧归赵的时候！我们呢，袁爸继续说，在安徽的时间倒比在上海的长，异乡总归不是故乡……她发现袁爸原来很会说话。可是——她狐疑地开口，被截住话头：上海人嘛，还是要回上海！修国妹模糊想起他们是上海人，没错，当然，上海到底是大上海！袁爸摇摇手：不，不，大妹妹不要这么说，现在世道变了，就拿你这套别墅比，上海也是少见的，可是，人是有乡愁的！修国妹又想起袁爸袁妈是知识青年，知识青年就爱这套说辞，不禁微微一笑。这一笑大概透露出一些讽意。袁爸脸色沉了沉，靠回沙发，简捷道：我们决定退休，张总奖励一套公寓，给我们做巢。好一会儿她才意识到“张总”就是张建设。现在喊什么人都是“总”啊“总”的，于是又笑了。那是应该的，她说。袁妈说话了：世上多少应该最后变成不应该，我们心里有数的！这句话说得通情理。修国妹说：我们也有数的，袁爸付出许多辛苦！袁妈说：一家人嘛，也是自己的事业。“一家人”几个字不知怎么变得刺耳，修国妹不无尖酸地想，这“一家人”是哪“一家人”！袁家两位仿佛听得见她心里的话，收了口，表情矜持起来。仿佛耳目去掉一层膜，修国妹清醒发现，张建设给袁家在上海买房，就像当时请进他家公寓，事先未透半点口风。当然，没什么的，房子算个什么事？白菜萝卜似的。

时间在沉静中过去，帮佣的女人过来，凑着修国妹耳畔问：客人吃不吃饭？她一惊，原来到饭点了。袁家父母也醒过来，起身告辞。主人只是虚应，并不强留，送到院子外，看二位上车，是一部宾利。隔了车窗，修国妹突然说：燕子和小弟的事情还是办了好！车里的人石化般停住了。修国妹又说：虽然新风气，不讲究，手续却不能少，生孩子，报户口，读书上学都需要的。车里人动起来，一个低头摸索安全带的扣，一个抬手调整后视镜，可是修国妹扶着车窗看着呢！实在挨不过，袁妈支吾道：他们不计划要孩子吧！修国妹“哦”了一声。袁爸转头笑着：形式不重要，有事实就行。说罢，拉上车窗，一溜烟地走了。修国妹胸口打鼓似的，“事实”两个字也是刺耳的。

吃过饭，核桃去睡午觉，帮佣的女人也歇下了，园生还未下学，一个人坐着，满屋子阳光，明晃晃的。脉跳平缓了，心里清水似的，看得见底。她起身出门，太阳当头，小虫子转着圈，嗡嗡地响。篱笆墙上的蔷薇正开到盛时，就是它招来的虫子，想着下午要换一样种植。到车库开出自己的蓝鸟，上到路面，沿甬道向小区门口去。家家院子绿荫笼罩，鲜花盛开，鸟在枝叶间鸣叫，还有婴儿的啼哭，更加衬托午后的静谧。

车在市区盘旋一阵，犹豫着上高架，交互穿梭内外环线，再下来，已是城外。从江岸北向，走一段国道，又上匝口，凌空而越。她一径向前，四下里没有参照物，不知有多么快，只觉得在天上飞。高速公路是另一种水系，通往四面八方，没有到不了的地方。超车的喇叭声从极远处传来，其实就在咫尺，可不，一眨眼到了跟前，又一眨眼，看不见了。有一阵子，与相邻车道的座驾并齐，看那车轮转成风火圈，摆脱了地心引力。要是看得见自己，也是二郎神一般。这固体的坚硬的河道，携带一股霸凌之气，穿透空间，这虚无形影其实是假象，它有着高密度的物质集群，否则怎么解释地球悬挂不坠落？或许可说因为速度，公转和自转的惯性所致，那车轮子都离地三尺！下一个问题来了，推动的手在哪里？你或者回答说，隐匿于肉眼不可见处，世界由多重纬度组成，所以才是高密度嘛！人在维度和维度的缝隙出入，就像子弹在弹道飞行。很可能，世界上所有的生命都寄身于高速，高速公路是一座多维空间的模型，它将不可视变成可视，就像基因在序列编码中显形。那些速度爱好者，比如小弟，自己都不知道，他们真正的身份——哲学家！将存在的杂碎过滤干净，只剩下本质。

车窗两边是青白的天空，起一点皱褶，是云，移动着的皱褶是飞翔物，拖拽出浅黑的弧线，暗示球状的地形、大气层、万有引力。河道是未经过提炼的原形，高速公路是形而上。前者是感官世界，后者是理性思维。即便如修国妹的具体的人生，在速度里也体会到一种抽象的快意。她熟练地变道，进出匝道。农田和房屋升起来，又沉下去，天际线忽近到眼前，很快又推远到目力所及之外，只剩一抹烟灰。迷蒙中，仿佛海市蜃楼，依次呈现小小的弧度，是桥，一座，两座，三座。越来越近，看得见桥洞，桥洞里汩汩的，好像要挤破似的，她终于明白她要去的地方。车滑向匝道，卷扬机的轰鸣替代了高速路面车轮胎的摩擦声，车窗顿时蒙上一层颗粒，听得见沙啦啦的击打。她看见河流，罩在暮色般的粉尘中。车沿河滩缓缓行驶，前后窗变成铅色，她的眼力反而尖锐了。她看见巨大的吊件在上方移动；焊割的火焰发出白炽的电光，被扬尘洇染成团状；钢缆在机器上打卷，一盘盘的；船板从车顶横过去，构件的格斗里积存了河泥和藻类——她并不后退，反而向里开去。地面凹凸不平，车身颠簸，弹起来，再落下来。有人向她喊话，没有声音；有人挥着安全帽，神情急切；还有人试图拦截，随即闪开。她怀着一种奇怪的心情，似乎负气，自虐，小孩子的淘气，往作业区深处趋进。吊车笨拙地掉头，显然是要避让她，可比不上她灵活，又有盲区，险些撞上。车身重重地跳一下，几乎倾翻，她硬是顶过去，在交叠的割件上走，最后，停在一架侧舷的纵骨底下，再开不动了。车窗急叩着，一张变形的脸紧贴玻璃，她认不出是谁，从张合的嘴形看出，叫的是“师娘”。车门拉开，伸进脑袋，果然是这个人，大工。

不由分说，大工解开修国妹的安全带，扶她出来。她挣了一下没挣脱，惊讶大工的力气和倔犟，本以为他是温顺的。大工强使她离开驾驶座，推进后座，自己坐上去，从钢架里倒出来，掉头转弯，摸索着轮下的路径。一张张粗粝的污脏的脸从两边车窗退去，她想对他们笑，却流出眼泪。她看见后视镜里大工的眼睛，专注地看着前方，知道他也看见自己。她并不遮掩，尽情地哭。作业区越退越远，终至看不见。不知道什么时候，车上了高速，天青日白。

八

这天晚上，张建设回家了，在玄关换鞋。门外檐下的灯从背后照过来，身形动作让人想起他年轻时的样子。修国妹想，男人到底不见老啊！进到厅里，大光明底下，脸面清瘦了，也显出后生。当地站一会儿，有些局促地举步向里走去，经过修国妹身边，手在她肩上按一按，迅速收回，说：洗澡！等这边回头看，人已经上楼，不见了。这个澡洗了很长时间，浴室里传出响亮的水声，吸进鼻腔喷出来，在喉头深处激荡，再喷出来。动静很大，不免有些夸张，尤其在修国妹耳朵里，就是做作的。最后，以尿液在马桶陶瓷壁的冲击结束。张建设裹着毛巾浴衣出来，一团湿热霎时间涌进卧室，蒙胧中，修国妹低头坐在床沿。他绕到里侧，怕惊着她似的，轻了手脚上床。那边的人站起身，他脱口问道：你去哪里？洗澡！修国妹回答。他“哦”一声，挥手道：去吧！有事吗？她问。有什么事？什么事没有！他说，滑到被子底下。修国妹进了浴室，地砖上一汪汪水，马桶里积了半腰淡黄液体，她嗅了嗅，然后按下扳手。四下里充斥了健硕的男人体味：尿骚、汗臭、脚气、口气，掺和了肥皂、洗发液、沐浴露的人工香精。是久违的缘故，还是添加新成分，熟悉里的陌生。她刷了马桶，拖干地砖，擦拭一遍浴缸、镜子、台盆、淋浴房的玻璃门，用过的毛巾扔进洗衣篮，换上干净的，甚至清洁了壁上的瓷砖，下水口的毛发。浴室里的雾气收敛了，看见镜子里的自己，这是谁啊？等她洗漱完毕，推开门，以为床上人已经入睡，不料那人一骨碌钻出被子，半坐起来，倒吓她一跳。

吵着你了！她说。哪里？他笑一下，带点讨好的意思：累急了，反而睡不着。看她还站着，拍拍旁边的枕头，示意上床来。她竟窘起来，走到床跟前，推开被子，坐上去，靠了枕头，也半坐着。两人都小心地，不碰到对方，那熟极而生的身体，亲到骨头缝里，才会如此疏远，疏远到来世，三生石上邂逅。他开口了：忘记和你说，我在上海买一套公寓，给袁家父母，算作退休金吧！应该的！她说。要是喜欢，也给你买一套！他说。她回答：一家人，分什么你的我的！他听出话里有话，解释说：我的意思，我们也买一套。她笑起来，他惊诧地转过脸，不知道她笑什么。修国妹止了笑：我们买房子，好像买白菜，你一棵，我一棵，每个人都一棵！他说：置业嘛，不动产最能保值。修国妹心想，他还是他，脑子转得快，一下子把话引开了。听他继续往下说：通货膨胀是经济发展的动能，不发展不膨胀，不膨胀不发展，发展的红利就用来填补通胀的缺口，所以，发展就是和通胀赛跑，看谁跑过谁！修国妹说：不发展的人，没有红利吃，却要让通胀缩水财产，不是尽吃亏了？张建设又看她一眼，想她真是没变，聪明，一眼就看得到症结。所以我们是幸运的人，得历史先机，跑在经济运行的轨迹上！他说。深更半夜，两口子在床上谈经济学，其实有点滑稽，可是总要有点说头，说什么不可以！

说话让他们消除紧张，隔阂打通，仿佛回到过去的日子。那时候，他们无话不谈。张建设坐直了，说：崇明那地方，就好像去过似的，地土风水人情，都很相近。不看大的，只看小处，有一种草头饼，你知道是什么？苜蓿，他们叫红花草，用来肥田的，捣成浆，和进麦面，揉紧了，拍扁，上笼隔水蒸，吃过吗？都吃过，叫名不同，籽籽松，荒年里的口粮！草木同种同族，地方呢，他们的“堡”，南堡，北堡，固堡，我们叫“铺”，头铺，三铺，十里铺，汉字却是一个，“堡”！我们省有“三河”，他们有“三江”，这样就明白了，因为水的缘故，我们这些人，就认水！东南西北，江河湖海，水流到处，就是我们的家！

修国妹抱膝坐直了，听他说得豪迈，也有些激动，插言道：这就应了山不转水转的古训！张建设靠回枕上：水是船上人的前缘。你很会说话！修国妹夸奖，却透出讽意，实不是存心，有些懊恼，想自己为什么总是言不由衷，让彼此扫兴。方才掀起的热情平息了，气氛复又冷淡下来。伸手关了床头灯，说了声：睡觉！不料也是讥诮的，讥诮“睡觉”两个字里的秘辛。他们早已经没了房事，却还挤在一张床上。修国妹重又开灯，起身下床，说：我换个房睡。张建设说：何必。她说：这样的年纪，应该分房了。她整了整睡乱的地方，抱起枕头，走去门口，听身后面的人说：无论分不分房，这世上只有你我做夫妻。修国妹站住脚，拉开的门合上，就好像听另一个自己说话：上海的房子我不要了！她奇怪怎么把话又扯回买房不买房，可是，话头不就是从房子上扯出来的吗？床上人不作声，她又听见自己的声音：戏文里唱，黄金万两，抵不上真心一个！床上人说话了，仿佛隔了一条河，从对岸传过来：舟生、园生的份额，一分不会少。核桃呢？她在河这岸说。视如己出！对面人说。话又扯远了，却又是在最最芯子里。修国妹“哦”了一声，接着问出一句：袁燕呢？这个问题其实有些促狭，可一张口，自己蹦了出来。夜色真是可以遮丑，多少不堪的人和事，都浮上水面。那人回答：一家人何必分你我他！修国妹说：也是，小弟的媳妇嘛！张建设想起结婚前，在县城百货大楼和女店员对嘴的修国妹，唇枪舌剑，不减当年啊！愣神的工夫，修国妹早推门走出去。

天亮起床，张建设已经走了。仿佛有意让修国妹清净，一段日子里，小弟不来，小妹不来，袁爸袁妈迁走，她搬进公寓，单立门户，袁燕也不来。再过一段时间，似乎觉得修国妹养息好了，小弟来了，小妹来了，袁燕重新走动起来，甚至，张建设回家也比之前频繁，隔三岔五的，出现在玄关，弯腰换鞋，手指头钩着小黑皮包，一晃一晃进来了。年节时候，爹妈上来，偶尔地，袁爸袁妈也到场，热腾腾吃一餐饭，再各自上路。汽车在院子外面打火发动，错开让过，互相道“再见”。喧哗平息，静谧像夜雾般漫起。修国妹立在门廊的罩子灯下，一边是园生，一边是核桃。园生长成清秀的少女，核桃则应了跟谁像谁的说法，胎里带来的种气化去了，剩下一点遗韵，正够长成个漂亮的小孩。正是黏人的时候，须臾不离，腻着修国妹，倒让她喜欢，按乡下习俗，是做祖母的年纪了。

尘埃落定，生活回到或者说重启常态。园生考上大学，大学的课业总是舒缓的，成绩并非硬指标，随竞争压力解除，园生回到原先散淡的性子，人际关系中颇受欢迎，又增添自信。看她恬静的样子，想不到曾经发生过惊涛骇浪的一幕，即便发生过，也安全着陆了。接下来，核桃临到就学，已经在本校区注册报名，新书包也买来了，小妹忽然来家，要让核桃进上海国际学校。修国妹看着小妹，不晓得又是哪一出，“国际”两个字，却引起她的注意，有一些隐匿的怀疑涌上心来。为什么？她问。她以后总是要出去的，舟生不也出去了吗？小妹回答，挑衅地望着大姐。大姐说：费用很高，从现在起算，都够打个金人！钱不是问题，张建设缺钱吗？小妹笑道。修国妹觉出明显的敌意，屋里没有别人，只她们姐妹，小妹恨她！这么小的人寄宿不成！她连鞋带都不会系。此言既出，不由自问，何其然，她们家的孩子都要人帮系鞋带了。小妹说：当然不会寄宿，我们搬去上海住，张建设给我买房了。修国妹忽然发现，小妹不称“姐夫”，直呼“张建设”。当然，对他们从来“大妹妹”“小弟”地乱叫，谁也不曾计较，张建设到底是外亲！修国妹心思全在称谓上，似乎没有听见买房的消息。小妹见她神情恍惚，终是顾虑的，收敛了气势，放低声说：我带核桃在上海，周末来看你。修国妹糊涂中有一丝清醒：你要认核桃了，很好，很好！小妹仿佛软弱下来，说：我虚龄四十，不指望婚姻成家，就母女一起过吧！这话说得有些凄楚，修国妹看了她，挑染的头发剪成短式，颈后倒削上去，妆容精致，米白西装下细格子七分裤，赤足穿一双镂空平底鞋，隐隐透出脚趾甲油贝壳般的光泽。她还没去上海，已经是个上海人了。小妹接着说：上海那地方，单身妈妈有的是，谁都不稀奇，还很光荣！表情又昂然起来。那是！修国妹说。她那张脸，小妹指指核桃的房间，人在里面午睡呢——她那张脸，藏也藏不住，上海人也认混血！这是她们之间，第一次说出这个词。修国妹却没注意，只连声应道：是的是的！思路滞后在上一个话题，就是买房的事情。前回买给袁家父母，这回买给小妹，果真是白菜萝卜！她笑着说：你姐夫也问我要不要在上海买房，我说不要。小妹被打断话头，一时反应不过来。修国妹接着说：我又不是上海人，去那里做什么，你说呢？小妹忽然发怒了：为什么不要？置产呀，投资呀，房子比货币保值！修国妹笑道：你和你姐夫说的一样话，谁跟谁学的呀？小妹说：天下人谁不知道，常识嘛，有什么学不学？修国妹说：我也有常识，听说过吗？家有千千屋，日卧三尺。小妹点头：你的常识很好，我们比不上你。修国妹追一句：你说的“我们”是谁和谁？小妹语塞，即刻回一句：所有人和所有人！姐妹俩你看我，我看你，静了一会儿，小妹脸上露出狡黠的笑容：大姐——修国妹想，叫她“大姐”呢，凡叫“大姐”的时候，都没好事情。大姐，我和你说，张建设是个人物，你不看紧，我就拿下了，肥水不流外人田！小妹向来这样说话，不伦不类，不能当真，也不能全当假。所以大姐也笑着：你试试看！小妹伸出手指点着：你说的，我就不客气了！大姐说：出水才看两脚泥，我倒要看看你的本事！姐妹俩斗着嘴，嘻哈里过招，你来我往。最后，修国妹正色道：有句话，你信也好不信也好，无论走到哪里，世上只有我和他做夫妻！小妹有点变色，强笑着：肯定？修国妹也变了颜色：板上钉钉！小妹要出言，被大姐挡住：我再告诉你，唯有我和他做夫妻，才会有你，有小弟，有爹妈，有众人；我和他这个扣解开，就都散了！话说到这里，就没前路了，各干各的去。

生活继续，不经意时，修国妹会想：日子怎么过成这样？不容她细究，就有事端来打岔。乡下规划社会主义新农村，要将宅基地收征，再按份额下划各户，分配新建小区的所得面积。书记大伯专为这事上门，张建设在上海崇明岛，赶不回来，电话里说了话，又嘱咐修国妹，不论大小巨细，全权由书记大伯定夺，再一条就不必交代了，好好招待。大伯倒不见老，头发推成板寸，衬衫外面套了卡其布马甲，脚上旅游鞋，很显时尚。只是酒量不如先前，烟也差不多戒断，喜欢谈保健的知识，显然上过很多课程，说到兴奋处，便流露昔日领导的气派，让人想起过去的书记大伯，同时呢，也意识到那时光一去不返了。继任的村书记是大伯的本家侄孙，还是在族系内的传递，但大伯依然有多项不满，往前溯，涉及分支间的宿怨；当下看，则广泛到政策面，也见出书记大伯多少是失意的。就说“社会主义新农村”，书记大伯称作“排屋”——楼上楼下，电灯电话，固然好，大跃进时候，大妹妹你还在娘肚子里，就奔着去的。

修国妹说，住进楼，人就不必像过去那样劳苦了。大伯摇头不语，显得伤感。修国妹想为大伯解难，主动表态，他们的宅基地本是从村里来，自然回村里去，不能占村民的利益……书记大伯拦下她：大妹妹别骂我倚老卖老，听一句老人言——当年根据土地流转条例，办过手续，合法合规，该是谁就是谁，如今要还回去，真不好归纳。修国妹说：我依大伯的。书记大伯说：你家这处院子，占地不大，如果置换一室户，不需交补一分钱；补两万元，可得两室户；再加四万元，就是三室户。我们农民就这么点地产做保障，钱这东西，就是张纸，二十年前，十元钱可买上好的一担米，如今，两餐饭都不足，房子却是不动产！修国妹又听见“不动产”这个词，张建设说，小妹说，现在书记大伯也说，看来都在进步，就她是个落后人。可不是，所以，我劝大妹妹，还是舍钱得房。修国妹已经明白书记大伯的意思，商量着说：大伯的话很在理，放弃实在可惜，索性要个三室户，还是托给大伯，事实上，这些年都是您照应着，才没有荒废！书记大伯说：我回家和你大娘议议。修国妹说：我找大娘去，我的意思是，索性过户给大伯家，打理看管也方便，什么时候要用，再还我！书记大伯说：你我之间好说，世人眼里就难了，当以权谋私，占用宅基地，宅基地可不是玩的，有几个小子，为了它，竟然要把城市户口转回农村呢！修国妹说：从源头起，我家院子，还是得了大伯的优惠，就算彻底给您，也是物归原主，再说了，大伯您现在卸甲归民，也是一介百姓，有什么以权谋私的嫌疑！看书记大伯的神情还是有些犹疑，又补充道：张建设就这么说的，不相信，你们通个话！当下拿起手机，按一串键，交到书记大伯手里。两人在电话里说了一阵，只见书记大伯眼圈渐渐红起来，关上机，喝了一满杯酒，什么话没有，欠起身要走。修国妹哪能让他自己回去，一定要送他。最后那杯酒喝得急了，有些上头，摇晃着又坐回去。扶了修国妹的胳膊站定，慢慢出了院子，坐进车便盹着了，要不是箍了安全带，前额就要点到膝盖，这才显出老态。修国妹想，书记大伯这样的年纪，至多买些保健品，付点学费，其他有什么开销？还不都为了儿孙！那李爱社在张建设这里占个虚位，晓得是个无底洞，就不敢太纵容，生怕积重难返，拉下饥荒，等于按着他不让作乱，家里人也不能指望太多。据说他媳妇开了个棋牌室，摆十八桌麻将，其中一桌是他专用。另还有两个闺女，嫁得都不怎么样，只够顾自己的。书记大伯倘若向张建设开口，定不会遭拒，就是抹不开面子，这一会儿上门，不知道下多少决心。车到地方，将人扶出来，送到门外，书记大伯都没有虚邀一下，背了身挥挥手，进去了。修国妹掉过车头，过老院子家后，听见里面“哗哗”的洗牌声。再过一个院墙，也是洗牌声，一直响到巷口。拐弯向里，看见河岸，耳边的骨牌声方才清净。水位低了，堤岸就高起来。播种的季节，对面的田地却没有开犁，芒草长得很高，白蒙蒙的。开出一二里路，没遇着个人，麻将声则又续上了。她觉得气闷，降下车窗，忽嗅到一股气味，来自极遥远的地方，空中传来，又仿佛记忆深处泛起，终于辨认出是酒糟的发酵。那是她的老家，离此地仅十来里路，却分属两个县境。像她这样的“猫子”，漂流水上，别以为就没有故土观念。他们也是有原乡的，只不过转化成另一种感官的接触，比如嗅觉。那刺鼻的酵酸，就是！日头底下，烘热的，酒糟里的曲子蒸发出来，醺醺然的，整座城都醉了。载得满满一船，破开水面，走到哪都是它，于是，一条河也醉了。卸去多日之后，舱底刷得发白，睡里梦里还是它。此时此刻，她的车正循它而去。

头顶的高压线纵横交错，轮下是水泥沙石的道路，坡岸铺了沥青，所有的弧度都取直，变得坚硬和锐利。这是一个新世界，只有气味还是老样子，下午三时左右的阳光里，格外旺盛蓬勃，仿佛有形，空气里颤抖的光，书面语叫作“氤氲”，就是它！路有些不平，车轮轻柔地弹跳，嘚嘚嘚的。正走在两县的过界，常是三不管地段，修得马虎，甚至有几处断头，只得下到村道。庄子空了，房屋的梁架和椽条抽走，门板、窗框、砖瓦也拉走，乡下人就是这样，惜物。房屋都敞开着，只留个空场。单从空场，也能看出过日子的用心：灶台上的描花；地坪上的水磨石；壁上的瓷砖；窗洞挖成扇形、拱形、六角。山墙和山墙的夹道，只能一个人侧着身过，仿佛看见打地基时候的争夺，寸土不让。井圈周围的青苔枯死了，一片黑，就知道多久没人打水。树迁走了，剩余几棵病老的残桩，疤眼里却发出新枝，绿汪汪的一丛，有什么用呢？说时迟那时快，推土机轰隆隆开来了。驶出村落的废墟，上去公路，酒糟的发酵味又来了。方才阻在庄子外头，渗不进来，原来，那庄子还有墙呢！她想起小时候，听老大们讲古，为防备流寇袭击，凡人集聚的地方都筑墙筑碉楼，铁桶似的箍起来，书上写作“固若金汤”，青壮年轮流守夜望风，稍有动静便烧柴起烟，叫作“烽火台”。在这危险的故事里，小孩子睡着了。

车走在圩上，圩顶的路又宽又平，倘不是那一具闸门，她都认不出来了。这里也有故事，新故事。她出生的那年，洪水泛滥，为保蚌埠，开闸放水，淹了半个县境，所以就叫分洪闸。前方高楼耸立，和上海有什么两样？她下了高架，开进市区，顺着柏油路直走，很快乱了方向。想看日头，日头挡住了，光从楼缝里透出来。围着楼群绕圈，来到一个圆场，中间是花坛，足有两层楼高，周边辐射出无数纵路。她放缓车速，沿着环形线走，过一个路口，又过一个路口，不晓得开过几个路口，她已经转晕了。忽然之间，路的尽头，呈现白亮亮的一条，是河！方向回来了，车却已经过去。绕一圈再来到这里，拐进去。昔日的地形从覆盖物底下升起来，升起来。装了酒糟的拖车咯噔咯噔走在卵石的街路；铁匠铺叮叮当当，大锤跟着小锤，击在砧板，炉火熊熊，火星子四溅；相邻的杂货摊叫卖“拴猪拴羊的链子”；火烧店吆喝的是“天上龙肉地下驴肉”；小男孩的赤脚板“噼啪”响，抢车上的酒糟、煤块、烟草、豆饼、饴糖……都是送往码头装船的货物，然后是大人的驱赶，鞋底可是比脚板响亮，犀利，而且粗暴。喧哗声起，酒糟味倒散开了，藏到某个秘密洞穴，不见踪迹。

处理好乡下的院子，接下来是芜湖那套公寓。小妹搬去上海，并没有带走核桃。其实也是一时兴起，追逐“单身妈妈”的时尚，事实上，她简直怕核桃。核桃更怕她，怕被带走，小妹来到，核桃就躲。就读的事情还是按原计划，在家门口的小学。早晨起来，她伏桌吃饭，修国妹坐在身后替她扎小辫。头发硬而且厚，梳子犁地似的扒，拉得脑袋向后仰，眼梢吊到额角。然后，牵着手送去学校，下午时候再牵回来。有一次接人的时候，修国妹被老师请到办公室谈话，因为核桃和班上男生打架，把对方的牙磕掉了。因是乳牙，自己会长出新的，所以惩罚性地赔偿一点，重点在于文明教育，难道是野蛮人吗？修国妹向老师做了检讨，心中却有几分窃喜，不怕核桃被欺负了。路上问事发缘由，原来那男生带头喊她“小外国人”。修国妹说：这也算不上骂名！核桃说：你不是不让人叫我这个？修国妹低头看她，她也正看她，小心眼里什么都知道呢！倘要是个笨人还好些，偏巧聪明剔透，俗话说的，头顶心敲，脚底板响，受的磨砺就多了。

近些日子，修国妹变得容易伤感，从老家故城走一趟是这样，想到核桃的未来是这样，去旧公寓收拾善后又如此——公寓里空空荡荡，看不出有生活过的痕迹，热腾腾的烟火气竟不留一点余烬，说过去就过去。这年暑假，园生和疆生结伴去美国游学，是舟生替她们在网上报名。两个女孩走后的日子，她在惶遽中度过，以为再也见不到，就像舟生。舟生两年没有踪影，他爸爸，袁燕，还有小妹，走马灯般往那里去。张建设也叫她去的，她负气说：不去！她变得爱生气了。园生两个回来，没有缓解心情，反是难过，竟然掉了眼泪。园生跺脚道：你看你，你看你！她强笑道：我以为你不回来了！园生说：哪个要在美国！疆生也说：哪个要在美国！核桃学舌：哪个要在美国！

生活继续往下过，核桃升二年级，园生毕业，在本校的附中做老师，有了追求她的人。男孩子白净脸，瘦高个儿，有些像她小舅，还让她想起，做姑娘的时候，船在叫管镇的地方停靠，那个柳树林里的少年。多么久远的情景，却仿佛眼前，如今也是个中年人了。小弟早已脱了年轻时节的形骸，甚至比修国妹还显年纪。三河的作业收尾了。当地环保部门早发出警告，经斡旋收回，再警告，再收回，屡次三番，终因河道淤塞，进不来大船而告结束。在地的公司总部关闭，迁移芜湖，与分公司合并。说是合并，其实是收归，上属变下属。办公楼被浙江老板租下，改成洗浴城，也能看出，三河一带已经聚集起商业消费群落。小弟还住在老别墅里，驱车芜湖上班，顺道就到大姐这里。小妹去了上海，周末也来。张建设两头跑。袁燕从外企辞职，自己注册一家咨询公司，业务涉及风投，小妹告诉修国妹，实是挂在舟生公司底下。修国妹不听她的，兀自走开去。小妹追着身后喊：你要把你的份额划出来！她回头说：将来都是舟生的！舟生自己呢，要，还是不要？似乎是冷淡的。他不回家，似乎在躲，躲什么呢？他们母子真是隔心了。不只他们母子，她还和所有人都隔着。这家里每个人都比她知道的多，只不和她说，她也不问，知道得多有什么益处呢？

即便有些情节在眼前上演，她也抱定不知道。不知道是说好还是不说好，这些人常常从四面八方会集这里。修国妹说不上欢迎还是不欢迎，有利有弊吧。不来终有些冷清，来呢，热闹是热闹，却是危险的，随时可能发生不测。你一言我一语，话来话去，渐渐露出机锋，仿佛是隐语和谜语，飞镖似的，从四面八方投射，在空中交互穿行。先是全方位作战，小妹、小弟、袁燕、园生、张建设——张建设总是最早退出，小弟其次，园生第三，她半懂不懂，搅一阵浑水不得要领，就觉得无趣，剩下小妹和袁燕。两个人相对而坐，碰杯送盏，谈笑风生。偶尔几句入耳，说的是情，又有几句入耳，就是向生死，这就玄了，前生今世，孽缘、怨偶、恨爱，参禅似的。忽然怒起，杯盘都在桌面跳一跳，砰砰响，然后一个离开，另一个也离开。也不告辞，仿佛屋里的人都不是人。门外相继响起车的引擎声，开走了。又有时候，可以坐到入夜，只听得开瓶的声音，软木塞子弹飞似的，酒汩汩流进玻璃杯。两个醉醺醺的人，路都走不了直线，总是张建设做代驾。车灯扫过窗户，将房间照得透亮，再收起，寂灭在黑暗里。

年节的家宴，规模就大了。修家二老，袁燕的父母，张建设兄弟一家。最近一次，就添上园生小男友的父母，与张跃进的妻子同行，都是做老师，在中学和幼儿园。职业的缘故吧，显得后生，仿佛下一辈的人。长的一桌，幼的一桌，修国妹和张建设招待主桌，底下的就是小鬼当家。就缺舟生一人，修国妹解释说，美国人不过中国年，所以没假期。心里明白，即便有假期，他也不回来。铺张两大桌面，其乐融融，都说老的福气好，小的争气，追根溯源，归结长女婿有为，所以家业两兴。回应众人称颂，张建设道，自小失怙，和弟弟孤苦相依，所以这一生最重视亲缘，就像树，枝叶茂盛，根才扎得深，根深才能叶茂，现在，又要发新绿——他向园生和小男友点点头：顶有成就感了！一番话出口，人人感慨，纷纷举杯，尤其小男友的爸妈，自己还是个孩子，现在要做上辈子人了，羞红了脸，接受左一个右一个敬酒。修国妹往底下一桌看，袁燕低头不语，小妹面露微笑，修国妹都想打她。还好，随座上举杯，呵呵叫起好。修国妹松下一口气，她其实是害怕的，怕什么？不知道，却知道张建设不会让她害怕的事情发生。无论多么复杂的形势，都在他的控制中。就是因为这个，她把自己的命交给他。辞旧迎新的时刻，安然度过。许多绕不开的关隘，也都一一过去。生活已经上轨道，单凭惯性就足够排除阻力，一往无前。

有这一餐年饭垫底，修国妹变得淡定了。她原本是个镇定自若的人，曾有一度慌神，世事磨练，又恢复常态，以不变应万变。真是活到老学到老啊！园生的婚事提上议事日程，也占据她的时间和精力。自家那套公寓，修国妹曾闪念做园生的婚房，挂在中介，这时竟有了下家。不禁有释然的心情，她有点忌讳它呢！小男友家有一处小两居，旧是旧一点，可足够小两口自己住，等有孩子了再换新的不迟。修国妹极力主张他们独立门户，一可以治治园生的懒筋，二也是，她对自己都不敢说的，园生还是离开这个家好。才露小荷尖尖角的人生，娇嫩清新，需小心保护。她越来越喜欢园生的小男友，似乎是将对小弟和舟生的感情寄予他。这个小左撇子，和园生并排坐着吃饭，右手牵左手。他学的物理，子承父业，在中学教书，加上园生，一家都是老师，也叫修国妹喜欢。她读书少，特别崇敬学问，听两个孩子讨论唯物主义唯心主义，高深不可测，忍不住插嘴问这问那。园生嫌她烦，那孩子则耐心地解释，告诉她两者都是对世界的认识，区别在于，一种是物质性，另一种是精神性。问什么是物质，什么是精神，男孩再解释，物质看得见摸得着，精神则相反，无形无影。这么说，修国妹有些懂了，"哦"一声走开，生怕自己忒不识相，打扰了二人世界。背过身细想，觉得十分有趣，如要替世间物分类，她当属于唯物主义，因所做的一切，都是以实际为目的：父母，弟妹，儿女，还有丈夫，衣食住行。但也不尽然，为什么是这些人，而不是其他，街上过的陌路，这就要涉及感情。感情这东西看不见摸不着，可是心连心，心不也是无形无影？问题还是那个，为什么对这些人而不是别的人有心？修国妹思忖良久，得出一个字：命！就是命啊！命又是什么？缘分。前世里的恩怨，这可不更无痕迹了！她难道是唯心主义了吗？看窗下阳光里一对小儿女，不知道哪一根藤上结出的瓜豆，然后，再结瓜结豆，无形的变成有形，无情变成有情，这世界还是物质的！脑子乱了，却是愉悦的乱，而且轻盈。天地扩得很大，人在其中，都能飞上天。仿佛花木的扬絮，不知道在哪里着床，就有了因缘。

年轻人的爱情简单明了，水到渠成，关系确定即谈婚论嫁。时代也变了，脱跳出俗套，走的新路数。先在民政局登记，然后拍婚纱照，再办喜宴。鲜花搭成拱门，父亲挽着女儿走出，交到新郎手里，修国妹想幸好不是她送园生，否则不知道哭成什么样子，败大家的兴致。随即想起小弟，就缺这一节，于是断了后续。所以，老人言必称周礼，这礼数实是不能错，就像庄稼必须在季上，否则便没有收成。

园生出嫁，三天后回门，之后就极少见到了。做母亲的骂她没良心，但也高兴小两口和美。家里的情形还是原样，时而只有核桃与她做伴，时而外面住的人陆续到来。有一回，小妹带了一位先生，说是朋友。那“朋友”长得人高马大，样貌堂堂，神情举止却不甚相称，有些瑟缩。小妹安顿他落座，手里捧一杯茶，就再没有动弹。看起来是怕小妹，周遭环境也让他生畏。修国妹见他拘束，要去照应，被小妹喊住：别管他！是自己人的口吻，“朋友”更不知所措，几近惶恐。饭菜上桌，先不敢动筷，然后便只埋头，周围的人和事全不关心。修国妹纳闷“朋友”的来路，和小妹什么关系，上门有什么事吗？她放弃了追究。现在，家里有一种狡黠的气氛，表面平静，底下暗潮涌动，随时可能兴风作浪。因为园生不在的缘故吗？年轻人令人生畏，是出于对纯洁青春的忌惮。现在，大家说笑的声音放大了，措辞变得露骨，修国妹想，幸亏，幸亏园生出嫁了！上海“朋友”渐渐吃足了，放下筷子，抬头看周围，表情茫然，似乎不知道如何来到这个地方，水晶宫似的。惊诧的眼睛，很像袁爸袁妈第一次造访。当然，现在不同了，修国妹相信，他们的家也是水晶宫。饱食让他松弛，脸相和手脚变得有些粗笨，身上西服的化纤面料，口音中的村俚，修国妹已经能够分辨沪语中地区的差异，大约是崇明岛上出身，三十上下的年龄，没经过世事，看不懂晶莹剔透的厅堂里，正发生着的事端。这些体面人却有一股隐晦的粗鄙，和他们乡下人相反，乡下人的粗话里，其实是天真，甚至稚气。“朋友”坐不住了，在椅上动着身子，要起来又不敢。小妹的手按在他肩膀，时不时拍一下，一下比一下重，仿佛敲打他，又仿佛敲打的不是他，而是另一个，在她眼睛朝向的地方。什么地方？他不敢看。这些人本来是面熟的，职场上一言九鼎，现在脱去躯壳，裸出肉身。说话随便，激烈之处像是有仇，陡然间又成莫逆，亲得不得了，随即翻脸，骂将起来，紧接哈哈大笑，一个向另一个扔去盘子，那一个接过来扔给第三人，他也被扔到了，手快地接住。这一接，修国妹看出了机灵劲，并不像表面的颟顸。这阵势把核桃吓住了，钻进修国妹怀里，但很快就乐起来，因为人们都在笑。连大大，她称张建设“大大”，大大也参加了这场扔盘子游戏。张建设就像个杂耍演员，正手接，反手接，转个身接，抬起脚从胯下接。核桃本来是惧他的，可现在一点都不了。大大变得可亲，而且滑稽。核桃尖声叫着，拍手鼓掌。修国妹握住两只小手，往怀里紧了紧。她的毛茸茸硬扎扎的脑袋，顶着自己的下颏，心想，明天要去理发店，给她做个负离子烫，把卷发拉直了。

修国妹相信凡事都会有个结局，但没有想到是这样的结局。意外发生在崇明作业场，张建设检查一部废钢船，两个气割工正在分解舱口围板中块，长四点二米，宽一点二米，高零点八六米，重两吨。张建设一时技痒，推开其中一名工人，扶着割炬一端操作起来。年轻的日子又回来了，两手空空，但又什么都在一双手上，有的是力气和胆气。那割炬趁手得很，四点二米的割缝里一气走到三米，钻出吊孔，还不歇手，继续切割余下的一点二米。此时，几米之外地方，一架三吨克灵吊车吊运块件，碰撞到另一件中块，都是一二吨的重量，引起地面震动。张建设的割炬正走到头，看见一片乌云压顶而来，却动弹不得，纳闷想，发生了什么？即遮蔽在黑暗之中。

（原载《收获》2022 年第 4 期）

白釉黑花罐与碑桥

迟子建

楔　子

又来了个姓赵的。

他四十岁上下，黑红粗糙的脸，平头，额头有颗斑驳的黑痣，穿一身不大合体的藏蓝色西装，红领带，紫袜子，黑皮鞋。为来鉴宝特意刮过胡子吧，唇髭间泛着收割后的青光。他怀抱一个半尺来高的三足龙纹云鼎，说这是西周的青铜器，当年宋徽宗被金人所掳带到三姓的，他的远祖是宋徽宗后人，所以这宝贝在他家传了好多代了。

我懒得多看一眼那明显造假的玩意儿，鼎上的龙纹张牙舞爪，粗鄙不堪，这可不是西周的线条。我毫不客气地对他说："东西不必放下了。"

他细长的眼立刻瞪成圆眼了，半是威胁半是乞求地说："您不仔细瞧瞧？也不问问我姓啥？"

"你当然姓赵了。"说完这句话，我见他手上毕露的青筋，瞬时瘪了下去，而先前它们血脉偾张，像一条条奔向猎物的蛇。

我眯起眼，享受南窗送来的金子般的阳光，这是西周的阳光，北宋的阳光，也是今朝的阳光，无须鉴定，千秋万代。

那人咳嗽一声、叹息一声，再咳嗽一声、叹息一声，最后"唉——"地长叹一声，绝望地走了。他走得深一脚浅一脚的，脚步声杂沓不堪。一个人泄了气，腿脚就不利落了，再加上他穿的新皮鞋，与那身别扭的西装一样，显然是急就章，与他的脚怎能合拍。

我从哈尔滨到依兰两天了。退休这五年，我驾驶一台越野吉普车，在黑龙江各地寻古探幽，也发挥专业优长，免费给人鉴宝，渐渐地在民间有了些名气。因为经我鉴定为真品的一些私人藏品，得到了国家级文物专家的认可，拥有宝物的主人一夜暴富。

我不做文物贩子，虽说利润空间很大；这倒不是怕违法，而是我资金不够雄厚。我只购藏经济能力承受得起又令我心仪的器物，比如金代的双鱼花枝铜镜、清乾隆年间的粉彩山水画盘、明代的青花瓷碗以及民国的各类酒壶。

当收藏成为一种热潮时，各地的古玩市场也悄然兴起，抱着捡漏心理的收藏爱好者成为这里的常客。但摊主们兜售的器物，十之八九都是赝品。而之前在穷乡僻壤，有些宝物真的不为人识。有农人用明代万历年间的花鸟漆盘去盖咸菜坛子；还有人把辽代的上马酒壶给小孩子当尿壶。细究起来，这样的人家祖上没有不发达的，而后辈又没有不落魄的，以为自家不曾拥有稀罕物。

爱好收藏的，最痛心的就是逢着心爱之物却无力纳为己有。比如我曾在阿城乡下一户人家，见到一个盛黄烟叶的罐子竟是金代的白釉黑花罐，其器形端庄古朴，色彩典雅高贵，釉面似有月光隐隐浮动，就像个穿着丝绒旗袍的气质美女，在勾人魂魄地望着你。罐身的牡丹与枝叶勾勒得富贵又妖娆，像是要从罐子中飞出来爬上谁家的窗棂，为这罐子平添了一份浪漫，让人怦然心动。见我要出高价收购这个罐子，老乡顿悟此非浊物，连说这是他心肝，陪他大半辈子了，不卖。几个月后我再去，房屋还在，但主人已不知所终。

我已是第三次来依兰了。因为北宋的赵佶赵桓二帝曾被囚于此，这当年的五国头城里，不仅流传着很多关于他们的传奇故事，前来鉴宝的人里标榜赵姓的也不少。仿宋徽宗赵佶的书画作品，一如陈年枯叶，有点收藏风就飞出来了。

还记得我第一次来，有个酒气熏天的男人，拿着一页泛黄信笺，愣说是宋徽宗写给金高宗的密信，价值连城，给他两万元他就出手。见我不理，他抖着信笺说，瞧瞧这有筋无骨的瘦金体，只有不爱江山爱花鸟的徽宗才写得出来啊，你看走了眼，可别后悔呀。我抢白他，花鸟不是江山吗？而我第二次来，有个肥胖的自称姓赵的艳服女人，袖着一方褪色的粉绸，说这是徽宗皇后韦贤妃用过的。而这次竟有人仿造西周的鼎蒙我，委实让人不爽，这分明是嘲弄我的专业才能。

其实我这次来还是有收获的，得了一盏曾任依兰镇守使的抗日名将李杜将军的台灯，要知它照亮过多少黑暗的夜晚啊。李杜因尊崇李白杜甫，把原名李荫培改为李杜。他的二夫人王者培在东北很有名气，是个舞刀弄枪的女侠，传说她爱上了李杜将军，但李杜有夫人，于是刁难她，说除非你打下城门塔上的鸽子，才会考虑。王者培手持双枪，砰砰两声，一双鸽子自塔顶坠下，成了她婚礼的爆竹。此行我还得了一幅曾任依兰道尹的莫德惠的字。日本侵占东北时，莫德惠正在苏联，他闻此消息，放声大哭。清末依兰城门上“东北重镇，中外通衢”的横额，就是莫德惠题写的。

依兰山岳环抱，多有庙宇。这里水系纵横，除了浪漫汇合的牡丹江和松花江，还有散发着竹笛般清音的倭肯河和巴兰河。来这儿的游客，看山有山，观水有水，寻古有古。依兰在金朝设路治，称胡里改路。乾隆年间，这里就是著名的通商开放市场，有大码头，商户林立，贸易繁荣。光绪年间设依兰府，后为依兰县。它别名“三姓”，源自满语“依兰哈拉”，满语中依兰为“三”，哈拉为“姓”，当地不少百姓还习惯叫它的老名字。而不管历经了哪朝哪代的风云变幻，依兰最为世人所知的，还是徽钦二帝在这里“坐井观天”的囚禁岁月。

送走最后一个鉴宝人，我正打算出旅馆寻个吃杀猪菜的地方，林蓓来电，也不问我在哪儿，张口就发脾气，说你快滚回来吧，我可受不了你妈了！

林蓓比我小九岁，是我现任妻子，已是一家企业的副总了。她年薪比我高，长相不俗，自我们结合，母亲一直看她不顺眼，觉得我找了个跟王姝同路的女人，好不到哪里去。

王姝是我前妻，貌美如花，性格活泼，在一家医院做护士。女儿十岁时，我发现她和一个有家室的官员有染，于是提出离婚。王姝欣然同意，我们平分财产，女儿共同抚养，也算分得寂静和体面。

被戴过绿帽子的男人再找女人，总觉是走夜路，有姿色的都觉得是鬼，让人脊背发凉。

我是在一个朋友的聚会上遇见林蓓的，她鹅蛋脸，黑黑的眼睛，剑眉，红唇，一头秀发，身形高挑，衣品极好，举止得体。朋友说她刚离婚，前夫是搞动力学研究的专家，出轨女博士，林蓓一怒之下离了婚。我想我们有相似的情感经历，再组家庭，定会彼此珍惜。但母亲见她第一眼就不喜欢，说你当自己是拎着金箍棒的孙猴子啊，怎么又招了个妖精来家？但我迷上林蓓，不顾母亲反对再婚了。林蓓那时是企业的中层干部，常陪老总出差，母亲说她一准是跟别人撒野去了。婚后林蓓才跟我说，其实她是个丁克，前夫本来也是，说好了不要孩子一起走到底的，可婚后他就改主意了。前夫出轨，也是想刺激她主动离婚，好再婚生子。林蓓说她之所以没婚前说，是因为坚信我这样有襟怀的人文学者，不在乎这个，再说我有孩子了。林蓓虽然给我戴了人格的高帽子，但我依然不爽，觉得她心机重。母亲知道林蓓不想生孩子的坚定意志后，气得大病一场，尽管不喜欢她，但还巴望着再得个孙子呢。

林蓓性格强势，业务能力强，人脉广，一路升至副总，风光无限。我们在经济上各自独立，她的钱主要消费在奢侈品店、美容院、高端餐厅和海外游，而我乐意把钱用于收藏、购书和国内自驾游。林蓓过了五十岁后，气质大不如从前，也许是企业复杂的人际关系给折磨的。她打电话时，我常听她对张三说李四的坏话，转而又对李四说张三的不是，简直是个面具女王。还有她近年睡眠差，大把掉头发，黑眼仁少白眼仁多了，她跟我说话翻眼珠时，感觉她眼里堆着肮脏的雪。

母亲一直怀疑林蓓在外面有人，所以只要我离开哈尔滨，她就把保姆打发走，要林蓓回她那儿住，名曰陪伴，实则监视。这不，林蓓控诉大中午的，母亲让她回去喝人参乌鸡汤，说是入秋后得补了，不然缺营养，头发掉光了，人家还以为她儿媳妇要去当尼姑。我明白母亲并不是真的关心林蓓的身体，她就是要占领她的午休时间，因为母亲跟我唠叨过，她听说出轨的上班族，通常是利用午休时间，在快捷酒店或办公室鬼混，晚上回家跟没事人似的。

无论是前妻王姝还是现任林蓓，我都无感了，相信她们对我也一样。我现在的家，就像一个开放的码头，为着利益，什么船都可以靠港。王姝退休后常带女儿过来，她鼓励我收藏，不是欣赏它们独有的文化价值，而是为着我们的女儿着想，说这是软黄金，能做女儿的传家宝。这话对自甘放弃生育后代的林蓓来讲，字字诛心，所以林蓓喜欢挥霍钱财，反正无人继承。林蓓一身名牌地走出家门时，我总觉得她像稻草人一样，身上没有血肉。

挂断林蓓的电话，我没心情去寻杀猪菜馆了，想着旅馆斜对面有一家砂锅豆腐店，随便对付一口算了。

依兰晚秋的风与哈尔滨一样，由润而滑的丝绸感，蜕变为凉而硬的金属感了。没有都市高楼的层层阻隔，风更自由也更凌厉，吹得人睫毛忽闪。小城依山傍水，草木气息浓，汽车尾气少，空气清冽干净，让人神清气爽。我进了小店，点了一个排骨豆腐砂锅，两张葱油饼，全部消灭掉，只觉身体动力无穷，很想出去撒撒野。刚好有食客在讲巴兰河，说这段时间去那儿看五花山的人不少，我便想去巴兰河景区转转。

主意已定，我赶紧回去退房，驾车奔向巴兰河。

我的背囊中备有常用的急救药品，还有指南针、防水火柴、手电筒、望远镜、搪瓷杯和水果刀等野外生活工具，以及瓶装水、食盐、糖果、压缩饼干等。对爱读书的我来说，包中还少不了一两本书籍。

出了旅馆向西不远，是一条商业街，在城镇化改造中，很多地方的房屋被粉刷成一个颜色，比如土黄色，依兰的这条街就是这样。这颜色在我的记忆中，仿佛火车站专有。好在土黄色的建筑物上，有五颜六色的牌匾，无论冬夏都绚丽夺目。超市、银行、浴池、药房、烧烤店、冷面馆、渔具店、鲜奶吧、佛事用品店、理发店等依次排开，这生活的花朵，即便是在疫情中，也不凋零。

快出城时，见到一处建筑工地上的两台挖掘机正在作业，一个工人在瓦砾中叼着烟撒尿，他旁边站着一条摇头摆尾的黑狗。这路段大货车和摩托车明显多了起来，它们体积不同，气势却一样，跑起来蛮气十足。这都是路上的祖宗，我小心翼翼避让着，到了哈肇公路才松口气。而上了依兰旅游公路，那就是走上幸福大道了，路况很好，车少人稀，风景也美，我把车窗摇下，听着原野的风声。

依兰旅游公路有三十多公里长。中秋和国庆将近，正是游客青黄不接的时节，往来车辆极少。夏候鸟大都迁徙了，偶尔从草丛飞起的一两只禽鸟，也都飞不高。它们有的是因出生晚，体力不行，难以展翅高飞；有的则是因伤或衰老得飞不动了，还在北地苦熬。命好的在落雪前挣扎着南飞，或是被候鸟保护站收留，命差的就葬身于寒流，那丝绸般的羽翼就此在天空消失。当我放慢车速，贪婪地呼吸着山野清风的时候，一只成年苍鹭忽然从水边半青半黄的草中拔头而起，它侧棱着翅膀，飘飘摇摇地跟着我的车子飞翔，随时随地要栽倒在地的模样，一看就是受了伤。

我最不喜欢的鸟儿就是苍鹭了，不是因为它嘴长脖长、细脚伶仃，一副刻薄相，而是因为母亲常把我跟它类比。苍鹭捕食时会像岩石一样，待在一个地方久久不动，静待猎物，所以当地人也叫它长脖老等。它不挑食，撞上什么就吃什么。母亲说我在婚姻上就是个长脖老等，不知道四处寻觅好姑娘，傻呵呵地撞上王姝就娶了王姝，撞上林蓓就娶了林蓓。所以每次路遇苍鹭，我都会加快车速掠过，仿佛是甩掉了母亲的嘲笑。

我到巴兰河景区时是午后三时，太阳已向西了。在一座挂着红灯笼的山庄停下车，我跟庄主说想租个橡皮艇漂流巴兰河，留着一撇小胡子的他瞪着我说："兄弟这是啥时候啊，都快下霜了，还上水里整啥浪漫！"

我说那你还守着这山庄干吗？

他又瞪了我一眼，说："收秋啊。"

我以为他在附近种植了庄稼，再交流才明白，这两年因疫情，山庄一关再关，游客锐减，生意难做，就巴望着中秋和国庆假日时，来看五花山的人带来个小高潮，收个游客的秋。我问他这两个节日的客房预订情况好吗，庄主害了牙痛似的抽着嘴角说不咋样，预订中秋节的只有四间房，还都是普通间。国庆节的稍好一些，两个小套房都订出去了，普通间也有五间。他说要是搁前些年，这儿的客房闲的时候少，可现在整座山庄，只有五个客人。三个年轻的是来拍五花山的摄影爱好者，一对老夫妻是银婚旅行，他们消费都不高，实在没啥赚头，勉强维持员工开支。

我好说歹说，庄主就是不肯租橡皮艇给我，说早过了漂流季了，今年水又大，后天就是中秋节了，万一我有个闪失，他们踩了假日游安全的地雷，那可就遭殃了。他建议我住下，可以出去转转山，看看奇峰异石。他说当年跟宋徽宗发配到依兰的九个侍女，因不堪金兵凌辱，在巴兰河投水而亡，魂灵化作秀丽的山峰，离这儿不远，日落前可探寻一下。有人说男人看了这九女神峰，会交桃花运呢。

我没有好气地说："交桃花运的男人哪个不被桃花水淹死！"

庄主哈哈笑着拍着我肩膀说："兄弟这是蹚过桃花水受过伤哇。"

见我对九女神峰不动心，庄主又说这附近还有蘑菇，可挎个篮子采山，用自己采来的蘑菇，去厨房做个鲜蘑炒白菜片，再弄个清炖细鳞鱼，来上一壶老酒，这个夜晚就是仙女来陪，咱都不干！

巴兰河景区的山庄还有不少，可是日色渐暮，我还想趁亮出去转转，再说庄主是个有趣的人，所以不想再寻别处，先办了入住。

我肩挎背囊出门的时候，庄主嘱咐我注意野兽，天黑了就回来，别往密林中走，万一碰见黑熊，这家伙冬眠前正要储存能量，我这么大块的优质蛋白，它是不会放过的。

秋风是大自然的调色师，巴兰河两岸的山峦和原野，被它点染成了花园。杨树的叶子黄了，但它黄得参差，土黄、鹅黄都有，不像白桦树跟个富翁似的，披挂着满树金币似的金黄叶片。柳树叶子的颜色最丰富了，半青半黄的有，半红半粉的也有。最红的要数柞树了，它那蝙蝠似的叶片油红油红的，像上了蜡。落叶松的松针就两种色，落地的是深褐色的，还在树上的是浅黄色的。只要一阵风吹过，你看林间吧，简直是天女散花，斑斓的秋叶满天飞。但这样的绚丽，是大自然的回光返照，因为秋叶终归飘零，褪掉颜色，成为腐殖土的一部分。我踩着林地厚厚的落叶，感觉是踏着油彩前行，脚下流光溢彩的。

庄主诳我，这时节哪还有蘑菇啊，我不止一次以为发现了榛蘑，可凑近一看，总是落叶，榛蘑和落叶在长相上酷似。兜兜转转了一小时，只找到几个半干的桦树蘑。我爬到半山坡时，太阳开始下沉了，夕阳仿佛一个气韵饱满的歌者，一旦它开嗓，晚霞就缕缕飘出了。我掏出望远镜回望山庄，想看看沐浴着夕阳的它，是否成了金殿，这时我意外地发现了一条船。

这条船停泊在山庄东侧的一棵大杨树旁，面向巴兰河。船是木船，不是那种为游人预备的橡皮艇，也许是山庄员工用来捕鱼的？要知道住进这里的游人，谁不渴望灶上的河鲜呢？这条黑黢黢的船，在我眼里比任何一道晚霞都绚丽，再次点燃了我漂流巴兰河的热望，而我有数的几次漂流，都是在日光里。想想太阳落了山，避开庄主和游人，悄悄推船入水，来一个月夜的漂流，独享一条河，听水声、风声和落叶声，该多享受啊。

锁定了船的方位，我不再登山，而是席地而坐，目送夕阳。秋天的太阳落得就像疾驰的车轮，滚滚向前，一刻钟左右，大半个身子沉下去了，再七八分钟，夕阳完全不见了，它在最后时刻留下了对天空的热吻，玫红与金黄的晚霞弥漫在西天边。但这是黑夜最觊觎的吻，用不了多久，它们就会被吞噬。

山庄客人少，不必在意会撞上花前月下的人。所以太阳一落，我就起身下山，一直到巴兰河畔，只碰见个忙活着往洞里藏松子的松鼠和几只被我惊飞的苏雀。晚霞消散，夜色渐起。那条船半新，还有腥味，看来是打捞河鲜的船，船桨不像我想象的怕客人乱用而藏在别处，桨就在船舱贴心地放着，而且船尾接近水面，我毫不费力地推船入水，开始漂流。

入水后我才发现船在山庄的下游，所以更不用担心庄主会看见我了。我摇船离岸时，感觉是个成功逃学的孩子，直想放声歌唱。山庄灯火旺盛，可等我划了一段时间，在河流转弯处回身遥望时，山庄的灯火就像一团渔火了。

巴兰河是由山泉水汇聚而成的，非常清澈，虽然夜色迷蒙，但在水浅处，还能隐约看见河底的卵石。河道初始宽阔，大约十五六米宽吧，但转了两三个弯之后，它忽然收紧了心，河面变得狭窄起来，也就六七米的样子，伸出手臂能抓到岸边的柳树探过来的枝条。水流变得湍急，我努力保持着平衡，不让船过于摇摆。

船行七八里后，月亮升起来了，照得巴兰河像大地的闪电似的，瞬间亮了起来，猛然间觉得河上鱼群飞舞，仔细一看，却是形形色色的落叶。落到水里的叶子，不甘命运的，可以随着巴兰河汇入松花江，心性更高的，没准还能汇入黑龙江呢！

月亮初始光华满面，但它在夜空没骄傲多久。当船行至一处宽阔的水域时，天突然阴了起来，月亮被云彩遮住了。先是片状云像羽毛似的撩拨月亮，也顺带给它们点染了春心，令片状云红了脸庞。但随着铅灰色的块状云堆积而上，月亮逐渐沦陷，挣扎着发出微光，最后被浓重的乌云彻底埋葬了。河面骤然暗淡了，风也起来了。山里的天气就是这样，几分钟前还云淡风轻，转瞬却是狂风暴雨。

先前漂流时，我还嫌夜晚太过恬静，波澜不惊，少了刺激。现在狂风一起，两岸的树疯狂摇曳，呼啦啦作响，像一颗颗手榴弹，要炸毁这暗夜似的。再加上野鸟惊叫，暴雨如注，河面雨雾蒸腾，波涛翻卷，小船剧烈颠簸，我立刻兴奋起来。

可这激情没有持续多久，雨越下越大，河面一片模糊，分不清哪儿是岸，身上阵阵发冷，我打算结束这冒险的夜漂了。我吃力地辨认着方向、寻找上岸之地时，船被一个大漩涡击打得侧翻，船舱进水了。这让我分外紧张，因为我并不会水，如果没有了船这双脚，我在河里就失去了心脏。

我渴望闪电的出现，这暴雨的先遣军，是天空的手电筒，会让我在瞬间辨明哪儿适合靠岸。可是闪电是夏天的轻骑兵，到了秋天就偃旗息鼓了，不再亮剑。我睁大眼睛仔细观察，发现眼前是墨色和灰青色交织的色团，我判断出大面积的墨色是岸，而呈带状分布的灰青色，则是河流。只要朝着墨色方位，感觉船不太颠簸时，说明那是水流相对平缓的河段，就可靠岸。

然而船侧翻时涌进的河水与持续的暴雨倾入，使得积水已没过我的脚踝，船开始渐渐下沉。我意识到不妙时，也不管身处什么样的河段，赶紧朝着浓重的墨色划去。

在我努力靠岸的过程中，船又雪上加霜地“咣当”一下撞上了什么，这让我头痛欲裂，头晕眼花，跟着似有一只大鸟掠过，它的翅膀扫着我的额头，像是重重地给了我一拳，生疼生疼的。我想鸟儿飞去的方向一定是山，山就是岸，而那是墨色区域，我判断的方向应该没错。可是风越来越大，船像是被撞傻了，原地打转，剧烈摇摆，只两三分钟，就彻底倾覆，把我抛入冰冷刺骨的巴兰河。

上半夜：白釉黑花罐

救我上岸的是个四十多岁的男子，他相貌平平，刀条脸，八字眉，小眼睛，扁平鼻，目光暗淡，面无血色，穿一身铁灰色的衣服，黑胶鞋。我睁开眼睛时，已在他的窝棚中了。松木杆搭起的窝棚像个大斗笠，扣在巴兰河畔，一团月亮似的火，在窝棚中央发光发热，像一颗勃勃跳动的大心脏。

他对我说的第一句话是，来了。

我躺在一堆干草上，问坐在火堆旁的他，这是哪儿？

巴兰河啊，他说，你在河里翻了船。

我说，知道这是巴兰河，可这是哪一段呢？我说出了投宿的山庄名字，问这里离那儿有多远。

他说巴兰河就像一个人的身躯，缺了哪段都没好活的，所以河流是不分段的。至于我提到的山庄，他从未听说过。

我说看来你不熟悉巴兰河景区，你是过路的渔人？

他告诉我他是个窑工，祖上就是干这个的。

我说依兰这地方还有烧窑的吗，我怎么没听说过？那你是给建筑工地烧红砖的了？

他用看待俗物的眼神，同情而又失望地扫了我一眼，说他是烧瓷器的。

我想他这是守窑场的了，刚想打听这里几孔窑，烧窑的土黏性大，从哪儿运来，成品的瓷器又销往何处，窑工站起来，或者说从我面前升起来。我不算矮，但他比我还高出一头呢，似乎要把窝棚给戳破了！他走向一口草编的箱子，取出一套藏青色衣服，嘱我换上，说要出去看一下窑火，一会儿回来给我煮点吃的。

我望着窝棚顶那个苹果大小的圆孔，它既可走烟，也可瞭望天光。看得出夜色沉沉，雨还没停，因为火堆时常发出吱吱的叫声，那是圆孔坠下的雨滴，牺牲于烈火的声音。

我脱下湿衣服，换上他给我的那套。衣服叠得整整齐齐，散发着淡淡的香味，好像由女人打理过。上衣是对襟的，裤子是散腿的，料子像棉又像麻，轻极了，软极了，干爽又妥帖，穿上很合体，像是专为我预备的，因我没窑工那么高，也比他胖，显然不是他的衣服。我从脱下的上衣闻到淡淡的盐味，从裤子嗅到了令人沮丧的臊味，看来我拼命挣扎时没少流汗，而且吓尿了裤子。

那条翻了的船漂哪儿去了，我该怎样跟庄主交代？夜漂时我将背囊搁在舱里，船出了事故，它自是不保，里面的救急物品，此刻已成了河里的冤鬼。我记得只有手机不在背囊，放在了上衣口袋，连忙将手伸向那儿，可是我没摸到硬的东西，却摸出一条柔软的小鱼，因为上衣的布料密闭性好，兜里还存着一汪水，尽管小鱼气息奄奄，尾巴却还像将尽的烛火一样，吃力地摇摆着。想想这条莽撞的小鱼误入口袋的网叫人怜惜，窑工救我一命，我理应救它一命，我捧着小鱼走出窝棚，顶着细雨，把它放归巴兰河。

窝棚搭在岸边的柳树丛中，距巴兰河也就八九米，如果没有那团火透出的微光，我可能没有勇气走向巴兰河了。河对岸是黑魆魆的望不到边际的山，哗哗的流水声听起来像野兽发出的饥饿的叫声。

我给小鱼放完生，回去时窑工已坐在火堆旁的木墩上，专心致志地煮着什么了。窝棚里弥漫着一股奇异的香味，像肉香鱼香又像花香果香，总之是复合香味，强烈撞击人的嗅觉神经。

我坐在窑工对面一截磨掉了皮的圆木上，望着火堆四周那圈不规则的青石，说你围挡这圈石头，是怕火蔓延烧了窝棚吧？窑工点点头。我又问，这些石头是从巴兰河取来的吗？窑工说河里的石头不适宜围火，它们被河流冲刷后会有空隙，遇热可能爆炸，所以这些石头都是从山上采来的。窑工这样说让我心安许多，巴兰河的石头，在我眼里已是地雷了。

窑工煮好了吃的，拿出一只粗瓷新碗，说是单为来客预备的，先给我盛上，又拿出一只旧碗，给自己盛上。他端给我，说趁热吃吧，你这一路过来，也是辛苦。我端起那碗像汤像茶又像糊糊的东西，迫不及待地喝起来。怎么形容它呢，它不像食物，而像凝聚的光，入口后身上立刻暖了不说，先前灰暗的心，忽然间明媚起来，人在瞬间变得愉悦。我对窑工说，我从未吃过让人这么高兴的东西，它是酒吗？窑工说，你说它是啥就是啥。

我问他有手机吗，我想借用一下，给家里报个平安。

窑工意味深长地看了我一眼，说你到了这儿，还用报平安吗？

我说倒也是，现在家里很少用固话了，我妈和我老婆的手机号码都存在手机里，你就是借给我手机，我也拨不出号，只知道她们一个是移动的，一个是联通的。不过我还能记起我妈的手机号尾数是 99，她想活得长久嘛，我老婆的号码尾数是 88，她这个做企业的，身上每个细胞都做着发财梦。

发完牢骚，吃完东西，我觉得身上暖洋洋的，有股说不出的幸福感，特别想听听窑工的故事，我问他祖上从何时开始烧窑的。

他放下瓷碗，双手合十，循环摆动，做出前浪推后浪的手势，说他曾祖的高祖、高祖的高祖、再高祖的高祖、再再高祖的曾祖、再再再曾祖的曾祖，是相州很有名的窑工，他烧的瓷器，整个相州都在用。

他这连环套似的高祖和曾祖，简直是迷魂阵，立刻把我绕迷糊了，我说那得好几十代了，不是干到古代去了吗？

他没理我，说就这么说吧，他远祖是给宋徽宗烧瓷器的，你总该知道这个喜欢写字画画的皇帝吧？

我说黑龙江人谁不知道徽钦二帝——赵佶和赵桓呢？依兰是他们当年“坐井观天”之地啊。

我好为人师地跟他说，提起坐井观天，并不像后世有人理解的，徽钦二帝被金人投进井底囚着，实际上这个“井”，是地窨子。地窨子知道吗？是半地下的窝棚，这里大半年的冬天，冒烟泡儿一刮，人会被冻僵的，地窨子北面封堵，南向开矮窗，能见天光，抗风抗雪，那时老百姓多住这样的屋子。而到了夏天，徽钦二帝住的是四合院。我说这番话时，显然把窑工当成了外来的。

窑工用手指弹了一下瓷碗，它发出一声明丽的叫声，让我疑心瓷胎中藏着一只夜莺，他说地窨子谁不知道呢。窑工问我，你知道他们是怎么到的五国城吗？

我说徽钦二帝从汴京被俘北上，先抵达的是燕京，就是现在的北京，之后再到上京，也就是如今的阿城，最后又从上京被发配到胡里改路的五国头城，人们习惯叫它五国城，就是依兰了。我说在上京，金主竟让徽钦二帝穿孝服，拜祭金人祖庙，封赵佶为昏德公，赵桓为重昏侯。

窑工叹息一声说，宋太祖灭了南唐，不是也封李煜为违命侯么。

我说是的，还有传言说宋徽宗是李煜转世的呢，两个皇帝结局惊人相似，且艺术成就都高。不过颇具讽刺意味的是，把侮辱性封号送给徽钦二帝的金熙宗，最终被自己的堂弟完颜亮刺死，也被降封为东昏王。完颜亮篡位为帝，他骁勇过人，才华盖世，我喜欢他的两首咏雪词，“天丁震怒，掀翻银海，散乱珠箔。六出奇花飞滚滚，平填了，山中丘壑”，气象浩茫不是？还有“锦帐美人贪睡，不觉天孙剪水，惊问是杨花，是芦花”，又柔肠百结不是？但金史对这个海陵王评价不高，他嗜杀好色，说他“三纲绝矣”。一般人能够记得他，是因他将国都从上京迁到燕京，成为入主北京的第一个王朝，不过完颜亮结局也不好。

窑工对我欣赏完颜亮的词显然不忿，他先是说，这样的人哪有好结局呢？之后吟哦：“春花秋月何时了，往事知多少！”“问君能有几多愁，恰似一江春水向东流。”说这才是千古流芳的句子。窑工谈吐不凡，我怀疑他并不是干力气活的。他用木棍拨弄了一下火，很奇怪的是，他的脸庞遇到火光，不是红了，而是青了，像抹了一层水泥。他说徽钦二帝被俘到北方的路线，你说得不差，但你知道他们到了五国城，还剩多少人吗？

我说那时行路靠的是车马和步行，据说一行三千多人从汴京出发，最后到了五国城，只剩几百人了，被金兵打死的，以及冻死的、饿死的、病死的、自尽的都有。就说这巴兰河吧，传说宋徽宗的九个侍女，不堪金人凌辱投河了，她们死后化作了秀丽的山峰，我要是去看九女神峰，还不至于在巴兰河翻船吧。

窑工说那是传说吧，能活到五国城的，哪会轻易就投河呢？

我说倒也是啊，嫔妃们随着徽钦二帝被押解到这儿，谁人不是庶人？她们自知来后没有好命，想死的在汴京就死了。史载徽宗帝到了这儿，除了被金人霸占的嫔妃，他依然拥有皇后和妃子，徽宗一生有八十多个孩子，在五国城不是也得了六子八女吗？

窑工说是啊，要说金人对徽钦二帝也算优待，虽然他们失去自由，但吃喝不用愁，也有杂役侍奉着。北宋亡了，徽宗第九子赵构建立南宋，金人可拿徽宗钦宗做人质，要挟南宋割地。

我说是啊，女真人可是绝顶聪明的。

你是女真人的后代？窑工问时，目光泛着寒光。

女真人，那是多少辈子之前的事儿了，我是满人。

祖上是，就是。窑工这样说的时候撇着嘴，似乎对我不认祖有些不齿。

那您祖上来自中原，一定是汉人了？

窑工说他祖上从汴京跟徽宗帝到的五国城，自然是汉人了。他说这话时，眼睛忽然变得明亮、清澈和温柔，他也开始回归正题，给我讲祖上烧窑的故事。

跟着徽钦二帝来到五国城的，除了他们的皇后、嫔妃、杂役，还有道人、僧人、石匠、花匠、画工、织娘、窑工，等等。宋徽宗钟爱艺术，他所藏的字画和历朝文宝，被俘时多为金人劫掠，这对徽宗来说，跟失去江山一样令他痛心。徽宗钦宗被俘，史称“靖康之耻”，而能忍下奇耻大辱的人，自不是凡人。窑工说徽宗的不凡在于，他这颗心是肉做的不假，但滋养这团肉的血脉，是笔墨纸砚，是五色斑斓的颜料，是能让泥坯脱胎换骨为精美瓷器的窑火，甚至是花香鸟鸣和月光星光。他带来这些身怀绝技的匠人，就是带来了血脉。尽管他不再享有锦衣玉食的日子，但有了这些，还能活下去。

我插言道，其实金熙宗和完颜亮，包括他们的叔父金兀术，也都崇尚汉人文化，他们押解徽钦二帝北上，从中原带来这些匠人，也有借鉴他们优良技艺的意图吧。

窑工说那是自然，好东西谁不稀罕？

窑工说他祖上到了五国城，因是匠人得到优待。与其他男性俘虏被编入兵籍、集中在巴兰河畔不同，他和徽宗钦宗以及皇室的人，住在靠近胡里改江的地方。

那时金人所用的瓷器，多来自现在的河北和辽宁一带，以白瓷、黑瓷和酱釉瓷为主。这些碗盘、瓶罐、灯盏等瓷器的胎骨较为笨重，杂质多，瓷化一般，釉层较薄，不够均匀，是日常所用的粗瓷，跟北宋官窑的那些精美瓷器相比简直天壤之别。金人喜欢汉人的瓷器，勒令被俘的窑工烧瓷。就在巴兰河畔，当年有七孔窑。烧窑用土，一部分取自巴兰河畔黏性较大的滩地土，一部分取自东山北角矿化的灰土。从中原来的窑工，在瓷器的刷花和刻花上，技艺高超。汉人相对比较喜欢花鸟人物的装饰，金人虽也对植物情有独钟，但偏爱描画动物，窑工说他祖上烧过一窑的碗，专为金兵用的，碗壁描画的都是奔腾的马。

我说那你祖上烧的瓷器，徽钦二帝能用上吗？

窑工说他祖上是窑工的头领，每年总会有那么一两次机会，见到徽宗，当然金人不会让他主动拜见的。金人从皇帝到小卒，都知道被俘的这个亡国之君懂艺术，所以对他也算宽待。

窑工说他祖上有时故意烧坏一两窑的瓷器，说是只有徽宗明白症结在哪儿，求见徽宗，加上给通融此事的金人一点贿赂，事情也就成了。窑工说他祖上觐见徽宗时，总要带两三件烧坏的瓷器，以示请教，见了徽宗长跪不起，徽宗也不唤他起来，因为除了跟他一起被俘的人，没谁跪他了。

金人崇尚黑白色，罐子和瓶子白釉黑花的居多，但无论材质还是纹饰，都不够精良。而汉人窑工烧制的白釉黑花器物，在保持金人瓷器古朴粗犷的基础上，施以温润的釉色和细腻灵动的纹饰，所以巴兰河窑烧制的瓷器，那时很为人们喜爱。

窑工说他祖上携带烧坏的瓷器时，总要夹杂一件私藏的精美器物，徽宗见了，欢喜又怅惘。欢喜的是饱了眼福，怅惘的是这样的器物，必须尽快砸烂毁掉，以免引起麻烦，因为金兵一直看守着他，他只能留下那些有缺憾的器物。

窑工说他祖上说徽宗曾慨叹金人也是懂得美的，黑白色是万古不朽的颜色。

徽宗曾让窑工的祖上偷着给他烧过三件器物。一个是带老虎图案的瓷枕，因为他总做噩梦，据说虎能辟邪，远离噩梦。窑工说他祖上烧虎枕时，为了让徽宗能用上，只得往残次了烧，枕窝凹凸不平，釉色深浅不一，老虎的样子倒是栩栩如生。徽宗枕了这虎枕，据说睡得踏实了些，噩梦少了，但境遇的噩梦却是无法摆脱了。

我说，那个噩梦他怎能摆脱？宋徽宗一直幻想南归。“彻夜西风撼破扉，萧条孤馆一灯微。家山回首三千里，目断天南无雁飞。”这是徽宗在五国城写的诗，有研究者依照“破扉”二字，说徽宗的住屋四处漏风。其实这是与汴京皇宫东京城做的一个心理比较，在富丽堂皇的宫殿面前，柴门小院无疑是破的。

窑工说这倒也是，徽宗忘不掉东京城，唤我祖上烧的第二件器物，就是在一只梅瓶上给他呈现皇宫的建筑。我祖上说这可难坏了他，虽说他几次进宫，但那一重又一重的殿堂，他又不是都去过，只能凭印象勾画。徽宗那时爱去的是延福宫，写字、画画、赏舞、弄琴、夜宴，延福宫的东、西门上“晨晖”和“丽泽”的名字，也是徽宗起的。但徽宗跟我祖上说，梅瓶上不可缺垂拱殿，至于延福宫之类的，皆可省略。而垂拱殿是听政之地，他以前并不醉心的地方。窑工说他祖上最后以大庆殿与垂拱殿为主体，在一只青灰的梅瓶上再现了昔日皇宫风貌。为了使它留得下，只得往瑕疵品上做，最终瓶身歪斜。徽宗看到那只梅瓶，见殿堂倾斜，老泪纵横。这只梅瓶他送给了儿子，钦宗看到熟悉又摇摇欲坠的殿堂，也是泪水沾襟。

我说是啊，金兵南渡黄河时，徽宗匆匆禅位于长子，可是钦宗在位仅一年零两个月，就亡了国啊，也不知徽宗传的是皇位还是火坑。

窑工似乎对这句话很反感，蹙了蹙眉。

为了缓和气氛，我说其实您祖上应该烧一对梅瓶，除了皇宫，再描绘一下徽宗在位时建的大花园，据说园子亭台楼阁，奇花异草，鹿鸣呦呦，水声潺潺。但金兵打来，这座花园成了宋兵抵抗的营地，他们拆屋烧火，杀鹿为食，大花园就此毁了。

窑工说，你还嫌他们流的泪不够多吗？他起身出去，我想他这是又去看窑火了。

一刻钟后窑工回来了，我小心翼翼地问，这窑里烧的什么器物，何时出窑，我能否一饱眼福？

窑工冷冷地说该让你看的，一定看得到。

我明白他没说出的下一句是，不该你看的，就别惦记着。

窑工接着讲他祖上给徽宗烧的第三件器物。说他祖上最后一次见着徽宗，是徽宗驾崩前一年的春天。徽宗大约明白称帝的九子康王赵构不会全意与金人斡旋，让他和钦宗归乡，虽说赵构的生母韦贤妃也被掳，但他是无用的了，而钦宗是徽宗长子，康王还是忌惮的。徽宗开始筹谋后事，他悄悄交给窑工祖上一把牙齿，有六七颗，这都是他来五国城后掉的。严寒的冬季少见果蔬，再加上心情沉郁，未老先衰，他掉齿很厉害。窑工说那些牙齿残缺不堪，有的发黑，有的发黄，虫蛀蛇咬一般，但徽宗视若珍宝，这是他唯一能牢牢在握的骨肉啊。他请窑工祖上研磨了这些牙齿，施釉时兑进去，烧制一只白釉黑花罐，还特别叮嘱，这只罐子不能落入金人手里，他的骨头难以归乡的话，有朝一日这只罐子回到汴京，也算归乡了。

我知道北宋官窑瓷器，在色彩调配上，有时为彰显皇家富贵色，会将上好的玛瑙、翡翠和玉石，研磨成粉入釉，烧出的瓷器釉色温润明亮，艳而不俗，尤其那花朵般绽开的开片，若是釉里含了这样的成分，有玛瑙成分的开片像是夕阳下的山谷，有翡翠的像是一池荡漾的碧水，而如果那玉石是白色的，开片仿佛就有月光浮动了。但在釉料里添加牙齿粉末，前所未有，或许只有徽宗想得出来。

窑工说牙齿粉末兑在白釉里，烧制白釉黑花罐，一定是徽宗深思熟虑的。一是这罐子大抵是金人所用器物的形制，在五国城不招人眼；二是黑白色高贵肃穆，适宜安放灵骨；三是牙齿粉末兑进白釉不显眼，能完美地融合。

徽宗将那把牙齿给了窑工祖上后，还说他未登基时曾到过相州，见过窑工祖上一家，他父亲是窑工，母亲是远近闻名的织娘，貌美如花，都是身怀绝技的人，所以他得了天下后，下旨将他们一家从相州迁到汴京，专为皇室做事。可惜这个令人惊艳的织娘，生子不久就死了。徽宗嘱咐这只罐子烧成后，不可再来觐见，要把白釉黑花罐当命看着。如果他薨了，窑工祖上能够回到汴京，就把它埋在汴河畔，此外，嘱咐窑工祖上不可与女真人结亲。

我说看过史料，当时跟着徽钦二帝北上的汉人，有不少与女真人通婚的。人们说这一带的姑娘漂亮，与基因改良有关呢。

窑工没搭理我，继续讲故事。他说也怪了，他祖上在石头上研磨徽宗那几颗糟烂的牙齿时，空中不断有鸟儿飞过，那正是夏候鸟北回时节，鸟儿多也自然。但有一只天鹅，却把叼着的一只蚌壳丢了下来，恰好落在石头上，蚌壳张开后闪闪发光，里面竟有一颗圆润的珍珠！这颗珍珠不是纯白色的，而是微微泛粉，仿佛浸了血。窑工的祖上喜极而泣，他将这颗珍珠和牙齿一起研磨了做釉料。

白釉黑花罐进了窑后，几乎每天一场雨，雨后必现彩虹，横跨窑上，就像给这泥壶似的窑加了一条七彩的提梁。七天之后，这只罐子同其他器物一起出窑了，罐子没有瑕疵，白釉润泽，釉色均匀，泛着微光，似乎能照亮黑夜；黑花枝繁叶茂，细腻油亮，每朵花蓬勃得似乎带着响声要从罐子中飞出来，实乃绝品！窑工说他祖上珍藏起这只罐子，遵照徽宗嘱托，没有和女真人结亲，但徽宗第二年归天后，他祖上也无法南归了，永久留在北地，白釉黑花罐只得代代相传了。

我说徽宗不是魂归故里了吗，宋高宗赵构最终和金人议和，南宋以割地和处死抗金名将岳飞为代价，让羁留北地的赵构生母韦皇后得以护送徽宗棺椁离开五国城回到他朝思暮想之地。金人也给徽宗改了封号，追封为“天水郡王”，钦宗为“天水郡公”。

窑工哼了一声，又拨弄了一下火，火光跳跃，可他的面色却愈发青了。而且让我惊异的是，我并没见他往火里续柴，可这团火一直在燃烧，好像拨火棍隐藏着一座柴山。

窑工说看样子你是个文化人吧，应该知道金人虽不像后人说的那样，在宋徽宗晏驾后，把他炼成了灯油，用于金兵营地的照明，但他确实被火烧了，韦皇后护送的棺椁，其实只是几截烂木头，并无灵骨。他慨叹徽宗圣明，他的灵骨就像他的字画一样，最终还是以艺术的方式流传。

我问那只白釉黑花罐去了哪里。

窑工晃了一下身子，看一眼火，再看一眼我。

如果窑工所述故事不是虚构的，我大胆揣测，他那不知多少代前的祖上，那个由美丽织娘生下的孩子，跟着徽宗来到五国城的窑工，是徽宗的骨肉。宋徽宗是个风流皇帝，与李师师的传说自不用说，如果当年北宋的相州真有那样一个美丽织娘，叫徽宗动了心，他又怎么可能不揽美人入怀呢？徽宗一生有八十多个孩子，除此之外，没纳入宗室的子女也有，窑工所说的远祖，如果不是徽宗与织娘的儿子，徽宗不会把自己的牙齿给他，也不会嘱托他将来把这只罐子埋在汴河旁，更不会要求他不可与女真人通婚。

我不敢把这种揣测说与窑工，怕他羞愤。

窑工沉默片刻，忽然把目光移到我身上，说你真的想看那只白釉黑花罐？他说这话时，带着颤音。

我迫切地站了起来，拱手作揖，说实在太想看了！

窑工起身示意我坐下，让我闭目片刻，说如果我擅自睁开眼，非但看不到白釉黑花罐，很可能就此失明。他这话把我吓得不轻，再顶级的文物，也抵不过拥有一双凡眼，感知这大千世界的色彩。

我坐下后紧闭着眼，就像一只长脖老等，雕塑似的一动不动。我感觉身前的火更旺了，有炙烤的感觉。听不到窑工的脚步声，但感觉他离开了，因为有一股微风从耳畔拂过。大约一刻钟后，我的耳畔再次感到微风拂过，跟着传来窑工的声音，说睁开眼吧，只许看，不许问。

我是个胆小鬼，怕眼睛瞎了，窑工说完这句话，我又等了十几秒，才缓缓睁开眼。窑工坐在我对面，隔着一团火，默默举着白釉黑花罐。可人的火一定懂得我的心意，火苗瞬间收回金红的舌头。

那个罐子怎么说呢，第一眼看，我就有眼熟的感觉，无论器形还是花朵和枝叶的纹路，都像刻在记忆中似的，可一时又想不起在哪儿见过。在火光的映衬下，罐身的白釉仿佛巴兰河水在如歌流淌，梦幻般的黑花牡丹则如振翅的蝴蝶。白的白出了水似的，黑的黑出了油一样，真是摄人心魄。什么叫一眼千年？你看了这只罐子就懂得了。遵照窑工说的，我不敢发声，目不转睛地看，可最后我越看越蒙眬，原来泪水已盈满眼眶。

窑工可能察觉到我无声地哭了，他捧着罐子走到我面前，轻声说你闭上眼，闻闻它吧。

我再次合上眼，闻到了罐子泛出的一股淡淡的黄烟味，这味道立刻唤醒了记忆，怎么与我在阿城乡下看到的农人家的白釉黑花罐一个味道啊。我很少为美而打寒战，因为世上让人惊悚的美罕见，但这次我打寒战了，而且一发不可收。

窑工在我打寒战的时候，捧着罐子走了。等我再睁开眼睛时，他手中的白釉黑花罐不见了，它从哪儿来又去了哪儿，我一无所知，而窑工又坐在了我对面，就像我刚见到他时一样。火光龙蛇一样起舞，可他的脸仍是青的。

窑工对我说，除了白釉黑花罐，徽宗帝还有一件宝物在民间流传，这个故事的专有权不在他这儿，如果我想听，得去下个渡口。

我问，是什么宝物？

窑工没告诉我是什么，只说能讲这个故事的人，离窑场也就三里路，他可以带我去，问我是否愿意。

我说当然了。

窑工说，那你去那儿，要换回自己的衣裳吗？

我说自己的衣裳被火烤干了，当然要换回了。

窑工又问，那你带着这只碗过去吗？你已经用了它。

我说天下何处无碗，留着给来这儿的人用吧。

窑工说那我先出去，等你换完衣裳，咱就上路吧，记得路上不要和我说话，以免惊着夜鸟。

我换回自己的衣裳走出窝棚时，雨已停了，月亮悬在中天，莹白光洁，丰腴动人，照亮了巴兰河。窑工在前引路，我跟在后面，我们沿着巴兰河畔的蜿蜒小路，走了大约半小时，终于看见一座透着光影的棚屋。

窑工说到了，你自己进去吧，我回去看窑火了。

就在窑工转身踏上回程之际，我忍不住在他背后问了一句，您姓赵是吧？

窑工像被雷击似的摇晃了两下，没有回头，也未回答，继续走他的路。他踉跄的步态，使他的背影看上去就像变幻的音符，在深秋的夜晚，弹着迷离忧伤的旋律。

下半夜：碑桥

一进棚屋，先闻到一股浓烈的腥气，一个女人正坐在火炉旁用刀刮鱼。听见我进来，她漠然抬了一下头，懒懒地扫了我一眼。

她看上去个子不高，圆脸，淡眉，细长的眼睛，微塌的鼻子，嘴大，龇着两颗大板牙，可以说有点丑。棚屋中央吊着一盏油灯，她手上的鱼鳞闪闪发光，好像手在下雪。她的年龄难以判断，看她半白的头发，你可以说她五六十岁了，可看她的脸，额头和眼睑无一皱纹，双颊也不塌陷，皮肤紧致，像二三十岁的女子才有的。尽管她看上去很健康，又有油灯和火光映着，但脸色发青，倒像个陶俑。

她对我说的第一句话是，你没带碗来，拿什么吃饭？

我说碗放在窑工的窝棚中了，我怕有人像我一样落水，上岸后没个喝热汤的东西。再说了，手掌合起来就是一只碗。

她发出一阵奇怪的笑声，说你还穿着自己来时的衣裳？

我说你怎么知道的？

她再次发出一阵奇怪的笑声。这笑声怎么说呢，有点像看穿谜底后得意的笑声，又有点像走投无路、茫然四顾的苦笑。

我说窑工叫我过来，是来听故事的。

她继续刮鱼，垂着头说她知道的故事比巴兰河底的石头还多，不知我想听的是哪一块。

我说想听宋徽宗的故事，窑工告诉我除了白釉黑花罐，徽宗还有一件宝物在民间流传。

女人“噢——”了一声，说这个故事很长，都后半夜了，你既来了这儿，天亮前得把你渡到对岸去，这个故事能不能讲完两说呢，你能接受没尾巴的故事吗？

我点点头，说快十月份了，天亮得不早了，现在是下半夜，什么故事四五个小时也讲完了吧。再说我没想渡河啊，对岸是哪儿我也不知道，我去那儿干吗。天亮后我去寻公路，在公路上截个方便车，回我投宿的山庄。

女人说你不想渡河，来这个渡口就是为了听故事？

我说当然了。

她说那得等她刮完了鱼再说，有两个要渡河的等着吃鱼呢。

我问他们在哪儿。

她抬了一下头，淡淡地说还不是渡口。

我说夜半三更的，怎么还有人渡河？

女人不语，加快了刮鱼的速度。我仔细看鱼，发现它们是一个品种，身形粗短，圆脑袋，黑眼睛，蓝鱼鳍，红尾巴。我叫不出鱼的名字，它们看上去肉质肥厚，想必味道一定鲜美。

我环顾棚屋，发现它与野外搭建的棚屋只开两扇窗的不同，它在东南西北各开了方形小窗，北窗和东窗有些暗淡，但南窗和西窗透着朦胧的月影，让我以为镶的是毛玻璃。待走到南窗，用手轻抚，才发现这是鱼皮窗。鱼皮虽薄，但韧性十足，它纹理细腻，手感滑润，感觉浮在上面的月亮流着蜜。

女人见我对窗子感兴趣，问我，见过这样的窗吗？

我说只在书里见过，据说宋徽宗冬天住在五国城的地窨子里，所用的窗纸就是鱼皮做的。风雪夜夜吹打，发出的声音就像瓷器碎了，加深了徽宗的漂泊感和孤寂感。

女人说宋徽宗住的屋子，最初窗纸用的不是鱼皮，后来他到五国城的第三年涨大水，住屋进了水，不得不暂时迁到巴兰河畔的一个高岗上，她曾祖母曾曾祖母的曾曾祖母、再曾祖母的曾曾祖母、再再祖母的曾曾祖母的曾祖母，总之好几十代前她的祖上，是胡里改江流域鱼皮工艺高手，她做的鱼皮筏、鱼皮衣、鱼皮碗、鱼皮箱、鱼皮窗远近闻名。徽宗在她那儿初见鱼皮窗，爱极了它。水灾过后，徽宗带回鱼皮窗纸，镶嵌到窗上。

说起水灾，女人慨叹那时的五国城没什么堤坝，三年五载就会涨场大水，她说你不是读书人吗，没在书里看到过这事？

我说倒是知道东北过去流传着“狗咬奉天，火烧船厂，风刮卜奎，水淹三姓”的谚语，这个三姓说的就是五国城。这里是三江汇合处，四周高，中间低，人等于住在釜底，夏季雨水旺时势必遭殃。

啥叫狗咬奉天？女人饶有兴致地问我。

我走向她说，说是努尔哈赤逃难时被围困在草丛，追兵放火烧他，这时一只黄犬，突然冲入草丛，它吸足了河水，将水吐在努尔哈赤身上，熄灭火焰，使他得救。可努尔哈赤得了天下后，封赏时落下了黄犬，奉天城的狗都为它鸣不平，夜半狂吠，搅得努尔哈赤不得安宁。他想来想去，原来是忘了黄犬的救命之恩，赶紧封它为守护神，自此努尔哈赤才睡上了安稳觉。

女人看来不相信这个故事，她嘀咕一句，进了狗嘴的东西，吐得出来吗？

她的话对这类传说可谓是一针见血的批评。我暗自笑了，赶紧给她讲火烧船厂的故事，目的是引她如此臧否。我说吉林在旧时称船厂，做工的都是流放犯，受尽了监工的折磨。有个不堪凌辱的流放犯，有一天杀了监工，官府便砍了流放犯的头。工友们把流放犯埋在船厂的高冈上，当夜风雨大作，电闪雷鸣，流放犯的坟，忽然蹿出个大火球，飞到船厂，将它烧了，传说是火神爷为流放犯鸣冤。

女人终于刮完了鱼，她用一把干草擦了刀，缓缓起身对我说，火神爷要是抱打不平，不该烧船厂，那是人活命的东西，该烧的是还活着的黑心监工和官府里治流放犯死罪的人。

她这一起身，我发现她比我想象的还矮，也就一米五的样子。她把刮好的鱼放进一个大瓦盆，转身舀了水缸的水，洗净鱼，把它放进灶上的锅里，再将洗鱼的污水泼到棚屋外。她做这一切的时候干净利落，甚至有点愉悦，因为她轻轻吹起了口哨。

女人泼过污水回来，看了看锅里的鱼，复又坐下，指着她对面的一只草蒲团，唤我也坐下，说现在可以给我讲徽宗留下的另一件宝物的故事了，起头还得从鱼皮窗说起。

徽钦二帝被囚五国城的第三年夏天，不是涨大水了吗，他们的住屋淹了，墙壁湿淋淋的，像是挂满了泪，火炕的灶眼浸在水里，也没法生火，只得转移。女人说她那几十代前的祖母，就叫她舒氏吧，那年十七岁，刚好和她父亲游猎到巴兰河畔。

我插言道，那他们是女真人了？这一带曾有海西女真和野人女真，他们是哪一支？

女人用刀子似的目光扫我一眼，似乎带着“嚓嚓”的响声，我感觉脸皮就像她先前刮着的鱼鳞，生生被揭掉了，疼极了！她直言你这是哪辈子的说法。

我意识到那时应该还没这说法，连忙说对不起。

女人说你们这些肚子灌了墨水的人，就是好画圈圈，咋分，你能让谁少胳膊缺腿？女真就是女真嘛。奚落完我，她气顺了，接着讲故事。

女人说舒氏母亲早亡，她自幼跟着父亲过着居无定所的渔猎生活。他们春夏秋季打鱼，冬季上山打野兽，他们用制作的鱼皮制品和获取的名贵兽皮换取生活日用品。虽然风里来雨里去，日子过得也还不错。徽钦二帝因水灾转移之地，刚好是那年他们打鱼之地。

打鱼人夏季住得很简单，就是这种用松木杆和树条子搭建的棚屋，外面抹一层混合了干草的泥，防风防潮又防雨。棚屋南向开一扇小窗，用鱼皮做窗纸，东向开一扇小门，野兽就是靠近，也伤害不了人。而他们夜晚用来照明的，是青石凿就的熊油灯。

徽钦二帝喜欢五国城的春夏，因为熬过冬天，他们不必穿那膻烘烘的羊皮袄，也可去院子走动了。但因为有金兵把守着，他们也走不远，只能看看院子的树和花草，还有飞来的蝴蝶和鸟儿。风和日暖的时节，他们就更梦想回汴京，那里的日头暖和的时候多，有暖日头的日子才好过啊。

这场大水让徽钦二帝转移到一处金兵营地，这里没有院墙，面临巴兰河，徽宗给了金兵看守一些酒钱，获得短暂的自由，能到树林走走，还能到河边和打鱼人说说话。

据说徽宗遇见舒氏，是个雨后的黄昏，天空出现了双彩虹，看守他的金兵因为打了一只野兔，正吃野物纵酒狂欢，根本顾不上他。

徽宗走出营地，到了巴兰河畔。他发现河边有个蹲伏着的梳发辫的女子，穿着月光一样颜色的长衣，紧裹臀部，正在洗着大张银白的东西。那时双彩虹已有一道隐遁了，另一道依然像条彩带环绕着，仿佛给天下所有女人预备的发带，所以徽宗觉得这个女子很美。待他走到近前，舒氏听见脚步声回过头来，徽宗看见了他在宫中从未见过的女人的脸，首先是肤色，不是那种没有血色的白腻，而是黑红色的，像熟过头的李子，而她的嘴唇跟红牡丹一个颜色，格外娇艳。她的额头有点鼓，所以眼睛显得幽深，鼻子微塌，像一片开阔的浅滩。她五官平凡，但眼睛闪烁着与众不同的光，焕发着一种特别的美。

舒氏见了徽宗问他是谁，但徽宗没听懂，她说的是本族语。舒氏意识到他是汉人后，改用汉语问他是谁。徽宗说他住在高冈的营地，从城里来躲水的。舒氏笑了，露出一口密实雪白的牙齿。徽宗没见过牙釉质这么好的女人，闪着丝绸一样的光泽。徽宗暗自感慨，这姑娘的嘴里燃烧着怎样的窑火啊，才冶炼出这比瓷器还要精美的牙齿。

舒氏站了起来，徽宗除了为她的气质所动，还喜欢她穿的及膝长衣，它色泽微黄，质地柔软而光亮，袖口、襟口、托领上镶嵌着花朵纹路的图案，前胸和后背则是大团大团的云纹图案。徽宗想，怪不得刚看到她时觉得云彩落在了她后背上。后来徽宗知道，这是鱼皮衣。

舒氏在河水中洗的是桦树皮，她说要给自己做条桦皮船。徽宗不知这种树皮能当造船的材料，很是吃惊。舒氏说经过处理的桦树皮，不仅能造船，还能写字画画，当纸用呢。徽宗正要问她有没有现成的桦树皮可让他写字，一只黑狗远远跑来，对着徽宗狂吠，跟着黑狗急急走来的，是个手握渔叉的老汉。

他是舒氏的父亲，长方脸，宽额头，眼睛不大，头发稀疏，脸颊的皱纹就像泥地的车辙一样深。他满怀敌意地看着徽宗，大声跟女儿说着什么。舒氏先是喝住狗，然后告诉父亲，这人是来躲水的，住在高冈的营地。当然这是之后舒氏告诉徽宗的，当时他们的对话他一句都听不懂，舒氏的父亲只会讲几句汉话，凡是他肯定的人和事，他只会说个“好”，反之则是“不好”。

舒氏的父亲望着头发稀疏花白、缺了好几颗牙、目光浑浊、一脸倦怠的徽宗，说了句“不好”，吩咐女儿回去做晚饭。

舒氏带着黑狗走了，最后那道彩虹消失了。舒氏的父亲接续着洗桦树皮，徽宗问了他很多话，他们从哪儿来住在哪儿？巴兰河的鱼哪一种最好吃？山上那种像蓝色铃铛的花儿，多长的花期？还有那一个姿势立在水边的长脖子大鸟，叫什么名字？舒氏的父亲对所有的问题，只回两个字“不好”。

徽宗帝什么女人没见识过？可那个夜晚，他想了舒氏一夜。她笑起来露出的那口雪白的牙，是他来到五国城后，看到的最明亮的景象。跟着徽宗一起被俘的嫔妃和宫女，有病死的，有给金人做奴的，还有被金兵霸占的。更令徽宗痛心的是，有的被投入了“洗衣院”，那跟进妓院没什么两样，能留在他身边的没几个女人了。随徽宗来的郑皇后，受尽折磨已殁，好在还有韦贤妃伴他左右。但在躲水的那段日子，韦贤妃得了湿疹，最怕见风，整日待在营帐中，徽宗难得一个人出去透气。

金兵知道徽宗是插翅难逃，但生怕他万念俱灰，万一在树林用裤腰带勒死自己，或是投了河，他们损失了这个可以从南宋赵构手里争取最大利益的至高法器，等于丧失土地，自己也会掉脑袋，断不敢掉以轻心了。徽宗再出营帐时，他们就监视着。但看押他的金兵很快发现，徽宗去巴兰河畔，不过为了看舒氏，这让他们又松懈了。而舒氏的父亲得知徽宗是个亡国之君，再见他时，又总有兵卒尾随，自家女儿是安全的，对徽宗再无敌意，反而和舒氏一样，对他多了一份同情。他们请徽宗来棚屋喝茶，吃刚捕捞上来的鲤鱼做的杀生鱼，当然还有酒。就在舒氏父女的棚屋里，徽宗看到了令他无比动心的鱼皮窗，他说那是上天赐予的纸，太阳和月亮是这纸的天然画笔，把最美的影子印在上面了。

讲故事的女人铺垫了很多，还没进入徽宗留下的另一件宝物，可我不敢贸然打断她的话了。她讲到这里时，起身看了看煮的鱼，从两只摆在灶台的碗中取出一只，说其中一人喜欢吃嫩的鱼，火候到了，先端一碗给这人送去。我注意到那碗和我在窑工那儿用过的一模一样，无论形制还是色泽，应该是一孔窑烧出来的。

女人出了棚屋送鱼的时候，我很好奇锅里的鱼，因为敞锅煮着，却没有蒸汽旋起，好像锅底的柴始终没把它煮沸。我起身凑到近前，发现锅里的水，竟像丰水期的巴兰河水，喧嚣沸腾着，那些鱼却没一条离骨脱刺，依然头是头、尾是尾的，在沸水中自由地游弋。这令我吃惊不小，难道它们还活着？

我以为女人送一碗鱼，十分钟八分钟也就回来了，可是半小时后，鱼皮窗上的月影位移了，她才神色黯然地两手空空回来。我问那只碗呢，她说渡河的人不带碗过去，拿啥吃饭？看来她已把一个人送到对岸了。

我很想问她，是什么人在后半夜渡河，那人去的地方没人烟吗，为什么要带一只碗？但我转念一想，黑夜发生的事情，往往是不可言说的，何况我还期待她快点切入正题，不然天亮前就听不完这个故事了，我还想在太阳升起后回到山庄呢。

不等我催促，女人坐下来，我也坐回草蒲团，故事又像星星一样在黑夜中闪烁了。

舒氏见徽宗随手折根柳枝，就能在巴兰河畔的沙地上，画出栩栩如生的花鸟，便把熟好的桦树皮裁成画纸，用鹿筋串起来，送给徽宗。

其实涨水转移时，即便一片混乱，看守徽宗的人没把别的东西带来，纸张笔墨砚台却是一样不少呢。因为都知道徽宗是书法和绘画的天人，他的字画不仅金熙宗和完颜亮欣赏，军中将领也视若珍宝，求之不得。看守他的金兵随便求徽宗写个字，描画一朵花或一只鸟，都能去市面换钱。所以监管他的人也形成恶习，手上不宽绰了，就想方设法讨要字画，得到了两眼放光，待徽宗和和气气，有求必应；得不到就百般刁难，春光大好却限制他出门，把三顿饭减为两顿，不给他烧开水泡茶，污损他的衣物，将鸟粪撒在纸上，夜半砸铁惊扰睡眠本不好的徽宗，等等。

自古以来好人的好心眼，多半是相似的，可恶人的恶点子，却是五花八门。徽宗喜洁，爱惜字纸，被逼无奈，只得硬着头皮，潦草写上几个字，或是画上一只呆头呆脑的鸟、一朵傻里傻气的花儿。

话说徽宗得了舒氏送他的桦树皮本子，如获至宝，金兵带到营帐的笔墨，也就派上了用场。徽宗为了换取更大的自由，给看守他的人都画了一枝花，所以徽宗再去看舒氏时，只有一人远远跟着。

舒氏的父亲哀怜这个曾经的人上人，所以见着盯梢的金兵，总会以酒肉款待，这样徽宗可以看舒氏怎样做两头尖中间宽的柳叶形的桦皮船。徽宗很吃惊桦木做成的船架上，将桦树皮一张压着一张覆盖上，只用木钉和鹿筋线连缀，再刷上一层松脂，船就做成了。这船轻巧极了，有股桦树皮特有的清香气。徽宗特别想乘它下一回水，但它是舒氏为自己量身定做的，只容一人，所以徽宗只能眼巴巴地看着舒氏驾着桦皮船在巴兰河捕鱼，感觉她仿佛骑在了一条大白鱼的背上。

徽宗还喜欢看舒氏用染色的鹿皮给鱼皮衣的下摆和领口镶上花纹和云边。而她用的染色颜料，都来自山里，是花花草草和植物浆果的汁液榨取的，这让徽宗佩服得不得了。

徽宗就用舒氏制作的颜料，在桦树皮本子上画画，他把在山上见到的花草和野鸟都画上了。舒氏父女看了，赞叹他长了一双神手，好像能读懂花鸟的心思似的。

舒氏调制的颜色令徽宗无比喜爱，那朱红色艳而不俗，是野草莓和红百合混合成就的；金黄色明亮而不刺眼，是由金莲花和黄花菜榨取的；淡紫色温暖雅致，它用的是马莲花和蓝靛果的浆汁；墨绿和浅绿是最养眼的，它们是从各类青草和树叶中提取的。

最神奇的是什么呢？徽宗说他在汴京时，可用玉石和珍珠粉做颜料，舒氏说这有何难，巴兰河有玛瑙石，把它研磨了还不是一样。还有山上风化的石头，有赭黄色的，鹅黄色的，还有深青色和淡绿色的，打成粉末，不都是好颜料吗？

徽宗一听高兴极了。可舒氏的父亲不高兴，女儿为了给徽宗做植物颜料，总是贪黑，觉也睡得少了，如果再采石做颜料，更别想睡囫囵觉了。父亲埋怨她时，舒氏说水灾过后，这个浑身捆扎着无形绳索的人就会走了，看他衰老成这样了，估计也熬不到回汴京的那一天了。这个夏天宁可少打些鱼，也要满足一个爱写字画画的老人的愿望，舒氏的父亲感动于女儿的善心，便不再说什么了。

舒氏父女养了一条狗，还养了一匹栗色马，迁徙时用于驮运物资。舒氏的父亲心疼女儿，亲自骑马上山，采来可以做颜料的石头，日夜帮着研磨。徽宗得了这珍贵的颜料，就在桦树皮本子的花朵和河流上，再点缀上石粉，那画就仿佛有了光，更加美了。

徽宗感念舒氏父女，说桦树皮本子上的画，他们随便选，想留多少张就留多少张，这个拿到集市上，比打鱼换的钱多。舒氏说这画好是好，但桦树皮是引火材料，遇火就着，哪怕画中有千万条河流，也救不了花鸟，逃不出灰飞烟灭的命。

徽宗立刻联想到纸上的字画，感慨说纸也是火的俘虏，金兵打入汴京，最令他痛惜的，是他珍藏的历代字画，有的被卷走，有的被焚毁。说到这儿徽宗满眼是泪。

舒氏安慰他，说她倒有个主意，他们的祖先，作画都用斧凿，把画刻在岩石上，将泥土和兽血混合的颜料涂上，再涂上天然植物胶。岩画不怕烈日暴雪，不怕火烤雷击，上面的鸟儿都拥有铁一样的翅膀，花朵也拥有铜铸似的花瓣，日月就跟天上的一样了，万古长青。

徽宗就跟舒氏父女上了山，先观摩了两处岩画。他发现岩画中动物图形居多，再就是日月、花草和作法的巫师。说来也是奇，徽宗四处寻觅他中意的岩石时，一天日落时分，在西山半山腰，发现了一块特别的岩石。它不像其他岩石连成一体，而是独立的，从乱石中凸起，颜色也和它周围的不一样，不是赭色和浅灰色的，而是深青色的，像是被谁切割过，看上去像书也像碑。

徽宗一眼相中这块岩石，他仔细看它的纹理，发现它本身就是一幅画，从中看得出云海、江河、房屋、动物和花鸟。徽宗觉得这是上苍赐予自己的一块身后可立在墓前的碑，他说看到它，自己的骨头可能要扔在五国城了。

接下来的日子不用说了，只要不是刮风下雨的日子，徽宗就跟着舒氏上西山，这里离金兵的营地也不远。那块青石能看出图形的地方，舒氏帮着徽宗，只是用凿子加深印痕，保留它们天然的纹理，云彩还是云彩，花朵还是花朵，河流也还是河流。最终徽宗只在空白处描画了一枝蓝铃花，一棵松树，一只大鸟，然后精心雕刻出来。蓝铃花是巴兰河寻常的野花，蓝紫色，像一串小铃铛，风吹它时，仿佛花儿在铃铃响，徽宗喜欢这花儿。松树和大鸟是咋来的呢？那段涨水，江河水浑，自古浑水好摸鱼啊，鸟儿一群一群地飞到巴兰河，吃得那叫一个美，羽毛都跟缎子似的，光光亮亮的。可是有一只大鸟落单，它不和其他鸟一起在河边捕食，而是独自待在西山。徽宗当时发现那块青石时，它就站在侧向的一棵松树下，面向落日，好像夕阳是它的美食。之后徽宗每上西山，它总像侍卫似的，在那棵松树下立着，一动不动，也不怕斧凿的声音，徽宗就把松树和鸟，刻在青石上。你知道那是只什么鸟吗？

女人讲到这儿问我，起身去看锅里煮着的鱼。

我说能像岩石一样立着的鸟儿，是苍鹭，这儿的人都叫它长脖老等。我这次来依兰的路上遇见一只，它侧棱着膀子跟着我的车，一看就是受了伤，迁徙不了了。

你没停车救它？女人歪头问我。

我摇摇头，告诉她因为母亲嘲笑我在爱情上像只长脖老等，逮着什么吃什么，所以对它有怨恨，没搭理它。

女人扫我一眼，说不救生灵的人，要是生灵救了他，岂不白活一世？说完拿起另一只碗，说火候和时候都到了，她得把另一人渡过去。女人盛了鱼往出走的时候，叮嘱我不要偷腥，她很快就回。

人的好奇心能产生无穷的创造力，造福苍生；但有时好奇心也是万恶之源，容易把人引向深渊。

女人不让我偷腥，可我偏偏在她出了棚屋后，起身走向灶台。锅里剩下的几条鱼，依然跟它们下水时一样姿态优雅地游着，而且它们变了颜色，蓝眼睛，绿鱼鳍，鱼尾则是明黄色的。最让人抵御不了的诱惑是，这鱼散发的奇异香气，撞击心扉，麋鹿被烹制的香气也敌不过它。没有筷子没有碗，我眼疾手快地在一条鱼将尾巴摆出汤面的时候，拽着鱼尾，将它从滚沸的汤里捞出，站在灶旁享用美食。我先吃头，继而掉过来吃尾，最后吃鱼身的时候，感觉它已经成了一块软糯的蛋糕，我甘之如饴。

这条鱼吃得我想哭，它美得无法形容，而且我没吃到任何一根刺和鱼骨，没有遇到抵抗的鱼肉，沦陷的注定是食客。我意犹未尽，正犹豫着是否偷吃第二条的时候，女人突然回来了，她跟窑工一样，走路几无声息，我赶紧手忙脚乱地坐回去。

您这么快就把客人送走了？我有些结巴地说。

女人说外面月色正好，巴兰河风平浪静，渡船好撑，客人又急着走，所以顺风顺水过去了。

她像上次出去一样，没有带回碗来，想来把碗给了乘船的人。我觉得这碗颇为诡异，这是船家推销给客人的碗吗？是不是加在船费和饭钱里了？我刚想委婉地问她，女人俯身看了看锅里的鱼说，你偷吃了鱼？我不好意思地抿嘴笑了，这是我上岸后第一次笑。小时候我偷吃糖果被母亲发现时，也是这样笑的。

女人说你偷吃了东西，更得把你送走了，你也没碗，送不送得过去两说了。

我说我不渡河，听完故事等天亮了，我就回山庄去。

女人看了一眼鱼皮窗上的月影，说时候不早了，得抓紧给你讲故事。

那块青石有了自然的山河和云影，又有了刻上的松树和花鸟，徽宗觉得它既是能经风雨的作品，也可做他的碑了，所以在青石背后，刻了个不大不小的瘦金体的“佶”字。他称霸天下时人们避他名讳，谁敢称“佶”？所以徽宗即便不刻“赵”字，汉族人看到这块青石，也会想到他。徽宗画的桦树皮画，他只留了一张，余下的都送给舒氏父女了。除此之外，他还多写了几幅字赠予他们。徽宗唯一的请求是，看护好这块青石。

秋天水撤了，徽宗离开营地。舒氏父女送给他两张鱼皮窗纸，徽宗回去后就使上了。传说有月亮的晚上，徽宗从上面看得见月影，还能从月影里，朦胧瞅见舒氏的脸。徽宗喜欢上了舒氏，要搁在汴京，他相中的女人，哪个敢不从？可是在西山，他和舒氏单独在一起，想轻抚一下舒氏的脸都没可能。传说有一回他丢下凿子，手刚伸出，那站在松树下的苍鹭，就飞起来落在他和舒氏之间，像一堵墙挡着，徽宗再不敢造次。

舒氏能骑马，懂狩猎，会打鱼，独自穿行在山河间毫无惧色。女人说徽宗离开时，站在巴兰河畔仰天长叹，一个女人都如男人般英武的王朝，那股凛然决绝之气，岂是沉迷于花前画坊的他所能抵御的，蒙受靖康之耻，似也是必然的。

徽宗死在五国城后，巴兰河边的西山上，这块碑就像不倒的月份牌，岁岁年年伫立着。从舒氏这代开始，家族一代又一代的人，无论游猎到哪儿，都不忘护卫这块碑。几百年的风霜雨雪，让青石上的天然纹理和雕刻痕迹都减淡了，但你仔细看，还是能看出山水花鸟，看出瘦金体的“佶”字。直到清咸丰年间，有一年巴兰河涨水，把一座木桥冲毁了，复建时人们想造一座稳固的石桥，石匠去山上采石时，发现它是天然的桥墩，就把青石搬运到山下。

从那以后，依兰这地方，别的河流到了夏季，三年五载的，像松花江、牡丹江、倭肯河，该涨大水还是涨大水，但这块青石碑做了桥墩后，简直是定海神针，巴兰河风平浪静的。别的河流遭遇枯水时，它也依然丰满，融冰后永远利于灌溉，两岸庄稼丰收，牛羊肥壮，人丁兴旺。更奇的是，这块青石碑的桥墩，月亮好的夜晚会发出光亮，夜航的船家都把它当作灯塔。人们认为这是祥瑞之光，所以求婚求子求财的人，恶疾缠身渴望起死回生的人，为讨吉利，都爱在月圆时分划船穿越这个桥墩朝拜。那个“佶”字因为刻在青石下方，终年浸在水中，亲吻这个字的，是游鱼和水草，这个字得了清流，也算脱了俗。而那些山河和花鸟图案，也大都处于水面下。只有雕刻的鸟的翅膀，完全浮出水面，有人说那是自由的象征，也有人说是飞黄腾达之意，所以服刑者的亲眷和求官的人，也来朝拜。

女人停顿片刻对我说，听说品行不端的人朝拜这个青石桥墩时，船到近前会突然起漩涡，让你不能靠前，甚至把船掀翻。但心地善良的人，尤其那些淳朴的相貌如舒氏的女子经过桥墩时，它会泛着温柔的光，流水也会发出悦耳的声音，像是谁在抚琴而歌。

我按捺不住，急急地问，这座桥在哪儿？叫什么名字？

女人说这座石桥就在巴兰河上，离这儿不远，一千多年了依然稳固，人们还在用它。因为传说这块青石桥墩是徽宗给自己刻的碑，所以人们都叫它碑桥。

能带我去碑桥看看吗？我热切地说。

你已经看过了，女人起身说，你不记得自己在巴兰河撞上青石碑了吗？

难道是我犯了错，所以桥墩没发光，才翻了船？我这样问她的时候，忍不住浑身哆嗦，因为我意识到眼前这个看似活生生的人，正拿着无形的绳索，要把我捆绑到另一世界。

女人比我矮，可她突然起身，往棚屋外拽我的时候，力大惊人。我顺从于她，没喊饶命，只问她舒氏最后怎样了。

女人说天的黑脸皮就要变白了，不能再给你讲了，你要是能渡过去，见着舒氏自己问吧。开头我问你能不能接受没尾巴的故事，你不是点头了吗，你说哪个故事不残缺呢？

我机械地跟着女人到巴兰河畔时，意识到死神降临，血液仿佛凝固了，身体像木头一样僵直，任她摆布。女人把我带到一条幽蓝的船上，将我戳在船头，就像稻草人一样。她则在船尾，低沉地说着我完全不懂的话。之后船像是被岸给烫着了，“嗖”的一下，离岸而去。我见巴兰河就像一张巨大的鱼皮窗纸，颤颤地印着最后的月影。

我不知自己将被渡往何方，岸越来越远，水越来越长。

还是楔子

我苏醒的时候，首先感知世界的不是眼睛，而是耳朵和鼻子。也就是说，我的听觉和嗅觉依然敏锐，并驾齐驱冲在前面，视觉神经也许倦怠了人间风景，尽管我想努力睁开眼睛，可眼皮沉重得就像棺盖，怎么也掀不翻它，我就在枕头上晃悠脑袋，希望能助我拔出视觉的泥淖。我听到“哗哗”的雨声，看来外面雨下得很大，还闻到来苏水的气味，证明我此刻在医院。

有脚步声盖住了雨水，想必是个壮汉进来，那脚步声“咚咚”的，像在擂鼓，铿锵有力。跟着是“咣咣”的跺脚声，好像谁要在地上刻上一连串的惊叹号似的。一个男人惊喜地叫骂着：“你个死人，脑袋能动弹了，我就说阎王爷见你岁数不大，饭没塞够呢，不会要你吧！你还算甜和人，醒得正是时候，今儿八月十五，我能轻松喝口酒吃块月饼啦!”他接着“大夫大夫”地叫着出去了。

脚步声弱了，雨声又像春日的青苗似的，喜人地冒了出来。急雨转小雨了吧，雨声“沙沙”的了。

这人出去不久，我终于睁开了眼睛。开始感觉到的是白花花的一片，好像世界撒满了盐，又像铺遍了雪，更像飞满了谎言。很快这白色被身体的阳气给驱逐殆尽，视线中的东西逐渐变得清晰，我能看见自己躺在泛黄的白床单上，盖着浅蓝色的被子，穿蓝白条纹的病号服。左侧床头柜上摆着一台心电监护仪，右侧立着白色点滴架，上面吊着一个空瓶。窗子在右侧，努力望去，可见窗台摆着两盆茂盛的绿萝。而我努力坐起来，发现窗外雨中的树，还挂着几片枯黄的叶子，好像在告诉我你还阳了，我们却要去了。

我住在一层，从水磨石地面、陈旧的窗户以及斑驳的墙面上，看得出这是一所简陋的乡镇卫生院。虽然未见阳光，但这是人间无疑。

两个男人一前一后走了进来，前面的五十岁上下，中等个，不胖不瘦，黑红的脸，小眼睛，头发乱蓬蓬的，右耳吊着一只松松垮垮的白口罩，穿一件很旧的棕色单皮夹克，皮面磨得多处泛白，像是长了牛皮癣。他叼着一支没冒火的烟，指着我说：“这么快自己能坐起来了，真行!”听他熟悉的声音，我明白这就是先前进来的人。他身后跟着一个穿白服戴白帽和浅蓝色医用口罩的医生，又矮又胖，走路呼呼直喘，谢顶，看上去年纪不小了。医生指着穿皮夹克的男人问我：“认识他吗?”我摇摇头。

穿皮夹克的男人说：“大夫，我昨儿把他送来就说了，我不认识他，可你们不信！这世道救了人，咋这么爱遭怀疑!”男人长吁一口气，对我说他叫王骏，骏马的“骏”，不敢说是我的救命恩人，因为是一只受伤的长脖老等，先发现的我。他先嚷着让我赔他名誉，再嚷着让我赔他烟钱，说我昏迷的这十几个小时，他在卫生院外抽了四包烟，自己都快被熏成腊肉了。他说很想现在抽支烟庆祝一下，但在病房抽烟会被罚款，所以只能干叼着过过瘾。

原来这是中秋节的早晨了。

医生问我：“你是哪儿的人?”

我说是哈尔滨人，退休后没啥事，前几天驾驶一辆越野吉普车出游，先是到了依兰，然后去了巴兰河景区，入住一个山庄。过了漂流季，可我想下水，庄主不同意，我见一条船停泊在岸边，便偷船夜漂，后来下了雨，我在河上什么也看不清，模糊中仿佛撞上桥墩，之后被一个窑工救上岸，他在上半夜给我讲了一个故事；下半夜出了月亮，窑工又把我送到摆渡人那里，听了另一个故事。窑工是男的，摆渡人是女的。

王骏害了牙疼似的“嘶嘶”叫着说：“依兰过去是打狐狸部的天下，你这是遇见狐狸精了吧，这一带哪有烧窑的？还有现在公路铁路这么发达，谁还走水路啊，多少年都没有摆渡人了！”

我激灵了一下。

王骏告诉我，他是大货车司机，常年带着媳妇跑运输。昨天上午他们拉着一车秋白菜去哈尔滨，途经巴兰河时，他老婆发现一只长脖老等跟着车，好像腿脚不利落，飞得颤颤悠悠的，没过多久跌落在公路下，他老婆说它一定是受伤了，于是喊他停车。

王骏说这只长脖老等，是我真正的救命恩人。他老婆快接近它时，它突然又哆嗦着低飞了几米，把她引向河边草丛。她过去一看，除了长脖老等，还有一个人躺在那里，虽然我脸色灰青，一动不动，但她用手在我鼻子下一试，还有气呢，于是喊他过去。王骏背着我，他老婆抱着长脖老等，回到车上。

他们先救人，把我就近送到一个镇子的卫生院。王骏说他没想到我身上没有任何可证明身份的东西，没有手机和身份证，没有一分钱，裤兜只有湿透后干成一团的纸和两根牙签。他们判断我是溺水后被冲上岸的，医生怀疑我是自杀或是被害，先报了警，派出所来人对王骏做了询问笔录，在我没有苏醒前，他不得离开，住院押金都是王骏垫付的。而那车秋白菜，只好由他老婆一人运往哈尔滨。

王骏说好在他老婆能干，驾驶技术不错，跑长途时他们经常轮流开。但万分倒霉的是，她平安抵达后，刚卸完货，就赶上哈尔滨来了疫情，现在城区全员核酸检测，老婆和车被困在那里，住在小旅店，今年中秋节只能望月团圆了。王骏苦着脸说天公不作美，这阴天下雨的，估计月亮也难见。

我连声对王骏说对不起，先前他嚷着我赔他名誉和烟钱，那是他的幽默，我更应赔偿他爱人因疫情人车被困在哈尔滨的间接损失。我表达这样的心愿时，王骏一撇嘴说："我要是接受了你这样的赔偿，我老婆还不得骂死我！她心眼好那是出了名的。我刚才打电话告诉她你醒了，她刚排队做完核酸，喜得直说今晚要多吃一块月饼！"

我愧疚地说："都是我害得你们中秋不能团圆。"

王骏说："团圆又不在这一日，明年不是还有八月十五吗？你知道我老婆最担心啥吗？她怕你醒来后会失忆，我一会儿得告诉她，你知道自己姓啥、住哪儿、开啥车，脑袋一点都没短路！嗐，老天爷真是保佑你，让你遇见她，遇见长脖老等，万一我一脚油门过去了，你遇着这样的天气，没吃没喝的，在野外失了温，就得玩完！"

夜漂时我卸下背囊，这是最大失误，里面准备的一切急救物品，想必都付诸东流了。王骏掏出手机，让我给家里报个平安，可亲人的电话都存在我手机里，没有一个号码我能记全。而我离开手机绑定的银行卡，也无法偿还王骏帮我垫付的医疗费。一部手机不见了，生活居然半停摆了。

医生让护士给我送来一份白米粥和一碟咸菜，嘱咐我少量进食；我来自哈尔滨的话，可是属于疫区来的人，院长不在，他有责任督促我把十四天内的行程回顾一下，做个登记。

王骏说我醒了，派出所也解除了对他的怀疑，他本应赶到哈尔滨去，老婆一人带着台大车在外面，他还是不放心。只是现在进哈尔滨要持二十四小时内核酸阴性报告，这乡镇卫生院做不了，他还得去依兰做，最快四五个小时出结果，再加上去哈尔滨的路程，估计折腾到那儿，也得后半夜了。

王骏长叹一声说："算了算了，一个人过个清静的节也不赖！还有老婆把受伤的长脖老等托付给我了，我一直守着你，顾不上这只鸟，现在得打听一下，附近哪儿有野生动物保护站，早点送过去。"

王骏出去了，医生也出去了。

吃过粥和咸菜，我感觉身上有了力气，可以下地走了，虽说腿依然发软，感觉是踩在棉花堆上。

我住在抢救室，对面是医生办公室。我一出来，就见那位医生敞着门，正给一个干瘦的佝偻腰的男人看病。他见了我摘下听诊器，先是嘱咐我戴上口罩，说是病房床头柜的抽屉里备有一沓。然后问我，写完十四天内的行程了吗？我说没有纸笔，请帮我提供一下，我到院子转转回来就写。

医生说："王骏在太平房看鸟呢，你得好好感谢他，真没见过这么好心肠的大货车司机呢。"

我反身回抢救室取了口罩戴上，走向院子。

太阳还没露头，但雨停了，空中堆积着深灰浅灰的阴云。太阳怎会死呢，可阴云一直妄想着做它的裹尸布。

卫生院是栋长方形的砖瓦结构的平房，院子也是长方形的，栽种着七八棵杨树和柳树。院子东侧有个花圃，花儿多半枯萎，只有两株黄色菊花，挂着几朵将落未落的花。菊花的边缘像被烧焦了，已然惨淡，花心强撑着，但颜色也不鲜亮了。花圃前有个破烂不堪的长椅，还有两个污渍斑斑的圆形石凳。

院子西侧是座砖木结构的小房子，人字形屋顶下，有一块白底黑字的匾，上面的"太平房"三个字，居然是瘦金体。这房子清灰水泥涂抹的墙面，对开的铁皮门，矮矮趴趴，像个门岗。门开了一扇，我进去时，王骏正在喂长脖老等。

太平房大约五十平方米，正中央有两张光亮的木板床，大概是停尸的地方，床前各置一个黑黢黢的瓦盆，看来是烧纸用的。因为屋子只开了一扇西窗，窗口很小，天又阴着，所以里面昏暗不堪。

受伤的长脖老等蜷缩在西窗的墙根下，见到我伸了伸脖子。我不确定它是不是我没有救助的那只，如果是的话，它的善行对我来说，是卡在我喉咙的一根永久的刺。我不知是否应该感激它，因为在医学意义上，我失去知觉的那个夜晚，我的思维从未有过地活跃，我在上半夜看到了精美绝伦的白釉黑花罐，在下半夜听到了凄美的碑桥故事。如果夜能更长一些的话，我也许还能见到更绮丽的风景。

我不知眼前的长脖老等是不是宋徽宗刻在青石上的那只，它的眼神仿佛活了千年的样子，是那么笃定安详，好像深藏着高山和大河，我和它四目对视时，被它的气质打动了。

王骏依然是把口罩吊在一只耳朵上，他说你刚缓过阳，不该戴口罩，本来气就不够使。见我走路有点哆嗦，他以为我除了身子虚，也是因为进太平房有点恐惧，便安慰我说医生告诉他了，这太平房利用率很低，因为附近乡镇的老人死了，亲属们习惯在家停尸，然后再送火葬场。进太平房的，大都是活到中途出意外而没抢救过来的，一年没几个。所以昨天没地方安置长脖老等，医生就想到了太平房。王骏说在医生眼里，太平房和产房没啥区别。

这只长脖老等伤在右腿，裸露的伤口像片玫瑰花瓣。王骏说这不像岩石擦伤的，倒像是中了偷猎者下的铁丝套，它奋力挣脱时伤及皮肉。王骏说它实在聪明，知道跟着人类的车子求救。而它不仅自救了，还救了我。只是它将来被送到保护站后，虽能保命，但一个冬天被迫做了留鸟，明年即便伤好了，野外生存能力降低，秋天能不能南迁，会不会成了老鹰嘴里的食物，也两说呢。

王骏慨叹完，他手机的视频铃声响了，王骏说："是我老婆，你刚好认识她一下。"他说着接通视频。

透过手机屏幕，我见一个穿红花毛衣梳齐耳短发的圆脸女人，笑微微地面对我们，她问王骏："你干啥呢？"

王骏笑呵呵地说："你救的人和鸟都在太平房呢，我先给你看看长脖老等吧。"他把画面切到鸟身上。

女人说："看上去不精神啊，得早点送到保护站。"

王骏说："是了，我刚打听好了，下午就送走。"然后将画面切到我身上。

女人看着我说："人比鸟精神啊。"她笑了起来。

我刚说了一句谢谢，女人就说有啥谢的，你得感谢长脖老等，不是它发现你，你早没命了。女人说王骏告诉她了，我家人的电话都在手机里，想不起来了，她说如果我愿意，可以把地址告诉她，她上门报个平安，反正做完核酸也没啥事。我心想林蓓哪会像她这样，时刻惦念自己的丈夫，我就是失踪一周她也未必感知到。而母亲则不一样了，只要是传统节日，我在哈尔滨都会陪她，在外地则必给她打个电话问安。要是今晚她没接到我的电话，再打过来无法接通，非得急死不可。我也不客气，拜托女人去南岗邮政街我母亲家一趟，报个平安。女人说刚好她住在海城街的一家小旅馆，离那儿很近，让我把详尽地址给王骏，他微信给她，她即刻出发，到时让我们母子视频一下。

四十分钟后，我和王骏刚要离开太平房，他爱人发来视频讯号，说已到我母亲家。八十多岁的母亲防疫意识真强，武装到牙齿了，不仅戴着口罩，还戴着一个护目镜，这使她看上去怪里怪气的。她见着我先骂了一句"瘪犊子"，说疫情期间她本不该让外人进的，可听说我漂流翻了船，手机不见了，只好冒险给人开门。她警惕性极高，见王骏在我身边晃悠，问他是谁，我是不是遭绑架了？我说当然没有，这两个人是夫妻，我的救命恩人。

我让母亲帮我先把医疗费给女人，母亲斩钉截铁地说：“没门，你肯定是遇到诈骗的，受到要挟了，我给你报警，你告诉我在哪旮旯儿？”真让人哭笑不得。

我只好退而求其次，让她把林蓓电话给我，母亲又骂我一句“瘪犊子”，说你就知道惦记媳妇！

母亲教训我说：“你一天到晚就知道在外逛游，还有心思玩水？也不知林蓓是不是一个人隔离在家，她给我打电话时，我咋听见好像有男人的咳嗽声呢？”

我说真有男人代替我在家咳嗽，我情愿在外当个散仙。

母亲撇着嘴，再骂我一句“瘪犊子”，说你不怕绿帽子压扁脑袋呀。王骏和他老婆听后，齐声笑了起来。

母亲年轻时是演驴皮影的，也就是皮影戏。行当使然吧，她爱操控人，喜欢发号施令，父亲唯命是从，他也是因迷恋母亲塑造的角色而爱上她的。所以父亲去世的时候，母亲在殡仪馆给他做告别仪式，就是请她的几个老伙计演了一场父亲最爱的皮影戏《鹤与龟》，因为这是出动物寓言轻喜剧，参加葬礼的人被剧情感染，笑声不时泛起，父亲就踏着母亲为他营造的笑声上路了。

父亲走后，考虑到母亲年事已高，我请保姆前去服侍，可母亲很快给打发了，说她能走能蹽的，屋子本就不大，不能再多个放屁的人。待到近几年她记忆力衰退，几次忘关水龙头和燃气阀，她哀叹着岁月不饶人，自请了保姆，声言要在有生之年，花掉自己所有积蓄，不给后人留半个子儿。唯一带不走的是房子，她早已更名到我女儿名下，为此母亲还刺激过林蓓，说你要是养个儿子，这房子我就留给孙子了！林蓓嗤之以鼻地说，哪座房子最后不是坟墓呢？母亲气得直捶胸，讥讽道：“照你这么说，你妈就不该生你不是？”我永远记得林蓓听后非但不恼，还动情地拥抱了母亲，说：“您真是我妈，我就这么想的。”

母亲见王骏和登门报信的女人一脸忠厚，说的不像是排演过的，而我状态自然，终于相信他们不是骗子。问清他们帮我垫付的医疗费数额，她即刻付给女人，还多拿出两千元，让她通过王骏转我，说一个大男人在外身无分文，寸步难行。不过她声明这钱我得还她，看在我是她亲儿子的份上，利息她就不要了。

钱的事情交涉完，母亲说她早晨接到一个陌生男人来电，他说你儿子的电话怎么打不通，只好找您了。他手里有件宝物，人都说是金代的，好像跟宋徽宗有关，想请你鉴定一下真伪，他出鉴定费。母亲责备我不该把她电话告诉给外人，未等我解释我从未泄露过她电话，母亲又说，别以为宋徽宗当年在咱这儿被囚了几年，就谁都能捡着宝贝，做梦去吧！

母亲对宋徽宗的画不屑一顾，收藏在辽宁博物馆的《瑞鹤图》和北京故宫的《芙蓉锦鸡图》她都看过，说那画中品而已，布局乏力，也不脱俗。尤其是《瑞鹤图》，群鹤弯着脖子飞翔，缺乏气韵。而且群鹤之下的宫殿看不到底部，等于失去根基，颇不吉祥。她说要说那时期的画儿，还得是王希孟和张择端。但宋徽宗的书法她认为绝了，空灵深邃，每一笔都含着泪似的，像是一出生就活了一辈子的人的笔力，笔笔如柳又笔笔如钢，旷世难得。

母亲叮嘱我与所谓的持宝人打交道要小心，这里面骗子很多。

与母亲视频通话结束后，医生见我状态不错，准我出院。这样中秋节午后，我和王骏带着长脖老等离开卫生院。

王骏说你死里逃生，大过节的，天又这么凉，咱得吃点好的和热乎的。这样我们寻了一家小馆，吃热腾腾香喷喷的羊蝎子火锅。刚踏进店门时，店主见王骏抱着长脖老等，以为我们是来私卖野物的，两眼放光，说正愁八月十五没野物下锅呢，连问多少钱。王骏瞪着眼说："我看你像野物！"店主再不敢提这茬。

王骏酒量一般，只喝了二两烧酒就兴奋异常，我遵照医嘱滴酒未沾。酒是话篓子，很多人喝多了话就多，王骏也不例外。他告诉我他老婆是后找的，他总跑长途，前一个老婆在家太寂寞，跟一个开杂货铺的好上了。王骏说老婆的私人领地被别人侵占，他这辈子不想再碰了，立马离婚，他们唯一的男孩归他，由他母亲照看。

王骏说现任老婆比他小五岁，极其善良，本来许了一户人家，但快结婚时发现得了子宫癌，虽是早期，但得摘除。手术后恢复不错，但她没了"育儿袋"，那家解除了婚约。王骏说他有儿子了，不在乎传宗接代，就娶了她。婚后她一直跟他跑车，车上备有炊具，在各个高速路服务区，老婆给他做饭的情景，是大货车司机最为羡慕的。王骏说人也真是怪，他跟前一个老婆离了，但她日子过得不如意时，他也心焦，毕竟她是孩子的生母啊。再说他和她婚内时，在外有时十天半个月见不着老婆，也曾在高速路服务区的小旅店接受过找上门来的服务。王骏慨叹说生为女子不易，好像女人天生就得是贞节的，男人胡来后只要对家好，一切可以忽略不计了。王骏说现任和前一个老婆处得不错，两人一起赶过集呢。唯一让他难受的是已上初中的儿子不认后妈，她对他一万个好，也换不来一个好，她常偷着哭。这两年也常咨询做试管婴儿的事情，让他心惊肉跳的。因为他这岁数不想再要孩子了，再说做试管婴儿遭罪又烧钱。

我苦笑着说："我现在的老婆也是后找的，我也被戴过绿帽子。"

王骏哈哈笑着拍了下我肩膀，说："难兄难弟啊。"

从小馆出来，我雇了一台破烂不堪的私家车，先和王骏送长脖老等。这家野生动物保护站在山中，规模不大，有两头黑熊、一头驼鹿、几只狐狸和狍子，以及形形色色的鸟。它们非瘸即瞎，或是伤了翅膀，看了让人难过，是极难回归大自然的动物了。

接待我们的人六十岁上下，一嘴黄牙，说话南腔北调的，不像本地人。他按照惯例做完登记，动员我们认领这只鸟，支付饲养费，他们可定期把长脖老等康复的图片发给我们。见我们犹豫，他鼓噪说断掌的黑熊，是某某老板认领的；那只瞎眼的狐狸，是个患癌的女士认领的。他们认领了这样的动物，发财的发财，康复的康复。

王骏问，那一个月得多少钱啊？

工作人员说这只长脖老等伤在右腿，相当于一辆汽车马达坏了，治疗和饲养费，一个月少说得四百块钱。它今年就得在黑龙江过冬了，你们可以先捐半冬的钱，三个月，一千二百块钱，我可以开收据，还能盖红章。

王骏表情复杂地看了我一眼，先给长脖老等拍了段视频，再拍了几张照片，说是留个念想。

母亲借给我的两千块钱，因我手机和银行卡未恢复，王骏只得给我现金。我在羊蝎子小馆花掉二百三十元，雇车用了四百元，如果再支付一千二百元，所剩无几了。我跟工作人员说，我先捐六百元，余下的看它的恢复情况再说。

工作人员大喜过望地说："六百元也中，我一眼看出你是个好人！"

我数出六百块钱，递给工作人员时，王骏突然拽住我，说他需要现金，让我把现金给他，他用微信转账给对方。工作人员眼巴巴地看着那六百元现金，虽不情愿，还是加了王骏微信，接收了六百块钱。谁想他开完收据，却说忘了公章在另一个同事那儿，锁在抽屉里，这人回城过节了，他也不好撬锁，所以无法盖章了。我嘴上说着没关系，但心里觉得六百块钱事小，可他的言谈举止，让人对这家保护站缺乏信任了。我要来他的电话，说未来会和他联系的。

出了保护站，我和王骏仿佛参加完好友的葬礼，有股说不出的沉痛，上车后并排坐在后面，彼此无话。偏偏赶上我雇的司机是个直筒子，他嘲笑我们："你们也算吃了半辈子的盐了，咋这么幼稚？把长脖老等送到这儿，等于献上了八月十五的大餐，我敢保证，你们前脚走，后脚人家就会拿刀抹了它脖子，炖了下酒！"

王骏轻轻拍了一下我的肩膀，说他也有这个担心。一般的保护站，是不会强求爱心人士认领野生动物的。所以他留了一手，给它拍了视频和照片，还用微信转账，留下捐款记录。

王骏说人没有长得一个模样的，鸟也一样。隔个十天半月的，他会和工作人员视频一下，看它是否活着。见我不语，王骏又说："你先捐了六百元，眼下它的命是没问题了，保护站得留着它，继续让你捐钱。可是如果你一直捐，我最担心的是，明年它伤好了，可以南迁了，也未必给它放归自然。最让人不敢想的是，万一没伤再给它弄伤，继续钓好心人的钱，我们反倒是让它受折磨了。"

我说先别把事情想那么坏，这一带我常来，如果这家做事不规矩，我会把它解救到另一个地方，我承诺会尽快。

王骏说那就妥了。

但司机听后不悦，说："你们给一只鸟随便撇六百块钱，我这一趟往返，少说也得两百公里，大过节的谁爱出车？我最开始要五百元，你们非砍下一百元，难不成我还不如那只鸟？"

我可不想司机中途撂挑子，赶紧说："师傅咋也比鸟金贵啊。"忙从口袋抽出一百元，探过身子，把它放到副驾驶座位上。

司机歪头看了一眼粉红色的百元钞，像看着一块可人的蛋糕，眼神立刻温柔了，说："那就谢谢大哥了。"

送完长脖老等，我又把王骏送到一家服务区旅店，他说和老婆约好了，她拿到核酸阴性报告后，明早驾车离开哈尔滨，去那儿接他。想起他刚跟我说过的在高速路服务区做过的龌龊事，他下车时我忍不住在他肩上狠抓了一把，有点警示的意思。

王骏一脸坏笑地说："抓我啥意思，不想让俺好好过节不是？"他嘱咐我手机恢复后，别忘了加他微信，他会把长脖老等的消息发给我。

与王骏分手后我倦意袭来，一路昏睡到山庄。

暮色渐浓，雨又来了。我走进山庄时，庄主正和一个客人搭讪，他见了我像鹅一样"啊啊"大叫："老天爷啊，你可回来了！"

原来，我当夜未归，他还以为像我这种自驾游的人，去别处耍了，并没在意。第二天上午还不见我影子，而他发现我的车子却还在停车场，感觉事情不妙，于是调取山庄外的监控录像，发现我去了河边，而那儿的一条渔船不见了，断定我是偷船漂流了。想着我在哪儿平安上岸后，就会回来的，所以没有报警，一直等到现在。

我跟庄主连声抱歉，说那条船撞散了，我会赔偿的。我没回房间，而是要了一把伞，先去了停车场。我的越野吉普与我相依为伴，在外就是我流动的家，我迫切地想看到它。可是停车场的几台车，全都是陌生的，我反身去问庄主，我的车怎么不见了？

庄主瞪大眼睛说："这咋可能呢，昨晚我还看到了呢。"

我说那你看看监控，谁动了我的车子？

庄主一龇牙说："真是不巧，昨天我调取完监控，系统就失灵了，这大过节的，杂事一堆，还没顾上修呢。"

庄主的话让我觉得自己的车子跟我一样出了事。

我要求庄主报警的时候，他提出来可以让保安先带我在附近找找，说是以往也发生过类似的事情，有时附近村镇淘气的半大小子，会乘人不备潜入山庄，撬了客人的车子开出去，耍够了再扔在山庄附近，这样客人找得到，除了浪费点汽油，也没啥损失，所以都不会报警，而我驾驶的越野吉普车，是他们爱下手的目标。

庄主的话更让我觉得他知道我的车在哪儿。

在庄主的安排下，山庄保安嘟嘟囔囔的，很不情愿地骑着摩托车带我去寻车。天已黑了，雨还没停，风起来了，我的雨披被风掀起，脊背阵阵发凉。摩托车灯照着前方的雨，亮闪闪的，仿佛大把大把的伤心泪。车行四公里左右，在一片开阔的杨树林中，我发现了自己的车。车门和后备箱均被撬了，那盏我收来的李杜将军的台灯被砸烂了，莫德惠的字也被撕碎了。见我痛心不已，保安鄙夷地说一盏破灯和一幅破字，有啥稀罕的。我骂他你懂个屁！想着他没有拐弯，一路径直把我载到这儿，我认定他和庄主是损害我车的同谋，怒不可遏，一把将他按倒在地，骑在他身上，威胁道："你不说实话，我就让你过不去八月十五！"保安吓得嘴都哆嗦了，连说大哥对不起，这一切可都是庄主让我干的。

原来庄主发现我偷船失踪后，很快有人在下游发现了那条被撞坏的船，还有人陆续发现河面的漂浮物，手电筒、药品等。就在山庄附近的柳树丛，也发现漂来的一本被泡烂的书，庄主由此断定我是死了。一个入住的客人在他这儿发生意外，无论如何都是灾难，会面临意想不到的官司和赔偿。这两年的疫情本来就让从事旅游业的人难挨，再不能雪上加霜了。因我不是网上订房的客人，所以庄主只要把我入住登记的纸页撕掉，再把近三天来山庄的监控删除，将我的车神不知鬼不觉地移出，我的死就跟山庄无关了。

保安说车子是庄主让他撬锁开出来的，庄主许诺他，车上有啥值钱物就拿着，算是报酬。结果他一分钱也没找到，只发现了一盏旧台灯和那幅看起来像从废纸堆找出的字，他一时冲动，拿它们撒气了。保安说他可以赔我一盏新台灯，至于那幅字，他可以求他儿子的书法老师写幅新的给我，你要啥字就给你写啥字。

我松开保安，欲哭无泪。那本漂到山庄柳树丛的书，是宿白先生新版的《白沙宋墓》无疑了，这是此行我带的书。

保安瘫在泥水里，瑟瑟发抖。我将他拉起，说你回去吧，就跟庄主说我找到车，直接开车回哈尔滨了。

保安站起来，摇晃了几下，乞求我不要告发他，他若丢了这个饭碗，一时还没有好的去处，家里老人看病和孩子上学的钱，都会成问题。我答应他此事到此为止。

我踏上自己的越野吉普车，待保安驾驶摩托车远去，才缓缓启动。

后半夜雨停了，月亮却没出来，我本想开到依兰，可是走到中途，燃油耗尽，只得停在半路上。其间有车辆经过，我也下去求救，但没有车子停下来，这更让我觉得遇见王骏夫妇是多么神奇和温暖的事情。

两日后我回到哈尔滨，因所居小区还没解除封闭，便去了母亲那儿。母亲见我憔悴不堪，赶紧让保姆给我煲鸡汤。她说这岁数的人了，以后就长点记性吧，别心血来潮做危险运动了。当晚我还和林蓓通了电话，讲了此去依兰的遭遇，她却当神话来听，建议我去看一下精神科医生，说她可以帮我网上预约。

半个多月后，我身体完全恢复，身份证、电话、银行卡等信息也恢复，于是驾车第四次来到依兰。

参观五国城遗址的这天雨雪交加，几无游人。园内的靖康之变历史展室和仿造徽钦二帝生活的地窨子，都不是我感兴趣的。

五国城遗址围墙一角，有两方躺倒在荒草中的二龙戏珠石碑，也叫九孔透龙碑，这才是我此行最想看的。这是四年前从老牡丹江大桥水下打捞出的两块石碑，属于官至三姓副都统、二品大员的墓碑。据史料记载，从 1743 年开始设立三姓副都统后的近 170 年间，历史记载的副都统就有 50 位。凡副都统退休后，会被召回京颐养天年。能在地方立墓碑的副都统，都是任期未结束就故去的人，或病或是意外。据说二十世纪六十年代末牡丹江大桥初建，工人就地采石时发现墓碑。那年代的碑都被当作“四旧”，无人保护，所以他们就拉下山，做了建桥材料。而拥有这种墓碑的人，通常是任职期间功勋卓著者。

望着这两块面貌苍苍的石碑，想着它们曾做了牡丹江大桥的基石，半个世纪来在波涛中渡着往来的人，我不由得想起女人给我讲述的宋徽宗碑桥的故事，感慨万千。细雨夹杂着斑驳的雪花，落到二龙戏珠石碑上，是那么美，又那么凉。就在此时，王骏通过微信，转我一幅照片，是野生动物保护站的工作人员发给他的。

救了我的长脖老等，在铁丝网围起的棚屋里，如灰衣骑士，站在一根像是被熊啃得齿痕斑斑的枯木桩上，醉心地望着什么。它的黄嘴巴比之前娇艳了，肩上的棕栗色蓑状长羽也格外有光泽了。我想知道它如此痴迷地在看什么，将它目之所及的角落局部放大，竟在墙角的一堆干草中，发现一只眼熟的白釉黑花罐。

（原载《钟山》2022 年第 3 期）

隐秘的船

肖　勤

1

午后的阳光有点慵懒、有点疲乏，河水在河堤边有气无力地翻了个漩，发出噗噗的闷响。七姑娘在树下的竹躺椅上困觉，突然醒坐起来，打了个哈欠，再看前面凉棚下那个背影，心头一阵泼烦。

喂，她故作生气地拿起蒲扇在竹椅上拍打，又叫了一声，喂——在这儿混恁久，生活费呢？

哈萝正在凉棚下偷吃泡菜坛里的生姜，她老娘一辈子穷惯了，抠里抠搜，小瓦房里除了必需的米、面、油和青菜，什么零嘴也没有，她只好冲泡菜坛子下手。听了七姑娘的话，哈萝缓慢回过身，无比嫌弃地看着躺椅上的七姑娘——树荫下，七姑娘的脸像玉石一样闪着光。哈萝想不通，这老太在大河边风吹日晒了大半辈子，都七十多的人了，那张脸何以跟二十出头的大姑娘一样白净光滑，玉菩萨似的。照理说这样的好相貌，应该配一副不食人间烟火的肝肠和纤尘不染的心，可她老娘却是个俗不可耐的财迷，从哈萝记事开始，老太心里眼里就只有钱。

哈萝舔舔手指头，不说话，挑衅地瞪了七姑娘一眼。不给！哈萝生戗戗地甩出一句，一辈子只晓得钱，不提钱你会死？

四十多年了，哈萝和老娘的对话向来如此，冷硬、辣火。外人听来，以为是后妈和养女。

七姑娘也不生气，起身取了棚绳上的毛巾擦脸，冷笑道，不提钱，不提钱你早饿死鬼投胎了，也不想想当年你怎么活下来的。

当年，不说当年还好，说起当年哈萝脸臊。沉淀的往事像河湾汊子里的杂渣，泛着泡沫一荡一荡扑到河面上来。

当年的大河，恁长恁宽，不光走盐走草药走干菌子，也走流言蜚语。沿河九个盐船滩头的人，提到四滩月亮台码头那个“豁得出去”的七姑娘，个个都笑得鬼眉鬼眼，女人带点不屑，男人充满遐想。长得比盐还白净的七姑娘，明明漂亮得连守盐巴仓库的黑狗都舍不得咬，火神庙买桐油添香火都只要她的货，真正是佛佑人喜欢。她倒好，偏去干些花里胡哨的事情——冬天和跑船的烧炉师傅挤眉弄眼乱搭讪，夏天跟草药医生上山入林说是去采药；竹子大开花那年，滩头刚办起学校，她就跑去给刚死了媳妇的蔡老校长洗床单衣裳，裤脚挽老高，一双小腿白花花泡在水里，于家船上的老幺看花了眼，栽进河里被漩头吸走四五里，救起来人呆了，碰到水就惊啦啦地叫，足足扎了三年的银针……

小小一个月亮台，龙门阵从滩头说到滩尾，都是七姑娘。哈萝从小听着这些龙门阵长大——也不是她要听，是躲不过，就算塞住耳朵，它们还是会随着细丝丝的风钻进脑袋里。滩头本就巴掌恁大，密密麻麻挤满了靠河谋生的人家，三尺宽的独巷子一竹竿就能打通头，滩头放个酸屁，滩尾的风都是臭的。何况恁多风言风语，哈萝哪里躲得过？从小到大，她都被一群瓜娃子追来追去问：昨晚上你妈给你吃的左边还是右边？

幼年的哈萝口袋里永远装满了鹅卵石，以便冲着最近的一个砸去，然后大骂，吃吃吃，吃你妈个头！看热闹的大人们听到这里便哄地笑开来，颇有深意地彼此眨眼睛。憋了一肚子气的哈萝一回家，丢下书包便和七姑娘干仗，小小年纪泼天泼地，动不动就是点火烧房的架势，好向外人表明态度，她和她不是一伙的。

七姑娘收拾不住这小妖孽，气得满嘴长燎泡，想着哈萝不满百日，她爹老汉就和船一起翻河里了，丢下自己和四个娃，日子最艰难的时候，缸里没米罐里没油。不少船老大劝她离开月亮台，反正她走了，四个娃留在这里，东家施一勺西家给一碗也能活，月亮台就没有饿死的娃。

她不干，孩子是她的命，扔下孩子自己去寻好日子，她怕天上的雷打她。何况哈萝那时候才三个月大，虚得跟只小耗子似的，是妈都丢不下。

滩头有滩头的规矩，女子不走就是娘，孩子就得自己养。

那些年，为了弄点烧煤、棉布和米面，七姑娘使尽了法子，要不是她脸皮厚，哭声比猫叫小的哈萝早死了，哪有机会在她面前张牙舞爪？哈萝他们能上学，全靠她月月年年给那个满嘴烟味的蔡校长扫地洗衣做布鞋。世上人都可以瞧不起她，唯有哈萝不可以。一条大河几百里淌下来，别人家的女子从小都是在河边卖鱼卖豆腐卖药材，只有她是把哈萝送到学堂念书，结果读了几天书，认得了几个字，反而骂起老娘不知羞耻。半山岩的孙寡妇讥笑她说，养来养去，最后养了条咬人的乌梢蛇。七姑娘不屑理会孙寡妇，她和孙寡妇不是一路人，但孙寡妇的话让她一想一个怄，一怄就是翻天倒地的恨，拿起捶衣棒追着哈萝就开打。一个打一个跑，一个吼一个骂，窄小的房檐下永远鸡飞狗跳，一大一小两个人，在窄街上狭路相逢时，谁看到谁都是磨牙瞪眼要吃人的样子。

捶衣棒下长大的哈萝出落得异常俊俏，每次下河洗衣裳回来，走在高高的丹霞岩旁，小脸被岩石映得通红，恍眼看，以为是河岸两旁的刺桐花，俏丽得很。可一旦到了她拿鹅卵石砸人的时候，刺桐花就成了燃烧的火苗。

在月亮台的人看来，母女二人都稀奇得很。老的为了小的，死活不肯离开月亮台；小的倒好，时时刻刻惦记着要走——离开月亮台是哈萝拼尽所有光阴和力气要做的事。十五岁时，哈萝终于考上了上游夜郎镇的夜郎高中。烈日灼灼的九月，细瘦的哈萝背起棉被和行李，站在滩头朝着大河狠狠吐了口唾沫。

淌走的河水不倒流，离开的姑娘不回头。

那以后哈萝再也没回月亮台，学校放假她就赖在镇上给李家米皮坊打零工，泡米、推磨、烧火、上浆、起笼，这些细碎事，难不倒月亮台出来的女子。“桑木镇的鸡，二郎乡的酒，月亮台的姑娘家家有”，夸的就是月亮台的女子能干。

整日在雾气腾腾的蒸灶前，哈萝少见了阳光，又加上蒸汽笼着，本来就瓷净的人儿长得更加皎白。镇上人惊叹，李家米皮坊里藏了个雪娃娃。

小镇婆姨们带着媒婆一样的眼光端详着米箩，说是去李家换米皮，其实都是去看人。

狭暗湿润的作坊里，人多，吵。屋外的野猫随着大河的浪头声无休无止跟着嘶叫，乱哄哄，闹麻麻。

只有哈萝很安静，终日沉坐在白茫茫的蒸汽深处，想事情——

想什么时候脱胎换骨，灭了那些轻飘的眼神；想有一艘大船，她是船老大，而不是岸边等船的女子。

置气归置气，一到换季和开学，总还得托船捎话到月亮台，问七姑娘要学费、书本费和饭钱。每每从船老大手中接过七姑娘送来的衣物和钱，哈萝都觉得自己像条喂不亲的狗——又要讨人家的饭吃，又不肯朝人家摇尾巴。哈萝恨这样的自己，偏偏七姑娘托人捎话来，说，穷家富路，人在外面，缺啥子一定要讲，老娘卖血也给你凑。

哈萝又羞又愤，拽了把河岩上的虎耳草在嘴里嚼，啐一口碧绿的青汁——谁稀罕她卖血！说完红脸扭身跑了，回到学校，死憋着一口气啃书。

犟女子做事总能成，七年后，哈萝成了大河上下第一个女大学生，毕业又系绳定锚留在市里做了“公家人”。从市图书馆报到出来那天，依然是九月，太阳依然灼热如火，哈萝站在巨大的玻璃门前，看到了一个脱胎换骨的哈萝。

她长长地吁了口气。

单位分的宿舍并不比月亮台那狭小的吊脚楼大，但是哈萝有家了，整个国庆节她都在忙着收拾屋子。刷完肮脏的墙壁，钉好破旧的窗户，换完黑乎乎的电线，把楼道里别人甩掉的旧柜子旧桌子搬来洗刷修补油漆一番，一进两间的小宿舍显得有模有样了，哈萝便很有态度地给月亮台那个人捎话——房子安顿好了，你搬出来住。

凶巴巴，没有商量的余地。倒像她是妈。

十一月小阳春，七姑娘板着脸进城来了，站在单位门口的梧桐树下，一脸黑云，不是娘看女的眼神，倒像仇家寻上了门。门卫老蒜头狐疑地站起身，手伸向电话机，这辈子他还没打过110，想到这里，他有点激动。

两个漂亮女人没有给老蒜头机会，她俩在老蒜头诧异又失落的目光中，一老一小、一前一后往图书馆宿舍走去。寒风卷起梧桐树金黄的落叶，丢一地零碎。

搬搬搬！你晓不晓得，我在，月亮台的风言风语就只是风，打不痛人。我一走，话话儿们会聚成石头，砸得死人。七姑娘提着老楠木嫁妆箱，费力地跟在后头。

现在怕，早干啥子去了？哈萝回头白她一眼。

你说干啥子，养你们几个白眼的狼去了。

稀罕你养，丢河里喂河神都比当你家姑娘强。

那你去啊，大河又没得盖子，你去跳，没人拦你。

到底是年轻，打嘴巴仗不是七姑娘的对手，哈萝给噎住了。停下脚步，死死盯住七姑娘，脸涨得通红。

七姑娘不看她，扔下箱子，扭着胯往前走，风摆柳似的，气得哈萝银牙咬碎，提起箱子跟上去。

天天吵。

哈萝吵惯了，七姑娘也是，但三个绵软且温厚的哥哥脸面受不了——单位宿舍楼，谁知道有多少人扒着墙听呢？哥儿仨凑钱在城郊的云门沱买下了配电站老值班室的两间小瓦房，又拉又扯，劝七姑娘到那边去住。七姑娘"誓与哈萝斗争到底"，先是不肯，结果到了一看，小瓦房边上居然有一道长满芦苇的河堤，再前面是大河的支流清江河。正是涨春水的时候，空气里全是水草的腥香，闹脾气的七姑娘委屈不甘地看一眼，又看一眼，突然哧地笑了，满眼都是湿漉漉的欢喜。

河边长大的女人喜欢河，离开了河，魂都是干的了。

那个白眼狼。七姑娘又哭又笑，谁稀罕和她住一个屋檐底下。

2

进城第四年，是大河五年一度的大祭，河上人家的规矩，小祭不拘、大祭不离，祖祖辈辈有多少代、多少亲人靠大河生，在大河死。生死轮回，大祭的烟火是供到天上的，也是接续人间的，烟要足、火要旺，日子才畅。

大河人提前三四个月便开始热络起来，天南地北，写信的、拍电报的、让人捎话的，三五成群，邀约着回月亮台。

七姑娘没得人捎信，男人当年是家里的独丁，又死得早，且七姑娘是嫁到月亮台来的，滩头没娘家，热闹本是别人的，跟她没关系。但七姑娘憋着一股子劲儿——她嫁到了月亮台，就是月亮台的人，不管月亮台的人怎样看她，她要去祭河，谁也没资格说个不字。七姑娘早早开始收拾，每天傍晚在树下备好条凳，卡好一刀刀竹草纸，青花瓷碗里装上桐油，桐油明黄净澈反着光，像初嫁那日的镜子。七姑娘就着旧日的模样，用铜制的月牙凿刀蘸了油，一印子一印子凿——凿的是祭祀的铜钱，也是天上地下惦记着的圆满。临行前一晚，七姑娘摘来菜园子的天仙米，煮了一锅红汁水泡糯米，天亮时蒸了一甑子红米粑……一切都准备妥当，七姑娘才换上新衣裳。镜子里头那个老太，头发依然丝滑入墨，面色白如明月，恍若当年初到月亮台的模样。

那天早晨天色多清透啊，七姑娘喜滋滋出了门，远远看到大儿子的长安车停在河堤坝坎上，看得七姑娘想流泪。想想几十年熬过的苦，如今都值了，尽管没攒下一艘船，但儿子女儿都上了岸。

千感万绪的七姑娘，碎步走上河堤，结果打开车门给吓一跳。

哈萝抱着粉嫩嫩的细娃运来，怒火冲天坐在车里，一双眼火辣辣瞪着她。

干啥子？七姑娘看到她怀里的运来，急了，刚出月子才几天，你抱着娃出来做啥子？要去月亮台我去，河上风大，吹到运来怎么办？

你还晓得顾运来啊你，不许去！哈萝一手抱着娃，一手挥舞着车钥匙，凶神恶煞地威胁她，谁都不许去！

大儿子左右为难，瞥一眼七姑娘，意思是算了吧。

七姑娘顿时也火烧到脑门顶，苦心拉扯大四个孩子，结果个个都来欺负她，她好欺负是吗？七姑娘看一眼哈萝，你是我妈还是我是你妈？你管得着我？

我就管，明明风平浪静的，你一回去，翻沙打浪引出些闲言碎语到城里来，丢我的脸就算了，运来还没满百天，你就不能给他讨点吉利？

翻什么沙打什么浪了？七姑娘气得浑身发抖，我说过万百遍，老娘这辈子没做过对不起祖宗的事情，老娘不怕。

反正不许去，你去试试。刚生完孩子的哈萝有点发福，一双大眼睛迸射出凌厉的光，像一头漂亮却强悍的母豹。

七姑娘本也不是轻易能被人拿捏的人，那天不知怎的，看着哈萝凶煞的表情，心头不由生出牵牵扯扯的疼——哪个女子的倔强背后不是伤不是痛呢？当年她为了保护哈萝，不也是这般模样？

哈萝爸死后，她本来可以找艘大船走掉。要是走掉，何至于苦了一辈子还来受哈萝的气？但时光再倒回去十次，她也不会走。说白了，天下没有靠得住的船，除非自己是船老大。

好笑的是，她好不容易把哈萝培养出船老大一样的霸气，哈萝如今却嫌她当年的“心思”败坏了自己的名声。

白瞎了所有的心血。都已经是当妈的人了，怎么就不懂当妈的心呢？

天还蓝着，但在七姑娘眼里，一切都惨白如纸。她默默转身下了河堤，把自己关在小瓦房里。儿子在外面喊，她蒙住耳朵懒得听，她讨厌儿子的声音，像茶馆里的猫。这日子简直就是过颠倒了，姑娘活成了老虎，儿子活成了猫；对的变成了错的，错的变成了对的……浅水轻柔地拍打着沱岸，哗啦、哗啦，催眠一样，七姑娘沉沉睡去，梦里回了月亮台，自己变成小媳妇时的模样，还是那个咬碎了牙也不流泪的七姑娘。

第一次开了头，后面就成了理所当然，第二第三第四次大祭，哈萝依然不准，理由换成是，上次都没去，这次回去做什么？随着何女婿步步高升，哈萝的性子也越来越跋扈，这女子五六岁时在月亮台就已经显了形，何况这些年一个人风里雨里闯，如今说话做事只有两种态度，一种是行，一种是不行。什么随你、都行、无所谓，在哈萝的词汇里完全找不到。

七姑娘瞅着这个身形和主意都越来越大的女子，眼睛里的光芒渐渐暗淡下去。有浑浊的水从眼窝深处浮上来，像暴雨来袭前大河河面上浮起的坨坨雾，怎么扇也扇不开。

天黑了，河堤上的水柏杨被狂风吹得哗啦啦响，大雨如约而至。

3

七姑娘决定这次无论如何也要回月亮台。

头晚她做了个梦，梦见月亮台那株上百年的黄桷树上挂满了红色的布条，风一吹，布条上竟晃出一个个人影，全是当年的小媳妇大姑娘和老太。凑近了听，她们窃窃私语，说的都是关于她的风言风语。

说桑木的鸡，二郎的酒，月亮台的姑娘家家有；唯独一个七姑娘，浪来浪去到处走。

这个浪，不是河水那个浪。

像是被盐仓里的秤砣压住了胸口，七姑娘一口气喘不上来，差点在梦里头就栽过去。

湿淋淋一身醒来，掰起手指算算，离开月亮台竟然已经二十多年了。时光就像正午树影里的碎太阳，一晃就过去了，现在的哈萝比当年的七姑娘岁数都还大哪，七姑娘现在也成了七老太。

老了，再过几年，怕就要吃水阎王的饭哪。七姑娘想着，再也睡不踏实，梦里那些指指点点的眼光像碎在河水里的月光，寒闪闪的，冰凌子一样扎她心——到底她并不曾真正做过伤风败俗的事，只是比憨厚实诚的婆姨们妖娆风情了些，但她拖着四个娃，不装可怜卖弄点风情，怎么活呢？都是大河上讨生活的人，自己都过得几多艰难，绝没有平白无故送人煤米油布的道理，只有凑近了人家才肯。人啊，年轻时撑着一股要活命的劲儿，什么难听的话都不放在心上，什么现眼的事都敢做，谁说长道短，她能骂得人家心惊肉跳。如今一老，突然泄了劲儿，总觉得夜风吹过来的凉都是委屈的，总想着要冲着那漫长的夜争辩两句。

当初只不过是想要活着，没拦谁的路，没拆谁的桥，没做对不起河神的事。

鱼下子的季节不都要在河里搭鱼窝吗？她也只想拉扯着小鱼儿们长大，碍着谁了？

要争、要辩，只能去月亮台。

哪怕当年骂她的人都没了，她对着河岸、对着码头、对着那些坟头和黄桷树的根须，总也还是可以讲的。

结果哈萝突然跑到她这里来长住，横刀立马的架势，像孙二娘来占山头。

问她为啥子要来这里住，她说她想她了。嘁！这条小乌梢蛇，不咬人就算好的，想她？这些年连声“妈”都没有叫过的女儿，她会想你？

竹竿上挂塑料袋——你少在这里给我装疯，以为我不晓得？你就是来监视我的。七姑娘挥动着捶衣棒，恨恨拍打着挂在麻绳上的棉絮。秋天阳光净澈，正好晒掉一年的霉尘。

监视你又怎样？你回去做啥子？回去等人指你背脊骨？哈萝费力地坐

在门前的矮凳上，嘴里啃着半截卤猪蹄。

哈萝又胖了，胖得买不到合适的衣服，只能穿袍子。穿着红袍子的哈萝，人往小瓦房门口那么一坐，就成了尊巨大的红色门神。

指我背脊骨？七姑娘眉头一扬，冷笑，腰一叉，风情就跟着上了脸，还是当年不服输的模样。水柏杨叶在秋风里徐徐作响，七姑娘的背挺得跟水柏杨一样直，她半笑半哼，指我背脊骨的也不看看，哪家把四个娃崽都养上了岸？哪家出过女大学生？……说到这里，七姑娘浅笑着眨眨眼，不知是奚落、提醒还是讨好哈萝——还养出个县长女婿，是不是？

这话不说还好，一说哈萝心头乱成一团。看着前面河滩浅水处缠扯疯长的水葫芦，想吐出句什么，终被满嘴的卤香噎着，什么也没说出来。

这么多年，足以令她在七姑娘面前生威拿调的，不就是老何吗？现在好了，哪根绳子金贵断哪根，哪壶不开提哪壶。

她扬起手，把没吃完的猪蹄甩到水菖蒲丛中，阳光晃荡了河水也晃荡了眼。呸，这鬼迷日眼的光阴。

4

这回哈萝真不是为了监视老娘才住过来，她在那个家里实在是待不住——老何越来越不爱回家，打电话过去，只说是县里忙。明明是自己的男人，哈萝要见一面却全靠每晚看新闻，调到地方台 119 重播频道，一个人坐在空荡荡的家里翻来覆去看，一轮又一轮，电视里那个“指点江山”的男人，让她甜蜜又心酸、陌生又熟悉。以前“指点江山”的都是她，陪着他怂恿他“打江山”的人也是她，什么时候她功成身退，被他甩得远远的呢？

“没有分享，再多的成就都不圆满，没有安慰，苦过了还是酸。”漆黑的夜里，在不开灯的房间，哈萝独自听着老旧的音乐，回忆像静夜的胭脂花香弥漫在空气里，一切都美好得像梦。那时老何正追她追得紧，单位人一看到他来了，都叫小何小何，快，哈萝在那里。瘦黑矮小的小何跟在白荷花一样傲然盛开的哈萝背后时，大家都偷偷笑，哈萝在馆里布置书，他也跟着。馆里一向是安静的，阳光照在高高的书架上，飘浮的微尘像金粉一样在空气中闪光，窗外的杨树长出了细茸茸的毛，小何的上唇因逆光也生出一层金色的绒毛，它细软又忧伤，在忐忑中期待着哈萝的承诺。哈萝忍不住伸出手去抚摸它。

小何吓得一动不敢动，洒进来的阳光斑点跟着静止，像一杯凝固的果冻。

许久，哈萝开口说，我念首山歌给你听？

小何还是不敢动，眨了眨眼睛表示“好”。

这山望着那山高
那山坡上好阳桃
一心想摘阳桃吃
人又矮来树又高

哈萝说完，挑衅地看着小何。

小何沉默，闷头想了好半天，缓缓抬起眼皮，说：

这山望着那山高
那山娇妹砍柴烧
哪年哪月同到我
柴不用捡来水不用挑

哈萝愣愣，突然咯咯咯笑起来。那时候还没有“闷骚”之类的形容词，现在想来，小何真正是个“闷骚男”。

小何如释重负，开心地笑。

小何用山歌明确承诺了哈萝以后在家里的地位，这正是一直想掌舵的哈萝梦寐以求的状态。她不想像七姑娘那样过一辈子，她要做自己的主。

婚后的日子像缓慢又温静的流水，小何把家庭的权力交给了哈萝，自己则包揽了家里所有的家务，矮小的他像一块实诚又敦厚的压舱石，哈萝终于有了船老大的感觉。从小到大，她站在岸边，看到那些船老大是那么嚣张和肆意，在船上稳沉霸气，上了岸狂野热烈，走船时整条大河都是他们的，靠岸时整个河岸也都是他们的。

现在，统统都是我的。哈萝坐在整洁的小家里，张开双臂，满意地闭上眼睛。

那时候的家是真小，才六十平方米，不像现在，两百多平方米的大平层，宽得像大船起滩的滩头。可是恁大的房子，哈萝住在里面总是胸口发闷。当年的小何如今是何县长了，何县长太忙，总不回家，运来也住校了，轻易不肯回家。她每天一个人待的房子，跟个活死人墓似的。哈萝不笨，她知道，老何的忙虽然是情非得已，但是很多时候，一个县长真要选择偶尔一两个周末不忙的话，也是可以不忙的。

老何忙的背后其实是不想回家、不想见她而已。

这算什么呢？哈萝想着，心尖尖抽抽地痛。过河拆桥？兔死狗烹？

说离婚吧，哈萝不甘心，凭什么她炖好的一锅汤，要送给那个住在明月桥的小调酒师享用？不离吧，老何如今进进出出都摆出一副无所谓的调调。哈萝骂他不要脸，他无所谓；骂他陈世美，他无所谓；砸烂家里一大堆东西，他也无所谓。在老何眼里，身形那么磅礴的哈萝，居然等同无形的空气。

哈萝想找个人哭一场，又实在拉不下颜面。这么些年，谁不知道她哈萝旺夫，旺出了个县长。

思来想去，她只有往七姑娘这里逃。

多少年了，哈萝第一回舍不得离开这两间小瓦房，它是如此狭小而亲切，以至于她和老娘刚刚吵完架，也不得不“亲密接触”。除了床就是柜子，她和老娘在屋里，不是你的后背擦拭过我的，就是我的胳膊撞到你的，小小的屋子，不像她和老何冷清清的家，这里充满了人间烟火——她和她在一起，不是冒烟，就是冒火。

唉，可不是火嘛……她女婿大浪都翻出了坝，傻老娘还当他是宝。

姓何的当县长关你鬼事情。哈萝生气地说，矮小的瓦房给震得嗡嗡直响。

不知什么时候开始，哈萝说话的声音，从靓到了响，从清脆悦耳变成敲锣打鼓一样的霸气。

当然关我事，你不给饭钱，我找县长要。

你敢。哈萝恶狠狠回过头，雪白的脸上横肉毕现。“岁月是把猪饲料”，儿子运来是这么挖苦她的。

5

馆长老包打电话来，和风细雨地跟哈萝商量，局里下来检查，她要是没事的话，还是去签到点个卯，实在不想去，就请个病假。哈萝爽快地说，请什么假啊，我来吧。

最初哈萝上班和别人一样都要打卡的，随着老何的升迁，渐渐就不用了。现在的图书馆也没几个人来正经看书，别看座位上都坐满了人，年轻人都是来免费蹭空调和蹭网的，小孩都是来做作业的。馆员多一个少一个无所谓，去了也没啥事。

但哈萝还是喜欢去馆里上班，毕竟她的青春交付在了这里。坐在巨大玻璃窗下的人，从最先清秀傲慢的少女，变成今天又胖又白的中年妇女。岁月无声，也无情。她已经记不起自己年少的模样，月亮台那个比刺桐花还要美的少女仿佛是上辈子，而她再也不想回到上辈子。她只想紧紧抓牢这辈子。这辈子她是老何的幸运符，是一个男人事业和生命中最重要的女人。

到了单位，几个女同志在擦桌子打扫卫生，男同志在打印材料搬会议桌。哈萝说要帮忙，一个个都笑说你就负责坐镇指挥吧，哈萝也不矫情，说周末我请客吃饭哈，顿时办公室一片喜庆。

办公室不大，哈萝站在哪里都碍事，便随便抽了本书去阳台看。

没过一会儿，老包乐呵呵走来，坐到她对面，手里端了两杯奶茶。老包知道哈萝喜欢喝奶茶，杨枝甘露，全糖。

看什么书？老包太瘦，皮包骨头，一笑眼角全是皱。

《忒修斯之船》。哈萝接过奶茶，说，编辑有点意思，我还以为是本旧书，还那么多手注记录。现在做书，除了抓作家，还要拼创意。

老包瞥了书一眼，没接嘴。比起本科毕业的哈萝，初中刚上完就顶替父亲进馆的老包实在是没有多少墨水和哈萝谈文学。

嗯？哈萝吸一口奶茶，又放下来，不是检查吗，你还弄这个？

刚接到电话说不来了，厅里有领导来，局领导陪厅领导去了。老包嘻嘻笑，就像你一去县里，你家老何丢开检查也得陪你一样。

哈萝听着舒坦，嘴里却说，我算老几啊，普通群众，我又不是他领导。

你就不要谦虚了，要不是你培养，你家老何能当县长？听说当年他只是区林业站的小科员。老包挤挤眼，她知道喝奶茶和回味当年，都是哈萝的最爱。

果然，哈萝漂亮的大眼睛顿时晶晶闪起光来，神情傲娇。怎么这么说我家老何呢，人家本来就优秀，但是……她顿了顿，理了理袍子。

老包便知道她要开始漫长的回忆了，也跟着理了理裙子，干瘦的她像张老照片一样靠在椅子上。

哈萝情不自禁地摸了摸自己发福的腰——男人到底喜欢胖女人还是瘦女人……随即回到了老包的话题。

她不用夸张，也无须煽情，和老何一路走来的点点滴滴都在她脑子里。是的，那时候何县长还只是区林业局的一个小科员，一门心思都在兑现"柴不用捡来水不用挑"上，在家里，哈萝是十指不沾阳春水。刚开始几年，哈萝是满意的，过了几年公不离婆秤不离砣的日子，哈萝渐渐就有点腻烦。从小看惯了大河上的男人，黑红油亮的胸膛、坚硬有力的臂膀，黄昏时分，男人们全身的肌肉在夕阳下闪着油亮的红光——那才是汉子！可她这个老公，守着个小屋檐，张口闭口都是明天你想吃点啥，后天你想吃点啥。

吃吃吃，又不是猪。哈萝生气得想摔碗。

得把小何推到大风大浪里头去。哈萝心一横，拉起小何的手就去敲林业局局长家的门，从大河文明谈到理想国，那正是中文系毕业生哈萝最拿手的。哈萝聊完，对着一脑门问号的局长说，都是我家小何教我的。领导不禁多看了小何几眼，表情复杂。小何背心早已吓出大汗，回去猛补了几个月的《理想国》，这才挺起胸，有了些许和理想国不太一样的"理想"。

用今天何县长的话说，哈萝启蒙了他。

不久，小何当上了局办公室副主任，理工男的小何看到年终总结和工作报告，一个头两个大。哈萝不怕，挽起袖子，露出白藕般的手臂，吞天盖地替他揽过来——小何每天干什么，上几趟厕所，接几个电话，搞几个会议后勤，她都知道，写个报告有什么难的。哈萝最自豪的，是自己在生运来前的上午，还忍着阵痛为何副主任写完竞争上岗的演讲稿，正是这篇演讲稿开启了小何人生的新大门。她深谙丈夫的口才弱点，所有的句子和用词都避开了小何的缺碍。哈萝的稿子不光写得壮怀激烈，更是用其他句子帮小何把那些坑全部修补完善，让小何的演讲如滔滔洪水，连绵不绝。小何上了台，若干铿锵有力的排比句一句接一句，一浪浪打来，没有人不服气的，听到最后评委都忘记了鼓掌。从此，小何露出尖尖角。

再之后，演讲和讲话便成了现在的老何同志之生活日常。他甚至能把灰化肥黑化肥、红凤凰黄凤凰说得清清楚楚、字正腔圆。

老何经常将自己比喻成一块埋在石头里的玉，幸好有哈萝把他打磨了出来。哈萝听了，骄傲得像一只孔雀。

七姑娘却奚落她——人家明里夸你，暗里夸自己，他要不是玉，你打磨有屁用。你家老何的心思你是斗不过的。

哈萝不屑一顾，什么老何心思多，明明就是老娘心眼多，自己过得不好，便见不得人好。

老包艳羡地叹口气说，还是你命好，哈萝，你当年真是挖到了宝。

是我旺夫好不好？哈萝想起老娘的话，懒洋洋地吸一口奶茶，不悦地说，挖什么宝？

对对对，你旺夫，你看你多富贵。老包笑起来，暗自对比了自己和哈萝的身材。怎么说呢，老包有点替哈萝着急，哈萝也太胖了。

但哈萝不急。她胖那是旺夫，这话是图书馆门口青玉路边算命的秦瞎子说的。他还算出来，哈萝旺的人属羊。

老何就属羊。哈萝一高兴，掏出两百块钱给了秦瞎子。她不知道秦瞎子早就把她的底摸得门儿清，秦瞎子只是叫瞎子而已，人家不瞎，脑子够使、鬼精，那家伙整天斯斯文文坐在路边大梧桐树下，一副仙风道骨的模样，就是专为着骗人来的。

当然，秦瞎子的仙风道骨在久经风霜的七姑娘看来，那叫奸诈。

男人要旺，儿子要壮，婆姨要胖。秦瞎子安慰着眼前这个因为减肥不成而愁闷的女人。他知道这女人天生是个散手的德行，又好显摆，喜欢被人端着，这种人脑子缺根筋，又死拧，只要哄她高兴，票子多多的。

哈萝不笨，她只是图个吉利，并未把秦瞎子的话当真。巧的是那年秋尾，哈萝好不容易拼命瘦下来几斤，结果传出小道消息说，在建设局任副局长的老何可能要调到市残联当主席。老何回到家里跟失了魂似的，细瘦黑巴个人儿，棍子一样杵在窗边抽烟，半天不动一下。哈萝看不下去，第二天直接跑到市委组织部找常务副部长，从老何打小住在高寒草场，九岁前连大白米饭都没吃过，说到当区水利局副局长时发大水救人差点让水给冲走……副部长冲哈萝冒出一句，你怎么没想过让自己进步进步？

哈萝一愣，沉默好久，这个问题她也问过自己。可是，好奇怪，只有为了老何，她才有这样蓬勃的动力。一时间，她脑海里突然浮现出七姑娘大冬天在河里淘洗床单时那双冻得通红的手，还有那单薄又倔强的嘴唇。

河水滚滚向前……

她和七姑娘，都是为了自己所爱的人吧？哈萝拒绝思考这个问题，她不想背负七姑娘的付出。

可岁月到底是什么？哈萝明明要做一个和七姑娘不一样的女人，偏偏又被日子推着走近她、变成她，都为了心尖尖上那个人费劲劳神。

副部长看看手表，说，我还有事，你反映的问题，我给你三点答复。第一，组织用人有组织的原则。第二，民间传闻不可信、勿乱信。第三，感谢你支持、配合和关心小何工作，不过以后工作上的事，你还是交给何局长自己处理吧。

哈萝听出部长话后藏着的锋利和不快，毫不退避地扬起脸，说，总有一些事是要夫妻共同担当面对的，不然，拿爱人来做什么，只是搭个伙吃个饭？

哈萝的话好巧不巧触到了副部长的伤，他和爱人正是如此，只是搭伙吃个饭，至于感情方面……

哎，扯远了。副部长瞥了瞥眼前这个泼辣又漂亮的胖女人，有点烦恼。最后他意味深长地说，能一起搭伙吃饭的，也是好夫妻，不信你试试。

哈萝回到家，老何正呆站在厨房里看着沸腾的一锅水发傻，失魂落魄地举着锅铲，说，看来我还是适合做饭。

哈萝系上围裙拿过锅铲，狠狠地说，还没到那时候，秦瞎子说了，我旺夫，看咱们把旺吃回来。

哈萝体重回到一百五十斤的时候，市委一纸调令，老何转到县里当常务副县长。那天老何很晚才回家，喝得有点高，舌头打着结，抱着哈萝渐厚的腰，难得哈哈大笑，说，环肥燕瘦，咱家还是肥点的好，咱家有米，吃得起。

哈萝自豪地看着这个她当成命一样护着的男人，这个欣喜万丈的男人，眼眶湿了。

那一刻她想起了七姑娘水灵灵的大眼睛。也许那里面的水和她一样，也是咸的。

哈萝从此再不操心减肥的事情。怕啥肥，她男人喜欢。

6

人家的日子是一天天滑过去的，哈萝的日子是一斤斤涨起来的。

老何提任水云县县长后，哈萝一到周五就自然而然往县里赶，常常人还在车上，县里就有无数个电话打来，叫得那个亲。

哈萝喜欢听，想想月亮台当年恶心自己的那些人，可曾想过今天？

老何忙，即便她到了县里，经常也只在晚上才见得到人，总是哈萝都睡了，才听到开门的声音。哈萝在黑暗中等到再次睡过去，也不见人进卧室，第二天一早，沙发上躺着根黑木棍，正是老何。

为啥子不上床睡？她满嘴牙膏泡沫，拿脚推他屁股。

老何醒转来，搓搓脸坐起来打哈欠，说，一米五的床，你一躺占了一大半，有我什么地儿？你说你，每个星期跑下来也不嫌累，整天这里吃那里吃，恁胖还吃。

哈萝嘻嘻笑，嘴里含着泡沫，含糊不清地说，我胖你才旺呀，床是小了点，明天我叫小张他们换个两米的。

老何表情变得严肃起来，指责她说，什么都是小张小张，小张他们是为县政府工作，不是为你工作。

这样的想法和体重一样天长日久存攒起来，哈萝说话走路的样子渐渐就显出了臃肿和霸气。

老何见她这样子，一个头两个大，纪律越来越严，她倒好，越来越作。眼见着教育无用，老何懒得和她啰唆，只是申明不允许“顺路捎哈萝大姐”到县里来，也不允许办公室秘书为哈萝服务。老何这样做是没办法，大道理哈萝比他懂，但她就是想张扬，这让老何很厌烦。

老何的命令让哈萝恼怒——叫花子入庙堂，真把自己当神了。

七月半敬祖时，老何回家吃了顿饭，目的是为了烧纸。夜里，揪着老何回家的机会，哈萝愤愤数落，飙着高腔，从厨房唠叨到客厅，满屋子都是嗡嗡嗡的回声。所有的控诉归根结底都是一个意思——要不是我当初那样子，你能有今天这样子？

老何本来已经换了睡衣，也不吭声，钻进卧室穿了西装又出来。哈萝挡在门口，怒目相向，问，什么意思？老何也不急，一脸认真地举起手机，说，市政府办通知有事。

市政府办的通知就是大事，这一点上哈萝不含糊，给老何开了门。

门这个东西，关上还好，一旦打开，谁知道老何往哪里去了呢？外面世界那么大——七姑娘经常提醒哈萝，人老何眼里指不定有多少人呢。

哈萝豪迈地笑，笑声响亮。月亮台那个像浪花般晶莹，又像泡沫般委屈的小姑娘，她已经抛在脑后。她很自信，不光自信，而且富足、霸气，从内心到体重。她讥笑老娘，你那点肚肠和眼光，也就只看得到市井，我好歹还看得到市里。

谁知道七姑娘咒得恁准呢，老何的眼，真就看向了别处。

明月桥那边的事，哈萝隐约知道，她只是不愿找也不屑找那个人。问题在外头，根子在里头，她怎么找？

前一阵，哈萝生日宴，她要求老何必须从县里赶回来，“配合演出”亮个相。老何不满地说，正抗旱呢，添什么乱。哈萝不依，威胁道，你不来试试？

不知道是威胁起了作用还是老何心虚，总之最后他还是到了场，虽然表情不悦，祝福也很官方很刻板，但终究顾全了哈萝的面子。哈萝高兴，喝得有点高，回到家靠在老何肩膀上（老何强调是“压”），絮絮叨叨，跟老何讲月亮台的月光和米皮铺子的雾气，说那些起哄和窥探的目光背后若干的艳羡。

那时候，我漂亮得你够不着。哈萝委屈地抹一把泪，慵懒得意地拐了老何一下。

老何夹缩着胳膊，不看她，眼睛盯着刚打开的电视。哈萝的过往，他不是不在意，可要一个清醒的男人去面对一个酒气熏天的女人，实在有点难。

喂。哈萝不高兴了，一巴掌打在老何大腿上，集中精力嘛，我在说话。

别闹，看新闻。老何严肃地说。

他现在总是很严肃。

哈萝斜眼望着老何笔挺的白衬衣和棱角分明的五官，突然感动起来。以前又矮又黑的小何，如今竟然有了大江大河的气势，一张干巴巴的脸严肃起来竟恁生好看。关键是这严肃生威的家伙是她老公。她努力挣扎了半辈子，生活终于还给她一个老何。哈萝想着，转身一把抱住老何。

老何呛喘着抵挡压在他身上的偌大的白，躲开她的脸，干笑着低声求饶，哎哟哟，你这是一树梨花压海棠。

哈萝心情好，也不在乎他把自己看成了累累“一树”。只是想起了当年，年轻的小何陪她从河滩洗衣裳回来，走在长满青草的土埂上，下过春雨，小埂有点滑，她挎着竹篮，满不在乎地走着，他却伸出手，小心翼翼搂着她细瘦的腰。

哈萝沉浸在回忆中，不由去拉老何的手。

老何把双手缩到身后，急急说，哎，哎哎，你喝醉了！去睡吧，我这几块肋巴骨，经不起你压呀。哈萝瞧着老何的表情，那么痛苦不堪，眼里尽是生分和拒绝。她一愣，来不及反应，老何已经抱起沙发枕飞快躲进了书房。

那晚哈萝失眠了，有什么东西从心里生长出来，蓬勃向上，刺破肉和血管，又往里钻，插向心脏更深处，痛得她全身战栗。半夜，哈萝踉踉跄跄推开书房，月光照着那个男人的背——他连睡着都没忘记拿背对着她。

一阵欲盖弥彰的鼾声随着她进门的脚步声有节奏地响起，她生气又忐忑地伸出手，借着月光的轻柔，试探着去碰触那熟悉又陌生的背。

空气中，有什么东西在指尖与目标之间急剧收缩，她柔软的手指明显感觉到他的背和脊柱随着那东西紧张地绷直起来。

她固执地将手放在他背上，一动不动。他则固执地假装沉睡，始终紧绷着身体，无声地拒绝她的抚摸。

房间里的气氛充满了心知肚明的对抗，月光像水一样晕染开来，渐渐模糊了她的视线。不知过了多久，哈萝无声地收回手，转身离开。走出书房时，她回头看了一眼。

沙发上、月光下，他全身上下披挂着的，都是抵挡她的盔甲。

好好的日子，顺风顺水，怎么突然就过成这样了？

走回客厅，墙上挂着夫妻俩巨大的结婚照，照片上的两张笑脸遥远如梦境。照片上的哈萝笑得像个女王，他呢，干、矮、瘦、紧张，看上去像女王的马夫。

并不登对的两个人，哈萝愿意嫁，是有原因的。在这个陌生的城市单打独斗的哈萝，要想当船老大，只能选一艘条件差一点的船。终归日子要往前走，哪条大鱼大虾不是小鱼小虾长大的？小船只要用心盘，迟早能盘成大船。

结婚二十多年来，哈萝一直在“盘”。

老何也始终承认，他能成一艘大船离不开哈萝。但是这世上谁愿意拿自己给人“盘”呢？又不是核桃。何况今天这艘船，早已不是哈萝当年盘下的那一艘，就像他在培训时哲学课老师说到的忒修斯之船，那船从起航开始，中途换了帆，又换了舢板，又换了船身，甚至换了舵……你能说现在这艘船还是原来那艘？

说是也是，说不是也不是，具象与抽象、精神与物质，他懒得绕那些圈圈。反正他觉得此一时彼一时，小何都成了老何，船也早就不是原来那艘船了。

至于哈萝，总端着那一副船老大的架势，他也没办法，只有离她远点。

有些事有些想法，总是不由人控制。她控制不了，他也控制不了。

这漫长的夜啊……绷得难受的老何正要伸个懒腰，门嘎吱一声，是哈萝，她又进来了！老何头大如斗，只有继续装睡。黑暗中，他察觉到哈萝走近，但他没想到的是，哈萝白棉花般柔细的手竟然固执地试向他身体。

老何一惊一吓，整个人都麻了，假装平静的鼾声顿时如惊雷滚滚轰鸣，竟扯出撕裂声来。

情节有点混乱，弄得他很难堪和滑稽。

哈萝的内心却是几多凄凉。

她懒得揭穿，就着月光凝视老何的白衬衣，老何的脖子位置没有汗渍，身上也没有汗馊味。水云县已经大旱五十多天，四十多条河汊子有三十多条见了底，老何曾说他和哈萝有缘，和水有缘，现在这缘就跟天旱一样要断了，天就要塌了，但人家在县里照样衣衫笔挺毫不在乎。不知从什么时候开始，讲究的老何回到家开始不讲究，不是说喝了酒就是说累得慌，然后在沙发上或书房里蒙头大睡，不洗澡，也不刷牙。

哈萝记得大河上的男人下船后第一件事就是洗澡，把全身的汗臭洗干净了才去抱女人和娃崽。只有没女人没家的男人，下船第一件事才是去找酒喝找茶馆坐，第二天，怎么臭烘烘下的船，又怎么臭烘烘地上船去。

一个衬衣领始终干干净净的男人，回到家却不肯洗澡漱口，不是他懒，是他赖。

赖的是什么，哈萝心头自然明白。夫妻情分一旦淡薄到这地步，那就是能赖什么赖什么、能赖多少赖多少。

当年那个副部长的话回响在她耳畔——能一起搭伙吃饭，也是好夫妻。

如今，他和她连搭个伙吃个饭都困难了。

7

在云门沱住上一段时间后，哈萝开始喜欢这个小河湾。和市区不同，云门沱的秋天很迷人，河堤上有这样的树那样的树，黄的绿的红的，像打翻了的水彩。睡到自然醒，已经快十点了，凉棚下的节煤炉上蒸着香肠，热腾腾冒着气，七姑娘很少吃肉，是特意给哈萝准备的——尽管哈萝没给饭钱。

凉棚外的空地上晾着七姑娘制的煤球，老太一辈子抠钱，不肯烧块煤，都是买煤面回来，再去滩头对面山坡挖黄泥，用泥浆和煤面制煤球。哈萝瞧不起，能省几个钱？再说现在也不缺钱。哈萝边数落边熟练地铲了个煤球添到节煤炉里，转身看灶台上，红的萝卜丝、白的土豆丝、绿的青椒丝，七姑娘早把中午要吃的菜切好。哈萝左右都是个无聊，只有瘫在平房门口的竹躺椅上玩手机刷抖音，跟着抖音里的人干笑了一会儿，终究还是觉得没劲，便干巴巴坐在那里发呆。女人活到这岁数，孩子大了住校，男人野了不归家，同事都在上班……突然就不知道自己该往哪儿搁了。

七姑娘在河湾淘了鱼腥草和芫荽上来，抬头看到哈萝百无聊赖的模样，心头一阵泼烦。

喂，我说，你就不能站起来走动走动，减减肥？

你个不省心的，我跟你说，男人心疼女人，也要他心疼得动啊。你看看你，何姑爷哪里盘得动你咯？

你别不当回事，这世界到处都是盘丝洞，他在那些妖精面前就是块唐僧肉。就算你比女儿国的国王长得还要漂亮，胖成这样，唐僧也是看不上的。

哈萝听着七姑娘一句接一句絮絮叨叨，突然发飙，大声道，你漂亮，你妖娆，你瘦，我也没见你吃到唐僧肉啊，一辈子净喝人家的馊水——自己喝的净是馊水，以为天下的水都是馊的。

七姑娘也火了，一盆水哗地泼过来，大骂，说多少遍你才长记性，你老娘哪个瓢里的水都没喝过，馊不馊都是冒酸水喝不着的人瞎拉扯，人家泼脏水你跟着起劲，你是不是巴不得自己是野种？

哈萝立即哑声，架可不能这么吵下去，怎么都是她吃亏。

可她不甘心，她心里藏着堆火苗，正要找个借口烧起来，她换了个话题——

我胖怎么了？秦瞎子说过，我旺夫，谁能把我咋个？

秦瞎子会算？他会算怎么治不好自己个半瞎眼？七姑娘踩着湿答答的一地水，母狮子似的冲过来。我当年拼了那么多坏名声换钱给你读书，读出个憨货，还旺夫，旺得好呀，旺得何姑爷现在都不拿正眼看你这一身的膘！

哈萝吓一跳，除了小时候被七姑娘追着打，她已经很久没见到七姑娘凶神恶煞冲她发火的样子了。大哥说过，能量守恒定律，她之所以一天天强悍起来，吸取的正是七姑娘的能量。

七姑娘的突然爆发让哈萝有点胆怯，又有点委屈——她是她的姆妈，怎么可以这样伤她的心？膘啊膘的，多难听。

仿佛回到了最小、最无助且还不具备跟七姑娘抗衡的能力的时候，哈萝愕然地看着七姑娘，然后缓缓地、缓缓地别过脸去，可怜兮兮地望着门前小河的流水。波光湿漉漉的，跃进双眼，一闪一闪。

减减肥吧！好半天，七姑娘叹口气，搭了木楼梯上房顶，翻晒竹筛子里的野黄花。房顶离天近，阳光更辣眼，辣得七姑娘眼睛涩酸。好好的一个女子，为了犟一口气，得自欺欺人到什么时候？她伸出脑袋，向下丢了一句，你得减掉那些不甘心的东西。

她生养的崽在想些什么她心里头最清楚，这些年为了老何哈萝费了多少心，这女子从小就倔，现在更是倔成了个笑话——老何看似笨拙，其实是个有主意的人，不然当年也不敢追哈萝。两人刚结婚那几年，哈萝的工资都花到老何身上去，弄得自己吃不像吃穿不像穿。然而二十来年，戏里戏外，哪一次哈萝不是自己给自己罪受、自己感动自己？除了生运来时妊娠高血压差点丢了命，老何痛哭流涕过一次，其他时候人家眼睛都没眨过一下。

人心狭窄，一斗米养恩，一升米养仇。月亮台那些上不了船的男人不就这样？端碗吃饭靠老婆，放下碗筷揍老婆。早早离开月亮台的哈萝到底还是太天真，人世间很多事她看得见却看不穿，想得到却想不透。她只想着当船老大的好，哪晓得风霜雨雪、明浪暗礁，船老大其实最是遭罪。何况船成了精，暗中还跟船老大较劲。

这憨女子。

8

接到七姑娘的电话时，老何正在调酒师的屋子里考虑如何逃跑。

两年多来，一有空儿他就会到调酒师这里待上几个小时。

调酒师是一个他完全不熟悉的职业，就像他并不了解她一样。老何只知道她离过婚，性情很寡淡，和她说任何事她都是一脸无所谓的表情。这恰恰合了老何的胃口，在这里他可以说来就来、说走就走，不需要给她解释为什么上周没来，上上周也没来。总之，这两年他们每次相聚都很简单，仿佛只是为了喝一杯她新调制的酒，或者是吃顿晚饭。他们的菜也很简单，她不太会做硬菜，但是家常的麻婆豆腐、青椒炒杂菌、折耳根炒腊肉、干煸四季豆什么的，她很在行。用他的话说，是山上人家吃的菜，这让他想起受苦的童年和层层叠叠永远走不出去的大山。哈萝不行，哈萝拿手的是水边菜，水煮鱼、凉拌黄花，但黄花太单调，鱼又太腥，一辈子那么长，他受不了。

今天天有点闷，云层厚得要落地似的，是要下雨的征兆。老何细嚼慢咽，竟也吃出了一身汗。调酒师努努嘴，懒洋洋地说，吃完去冲一个澡。

他点点头，放下碗，边抹嘴边往浴室走。这套不到八十平方米的房子仿佛是他住了一辈子的地方，他对每一个角落都很熟悉。

她淡笑着，跟在后头，没想到他突然转身——手机放在饭桌上了，这么多年，他已经养成了手机不离身的习惯，洗澡也得带——她便一头撞进了他的怀里。

什么东西瞬间燃烧起来，一直不温不火的两个人竟然都脸红了。

老男人动情，就像老房子着了火，是谁说的来着？不去想了，手机也不管了，他一把抱住她，动作粗鲁。她却在他耳边轻轻问了句，你想好了？

调酒师的声音很细，老何听来却犹如一声雷鸣。

这话什么意思？他没想过要想什么，难道她一直在等他想“好”？老何心头一怵。这些年他战战兢兢如履薄冰，好不容易走到今天这一步，他以为在散淡的调酒师这里很安全，难道调酒师也是在请君入瓮？想到这一层，老何缓缓松开调酒师，闷声闷气回到客厅，目不转睛地盯着电视看。直到本市新闻播完，黄昏袭来，他都没敢再看她一眼。

调酒师没有再追问，只是端着一杯红红蓝蓝不知什么名称的酒，倚靠在窗前，嘴角带着一丝令他不安又自责的笑意。

他局促不安。

好在手机响了。是丈母娘。

这个丈母娘，老何一向很敬重，尽管哈萝不认她，跟她刚，但老何知道一个寡母把四个孩子拉扯大得有多苦。老太太是个心中有江河的人，七十多岁了，明明历经沧桑，却偏有着不败岁月的面相，没有强大的内心根本做不到。

他一直把她当菩萨一样敬着。但菩萨从一开始就不喜欢他，看他的眼神锐利又深邃，好像他是个奸细或叛徒。也对，他现在就是个叛徒。

七姑娘说得很简洁——你到云门沱来一下。

他想也不想就答，好。

刚拿起包，身后传来调酒师雨滴般湿软的声音，谁？

哦。他依然不好意思转身看她，低着头说，七姑娘。

调酒师拖长了声调，哦，七姑娘是谁？

老何习惯了质问别人，对调酒师的发问莫名感到不悦。七姑娘是谁她管得着吗？嘴里还是解释，我丈母娘。

那你叫她七姑娘？

老老少少都叫她七姑娘。老何心不在焉地嘀咕着，走到门边换鞋。

调酒师倚靠在窗前，轻笑道，没见过丈母娘一声召唤，女婿跑得恁快的。

老何感受到了侵犯，回头板着脸批评她，过了啊。

调酒师一愣，跑过来拦在门口，眼睛灼灼如火。那有些人每次都是说来就来说走就走，算不算过？

老何心想，什么算不算的，以前不算，现在不算，以后也没打算算。难道只因为今天他失态了就得算一算吗？但他嘴里没敢讲出来。门口有面穿衣镜，他心虚地看一眼镜中的人，又扯了扯衣角，心思飘远了——老太太突然召见我，要干什么？

人家都说丈母娘看女婿，越看越欢喜，可他没那福气。老太太眉眼里藏着太多智慧和精明，哈萝缺心眼，天天絮叨七姑娘这样那样，她哪知道，她妈才是最厉害的人。

调酒师说，你看什么？

看……看你。老何挤出一丝假笑，你侧影好看。

调酒师嘴角浮起挑衅的笑意。

老何花了很大的力气才逃离调酒师，没想到女人倔起来有那么大的劲，他和她在门口纠缠了很久，直到两个人的手都拧红了，他才旋开门把逃离那间屋子。下楼后老何刻意绕了几条烟火小巷，最后才走到热闹的人民广场。风开始大起来，广场上卖玩具、袜子和鲜花的小商贩在急急忙忙收摊子。

雨终于细软绵密地洒下来，像某些情绪，带着透骨的寒气。他紧走几步，上了老板玉山喜的车。玉山喜和他是多年知根知底的铁杆，看到他仓皇不安的样子，回头取笑他，恁快？

只是吃饭。老何尴尬地辩解。

廉颇老矣，尚能饭否？玉山喜话里有话，说，吃饭好，这岁数，吃一顿少一顿。

老何懒得跟他解释，心里惦记着云门沱。人生真是很奇怪，他从四季缺水的干家坡出来，遇到的却尽是跟水有关的人和地方。说是八字不合，偏偏遇上了；说是八字合，他又越来越受不了哈萝的跋扈。

到了云门沱，暮色渐稠，孤零零的河堤上四面来风，他忍不住打了个冷战。远处，七姑娘撑着伞，腰杆笔直地站在草色尚青的河堤那头。

妈。老何嗓音干涩，紧走两步，说，您上堤来做什么，屋里吧。

屋里有哈萝。七姑娘拢一把被风吹乱的头发，语气温沉。她嚷嚷着要减肥，吃了两天火龙果，饿得不行，刚煮了一海碗辣子鸡面，撑坏了，躺着呢。

提到哈萝，老何心虚不敢接腔。雾雨中，他不安地看着远方。

雨水太细密，整个城郊都湿漉漉、雾茫茫一片，气压低得让人发闷。

七姑娘不再说话，静静看向雨雾中的云门沱。

来的路上，老何设想了丈母娘找他算账的若干种情形，狂风暴雨雷电火，唯一没想到老人如此平静。他有点尴尬，半天憋出一句，她是该减减肥。

七姑娘接两滴伞角滴下的雨水，淡淡道，哈萝性子倔，有委屈从不肯讲，从小到大，只要心头恓惶就往嘴里塞东西。那时家里也没啥吃的，她就吃河边的嫩茅草，摘山上的红籽，大把大把往嘴里塞，那东西吃多了肚子胀，便秘，每次都痛得她在床铺上打滚。

她的胖不是胖，是呕心。七姑娘看着前方，恨恨地控诉。

老何语塞，却又不甘心地想，我不呕心吗？堂堂一个县长，殚精竭虑闯出好成绩，结果全给说成是她的功劳，她旺夫。

我们家哈萝心头有黄连，黄连苦，她只有拌着饭吃，人吃胖了，日子也过沉了。你只是看看都觉得难受，她强撑着那一百六七十斤，你以为她好受？七姑娘反问。

那么多年的亏欠、愧疚和感慨，老何最初还向哈萝表达几句，但因为哈萝从不计较，加之时间久了，他也就习惯了。

这世上总有许多心安理得是给惯出来的，这一点他很清楚。

过往诸事如雾，河堤上，雨细亦如雾。

她……最近情绪怎么样？我们只是有点小矛盾，她非要住您这里来。老何干涩地问。

你说呢？七姑娘反问。

老何又不敢接腔了。

交钱。七姑娘突兀地来了一句。老何脑子一时转不过来，傻看着老太太。

哈萝的饭钱。七姑娘说。

老何蒙了，老太是在开玩笑吗？

我不开玩笑，天下没有免费的晚餐，是不是？七姑娘轻蔑地看向他。神仙才不计较，你不是神，哈萝也不是，五谷杂粮、荤的素的、该吃的不该吃的你都在吃，总不能让哈萝只吃一嘴的闷屁。

……

老何感觉跟老太讲不下去，她提的是钱的事又不是钱的事。她瘦削的身子在雨中站得那么笔挺，像把锋利的刀。老何只好掏出手机，忙不迭地说，好好好，妈，我微信发给您。

不急，我呢，准备过两天去趟月亮台。七姑娘转头看着河坎尽头停着的车，说，县长姑爷的车送我一趟，行不行？

老何迟疑片刻说，我找朋友送您去吧，现在公车不能私用。

公和私分得恁清楚，我看你不糊涂啊，那为啥子有些事情你要犯迷糊？七姑娘绵里藏针地说道。

雨水缠绵不止，让人心烦，老何亦不知道丈母娘到底知道些啥子，知晓到哪个程度，他只有装哑巴，这让他很憋闷。他掏出烟，点上，狠狠吸了一口，又将烟绺子狠狠从鼻腔里喷出来。

七姑娘侧身避开烟绺子，说，月亮台滩头后面有个山，叫轿子顶。上面破庙里住了个又憨又瞎的和尚，大大教一只八哥念阿弥陀佛。八哥会念阿弥陀佛后，就被大户人家请去，供养在了祠堂里头。瞎眼和尚下山化缘，滩头的人都取笑他说，你的八哥都成佛受供了，你还没成佛。憨和尚不生气，说，鸟是嘴里有佛，我是心中有佛。姑爷，你要是有时间，该去会会这和尚。

七姑娘说完，转身走了。雨水连绵不休，七姑娘走得那个利索，一点都不拖泥带水。

老何听出来了，自己就是那只破鸟。他心头鬼火得很，却打不出半个喷嚏。七十多岁的老太太活成精了，道行比哈萝深。他灰溜溜回到车里，烦乱地擦拭着肩上的雨水。玉山喜看他表情阴晴不定，嘿嘿笑道，让丈母娘削了？没事，我也经常被削。

老何冷冷盯着车窗外模糊不清的水柏杨，道，两娘母都活得像把刀，一个刀锋朝着外头，一个刀锋朝着里头。老的顾小的，刀子朝外头，不敢惹；小的净拿刀割自己，唱苦情戏。我谁都惹不起，这日子没法过了。

玉山喜拍着自己的大肚子，仿佛在试探西瓜熟了没，然后说，刀锋朝外也好，刀锋朝内也罢，关键不是刀锋，是她们俩的心。

老何正胡乱搓擦满头的雨水，顿时呆怔。车窗外，一条细小的阳光丝线正好从乌云密布的云层缝隙中穿透出来，像剑芒，刺破雨雾混沌，也刺破了他的衣裳，他感觉自己赤身裸体暴露在玉山喜面前。

当年的他有一肚子的抱负，但倒不出来，那些豪言壮语一到嘴唇边就全堵住，说不出一个词。直到走江湖的爷爷用一辈子的破败总结得出四字真经——借势而生。他这才发现，他可以借哈萝的犀利补自己的笨拙。夫妻同心，刚当上主任那会儿，他觉得他对哈萝的爱和感激会比钻石还永恒，真心一颗永流传。可是这么些年，势如道法，此消彼长，时间的河流淘走了多少铮铮誓言……

成年人的放弃与选择哪有那么单纯，非白即黑，哪个人不是一边哭着流泪一边笑谈风月。他是县长，也是凡夫俗子，有些事他没法弄清白。

脑子里这么万水千山转一圈，人便委屈了。他将湿漉漉的纸巾掷到玉山喜后脑勺上，骂，整天只知道赚钱的人，懂个屁的心。

玉山喜不生气，笑叹道，说什么此情永不渝，说什么我爱你，伴君如伴虎，翻脸赛翻书，咱们哪，都别太优柔寡断，你呢，该咬的时候得咬，该断的时候要断。我也要断了，去上海，咱们就此别过。

老何一愣，友谊的小船恁多年，说翻就翻？

不是翻。玉山喜笑意渐冷，是形势变了，你也变了。

我哪儿变了？

以前讲情重义，现在讲权重利。玉山喜悠悠道，早走，免得剑拔弩张，大家难堪。

老何的脸唰地红了。

天下没有免费的午餐，也没有免费的鸡尾酒。你运气好，一直吃着免费的午餐——我觉得你应该懂我的意思。哈萝妹子这人挺仗义的，但是鸡尾酒就说不定了。年轻人的想法跟我们这代人不一样，她们可咸可甜，也可恶可善，我们这代人顾忌的很多事，她们才不放在眼里呢。听人劝，得一半，出来混，迟早要还的。

你行势。老何冷冷地说，是不是一旦你不打算求我，就会摆出一副爷的架势，骑到我脖子上？

玉山喜不软不硬地答，好像是。

你算什么东西，教训我？老何冷笑。

何大人，别忘了，你当个清官，我在你面前绝对永远不算个东西。可一旦你不清了，那咱俩谁看谁都不是东西。玉山喜答道，眼睛笑眯成一条缝。

老何气得全身发抖，他霍然下车，任由雨水淋在头上。滚！他骂，给我滚。

玉山喜不滚，也钻出车来，和他一起站在雨雾中。

老何背过身，愤怒地沉默着。

玉山喜也不说话。许久，玉山喜望着眼前雾茫茫的一片模糊，用淡得不能再淡的语气说，何县，当官久了，听不进去真话，你倒是说说，我哪一句不对？

老何回过头，狠狠盯着他，盯了好半晌。老何闷不吭声钻进车里，见玉山喜还在淋雨，不耐烦地摇下车窗玻璃，吼道，走啊！

玉山喜望望他，再望望远方，嘿嘿笑了。

9

天放晴了，天空蓝澈如镜，河面也是。七姑娘又开始拆拆洗洗，正午的阳光像恋人的眼神般醉人，七姑娘赤脚踩破河面闪烁的光，淘洗着床单。浅碎花的床单漂在水中，鸢尾花般落了一河床。

哈萝抓一把七姑娘晒在门前的南瓜子，看河中忙碌的老太太——远看就像个大姑娘，细腰瘦背白手臂。她也白，但没腰。哈萝叹口气，张嘴想要叮嘱七姑娘，都进秋了，河水凉，赶紧上来。可她又说不出口，和七姑娘吵了几十年，这么体贴的话从她嘴里冒出来，简直就是个笑话。

有些事一旦成了习惯，人便回不去了。

就像那个家，也回不去了。哈萝苦笑，把剩下的南瓜子扔回竹筛子里头，懒洋洋走上河堤，开车去单位。

和城郊耀眼的阳光不同，城里的秋阳又绵又轻，映进图书馆，馆里的空气和事物便有丝绸一样的底色和柔软，把这个寻常的下午衬托得无比安闲。其实对哈萝来说，一年里她有三百天都很安闲。成千上万册藏书摆在这里，今天等人来，明天等人来，像闺中的怨妇。这样的状态也恰恰暗合了哈萝的生活本质——离老去还远，却已在老去的路上。

一对年轻人装模作样走进来，一进馆就朝最里的地方钻，半天没出来。哈萝不用想都知道，他们不是来看书的，是来谈恋爱的。图书馆夏天有空调，冬天有暖气，聪明的孩子很会选地方。

哈萝站起身来，无声地向里走。她在馆里经常穿一双软底布鞋，黑色的布面，麻线纳的千层底。她记得当年七姑娘就是穿着这样的千层底布鞋，在她和哥哥们入睡后，悄无声息地走出吊脚楼。千层底布鞋走起来没有一丝声响，前一脚心思刚溢出来，后一脚又会被吸纳和藏匿。

书架尽头角落里，两个年轻人在那里卿卿我我。哈萝敲敲书柜，女孩子惊一跳，抬起头来，看到身着宽大袍子的哈萝杵在跟前，吓得“妈呀”一声。

哈萝暗自得意。她都不快乐，他们凭什么可以在她的地盘上如此快乐？幸福已死，恩爱谁与寄？看到一对小鸳鸯倏然分开的惊恐模样，哈萝心头生起莫名的快感。

叫妈？她悠悠道，你妈在打不死你。说罢转过身去，又去寻另外的猎物，猫一样无声无息。

身后的女孩气急败坏地低骂。

她没回头，侧望窗外浮动的树影和光斑，恍惚看到年轻时谈恋爱的自己，还有羞涩的老何。她无声地笑起来，在心里对女孩说，风水轮流转，总有像我一样的那一天。想到这里，她突然有点心疼骂她的姑娘。

岁月啊。

下午五点半，老包见哈萝没有走的意思，便在美团订了两份素食简餐，豆腐馃子、伞把菇汤、清炒方竹笋、水煮莲花白。两个中年女人和着书本、油墨和夕阳的味道在过道上懒洋洋地吃着。哈萝望着饭盒里与平时杯来盏往、大鱼大肉全然不同的清淡，问老包，你一直这样吃？

嗯，清淡点好。老包说，再说你不是要减肥嘛，我没敢订油腻的。说完又问，你减肥，老何知不知道？

关他屁事。哈萝塞一嘴方竹笋，冲口而出。

老包敏感地瞪大眼，问，怎么了？

没怎么。哈萝差点把闹离婚的话说出来，都到了嘴边，到底脖子上长着的是脑袋不是瓜，生生憋住了——要不是有个老何，人家凭什么对你恁好？

正好手机响，哈萝避开老包殷切的目光，接起电话。

那边是个女人慵懒又清晰的声音，是我。

你是谁？哈萝想，奇怪的人。

就是我。女人把我字咬得有点重，哈萝头轰的一声炸开了，意识到什么，腾地从椅子上站起身来，左右张望，匆匆走到馆外。

说。她从牙缝里迸出一个字。

姐姐。女人说，我们聊聊？

姐姐？喊老娘姐。聊？老娘和你聊个屁。她骂完，恨恨挂断。环顾四周，总觉得这女人就在附近，哈萝愤怒又慌乱。

不能让她出现在自己的世界里，绝对不能。更不能让老包她们知道和看到，遇上这种事情，无风还要飘十里，她怎么活呢？

何长生，你这个杂种。她思来想去，能骂的人只有姓何的。她跑向停车场，红色的袍子随风鼓起，像一束奔跑的火把。

夕阳将尽，血一样红，悲壮的光芒从四面八方打到她脸上身上，带着欺凌的霸气。哈萝浑身发抖，发动起车子，轰地驶往图书馆大门。突然门边斜地里冲出来一个人，哈萝来不及刹车，只见那张熟悉的脸惊恐地盯着她，还没开口说话，便被撞飞出去，一串血迹呈弧形迸射开来。

老何！哈萝尖叫，声嘶力竭——老何！

喂，喂喂。一个声音急促地呼唤着她，哈萝，哈萝！

哈萝费力地睁开眼，脸上湿漉漉一片。

做什么梦啊，哭成这样。老包笑道，做个梦都是老何老何，老夫老妻了，还恁恩爱。

哈萝还没从惊吓中回神，只觉手脚酸软，出气都难。她慌乱地看了一圈，又看看墙上的挂钟，上面显示着四点。

没到下班时间，也没有简餐，她和老包不在过道里，而是在办公室里。一切都还没有发生。

她拍拍胸口，喃喃答，我梦见老何死了，好多血。

梦死得生，见血有喜。老包说，你家老何还要升官呢。哈萝，你可是真福气、真福人。

我哪有什么福气？哈萝抹去脸上的泪水，双手在桌上不安地寻找。我手机呢？老包说那那那，文件夹下面。哈萝慌乱抓起手机查看，没有陌生的来电号码——的确是个梦而已。

她只是打了个盹儿。

突然手机真响起来，哈萝惊恐万分，差点掉地上。老包心焦地问，什么梦啊，还没回神？又瞥一眼手机，说，你家老何。

哈萝心脏乱跳，接起电话，心有余悸，喂？

晚上我回来，跟你说个事。老何像在给秘书安排工作。

哈萝心脏乱跳，却佯装若无其事，富态又雍贵的脸上堆起幸福的笑容，却又是不耐烦地说，要回来？哎呀，真是烦人，好吧，想吃什么？给你订。

那边烦她装，已经挂了。哈萝依然拿着手机，好，嗯，知道了，路上慢点。

老包嘻嘻笑起来，看看墙上八十年代的老挂钟说，去吧，快回去吧。

哈萝莞尔，懒洋洋起身，心头却沸腾慌乱成一锅粥。

恁久的冷战，他回来想说什么呢？刚才那个梦不是好兆头，没准儿就是那女人逼宫，让他来摊牌。

哈萝不想他来说“什么”，她“什么”也不想听，她从月亮台跌跌撞撞走出来，受尽委屈走到今天，大河上下几十里唯一的女大学生，长得又是白雪公主一样的好女孩，为了他，丢了女儿家最引以为傲的身材和当年灼灼其华的梦想。一二十年来，她每天约的人、吃的饭、应酬的事项、操心的细碎，桩桩件件，都是为了老何。她不是爱吃，她也不是爱胖，她都是为他。还有谁比她更像一只尽职的老母鸡，把丈夫儿子都呵护在翅膀下，老的小的，连找双袜子都要问她。

结果老何说她啰唆，批评她到处约饭局处关系，不注意影响。

你在他身后替他解决了所有麻烦，最后变成了拖他后腿的人。

思来想去，出门到停车场也就是一两百米的路程，心里已经和老何理论了好几遍。

独独不敢碰那个啥子桥的事情。

暮色渐起，哈萝惴惴不安地走着，脑子里全是嗡嗡声。风吹起袍子，地上的人影顿时显得恓惶凌乱。一群玩耍的孩子跑过来，蓬勃热烈，像穿过空气一样穿过她，她想起了当年的自己，那个像风筝一样挣脱月亮台的小哈萝。离开月亮台，不做姆妈七姑娘那样的女人，信誓旦旦恁久，如今竟然只留下一堆惨白的灰。

听老何的语气，他绝对是想摊牌。自己该怎么办？像梦里那样，撞他一回。

可是撞死他以后又怎么办，还有儿子，还有七姑娘……日子像河边的毛竹林，竹子连着竹根，竹根连着笋子，已经不是她一个人的事了。

算一下时间，儿子运来已经下课了，她掏出手机打运来的电话。莫名地，手竟然有些抖，脑子里冒出一串莫名其妙毫无逻辑的念头——只要儿子接电话，她再难也能活下去——好像是儿子亏欠了她，如果她不想活了，也是儿子害的。

运气好吧，很少理睬父母的运来居然接了，开口就是一句，老哈，你怎么了？

哈萝一时没反应过来，有点蒙，木头木脑地说，什么怎么了？

你状态不对，最近。儿子正在变声期，声音像鸭子嘎嘎叫。

我状态不对？你老子状态才不对。哈萝愤然说道。

你这辈子除了我老子，就不能提点别的？儿子劈头还将过来，成天就是我爸，都把自己活没了，你看看你的样子，恁胖。我跟你讲，你那不是胖，是笨，再这样下去，你就完蛋了。

哈萝抹一把泪，恨恨道，我是笨，我笨得都把自己忘了，都顾你们去了。

儿子不劝她，反而笑起来，你也晓得哭啊，外婆说过，你总有哭的一天。

所以你们都等着看热闹是吧？哈萝骂，你外婆巴不得看我哭。

什么叫巴不得？儿子反驳她，外婆说的，别看你刚，总有扛不住的那天。她要是还在，她接住你；她要是死了，我就得上。还好，你没等到我外婆死的那天才哭。

外婆说的，外婆说的，他们没少说起她？一老一少，相隔半个世纪，都说了些啥呢？哈萝有点怔忡，一时忘了哭。

都快五十岁的人了，还不让外婆省心，好意思说我！儿子控诉道。

有一丝别扭又久违的温暖慢慢从脚底漫上来，包裹住她，就像当年她一边讨厌七姑娘的照拂，一边又渴求着她寄来的衣物。哈萝不好意思地摸摸脸，有点发烫。

儿子。她松懈下来，委屈地、细弱地说，你爸叫我晚上等他，他要回来。

摊牌吗？儿子敏感地问。

可能是。哈萝一瘪嘴，眼泪又掉下来。原以为儿子还小，什么都不懂，结果这小子心头跟明镜似的。什么意思啊，全世界都知道了，就她一个人演戏。

散了吧。儿子像个看透尘世万物的老和尚——你以为你牵着风筝，其实是风筝困着你。老哈，日子还长。

10

哈萝坐在车里，不想动，太阳的余晖一点点被夜吞噬，黑暗如潮水一寸寸漫上来。她感到头晕，摸摸额头，有点发烧。每次发烧她都只能去云门沱，因为老何不在家，也没人给她熬粥。到了云门沱，床上一躺，全是阳光的味道，睡醒来，又是粥的香。

这一天过得太艰难了，担惊受怕，她全身酸软。想，早点结束吧，回云门沱去，好好睡一觉。

可老何还没到。

哈萝吃力地拿出手机，问老何到哪儿了。

老何说，有事耽搁了一下，快到了。

你不用来了。哈萝按着太阳穴，说，我们离婚吧。

老何那边没有声音。

我累了。哈萝听到自己的声音变了，那是她生命中从未出现过的声调，温软、松懈、自由，比远方更远——可能你也累了，咱们离了吧。

哦？老何有点蒙，只好顾左右而言他，妈说你在减肥，注意点，别太猛。

哈萝听着，哑声失笑，她瞪大眼，不让泪水淌下来。这算什么呢？捅人一刀再塞颗糖？她想说，她的胖是因为孤独，他常年不在，她独自在家，一个人的日子那么长、那么绵厚，她成天不去吃饭喝酒，难道在家数豆子？这些示弱的话，哈萝说不出口，也不想说出口，她是船老大，不是河岸边那些等船的女子。

她想起了七姑娘，每到船队靠岸的时候，热闹的月亮台码头笑声鼎沸，只有她沉默安静地坐在残破的窗棂前，侧眼看吊脚楼下河水翻涌。

自从那年春尾的洪水冲走父亲和他的船后，七姑娘就再也没有去码头接过船。然而，白天的热闹过去，夜深人静时，七姑娘都会披一件薄衣，去到沉静如悬月的大河边，看着河滩远处一灯如豆的木船发呆。哈萝躲在吊脚楼上，嘴唇咬得发白，害怕得直想哭，她真怕姆妈被那微细昏黄的灯光给吸走，怕姆妈再也不回来。那艘船，哈萝知道，是炳安码头张家伯伯的船，张家伯母前两年伤寒死了，月亮台的人都在说，七姑娘迟早要上张家的船，到炳安家去。

但姆妈站在石沓沓上，从没往前走过一步。每次披着河霜回来，面对被窝里死盯着她的哈萝，她也只是寥落地解释一句，听河水声，怕是要涨鱼。

好像是说给哈萝听，又好像只是说给她自己听。她苍白冰凉的脸，因夜霜的冷和别的什么原因，在月色下显得更加透明，像是要消失一样。

那时候，哈萝不懂七姑娘的痛。

八点整，小区的路灯亮了，所有模糊不清的景色和人都像从魔咒中醒来，笑声、打闹声、娃娃玩的滑板车音乐声热腾腾袭来。困乏的哈萝揉了揉越来越耷拉的眼皮，老何还没到，他当自己是苦守寒窑的王宝钏吧，一直傻等。哈萝发动车，想回云门沱。

前方急匆匆走来一个中年男人，边走边掏腰上挂着的钥匙。

哈萝说了老何十几年，现在早不兴在腰上挂钥匙了。老何不为所动，固执地坚持。他说，他们老家只有族长才有资格在腰上挂钥匙。之前哈萝没细想，现在想来，原来这串钥匙代表着欲望，谁能丢下这么强大的欲望呢？

喊，稀罕。下午在图书馆做的那个梦突然浮现在眼前，哈萝握着方向盘的手开始发抖，狭窄的小区车道像月亮台的石板巷。她仿佛看到了幼年时追着人砸石块的那个小哈萝，穿一身红衣裳，像奔跑的刺桐花。

呵呵。哈萝激动得喉咙沙哑，她伸出滚烫的手，打开车灯。

两道惨白刺目的灯柱下，她看到老何惊恐的双眼和张得异常夸张的嘴。她想，要是再近一些，她一定能看到他的扁桃体。

11

醒来时，世界白茫茫一片。

哈萝以为自己到了天堂。结果突然听到自己的肚子咕噜响，紧接着一碗香气扑鼻的粥汤出现在她眼前，提醒她这是烟火人间。

端着汤碗的七姑娘也听到咕噜声，责骂道，不争气的，发着烧还惦记着吃。

哈萝头昏脑涨，抬眼看，头顶上吊着个输液瓶，一晃一晃。她想起了中山西路那些行道树，叶黄皮蔫，绿化站的人来，也这样给它们挂着吊瓶，说树病了，这话听起来诗意又悲伤。

我怎么了？她沙声沙气地问，没来由地，也觉得悲伤。

你说怎么了，烧到四十度都不知道去医院。七姑娘吹着汤，舀一匙放她嘴边。

哈萝不习惯七姑娘如此亲昵的动作，有点尴尬地别开脸，翻着个白眼。

七姑娘见她不吃，没好气地把汤匙摔碗里，溅起几滴汤。

哈萝不争气地盯着那碗汤面，金黄色的鸡汤上撒着细小的绿油油的葱末，香菇切成碎丁，和鸡肉一起熬入了味……七姑娘神经兮兮的，喂什么呢，递给她不就完事了嘛。哈萝咽下汹涌的口水，突然想起车灯照耀下老何惨白的脸，惊跳得坐起来。老何呢？

七姑娘白她一眼，说，给你吓得跳花坛里，摔伤了手拐子，照片子去了。

好，没死就好。哈萝这才发现自己周身酸痛得厉害。

只是……唉，可惜了，就一脚油的事，偏偏踩不下去。哈萝浮想联翩。

还是吃一口吧。七姑娘又端起粥。

哈萝回过神，看了眼七姑娘，病房惨白的灯光下，七姑娘老了，眼角全是皱纹。细看，眼眶也是红的，到底是亲妈，七八十岁了还替她操心着。

也许是因为生病的缘故，也许是因为运来说的那一通话，也许是因为要离婚，从此只有和七姑娘相依为命……总之，哈萝的心没来由地软下来，眼泪也跟着淌下来。

姆妈。哈萝无力地喊了声姆妈，把自己吓一跳。二十多年来她一直叫她“喂”，有了运来，除了“喂”，也叫她运来他外婆，总之从来没叫过姆妈。她不好意思地舔了舔干涸的嘴唇，声音沙哑——我都这岁数了，你不用这么操心，你就是个老太婆，不是神。

“姆妈”是大河人家才用的称呼，亲昵的时候连后面一个妈字也省掉，姑娘家撒娇，拖着嗓子叫一声姆。七姑娘没料到这辈子还能听到哈萝叫她一声姆妈，人都木了，好半天才回过神来，淡淡说，你也是，一辈子死撑着，为啥呢？你也不是神。

和你一样呗。哈萝苦笑，什么样的妈，养出什么样的姑娘。

我可没教你把啥子都拴在男人身上。

那不是男人，是情。哈萝低下头拍拍肚子上的肉，取笑自己，这也是情。

你这情也太多了。七姑娘轻蔑地看着她，膘恁厚。

姆妈。叫了第一声，再叫第二声就轻松多了，哈萝生气的语调里竟然有了撒娇的味道——膘啊膘的，也不担心我难受。

七姑娘笑。

给我一口。哈萝望着粥。

七姑娘端起碗又要喂。

哈萝推开她的手，拿过碗直接开喝，生龙活虎的样子，不像是要被老公抛弃的女人。

我其实只是轰个油门吓吓他。喝完粥，哈萝感觉自己变得强悍起来。

她夸张地张开双手，说，那家伙，吓得嘴张那么大，我都看到了他的扁桃体。

12

病房很安静。

老何沉默着，眼睛牢牢盯着悬挂在半空中的药液瓶，眼神山重水复。

哈萝也不说话，她发现老何老了，那么多白头发，连发根都是白的。她记得很多年前老何还是小何时，他的头发是多么茂密、青黑和刚硬，像夜色下如剑般坚挺的菖蒲。

老何看懂了她的眼神，苦笑，老了。

也白了。哈萝说。

早就白了，都快五十的人了。

什么时候的事，不一直黑着吗？

染嘛，一直都染。老何答。

你白头发遮得住，我胖遮不住，很难看，是吧？哈萝悻悻地问。

老何摇了摇头，表情变得很严肃，是哈萝喜欢的那种稳沉和笃定。然后他说，讲真话，哈萝，你很好看，就是胖起来也很好看。但你内心膨胀起来的那些东西，非常不好。老何说完，下意识地将凳子往后挪了挪——他已经准备好了来自哈萝的暴风骤雨。

哈萝却靠在病床上，一脸平静地看着老何，没有反驳也没有争吵。

老何有一丝怔忡，半天，他说，那个……

没问题。哈萝利索地打断他，离，我签。

离？老何蒙了，为什么要离？

不是你想离吗？还找我摊牌，够飙啊。哈萝挖苦道。

我没有啊。老何狼狈地回过头看七姑娘，向丈母娘求援。七姑娘站在窗旁，背对着二人，仿佛什么也没听见。

你叫我等你回家，不是要摊牌吗？

不是……昨天我先去了那边，你知道的……其实我和她之间就是吃吃饭、坐坐。我跟她说，我不会再去了。老何吃力地解释着，他觉得自己既无辜又无赖。对调酒师要无赖，在哈萝面前扮无辜。可是两口子走到这一步，并不全是他的责任。

我也有责任。哈萝仿佛听到他心里的话，接过话题认真地自我批评起来，我一心想当船老大，是我的错。

老何愕然，陷入了难言的沉默之中。这么多年的抵抗，抵不过哈萝一句话，他终究还是败给了这个大气的女人。

他一直想摆脱她的掌控，如今她表明要丢手，他却感觉自己成了一艘被遗弃的船，空荡荡的，那么孤单……

哈萝也沉默。她无意再探究老何内心在想些什么，反正这个船老大她已经不想当了，她只是在心里默默盘算日子——后天就是大河祭了。

姆妈。哈萝转过头，眼神柔软地看向站在窗边的七姑娘。夜深了，一轮明月照耀在她脸上，细瘦挺拔的身影一如当年坚忍顽强。这么好一个姆妈，她居然和她吵了一辈子。

后天大河祭，我陪你去月亮台。哈萝听到自己一字一顿地说。

13

古老的河流早已改道，当年繁华的码头如今沉寂一片，刺桐花也早过了花期。但岁月在这里始终是慢的，青石板还在，木房子吊脚楼也都还在，和繁华的都市相比，月亮台的一切都让人感觉不真实。

漫步一级级清亮如镜的石台阶，七姑娘叩响一户户陈旧的木门。

她准备了很多话要和她们说，但她们都老了，嫉妒的刺都化成了柔软的羽毛。不待她辩解，她们便打开门，烧开了茶水，用羽毛般重逢的温暖包裹着七姑娘，连连说，不容易啊，当年。

短短几个字，七姑娘足足等了半辈子。

窄街尽头有一扇门，七姑娘敲不开。

哈萝知道，那是十九年前搬到月亮台来的张家伯伯的院子。哈萝真正不想七姑娘回月亮台的原因，正是这个人和这扇门。

七姑娘不知道缘由，退后几步，抬头打量小院的围墙和门楣。这是彭家老太的院子，难道人走了？

一枝开满浅红色花朵的三角梅从墙上垂下来，枝条狂野，花开荼蘼，一片片开裂的树皮写满了风霜后的沧桑。

只有炳安码头才有浅红色的三角梅，月亮台的三角梅是深紫色。七姑娘终于明白了什么，她回过头看向哈萝，眼神犀利——

就因为这个？

哈萝心虚地咽了下口水。

他哪年搬来的？

就是……我叫你搬出去那年。哈萝不安地答，眼见着七姑娘眉头竖起，紧赶着要去拍门——我敲敲试试，可能你敲门声音太小。

回来。七姑娘一把扯住哈萝，说，淌走的河水不倒流，离开的姑娘不回头。这大河水永远往前流，谁都回不去当年那条河。说完，七姑娘转身走了，脚下带风，像当年的七姑娘一样决然傲然。

但是船还是那艘船啊。哈萝笨重地追着七姑娘，在她身后嚷，就这一条，你真不要了？

呆妹子，七姑娘止住脚步，缓缓转过身——狭长的月亮巷，忆不完的往事，七姑娘就站在那堆斑驳凌乱的往事里，慈爱而哀伤地看着胖得跟个洋娃娃似的哈萝——我的船在心里头啊！天下所有的姆妈，心里都有一条船。

一朵三角梅随风飘落到哈萝脚下，哈萝蹲下身。

浅红色的花瓣，是岁月淘洗后的颜色。

（原载《人民文学》2022 年第 7 期）

阳台上的鳗鱼

程　青

一

那年冬天北京冷得特别早，十月中旬已经要穿羽绒服了。特别是刮风的日子，又冷又干，不管待在屋里还是屋外都是透心凉。我从温暖湿润的南方过来做北漂，天气成了对我的第一个考验。

原本我打算过了冬天再出来，但莺莺姐、婉儿和陆岩他们几个催得太紧了，说他们都到了，就等我一个。制片人霖哥也每天打电话发微信，说人码齐了就好开工写剧本了，现在是三缺一，老朋友嘛，一个不能少。我却不过情面，也却不过情义，还有一个私人原因，我和继母闹得很僵，跟她带过来的妹妹也相互看不顺眼，老是别别扭扭的。她们俩是一条线上的也就不说了，我跟爸爸的关系也变得紧张起来，我发现他越来越没有原则，时常偏向她们母女俩，有时候干脆彻底倒向她们，我都闹不清楚他到底还是不是我的爸爸，所以我也不想在那个家里待着了，也不是我不想待，是真待不下去了。有一天我心情烦闷，一个人在外面漫无头绪地乱走，太阳照在头上火辣辣的，我忽然想明白兴许他们也很不愿意我待在家里，他们三个才是真正的一家人。就是那一念之间，我决定立刻北上。

莺莺姐和婉儿邀请我去跟她们挤一挤，她们和另外一对情侣在东五环边上合租了一个两居室的公寓，我觉得三个人住一个房间实在太拥挤了，而且和陌生的情侣住一起也不方便，我谢绝了她们的好意，自己在网上找房。

出租的房子很多，找起来却像大海捞针一般。要么大小不合适，要么价钱不合适，要么地段不合适，好容易都勉强合适了，租期又太长。我不知道霖哥的这个活儿多长时间能完成，也不知道做完这个还接不接得着下一个，而且更加不能确定的是我自己有没有耐心在人生地不熟的北京待下去。我对自己还是很了解的，没啥能耐不说，还娇气，做事凭兴趣，受不得委屈，有时倔劲一上来不肯将就。妈妈总说是爸爸惯得我一身毛病，现在爸爸不惯我了，可我身上的毛病一点没好。

我手机上下载了各种租房 APP，那一阵我就像上瘾一般有事没事刷一刷。一天半夜从睡梦中醒来，我随手点开一个租房软件，竟然搜到了一套看上去很不错的一居室，租期可长可短，地点离莺莺姐和婉儿她们不远，价钱合理，比我的预算还低，关键是装修得赏心悦目，从图片看，格调、色彩以及配的家具和摆设都是我喜欢的。次日我打电话联系了经纪人，毫不犹豫付了定金。

到北京的第一天，在房产中介公司我见到了房东孙智达。孙先生四十几岁的样子，中等偏高的个子，微胖，圆脸，大眼睛，厚嘴唇，给人一种踏实可靠的印象。和他一起来的是一位烫着半长鬈发、皮肤微黑的女士，看上去比他年轻一些，我想当然地认为他们是两口子。

坐下签合同之前孙先生和我随意交谈了几句。他未语先笑，说刚才看见我走进来就很高兴，他就想把房子租给一个女孩，因为这是他们女儿的闺房，装修好不久孩子就出国留学去了，房子没怎么住，还是崭新的呢。我一听也特别高兴，这么说我的运气真是很好。

价钱我就按网上约定的支付，孙先生似乎在等我砍价，但我没有，因为这个价钱要得并不算高。中介的小伙子把合同拿来给我们签，是事先印好的制式合同，对租金的约定是押一付三。孙先生对我说："这样您看好不好，不用押一付三，您住一个月就付一个月的租金，如果住不满一个月，租金算不算的也没关系。"

"那不可以。"我认真地说，"我会按合同付的，谢谢您不要求押一付三，这样我手头可以宽裕点，不过至少也是要押一付一的。"我跟他开玩笑说，"要不我跑了怎么办？"

中介的小伙子听了笑起来，说："人家都是为自己的利益争得面红耳赤，你们倒好，这么谦让，话都是替对方说，我干了好几年还没见到过。"

孙先生用玩笑的口气对我说："那没事，您也不会把房子带走吧。"

他对我一直称“您”，说话的方式像个地道的北京人，但他咬字特别清晰，和北京人舌头向上轻轻一卷的发音方式不太一样。他问我是从什么地方来的，我也顺口问了他一句，他说他是南京人，不过已经在北京生活几十年了。

“你们彼此还有什么要求都当面说清楚。”中介的小伙子叮嘱我们。

“本来还想说拜托您爱护这个房子，见到您觉得不必说了。”孙先生笑着说。

我说：“您放心，我会比自己的房子还要爱惜的。”

走出房产中介公司，孙先生向我介绍那位和他一起的女士：“她是我同事，叫宋淑雅。”他就像顺口提起似的说，“一会儿我们还要出去，今天我的车限号，搭她的车。”

他们带我去物业办登记手续，然后领我去新租的房子。房子果然十分理想，除了非常新，还特别干净，真是纤尘不染。客厅里有小巧的写字桌和柔软的长沙发，厨房里锅碗瓢盆一应俱全，都是颜值很高的那种，灶台和油烟机看着就像是从来没有用过，还能闻到新物的气味，洗手间是干湿分离的，淋浴间的玻璃罩明亮剔透，没有一点水渍，水池和马桶样式时髦美观，同样是十分清洁，整套房子比我想象的还好。孙先生打开厅里的窗户通风，正是夕阳西下时分，金灿灿的阳光从玻璃上反射进来，房间里相当明亮。他站在窗户前，指着对面一座高高的塔楼对我说：“我就住在对面的小区，您看顶层那个挂着蓝色窗帘的就是我家，走路几分钟就到。”

正说着，宋淑雅走过来轻声问他：“塑料袋在哪儿？”

他顶多顿了一秒便反应过来她要的是垃圾袋。他指了一下进门处挂衣架下面的小柜子，她打开取出颜色不同的垃圾袋，套在垃圾桶上，我明白这是为了垃圾分类。

看她细心周到如同主人一般，尤其是和孙先生很有默契的样子，我下意识地想到他们的关系恐怕不仅仅是同事那么简单。这个念头也就是一闪而过，我自然没有多管闲事的意思。

孙先生问我：“您刚搬来，需不需要去超市买点东西啥的？正好有车，带您过去很方便。”

我谢了他，说不用，我可以在网上下单。

临走前他说："电和燃气我都充了，回头我把电卡和燃气卡给您送过来。"

我说："您把电卡给我就好，我不做饭的。"

第二天下午，门外响起很轻的敲门声，是孙先生来送电卡和燃气卡，跟他一同来的还有他太太。

他太太和他差不多年纪，她身材娇小，长相清秀，头发剪得短短的，戴着硕大的有点扎眼的耳环，细白的皮肤有一些晒斑和皱纹，一开口说话却带着一种妩媚和娇气。她自我介绍说叫潘晓芬，笑嘻嘻地对我说叫阿姨还是叫姐随便。她带来了蒸香肠和酱肘子，十分热情地说："都是我自己做的，也不知合不合你口味，你尝尝，喜欢的话再给你拿。"

她对我称"你"，有股子自来熟的劲头，让我觉得很亲切。

她和孙先生上次来一样，也站到窗户前，指着前面的高楼说："你看，那是我们家，挂蓝窗帘的，离你不远，哪天请你过去认认门。"又说，"当初给女儿买这个房子就是看中离得近，人家说父母和孩子隔着'一碗汤'的距离最好，就是说端碗汤过去还不凉，这样相互不会烦，彼此照顾起来又方便。"

她一脸很幸福的笑容。

孙先生也笑，也是非常知足的样子。

二

外面秋雨绵绵，房间里倒是温暖如春。霖哥给我们开了电暖气，又亲手给我们煮了香喷喷的咖啡，他用一种夸张的、既讨好又鼓励的口气对我们四个说："你们都是我眼里年轻有为、前途无量的好编剧，有劳各位大驾，多下功夫多费心，咱们整个爆燃的，好好放它一把烟花。"

之前我们和霖哥合作过，不过是很小的合作，也没拿到什么钱，那还是在他发达以前，如今他已是大制片人了，虽然可能还算不上呼风唤雨的人物，但在行内也有相当的知名度和影响力，他手上掌握的资源也是今非昔比。

霖哥给我们出的题目是写一部缠绵悱恻的爱情电影。"我的梦想就是能拍一部传世佳作——”他带着梦幻般的神情说，“爱情无疑是最美好最打动人心的。”

我们四个却是十分雷同的小心翼翼的表情。

“我特别盼望你们能写出像《卡萨布兰卡》《魂断蓝桥》《罗马假日》《泰坦尼克号》那样的影片，《乱世佳人》《蒂凡尼的早餐》《廊桥遗梦》当然也是极好的，怎么样，各位有信心没？”他用激动和欢悦的口气透露说，“这回咱们不是戏等钱，而是钱等戏。”

可是我们却激动和欢悦不起来。

莺莺姐说：“你说的这些都是影史上的经典，哪里是说写就能写得出来的？别说我们了，就是让原作者再来一遍怕也难做到。”

婉儿十分干脆地说：“我写不了爱情，我连正经的恋爱还没谈过呢。”

霖哥说：“你们要相信自己，也要相信这个团队，关键是要相信爱情。”他又说，“艺术创作是虚构，并不需要事事亲历。”

陆岩叹气说：“我倒是相信爱情，也相信我们这个团队，且谈过恋爱，但可能是我运气不太好，从来没遇到过电影里那种超凡脱俗的爱情，我的恋爱不管谈成谈不成，谈来谈去都是一地鸡毛。我和现任女朋友已经讲好下个月结婚，钻戒和婚纱买好了，酒席预订了，亲朋好友的请柬也发出去了，她忽然跟我提出要三十万元的彩礼钱，现在我被这块大石头压得喘不过气来。”

我们对他表示同情。

我说：“我愿意写爱情，但我不知道怎么能写好，我最大的问题是缺乏生活。”

霖哥笑着说：“你们不要上来就先给我摆一堆困难，还是那句话，没有条件我们创造条件也要上。”他转向我说，“所以呢，就是要多观察生活，多体验生活，多深入生活。”

他说话的腔调特有领导的范儿。

我们都说霖哥讲得没错，可是我们各有各的难处。我们七嘴八舌，自揭伤疤，轻而易举就把剧本会开成了诉苦会。

莺莺姐说她之前确实存在爱情焦虑，生怕一生遇不到一个相爱的人，遇到之后便是婚姻焦虑，担心人家不跟她结婚，现在又遇到生育焦虑，不是生两个还是三个的事儿，而是生一个都很困难。“不瞒你们说，我做过两次试管了，都失败了，身体上受的折磨就不说了，心理上也受到很大的打击。我想不通别人唾手可得的，到我这里怎么就那么难？可是我还是不死心，我在犹豫要不要做第三次。做不做对我都是个非常艰难的选择。”

婉儿说她特别羡慕那些找到自己另一半的人。她苦笑着说：“去年我姑给我介绍了一个对象，我们之间不冷不热的，想热热不起来那种，我跟他说，你说我们是继续相处还是分了算了，他说都行。他这个态度，我知道没啥大戏，再往下聊恐怕也就是一块鸡肋。我说那就算了，不要耽误我了，他说你都二十八了，我能耽误你什么呀？”她叹口气说，“我渴望爱情，但现在不奢求了，只要有那么一个人，肯对我好，乐意跟我在一起，愿意听我跟他絮叨絮叨心里话，偶尔对我说声‘我爱你’，哪怕是骗我的也没关系。”

“骗可不行，我在这上头是吃亏上当过的。”陆岩皱着眉头说，他的女朋友跟他谈恋爱时什么都不要，什么都不让他买，对他非常体贴，也非常体谅，可是当他向她求了婚，她马上跟他提出一堆条件，买房买车不说，还要一大笔彩礼。“她真的太能装了，装得温柔贤惠，特别好说话，我这不就中计了，现在是进退两难。”

我说我的问题与爱情无关，我是怀疑人生。我跟他们讲了我爸爸一颗心都在他新太太身上，对我完全不像以前那样了，我在他眼里无足轻重。我说：“我连自己爸爸都不能相信，让我还怎么相信别的男人？”

他们听了居然哈哈哈笑，异口同声说：“这倒又让我们相信爱情了。”

三

我到北京转眼就半个月过去了，一天接到孙先生的电话，他问我房子住得还好吗，有没有啥问题，聊了两句他说如果我周末有空，他和太太想请我到家中吃个便饭。

除了几次去开会霖哥请客，我已经吃了两个礼拜的外卖了，对周边各家小馆子的味道了然于心，有的我一看见名字便没有了食欲。孙先生的邀请让我的胃一下子苏醒过来，味蕾也同时雀跃起来，但我没有马上答应。我心里犹豫，从小到大我很怕到别人家里做客，我不知道到了别人家里该说什么不该说什么，该做什么不该做什么，而且我还怕冷场尴尬。但孙先生一句话打消了我的顾虑，他很平淡很家常地说："就是请您过来认个门，顺便吃口饭。"

到了约好的那天，天气阴沉，待在家里都冷飕飕的，我裹着毛毯窝在沙发里憋大纲，心里又为去不去犹豫。傍晚时分孙先生打来电话，说他马上开车到楼下接我，让我慢慢下去。我说路这么近，我自己走过去就行。他说天冷，不好走。又说，有车接接送送很方便的，女儿在家的时候上学、出门都是他接送。他乐呵呵的，听上去这是一件很令他愉快的事。

我没再拒绝。到了他家，一打开门炖肉的香味就扑面而来。他家不大，也不新，但收拾得窗明几净，窗台和窗前的长条桌上摆着绿植和盆花，整整齐齐，生机盎然。潘晓芬迎出来，接过我的外衣，让我换上事先准备好的一双棉拖鞋。

"新的。"她说，"以后你来就穿这双。"

我心里一暖。

"我看你比我们桃桃也大不了几岁，一个人跑这么大老远，真挺不容易的。"她眼里闪过怜爱。

她请我在沙发上坐，给我沏了玫瑰花茶。餐桌上已经摆好了酒杯、碗筷和冷盘，孙先生一到家就扎上围裙进厨房去忙了，不一会儿端出一道道热菜。

吃饭的时候他们夫妇拿着公筷给我搛菜，我面前碟子里的菜堆得像小山一般。他们家的菜做得又精致又好吃，平心而论，与我父母做的饭菜不相上下。唉，我们那个家早已经散了，想到这儿我心里不由得一疼。

他们夫妇一边频频劝我喝酒吃菜，一边津津有味地聊起做菜的诀窍。他们讲鱼要做得有样子，煎鱼的火候一定要控制好；又说炒肉丝必须锅热油烫，要把肉丝炒得立起来，不能塌了，才好吃。还有好多，他们一个说，一个应和，聊得丝丝入扣。我听着他们说话，心里有一种暖融融的踏实感，我已经长久没有听见这样平和亲切的家常话了，不过我真的不懂肉丝怎么炒得"立"起来。

他们问我到北京来做什么，我说过来写电影剧本，他们沉默了片刻，表示赞赏，脸上的表情远没有刚才说做菜时生动，显得有点隔膜。

"你写什么电影？"潘晓芬问。

"爱情。"我说。

他俩听了似乎一怔。

"以前还在老家的时候我听说过一件事情，有一对男女，两个人爱得死去活来，家里不同意，非要他们分开，他们不肯分手，被逼得走投无路，两个人决定一起去跳江。你们猜后来怎么了？女的真从桥上跳了下去，男的没有跳。"她说，"这算爱情吗？"

孙先生摇头说："肯定不能算啊，还爱情呢，连最起码的人情都没有。"

潘晓芬不同意，说："两个人肯定也是真的要好，不然怎么会宁可一起去死呢？"

孙先生说："他真爱这个姑娘就应该承担起责任，而不是跟她一起去死。"他停了一下说，"我想起我们报社有个同事，是个轴人，做事认真细致到不可思议，我们那里发表的文章有错别字就会被记下来，每天公布，还要罚钱，大概是一个字一块钱吧，涨没涨价我不知道。这个同事就从来没有错过一个字，这也不是一天两天、一个星期两个星期，而是二十多年如一日啊。就是这么一个一丝不苟特别较真的人，他结过五次婚，说是为了寻找真正的爱情……"

"那他找到了吗？"潘晓芬略带揶揄地问一句。

"大概就是上上个礼拜吧，他离了第五次婚——我想他是没找到吧，要找到了不就不离了？"

我发现他们两口子挺幽默的，讲笑话都是一脸严肃，一点不笑，也许他们并不觉得这是笑话。

"你写剧本肯定很费脑子哎。"潘晓芬转回话头，感叹地说。

"靠写字吃饭真不容易。"孙先生说，"我在报社上班，看那些编辑记者很辛苦，写呀写的，白班夜班都写个不停，好在我是做发行的。"

吃饭的当口孙先生一次次站起身走到窗边撩开窗帘朝外面张望。"今天这么个冷法，感觉是要落雪了。"他微笑着说，"刚才去接您的时候，我看见好像在飘雪花点子，要是下下来，就是今年的头一场雪。"

潘晓芬接嘴说："可以把暖锅拿出来了，下雪天吃暖锅最好了。"她热情洋溢地对我说，"你也一块来吃。"

孙先生答应了一声，继续说："我们桃桃特别喜欢下雪天，一看见下雪就兴奋，就要往外面跑。那孩子不怕冷，小时候跟我玩打雪仗，冻得小脸通红手指像小胡萝卜也不肯进屋，还跟我说要是一年四季都下雪就好了。哈哈，她去了波士顿，打电话给我们说那里的雪比北京大多了，积雪堆得像墙那么高，经常是一夜大雪之后早晨出门连汽车都找不到……"

潘晓芬望着他笑，对我说："他说起女儿话就特多。"

孙先生又讲起女儿小时候的趣事，都是零零碎碎的小事情，他说得兴味盎然，我听了心里发酸。我不由得想起爸爸妈妈，上一次我们一家人像这样其乐融融地一起吃饭我已经不记得是什么时候了，而下次还有没有这样的机会都是未知数。

四

自从在孙先生家吃过这顿饭，大约是因为我对他们的厨艺赞不绝口，夫妻俩经常做了东西送给我吃。潘晓芬来得多一点，起先她送完东西就走，连门也不进，说是怕打断我的思路。后来来的次数多了，我让她坐会儿，她也不再拒绝，但神情总有些惴惴不安，就像一只惊恐的小兔子，跟她的年龄很不相称。我们很熟了，她才会坐的时间稍长一些。

跟我闲聊，她比在家里更加放得开，话说得坦率直接，经常是一针见血。我感觉不到我们年龄的差距，和她就像是闺蜜一般。她告诉我她大专毕业一直在医院当护士，因为心脏不好去年办了病退。

"哦，心脏没大碍吧?"我关切地问。

"还算稳定吧。"她说，"以前我身体可好了，这么些年在医院上班见的事情太多了，我这小心脏受不住了。"她半开玩笑地说。又说，"我小时候家里人叫我林妹妹，说我太多愁善感，这样不好，可我也改不了啊。在医院里我见到病人难受，也跟着难受，病人疼，我也疼，我比他们还疼。记得有一次值夜班，有个人被担架抬进来，浑身是血，医生护士都往上冲，我上前看了一眼，什么也没做呢，就咕咚一下栽倒在地人事不省。那个月奖金我一分钱没拿到，还被倒扣了五百块钱。"

我差点扑哧笑出声来，却不由得叹了一声。

"还有让我觉得特别难受的事，我从来没跟人说过。有些病人送来的时候已经病得不轻，医生虽然尽力抢救了，但也相当于跟阎王爷抢人。病人昏迷或者自己不能做主的时候，医院会征求家属是继续抢救还是放弃，我最害怕听到的就是‘放弃’两个字。尤其是病人求生欲很强，你看了会心碎。一般来说，父母不到万不得已不会放弃孩子，不过夫妻就不好说了……”

她停顿了好一会儿。

“那天你说要写爱情电影，其实我特别喜欢看爱情电影，可听你一说我心里立马想，这太难为你了！我活了这一把年纪，青春年华早过完了，年轻时的爱情梦也早醒了，我是越活越糊涂了，你说真有爱情那个东西吗？”

她望着我，似乎想笑一笑，但那个笑容没有成形就消失了。

我发现她笑起来特别年轻漂亮，仿佛年纪从身上流失了一部分，但是她不笑的时候显得忧戚和隐忍。

没等我说话，她又说：“要是说婚姻可能还实在些，结婚毕竟有红彤彤的证书在那里，两口子一起吃吃饭睡睡觉过过日子也是真的，有了事情夫妻之间多少也能搭把手相互照应。”

她忽地收住话头，脸上有点发窘，好像为自己说了真话愧疚。

我却想到了孙先生，脑子里浮起他微胖的笑呵呵的脸，我不由得说：“你和孙先生还是挺不错的，说真的，你们的家庭气氛让我很羡慕。”

她瞬间绽放出甜蜜的笑容，她笑得十分由衷，而且很有满足感。

孙先生也会来给我送吃的。他经常带饭上班，有时候他上班前先拐到我这里，给我送来同样的一份，足够我吃一整天。他跟他太太一开始一样，也是送完就走，门也不进。跟太太不一样的是，他还会从餐馆带东西给我吃。有时候他在外面应酬，吃到好吃的菜，会给太太和我各打包一份。我心里真是挺感动的，以前我还小的时候爸爸就是这样，他在外面吃到什么好吃的一定要带妈妈和我去吃，看到我们喜欢吃的东西，他就反复买，直到我们再也不想吃。我发现孙先生有些地方跟我爸爸挺像的。

有一天孙先生来给我送酱牛肉，说是专门跑牛街去买的，让我尝尝百年老店的味道。那天他不是一个人来的，跟他一起来的还有我们签租房合同那天见到的宋淑雅。

孙先生说："您说家里的 Wi-Fi 不稳定，我请了个专家来看看。"

我想起我确实是提过一嘴 Wi-Fi 有些飘忽，其实也还能用，没想到他放在心上了。

宋淑雅轻轻一笑说："我哪里是啥专家，就是略微知道一点，还不知弄不弄得好。"

她进房间去调试 Wi-Fi 的时候孙先生坐在餐桌旁跟我闲聊。

不知怎么几句话之后话题就说到了宋淑雅身上。他说她特别能干，还特别热心，报社的人有事都喜欢找她。又说，其实她自己的事情就够多的，爸爸妈妈公公婆婆四个老人，加起来三百多岁，都是她一个人忙前忙后照顾。还有一双读中学的双胞胎儿子，成绩优秀不说，一个篮球打得特别好，一个足球踢得特别棒，她在他们身上可是下了大功夫了。

宋淑雅听见了，隔着正对着客厅的窗子，对孙先生一笑说："你帮我那么多，我都没说。"她朝我说，"我转业到报社，以前从来没接触过这个行业，两眼一抹黑，多亏孙老师不厌其烦带我。"

孙先生哈哈笑着打断她说："我们就不要对着夸了。"

宋淑雅一边忙着一边说："我就是想多做些事情，把事情做好，我看人家做起来不费力，到我这儿不知怎么就变难了。我总觉得自己没把事情做好，经常疲于奔命，还是顾此失彼。"

孙先生宽厚地笑着，朝她说："做到这样已经相当不容易了，要不然单位选劳模大家怎么都把票投给你？你就是对自己要求太高，这样可不是要累着自己。"

他的口气里带着些许埋怨，听着特别真率，我心里一动，不由得又想到他们的关系肯定不一般。

十来分钟，宋淑雅就把 Wi-Fi 调好了，果然比之前好用多了。

我请她坐，她说不坐了，还得去给老人送东西。孙先生接过去说，她家四个老人住在四个地方，老父亲在住院，老母亲住在自己家里，老公公住在疗养院，老婆婆住在老年公寓。他说："这一圈够她兜的，今天她车限号，我开车送她。"

他俩匆匆走了。我捧着一杯热茶走到窗口，漫无目的地朝外望着，无意间看到他们正好走出单元楼门，孙先生伸出胳膊搂住了宋淑雅，那么自然而然。宋淑雅斜过身子依偎着他，两个人挨得很近，头靠着头，就像在喁喁私语。

这一幕仿佛瞬间证实了我心里的猜测。

五

我们四个出了一份大纲给霖哥，他看了两天没有说话。到第三天他召集我们开会，说大纲写得当然是不错，可惜不是他想要的。

“我做梦都想拍出一部特棒特感人的爱情电影，你们是知道的，所以，一定要写出真正的感情。”他说得语重心长，情真意切，“爱情多么美好，多么珍贵，‘问世间情为何物，直教生死相许’，我要的就是这种感觉……”

我们面面相觑，就像答错题的小学生。

“你们都是我信得过的编剧，而且这回把你们一块儿请过来，就是希望你们能把优势集中到一起，我要的不仅是叠加，还要翻倍，再翻倍，要遇山开山，遇水架桥，像推土机那样一路碾轧过去，所向披靡，我相信你们肯定能找到感觉的。”霖哥用一种提振的口气说。

可是我们却没有这个自信。这天霖哥让我们把合同签了，我们竟然都找各种理由推托，放在以前，这可是我们求之不得的。

莺莺姐说她还想再去做一次试管婴儿：“我想再努一把力，剧本说不定能写一辈子，生孩子这辈子恐怕就这一回了。”她说得既无奈又凄凉，似乎已经预知了结果，却不能不去再试。婉儿说她的终身大事比别的事都要紧：“我想通了，这个对象不行我就换一个，我就当项目去做，好赖要抓住青春的尾巴梢子把自己嫁出去，想到一个人孤老终生，我内心充满了恐慌，什么都没心思做。”她双眉紧锁，愁容满面。陆岩的问题也很棘手，为了办婚礼他把所有的钱都花出去了，拿不出三十万元的彩礼钱给未婚妻，他跟她商量等有钱了再给，可是她和娘家人都不答应，坚持要拿到钱再办事。我们几个七嘴八舌给他出主意，都说这么拜金爱情还有一点点位置吗？没有爱情的婚姻有意义吗？没有意义的婚姻还结它做甚？“我们已经领证了。”陆岩一脸苦恼地说，“现在不是结不结的问题，是离不离的问题。”

霖哥费了好一番口舌劝说他们三个，他好说歹说，他们总算答应继续为剧本出谋献策。

霖哥把目光投向我，他的眼睛里闪现出热切的光芒。

这曾是我多么渴望见到的光芒！我的心蓦地热起来，可我想到他只是为了他心中的爱情影片，而不是为了他心中的爱情，我的心又慢慢凉了下去。

“我也不签了吧。”我弱弱地说，“你们都说自己有这样那样的问题，我是因为你们都在才过来的，反正你们不签我也不签，要不然到最后所有的问题都成我一个人的问题了。”

霖哥听了后说：“不至于的，瞧把你吓成这样。我们先往下走着，那句话是怎么说的——”

“亡羊补牢，未为晚矣。”我接上去说。

霖哥瞪我一眼，笑着打断我说：“正相反，我想说的是：精诚所至，金石为开。”

六

合同没签，但大纲还得继续。一天里大部分时间我都对着电脑发呆。

阴了几日，果然下起雪来。雪下得不大，午饭时分开始下，午睡起来就化干净了，地上除了有点潮湿，看不出一点下过雪的痕迹。

潘晓芬打来电话，叫我过去吃暖锅。

“上回就说下雪天来吃暖锅，今天总算下雪了，我把金针、木耳、香菇、豆腐皮都发上了。”她兴高采烈的，声音里的欢快就像小孩子终于盼到了过年。

我正一个人待得烦闷，她这个电话让我一下子高兴起来。我从柜子里拿出霖哥送给我的两瓶波尔多葡萄酒，准备带过去跟他们一起喝。

刚把电话挂断她又打过来说：“我蒸了红豆栗子糕，还热乎着呢，你有空早点过来尝尝，正好咱们喝茶聊天。”她又补一句，“智达出差去了。”

虽说孙先生不在家，但潘晓芬做的暖锅一点不对付，料备得充足得简直够十个人吃。我一进门就看见餐桌上摆着大大小小的碗碟，除了发好的金针、木耳等，还有做好的各种丸子，切好的肉片和蔬菜，香菜、小葱、姜丝、小米辣也是一应俱全，整整齐齐的，看着赏心悦目。

“以前我总笑话智达，他一做菜就做多，尤其是请客，生怕不够吃，现在不知不觉我也成他了。”她边说边笑。

我吃着她新蒸的糕点，喝着她用碧螺春、茉莉花、干荷叶、红枣片、生姜丝、碎芝麻煮的茶，听她讲她和孙先生的事。她说和孙先生认识是她舅姥姥介绍的，她舅姥姥原先跟孙先生也是素不相识，他们是在火车上遇到的，坐同一个车厢，一路上他帮她端茶递水，把她照顾得无微不至。她舅姥姥带的行李多，上车时孙先生主动帮她搬到行李架上放好，下车时又帮她拿出站。她舅姥姥很感动，跟他要了电话号码，一定要介绍给她。舅姥姥说，一个人对陌生人都这么好，你找他错不了。“我舅姥姥是个半仙，会算卦，会解梦，会寻物，好多稀奇古怪的事情人家不明不白的问她都懂，老太太看人的眼光也不一般，现在她已经八十多快九十了，耳聪目明，硬朗着呢，家里上上下下都肯听她的话。”

正说话，门铃响了。

我笑说：“是不是孙先生赶回家来吃暖锅了？”

“不能够。”她笑，“他去跑发行了，没个十天半个月回不来。”

她打开门，似乎愣了一下说：“你怎么来了？”

门外那个人说：“你不是说就自己在家吗？所以我没事先发信息。我们单位组织去农庄采摘，我给你拿点刚摘的蔬菜水果过来。来的路上看见有个店里在卖大闸蟹，给你买了几个。”他说着话走进客厅，看见我，微微一怔说，“有客人啊？”

潘晓芬对他说：“就是租我们房子的小朋友灿灿。”

他立马笑着和我打招呼。

潘晓芬没有向我介绍他是谁。

他把东西拿进厨房，过了片刻跟着潘晓芬走出来，说：“你说洗衣机门不好关，我去瞧一下？”

说着，他走进卫生间。不一会儿他就出来了，说：“看不出有啥毛病，你把门往上托一托就能关上了。”

潘晓芬说：“我就是那么做的，这不是麻烦吗？”又说，“我以为你样样精通呢，也有你修不了的。”

他听了嘿嘿地笑，没说啥，很老实忠厚的样子。

“晚饭要不就在这儿吃吧？”潘晓芬说，“我弄了暖锅。”

她说得很虚浮，听着就是一句客气话。

“不啦。”他说，“得早点回去，老太太一个人在家。”

她脸色一松，笑说：“那不留你，路上慢点。”

那人一走，潘晓芬抿嘴一笑说：“是我前夫老胡。”又说，“没对你说，我嫁智达之前结过婚，还有女儿。”

我听了大为吃惊，不是吃惊她离婚再嫁，而是吃惊他们的女儿竟然不是孙先生的。孙先生说起女儿眉开眼笑的样子，简直比亲生的孩子还要亲。

“唉。”她叹了口气，“往事不堪回首。”

她说她和老胡离婚是因为他家暴。“他是独子，父亲在他很小的时候就因为工伤死了，我没见过我那位前公公。他跟着妈妈长大，母子两个相依为命，他妈妈把他惯得脾气特大，一言不合就动手。我先还是忍的，后来他连女儿也打。那么小的一个小人儿，娇娇嫩嫩的，让亲爹打得鼻青脸肿，我就再也忍不下去了，下决心跟他离了。”

她说着，眼睛里涌起一层泪水。她飞快地眨动眼睛，泪花沾在眼睫毛上。

“要说离了也是伤心。他那个人，除了脾气不好，别的都好，这话听上去矛盾，其实我说的是实情。他人好，心地善良，对人真心实意，我工作又忙又累，家里的事情差不多都是他一个人包圆，我上夜班也都是他接送，风雨无阻。所以说吧，跟他离婚我心里真是挺难受的。离了之后我结了婚，他到现在也没结，我都不知道这十来年他一个人是怎么过来的。”

她很伤感。

我不知道怎么安慰她。

我说：“我父母也离婚了，他们离婚的时候我很大了，上中学了。他们经常吵架，我爸爸喜欢喝酒打牌，我们家晚饭桌上基本见不到他，他跟他的哥们一起放飞自我，有时喝得大醉，有时输得精光，挣了钱也不拿回家来，我妈妈伤透了心，老是气得跑回娘家去。他们吵得家里飞沙走石的时候我心想不如离了算了，后来他们真离了，我们三个其实都很伤心。”

她两眼望着我，满是同情。

“那我女儿还是很走运的。”她说，“智达一直很疼爱她，我爹妈说，他可比亲爹还要宠孩子。我嫁他时桃桃才七岁，都是他接送她上下学。她出国留学也是他拿的钱，他把父母给的一套房子卖了，我过意不去，他说房子不算啥，给女儿创造一点条件，让她出去看看世界才是特别值得的。真的，我没对他说过——夫妻之间感谢的话我也说不出口，其实我心里真挺感激他的。”

七

又到约定开会的日子，我早早到了，可是过了钟点，他们几个一个也没来。我给他们发微信，他们就像约好似的，一个也不回复。

好容易等来了霖哥，他脸上一点笑容都没有，神色似乎很落寞。

“你说这是咋回事呢？”他拉开椅子一屁股坐下来，“我没钱的时候，你们几个都肯帮我，现在我拿着一把钱，为什么反而是众叛亲离成了孤家寡人？”

他跟我说那三个今天都不会来了，莺莺姐和婉儿说有事要回家，他估计她们已经走了，不过直到上午才对他说。刚才在路上他接到陆岩的电话，也说有事来不了，又说这个项目就算了，以后有机会再合作。

“你跟我说实话，是不是我给你们出难题了？”他说，“前些日子我心里就有预感，他们是准备好要撤了。我给他们打电话，他们不接，发微信，以前都是秒回的，后来也不怎么回了，就是回复也是拖拖拉拉要耗上老半天，连请他们吃饭都轻易叫不出来，我就觉出苗头不对了。”

我不好说什么，因为我也不是完全不知情。

他又说：“记得是《泰坦尼克号》吧，船都要沉了，乐队还在沉着地演奏，每个人完成了自己的声部才熄灭蜡烛离开，咱们至少还没有到沉船那么糟糕的境地吧，他们已经早早熄灭蜡烛逃离了。”

霖哥眉头紧锁，情绪低落，他可是非常阳光的一个人，而且总给我一种春风得意万事亨通的感觉，他们三个一撤似乎让他陷入了困局。我发觉自己的处境十分尴尬，既不能向着霖哥说那三位不好，因为我跟他们不仅是好朋友，也算是同一战壕的战友，可我又不能替他们说话，因为我不想得罪霖哥。

霖哥忽然笑了，说：“算了，我不为难你，看你骑在墙上挺难受的。”

我也笑。

霖哥说："我这会儿很想把你像根救命稻草一样抓在手里，要对你说的那句台词我在路上就想好了——'你对我比以往任何时候更加重要'，是不是挺煽情的？不过我见到你就不想说了，我不愿意给你压力，也是先放过自己吧。"他对我提议，"会今天就别开了，我们轻轻松松喝个咖啡吧。"

当然好啦，求之不得。

他去买了咖啡，还有芝士蛋糕。

喝着香醇的咖啡，他的情绪明显好转起来。

"他们三个临阵脱逃，我也反思出的这个题目是不是太不好弄。我心中的爱情，或者说我想象中的爱情吧，确实是非常完美——真诚，纯洁，无私，忘我；我寄希望通过你们把这样的理想或者说理念变成一部电影，让更多的人看见和感受到，也可以说让更多的人一起做梦……"他沉默了片刻说，"其实我这个人并没有那么脱离实际，我也知道现实生活中的爱情是怎么回事。就拿我来说，以前我一直以为自己只是'恐婚'，有一天我发现自己是'恐爱'。从前的爱情不讲条件，现在的爱情好像首先是讲条件，从前的人用一生去爱一个人，到我们这一代，恐怕不少人连这样的想法都没有。有个冷笑话说，两堵墙相互打招呼：拐角处见！两列对开的火车相互打招呼：回头见啊！——回头真见着了不还是得迎面错过？人家说一不留神活成了一个笑话，我真担心一不留神活成了一个冷笑话。"

看着他干净的面色，透亮的眼神，有一阵我听不懂他在说什么。

"你怎么不说话？"他说。

"我在听呢。"我说。

我撒谎了，我确实是走神了。不知怎么我想到了孙先生和潘晓芬，还有宋淑雅，我想告诉他，恐怕他把"从前的人"的感情想得太简单了，生活是复杂的，爱情也不可能是简单的。

我跟他聊起我的两个房东，他听得很认真，饶有兴味的样子。听完，他沉默了好几分钟，就像信号中断一般面无表情。

"你想说爱情是不拘一格的，我听懂了。能不能让我坚持自己的想法，至少是在心里。"他喝光杯子里已经放凉的咖啡，脸上露出不肯妥协的微笑。

八

霖哥仍然不想放弃他的计划，不过他也做了很大程度的让步。那三位果然弃船而逃，只有我一个还跟着他在茫茫无边的海上漂流，他对我不像之前那样说一是一，变得有商有量。在我们发生争执时，他不仅肯让步，甚至肯心无芥蒂地采纳我的意见，我俩的关系慢慢竟有了一点相敬如宾的感觉。

一晃我的北漂生活已经过去了三个多月，北方寒冬的凛冽萧瑟和我家乡的温暖和煦全然不同，我家乡这时节还是满目青翠，鲜花遍地，而这里树枝光秃秃，楼房灰扑扑，一到雾霾天气全城都笼罩在污浊的空气之中。为了帮霖哥达成心愿，我宅在自己临时的小窝里，过着单调清冷的生活，每天对着电脑苦思冥想，许多时候仿佛走进虚无一般地发呆。

某日，门上响起久违的敲门声，是孙先生出差回来过来看我。他给我带了沿途买的各式小零食，还有一大包滚烫的糖炒栗子。

“我家桃桃最喜欢吃这家的栗子了，今天我正好有空，专门去排队买的。”他满面笑容，像个慈爱的爸爸。

我请他进屋坐。

他带着一股寒气走进来，脸都冻红了。我给他泡了一杯茶，他捧在手里，没脱外衣，在沙发上坐下来。

“晓芬本来要一块儿来的，今天她有点感冒，我怕她再冻着，没让她出来。”他说，“她特意叮嘱要我谢谢您，说我不在家的时候您去陪了她好多次。”

我说：“是她照顾我，我去你们家蹭了好几顿饭。”

他笑着摆了摆手，随即收了笑说：“其实我也要谢谢您，桃桃留学走了以后，晓芬有好长一段时间精神状态很不好，整天没精打采，做什么事都提不起兴头，我真担心她想孩子想得抑郁了。后来您来了，她一见您就喜欢，常跟我说起您，说句占您便宜的话，我们看您就像是自己女儿，就是那种越看越觉得好的感觉。”

他说着呵呵笑起来，就像是忍俊不禁。

我也笑了，我说："我太荣幸了。"

他一脸认真地说："您别介意就好，我和晓芬都是那种实实在在的人。"

他似乎有点羞愧。

我说："我真的是特别高兴。"

他显出轻松。

"晓芬姐感冒没事吧？"我问。

"感冒没事。"他说，"她身体弱，我最担心的还是她的心脏，前年搭了三根桥。"

他忧心忡忡。

"晓芬姐夸您对她特别好。"我不知该怎么安慰他，说出这么一句。

"那是应该的。"他说，"夫妻一场，我就想把她照顾好。还有女儿，还有她父母，我都想照顾好。"他停了一下又说，"当然，其实每个人我都想照顾好。"

我敏感地捕捉到他脸上闪过一个就像跟我心照不宣似的微妙表情，我即刻想到他后面这句话大概是指宋淑雅吧。

"您真是个大好人。"我由衷地夸赞他。

"说不上的。"他谦虚地说。又嘿嘿笑着，带着既像是反省又像是认同的神色说，"晓芬说我是一个多情的人，我也不知道她是啥意思啊，她是不是说多情的人也是无情的人？不过比起无情的人，多情的人至少是有情的。"

九

再过半个月就要到春节了，孙先生和潘晓芬去南京探望父母。临行前他们又给我送了好些吃的，有酱好的肉，烧好的鱼，卤好的豆干，蔬菜都是洗净切好装在保鲜盒里的，还有好几种我喜欢吃的水果，那么细致体贴，令我感动。他们走后，我还真挺想他们的，那种萦回于心的感觉非常类似于年纪小的时候妈妈出门我想念她那样。我经常手捧茶杯，站在窗口眺望他们的家。因为知道了哪个房子是他们的，我能从众多蓝色和灰蓝的窗帘里一眼辨认出他们的窗口。我甚至就像长着千里眼一样，能看见目力不能及的摆放在窗台上他们夫妇精心莳植的花花草草。

他们到了南京和我视频，把他们的家人亲戚一一介绍给我，我恍若他们大家庭中的一员。那种十分新鲜的感觉令我很欣悦，我一点不感到那些素未谋面的人陌生，仿佛他们从来就是我的家人。

我发现自己竟然有点想家了。我以为自己不会这样，而且，自从妈妈离开，那个家对我来说真没什么值得留恋的，爸爸娶了继母之后其实那已经算不得是我的家。我就像一只寄居蟹，住在别人的巢穴里。甚至于连我的爸爸，也成了别人的父亲。所以我不时会下意识地想到远在南方的那个家——我的小小的阳光灿烂的卧室，随风飘起的印花窗帘，放在书桌上的猫咪茶杯，还有那些我看了又看爱不释手的书，我自己都会感到吃惊。那个家里发生过的事情，点点滴滴，就像水流一样穿透我的心，把我的心浸泡得松软不堪。

有一天，我突然接到爸爸的电话，说“突然”是因为他很少给我打电话，平常他和我就是互发一下微信，而且同样是只言片语，没头没尾。我们都是不善于表达感情的人，尤其是亲人之间，从来不说亲热的话，而且，即使是一句善意满满的话也要故意说得硬邦邦的，我妈妈一直说他冷漠。

爸爸在电话里说，这两天他到上海开会，开完会想顺道到北京看看我。我听了差点愣了，从南宁到上海再到北京，怎么说也不算是“顺道”呀，我不知道我老爹心里的地图是不是跟我的不是一个版本。

我回答他：“哦，怎么想起来的?”

在电话那头的他似乎也是一愣，说：“就是看看你。”停了一下又说，“你走了三个多月了。”

我把他的话连起来解读：你走了三个多月了，我得看看你去，要不然说不过去。

其实没什么说不过去的，他有他的生活，他来不来看我，我真的不介意。

“北京很冷的，太冷了，你不习惯的，没必要跑一趟。”我对他说。

“机票都买好了，下午的航班。”他说，“冷我不怕。”

他就是这样，说啥是啥，不与你商量，固执得很。很多时候，我跟他一样。

几个小时后，爸爸就到了。他不让我去机场接他，连航班号也不肯告诉我，我只得听他的。他一进屋就说："看你过得还不错嘛，有吃的有喝的，看来我担心得多余了。"

他打开行李箱，从里面掏出一包包吃的，其中好几包是我们老家的螺蛳粉。我在家里都不吃的，他不会不知道，我真不明白他为何要千里迢迢带过来。

"抽个时间你带我去看看你的两位房东，你跟我说他们很照顾你，我要去登门谢谢他们。"他说。

哦，这么说螺蛳粉啥的大概是他准备送给孙先生他们的，这真可谓是"千里送鹅毛"了。

大概他发觉我神色不太对，又从手提包里掏出两个方方的锦盒，递给我说："还有这两样也送给他们，你打开看看，我刚才在机场买的。"

我接过打开一看，锦盒上面印着四个金字：高级饰品。打开层层包裹，原来是两块琉璃挂件，两个盒子里分别装着男款和女款，标价很贵。

"怎么样，送得出手吧？"爸爸目光热切地望着我。

我真不想打击他，这两个物件华而不实，况且也不像是孙先生夫妇的东西。

"我挑来挑去，差一点把飞机误了。"他说。

我还是忍不住说："这东西有什么用？"

他两眼望着我，木了一下，语气急促地争辩说："礼物就是心意，哪能说有用没用呢？"又带着讥讽和玩笑的口气说，"你们不是很浪漫的吗？现在怎么一开口就是'有用'？"

他话里的这个"你们"显然是指我和妈妈，以前他也是这样说我们的。

我心里觉得他眼光土，不会买东西，不过没有往下说。

"那我们什么时候去看看你的房东？"他问我。

"这回见不着。"我说，"他们出门去了。"

"这么不巧？"他明显失望，"我可是诚心诚意的啊。"

爸爸是第二天晚上的返程航班，还有一个白天的时间可以出去逛逛。我问他想去哪里，他说冰天雪地的，看你又忙，不如哪儿都别去了。我说你难得来一趟，北京好多地方都没玩过，我再忙也要陪陪你，何况我也没那么忙。

“那好，”他说，“我们去香山吧。”

香山？我以为自己听错了。

“是啊，香山的红叶最有名了，我一直很想去看看。”

可是这天寒地冻的，香山的红叶早落光了。

我还是陪他去了香山。山上阳光灿烂，寒风料峭，他面颊冻出两块红，就像涂了没抹开的胭脂，他竖起衣领，缩着脖子，脸色泛黄，看着都冷。我把自己的羊绒围巾摘下来给他，他坚决不要，还差点冲我发脾气。

一路上我们话很少，几乎没有交谈。在离开家之前已经有很久我们就是这样子，所以我也没觉得有什么不自然，只是心里多少还是有点郁闷，我想既然跟我无话可说，又何苦跑这么大老远来看我？

我们并没有爬到山顶，走到大平台就开始往回返。下山的路上我们不像上山时那样沉默，不时交谈几句。爸爸也不像刚才那样冻得哆哆嗦嗦，他脸色缓了过来，面颊上那两片奇怪的红色也自然消失了。

“山里真静。”他感叹说，“我感觉能从这宁静中汲取能量。”

“所以你不去看名胜要到山上来餐风饮露。”我说。

“这里人少。”他说，“我就想安静地和你待一下。”

我不吱声，心里想：何必呢？

我们默默地往下走，下山比上山步子快得多。

“小时候你就喜欢一个人走在前头。”爸爸从后面赶上来，笑眯眯地说，“从小你就能干，独立，那样小一个小人儿什么事情都做得又快又好，你妈妈说，这孩子长大了留不住，肯定是要远走高飞的，让她一语说中。”

他毫无预兆地提到我妈妈，用的还是那样一种亲昵的口气，就好像我们还是一家三口，中间没有发生任何变故，我心里忽地一酸，有一股气在胸中胀满，我感到胸口隐隐作痛。

“有些话我也不知道怎么说。”他停下脚步，在一个斜坡上站着，脸上出现了踌躇的神色。

我也停住脚步，等着他说。

他缓缓地挪动着脚步，仿佛要找一个站得住脚的地方。他下到一个比较平坦的台阶上，说："爸爸没本事，留不住你妈妈，也留不住你，蛮失败的。"

那一瞬间，我的眼泪差点被他打下来。

"说这做什么？"我气恼地说。

他赔笑说："你不要生气，我也是想了好久，要不要对你说。"他停顿了片刻，轻笑一声，又说，"这种话其实也没什么机会说。"

我听了没有同情，差点脱口而出：你是不是离婚离后悔了？不过我没有说出来。我忽然想到，尽管一直在一个家里生活，他们离婚的真正原因其实我并不知悉，他们谁对谁错我更是弄不清楚，我只是对他们离婚这件事耿耿于怀。

看我眼圈红了，他走近我，轻轻搂了搂我——大约从我八岁之后他就没有这样跟我亲近过。

他缓缓地一字一句说："你离开家之后我很失落，不是因为你走了，而是我反思了自己以前所做的一切。我是爱你和你妈妈的，对你们的这份爱里甚至含有很多特别自私的感情。尤其是对你妈妈，我对她的感情，也可以说是爱情吧，经常是霸占性的，我对她限制太多，让她感到是一种勒索，无法忍受。所以她一离开我就跑到澳大利亚去了，我想就是为了离我远点吧。"他凝望着我，声音忽然有些嘶哑，"我伤害了她的同时实际上也伤害了你，不仅让你失去了遮风挡雨的家，也让你对亲人之间的爱产生了怀疑。其实我都看在眼里，只是走到这一步，我也无能为力……有时夜里睡不着觉，我会想来想去，也想通了一些事情，亲人之间的爱可能感觉非常深，但是当无法达到预期的时候，它是脆弱的，很容易就会消失。唉，我已经尝到了苦果。"

我不知道该不该对他说句安慰话，我满心委屈，觉得自己才是那个更需要安慰的人。

等走到山下，我的心情才轻松下来。

"我不想给你捆绑任何亲情的绳索。"爸爸说，"你随时可以回来，来看看我也会很高兴的，家永远是你的家。"

当晚，爸爸回去了。除了给我带了一大堆吃的，他还留下两万块钱，我不肯要，他执意给我。他一个人去了机场，就像来的时候不肯要我接一样，走的时候他也顽固地不肯要我送。

十

我承认，爸爸来过之后我更想家了。尤其是出门时遇到北风呼啸，站在冰冷彻骨的马路边上打不着车，或者网约车迟迟不到，几分钟冻得手脸僵硬整个人犹如冰棍一般，回南方去的念头越发强烈。我在霖哥面前也流露了这个意思，他似乎有点紧张，问我回去了还来不来，我知道他还是放不下他心里的那个项目，只好说还不一定走呢，既是搪塞他，也是搪塞自己。

我在回与不回之间纠结，一晃就到了除夕。

除夕一早爸爸和我视频，和我聊了聊他们忙过年的事情，问我春节打算怎么过，他就像是不经意地问我你回来吗。我跟他说我不回了。我一点准备没做，没买机票，没收拾行李，也没给他们买好礼物，就是想走也来不及。他便说，不回也好，省得路上挤来挤去。他这句话说得那么言不由衷，让我心里莫名地涌起负疚感。

我在网上下单买了一些吃的，想到要过年，比平日买得更多。买好东西又把家收拾了一遍，打扫得干干净净。可我心里却并不安逸，写字是没有心思的，想坐下来好好看看书，翻了几页就不耐烦起来。屋里很静，暖气充足，但我却感到无比寂寞，长长的一个下午我几乎一直对着窗外发呆，我的目光不时落在远处那一方蓝色的窗帘上。

薄暮时分，我接到孙先生打来的电话，他问我在不在家，我说在家呢，他的语气立马有点小兴奋，他说：“我们还想您兴许回家了，兴许出去跟朋友聚了，您在家太好了，我们已经过天津了，您等着我们来接您一起吃年夜饭。”

我怕给他们添麻烦，正欲推辞，潘晓芬的声音在电话里响起来：“你想我们了吗？我们可想你了！在南京看见什么都想给你买一点，我们相互提醒，她吃不了这么多的，但还是买，还是买。好在是开车回去的，要不然这么多东西肯定拿不了。”

她说话的口吻完全像是家里人，我有点不适应，但又很感动。

孙先生再次接过电话，说："给您带了一样好东西，您肯定猜不着，我也是有年头没看见过了，晓芬还拦着不让我买呢，我没听她的。"

他像是占了上风一般哈哈大笑，潘晓芬也笑，他们的笑声洋溢着没遮没拦的愉快。

这就是传说中的"不是亲人胜似亲人"吗？他们的电话给我清冷孤独的心境带来了暖意和慰藉。

可是，我等了很久很久，他们一直没到。我不放心，打电话过去，他们说堵在路上，不过导航显示道路很快就会畅通。过了一阵他们再次打电话过来，说前面又堵上了，吭哧吭哧走得相当费劲。我们隔一阵就通一个电话，来来回回不知打了多少电话，他们终于在八点多钟赶了回来。

听见敲门声我真是喜出望外，就像小时候终于盼到爸爸妈妈下班回家。孙先生提着两袋子东西走进来，让我收好跟他去吃晚饭。他打开一个环保布袋，一样一样告诉我什么该冷冻什么该冷藏，随即他又打开一个套着塑料袋的蒲包，一股咸腥味扑面而来。

"闻闻，多香啊，大海的气味！"他笑呵呵地说，"这是野生的海鳗，特别新鲜，这么大个头，我都没有见过。"

虽然我特别喜欢海鲜，可是面对这么大一蒲包的海鳗，我还是傻眼了。

"我来帮您收拾。"他看出我束手无策，仿佛为了不让我为难，大包大揽地提起袋子走进厨房。他拎出一条海鳗，举过头顶，足足有两米长。他把它放进水池，一边收拾一边说："这东西风干了蒸一下特别好吃，有多少都吃得完的。"

他满面笑容，神情特别陶醉，我估计那一定是触动了他往昔的记忆。蒲包里那么大的海鳗竟有两条，我心里觉得太好笑了，瞬间理解了潘晓芬为什么要拦着不让他买。

敲门声又响起来，我跑去开门，是潘晓芬来了。

"我们正要下去呢，你怎么上来了？"孙先生说。

"我等这半天也不见你们下来，外面下雪了。"她转向我，眼睛里满是温柔的笑意，"我想别让你吃了饭再从雪地里往回跑，就把菜拿上来了，差不多都是现成的，热一下就可以吃。"她手里提着一个带盖的竹篮。

我高兴地对他们说："正好我也买了不少吃的，不如就在这里吃年夜饭?”

“这好吗?”他们显得有点迟疑。

“有啥不好的，本来你们就是这房子的主人。”我说。

“现在不是这么回事……”他们客气地说。

我不让他们推辞。

孙先生放下没收拾完的鳗鱼，和潘晓芬一起忙晚饭。我要帮忙，他们不让，说厨房油烟大，非要我到房间里去。我自然不好意思袖手旁观，便摆摆酒杯碗筷，帮他们递递东西，打打下手。

潘晓芬说:“桃桃在家的时候我们也是什么都不让她做，她们学校要求学生回家帮爸爸妈妈做家务，还要填写家校联系本，我们都是闭着眼睛给她写上。”她朝孙先生努努嘴，“他比我还惯呢。”

孙先生笑说:“不是有句老话，‘在家靠父母，出外靠朋友’，有父母和朋友能靠是福分，能让别人倚靠同样也是福分。”

潘晓芬也笑，说:“所以我们家桃桃直到出国前家务活儿啥都不会。她问我，煮面条是冷水下面还是热水下面，和面是先放水还是先放面，还有可笑的，她做西红柿炒鸡蛋那是一绝，她把鸡蛋炒熟了西红柿直接拌进去，我说她就是个小爱迪生，这也算发明创造吧?她爸爸还直夸好吃呢。”

他们煎炒烹炸，厨房里热气氤氲，这个家里第一次有了这般浓浓的烟火气。我脑子里不由得叠印出小时候在家时的情景，那个时候爸爸妈妈的关系还正常，虽说他们也会吵嘴，但日子还是过得下去的。一到休息日他们就一起出门采购，回来一做就是一大桌。白斩鸡、大肉圆、红烧鱼是他们最经常做也最拿手的，每个节日他们都要弄出一些别出心裁的美食，过年要做年糕、糖环和腊味，端午节除了包各式各样的粽子，还要做芭蕉叶糍粑和艾叶青团，中秋节要做凉拌鸭子和藕饼。他们还经常请亲戚朋友到家里来吃饭，我特别喜欢他们请客，家里来人是我最开心的时候。我喜欢看他们相互碰杯，一杯接一杯喝酒，抢着说话，高声大笑。我心里一个很深的感触就是大人们的热闹冲淡了我童年的孤寂和无聊。看着孙先生夫妇忙碌的背影，我心里竟然闪过一个念头，我真想从背后拢住他们，就像小时候经常对我爸爸妈妈做的那样。

不到一个钟头他们就做好了一桌菜。让我暗暗惊叹的是他们夫妇俩配合得太有默契了，做菜的时候他们话很少，或者根本不说话，手底下却是环环相扣，干净利索。我们三个围桌而坐，打开电视机看春晚节目，瞬间充满了过年的气氛，我甚至有昔日重来之感。

吃完饭，他们抢着收拾，我不让他们忙，但拦都拦不住。孙先生不但不让我动手，也不让太太动手，叫我们两个坐沙发上安安逸逸喝茶看电视。他呵呵笑着说："我做惯了，你们都别跟我争。"

潘晓芬拉住我，笑嘻嘻地说："那我们就恭敬不如从命。"

她笑得眼睛弯弯的，一副很娇媚的模样。

我们就果真不管了，由着孙先生一个人忙。他弄好了，走到客厅里得意扬扬地对我们说："鳗鱼我也收拾出来了，你们要不要观赏一下？"

他打开厨房通向阳台的门，外面稀稀落落飘着雪花，两条长长的鳗鱼悬挂在露台的晾衣钩上，在夜色里通体泛着银光。

"您可真有办法。"我夸赞他。

"他这人太实在了。"潘晓芬笑着撇了撇嘴，"但愿没给你添麻烦才好。"

春晚正演得热闹，他们告辞要走，我没有挽留他们。他们开车赶了一天的路，又忙了年夜饭，我想肯定也累了。我把爸爸带来的东西拿给他们，他们欣喜的神色就像是第一次收到礼物，让我心中也是满满的喜悦。我觉得真是过了一个多少年没有过的完美除夕。

出门前孙先生帮潘晓芬穿上外衣，又给她围上披巾，他做这些十分自然，没有丝毫要做给别人看的意思。面对眼前这幕，我竟然下意识想到了另一个女人。一错神，我想起了孙先生望着宋淑雅那脉脉含情的眼神。

我送他们夫妇俩进了电梯，我们互道"新年快乐"。他们进了电梯潘晓芬按住电梯门对我说："对了，忘记说了，明天你要是高兴的话下午跟我们一起去逛庙会吧？"

孙先生笑容满面地说："我们每年春节都去的，属于我们家的传统保留节目。"

我欣然答应。

回到家，我走到窗口，外面的雪还在下，还跟刚才那样下得不紧不慢，地上没什么积雪，他们的汽车停在路灯下，车顶上倒是有一片白。我漫无目的地朝外望着，看见他们走出楼门，夫妻俩一前一后，隔着有两三米的距离，孙先生走在前头，潘晓芬走在后头，他好像想停下等她，但他刚站下又迈开步子往汽车走去。他没有像上次我看见的和宋淑雅那样伸出胳膊搂住太太，潘晓芬也没有像宋淑雅那样斜过身子依偎着他，我想这也许才是正常的夫妻关系吧。

翌日清晨，我在金色的光线里醒来，隔着窗帘都能感觉到外面是一个大晴天。

拉开窗帘，外面银装素裹，房顶、树枝、汽车和地面都积着厚厚的一层雪，看来夜里还是下大了。阳台上两条长长的鳗鱼冻得硬邦邦的，背部和尾巴上结着小小的冰凌，被阳光一照，正缓慢地一滴一滴往下淌水。这两条经孙先生之手开膛破腹的鳗鱼，嘴和肚子被一次性筷子撑开，仿佛泰然自若地伫立在风里，正咧嘴开怀大笑。

我怎么看都觉得阳台上这两条鳗鱼突兀，奇怪，与周围的一切格格不入，可是它们又似乎让我呼吸到了某种熟悉的生活气息，让我生出一种安逸的情愫。想到下午还要跟孙先生和潘晓芬一起去逛庙会，我的心情变得开朗起来。也是在那一刻我彻底打消了回家的念头，不再在回和不回之间犹豫。我想我不回去，爸爸跟继母和妹妹会过得很开心，而我跟孙先生夫妇在一起也会很开心。

（原载《青年文学》2022 年第 2 期）

中关村东路

秦　北

一

任大任的目光，随一架反复折叠了许多次的纸飞机，飘飘悠悠地，乘着还没暖透的气流，从东升大厦十八层的落地窗一跃而下，顺着中关村东路径直朝南扎去。

飞机是用 A4 纸叠的，那纸大概率是从外面那台时常离线的打印机里抽出来的。纸上打着不多的几行字，有感谢也有不得已，当然还有忐忑，否则也不能来回叠了许多次。

我也真心祝愿公司在任总您的率领下，继续蒸蒸日上，早日成功上市……

老板桌那头的声音拽回了任大任的目光，他的双眼重新落在对方身上，注视中多了审视。

老邝是任大任亲自招揽进公司的第一人，或者说“挖”更准确，因为任大任当时确实出了 Pre-A 轮融资之后他所能给的最高薪，才让老邝从一家已然上市的国内 IC（集成电路）设计公司改换门庭来到他这儿。那薪水即便跟那些上市大公司比都不怯。这样的初体验令任大任畅快了好几天。

撬动老邝的不只是钱，任大任还把芯片设计这块业务都交给了他，让他做了部门主管。虽然当时整个芯片设计部门总共才不到十个人，但随后又招进来的那十几个人，就全是老邝一个人拍板定夺的了，不管用什么人、给多少钱，到任大任这儿都一律 OK。

可即便如此，也依然没挡住老邝转正才半年多，就递交了辞职信。

也祝你今后一帆风顺。任大任像在跟面试老邝那天的自己说再见。

肯定会再见，没准儿还很快，他心想。老邝这么老成务实的人，绝不可能没找好下家就贸然辞职，更不会离开 IC 设计这个眼前薪水越涨船越高的风口行业。但令他琢磨不透的是，他都允诺了 Pre-A+轮融资之后能给到的最高薪了，为什么老邝还是婉拒，去意还是如此决绝？

你到底为什么辞职？老邝准备起身告辞，兀地又被这句话拽回椅子上。同样的问题，任大任又问了一遍，但这遍不是出于震惊，单纯只是好奇，如同三伏天攥着瓶冰镇的北冰洋汽水，眼巴巴望着手握瓶起子的老邝来给他把瓶盖儿起开。

老邝卡顿了似的静止了几秒，最终还是揣起了瓶起子，又掏出来刚才那一套：住得太远，开车太贵，地铁太累，年纪大了……

真的吗？我不信。任大任大失所望。

真是年纪大了，跑不动了……老邝肩一塌，一脸爱莫能助。

年纪大了，老邝总爱把这话挂嘴边儿，张嘴闭嘴“我们 80 后都老了”。80 后确实不年轻了，但任大任自己也是 80 后，还是 85 前。

他把管人力资源的小宋叫到办公室，这姑娘自己也才过试用期。任大任请她关上门，青石板一样拉长的脸还是让小宋脚底下小心翼翼，不由自主地嘬紧肉嘟嘟的两腮，仿佛生怕笑意从酒窝儿里淌出来。

他告诉小宋，老邝刚跟他辞职了。

小宋没有惊讶，只问什么时候给老邝办手续。

一会儿就办吧。

不执行竞业禁止条款吗？

天要下雨……任大任望着窗外。

小宋回头瞥了眼窗外。阳光明媚。她又回头盯着他。

不执行。任大任不得不交代明白。

下午有两个应聘的，还让老邝面试吗？

我来吧。被一堆事儿紧压着的任大任，又给自己摞了件事儿，跟个肩膀上扛多少都能咬牙挺住的苦力似的。把老邝那职位也挂网上。他又交代。小宋的笑意随即从酒窝儿里淌了出来，说正好昨天她刚跟“BOSS 直聘”签完合同。

真成“BOSS 直聘”了，任大任苦笑。面试官辞职，面试招的人还能干长吗？还有老邝招来的那拨人，甚至包括刚离开他办公室的小宋……

任大任眉头更皱巴了。老邝来公司虽然不到一年，但身上担着的事儿可不少，着实让自己少操了不少心。也正因如此，老邝突然请辞才打了他个措手不及，要是不能尽快找人接替，后续的验证和研发进度无法按既定的 Roadmap（路线图）走，那跟投资人可就更不好交代了。何况他还向投资人保证年底新一轮融资之前，公司的员工总数就算达不到一百也能达到八十，可这才刚冲上五十就又退回到四十九，缺了的那个“一”还是骨干……

不知什么时候拿在手上的辞职信又被他叠成了纸飞机，落地窗的窗玻璃也不知何时开始被噼噼啪啪的雨点子敲击起来，一声声的，跟刚才老邝敲门时一模一样。

窗外猛地一闪，雨点子咔嚓一下便串成了线、连成了片，给整面落地窗挂起了雨帘。没开灯的办公室晦暗下来。雨帘模糊了窗外的一切。任大任再望不见那条他时常凝望的中关村东路。

春雨贵如油，这会儿却是火上浇油。这雨又似一杯挂壁的苦酒，再难喝，他任大任也得仰脖子咽下去，苦涩也只有天知、地知，以及他知。

纸飞机被“嗖”地掷了出去，抛物线平滑，如箭如矢，也如一饮而尽的酒杯，骤然砸向被大雨浇筑得更加厚实的玻璃窗，誓要冲破那窗玻璃一样。

二

东升大厦附近有两家连锁咖啡店，一家是旁边写字楼里的星巴克，另一家是号称要取代星巴克的本土品牌，就在东升大厦的一层底商。

自从任大任的公司在东升大厦租下办公室，他就再没喝过星巴克，而是每次进电梯之前从这家本土品牌买一杯焦糖拿铁带上楼去。他觉得这样很有仪式感，也能激励他自己，因为他要做的，跟这家本土品牌要做的是同样的事情。

或许是心理作用，这家的焦糖拿铁在任大任嘴里总感觉比星巴克的更是那味儿，而且还便宜。这家本土品牌自创立之初就对标星巴克，宣称要比星巴克品质更好、价格更低。任大任觉着，品质是不是更好见仁见智，价格更低却是实实在在、手机支付记录可证的。他也要用实实在在的低价格和高品质去对标他那个行业的“星巴克”——TADI 公司。

这就相当于玩游戏第一次开档就选了 World Class（世界级）难度，因为 TADI 公司可是全球 DSP（数字信号处理器）行业的龙头老大、扛把子，全世界一半以上的市场份额都攥在它掌心里。这家公司在中国也树大根深，早在二十世纪八十年代初就很有眼光地来华设立了第一家办事处。那年刚好任大任出生。

随着中国的发展，TADI 也跟着发展，现在中国市场流行的大部分 DSP 芯片都打着 TADI 的 Logo，而中国市场的营收也占了 TADI 全球总营收的六成多。于是，TADI 对中国的重视程度与日俱增，就差把全球总部搬来了。

TADI 在华设立的第一家办事处如今已是中国区的双总部之一，就坐落在任大任本科母校清华的大门边上，中关村东路 1 号的清华科技园里。硕大的“TADI 大厦”金字标牌立在被它一家占去大半栋的写字楼楼顶，阳光下熠熠生辉，没太阳都晃眼，吸引着一拨拨进出校门的莘莘学子。

任大任当初也没少向这块标牌行注目礼。学他这专业，教材但凡讲 DSP 就几乎全以 TADI 的产品系列当案例，样片和开发板也大都从 TADI 申请，就连面试问的都是熟不熟悉 TADI 的东西。用 TADI 就这样自然而然成了行业惯例。任大任很清楚，要实现对 TADI 的国产替代，不光得从产品性能上超越它，还得打败用户年深日久的使用习惯。大学睡在他上铺的兄弟笑话他所做的事情是蚍蜉撼树，自不量力。可任大任却很认真地反驳，他不是要撼树，而是也要长成一棵大树。

那就祝你早日长成参天大树，Mr. 树。那兄弟在大树底下乘着凉，讲着风凉话。拿 RISC-V① 做 DSP，也就卖给高校、研究所，搞搞教学科研。他仍不忘给任大任才栽上的小树苗浇冷水。

这么瞧不起 RISC-V 吗？任大任不以为然。要不是 ARM 拿知识产权卡客户，RISC-V 还真可能成不了气候，问题是知识产权已经武器化了，谁不怕大棒砸到自己头上？这就生生给 RISC-V 砸出一片蓝海出来，你们瞅着不眼红吗？

我们眼红什么？我们有自己的指令集。那兄弟揉揉眼睛。

---

① RISC-V 是一种新兴的精简指令集，ARM 则是目前最流行的精简指令集。

你们是有自己的指令集，可你们不是“中国芯”啊！

树下那次“互怼”给任大任额外增添了动力。他导师很早之前就常讲，中国人搞芯片绝不能被“卡脖子”，连“卡脚脖子”都不行，因为中国人要走自己的路。所以从几年前 RISC-V 乏人问津那会儿，通过设计超大规模 SoC（系统级芯片）积累了丰富经验的任大任就开始研究，还跟 RISC-V 基金会的创始人、大神 David A. Patterson 教授有了交情，不然他也没底气放下研究所里安稳的工作和项目，带着一群兄弟姐妹出来自己创业。

任大任在圈内的知名度越来越高，市里调研芯片产业发展和生态建设，他也受邀作为青年企业家代表去做了报告。领导当时问他，东西出来了吗？他说快了。股东和投资人也经常问他，进展如何？他也说快了。客户更是隔三岔五就追着他问，东西到底什么时候能出来？他还是说快了。

这一句“快了”顶了快大半年，任大任就快顶不住了。而今终于真的快了，第一批快封的工程批样片今天就将寄到公司，没准儿这会儿已经到了附近的快递网点，甚至在配送途中了。

焦糖拿铁在他嘴里又焦又甜。他在员工面前还得强自淡定。负责供应链的小耿兴冲冲来办公室喊他去给样片拆封时，他正按捺着兴奋听邓肯给他讲一件他做梦都想不到的事情。

邓肯说他刚接了个电话，开始以为是骗子，差点儿给挂了——能骗邓肯的骗子不多，邓肯是公司的 COO（首席运营官），管着生产和销售，当初找他来，就是相中了他能聊到骗子反过来打钱的社交能力；当然还有他的人脉，在产品、产能双双没到位的情况下，他就已经给公司签下了七八家客户。

但是连邓肯自己都没预料到，全球最大乘用车公司 UVW 集团的中国子公司能主动打电话来咨询他 DSP 芯片的事情。通常都是骗子才爱拿跨国公司的大名去忽悠人，所以邓肯在感谢垂询之余，故意在话里掺了好几个特别专业的术语，对方居然全明白啥意思，一点儿交流障碍都没有。就这样邓肯也没有完全放心，在听着人家对答如流的同时，还悄摸地拿另一部手机上网查询了一下来电的座机号码。

果然是“UVW 中国”！邓肯说他当时血压就飙到了三百二，眼前的东西都有残影儿了，但他脑子没乱，心也没慌，难掩喜悦之情地跟人家透露说，公司第一款芯片的工程批样片将在今天如约而至。

邓肯说，对方估计是被他忽悠上头了，跟他深入浅出、东拉西扯、天南海北地聊了一个多小时。临了，对方说要申请样片。邓肯忙说，别呀，费那事干吗？必须当面奉上！所以，他跟对方约好了过几天专程去登门拜访。

一直旁听的小耿本就瞪大的眼睛此刻更如车灯开启了远光。任大任也心潮澎湃，但也深感遗憾地念叨了一句，可惜咱还没做车规认证……

没关系！拜访又不需要车规认证。

任大任忽然有个疑问：他们是怎么知道咱们的？

您忘啦？去年年底的 RISC-V 年会啊！他们听了您的演讲，还从咱们展位上拿了资料。

原来如此！那演讲时段买得真值！任大任很振奋，意气风发溢于言表。接下来你更得忙了，市场要全面铺开了！他给邓肯压了担子。

必须的！邓肯豪迈地灌下一大口咖啡，如同痛饮壮行酒。

他的咖啡也是焦糖拿铁，也是一层底商买的。

走，“开芯”去！邓肯一个勾手，稳稳地将空纸杯投进了废纸篓。

三

这次寄来的样片有一万多颗，这是一片十二英寸晶圆切割出来的芯片数量。任大任对上一次 MPW 的结果非常满意，样片所有模块的基本功能全都达到预期，所以这次 NTO①，他信心十足地按照顶格标准下了单，一口气做了二十五片晶圆的全掩膜。这样切割出来的芯片数量就能达到二十五万多颗，在 Foundry（晶圆代工企业）产能紧张的情势下，他也能多些样片可用。

二十五万多颗花了一百多万元人民币。这还只是流片，不包括光罩、测试、知识产权等其他费用。这对于一款准备在市场公开销售的芯片而言

① NTO 即“首次流片”。“流片”在集成电路设计领域，指以流水线方式制造芯片，是试生产的重要步骤。主要有两种方式：MPW（多项目晶圆）指同一晶圆由多个设计项目共享，一次制造出多种芯片；Full Mask（全掩膜）指一次制造流程的全部掩膜（又称光罩）都用于同一设计项目。

不算什么，甚至不够大客户一个月的订单量，但NTO的芯片主要是用作小批量的市场推广，所以这次顺利流片，很及时地为接下来真刀真枪去市场上拼杀准备了充足的“弹药”。

“弹药”的试用装就摆在会议室的长桌上。十五平方米的小会议室里挤满了人，抬胳膊都不容易，可谁都不愿错过这值得纪念的时刻。

副总乔劭旸举着手机对准正在拆包装的任大任说，师哥，你以后可以给公司带货了，绝对是IC设计行业的颜值担当。

任大任笑了笑。只剩一层包装没拆了，他朝师弟举了举，说，见证奇迹的时刻到了。

收纳盒的盖子终于揭开，嵌在一个个小方格里的样片如同等候检阅的部队，军容齐整，整装待发。任大任取出一颗，捏在指尖，黑色的封装衬托得四边银闪闪的引脚更显锋芒，表示型号的一连串字母与数字组成的白色代码也格外醒目。

任大任当初决意要找全球最大的晶圆代工企业晶益电子来承制公司的首款芯片，从MPW直至量产，这样做的目的不仅是为了提升芯片研发的成功率，更是为了以最高品质对标TADI的同型号产品。这也很符合任大任的个性，不鸣则已，一鸣惊人。

然而，晶益电子的产能供不应求，全球缺“芯”更是抬高了进入晶益电子生产排期的门槛，也把等待排期的时间拉得更长。任大任谈了几家专为IC设计企业提供Foundry流片服务的平台公司，但都不合适。那段时间他焦灼得嘴角起泡。公司的第一款芯片无法由晶益电子来流片，被他视作重大挫折，不符合他力求完美的倔强性格。

就在任大任一筹莫展之际，有位姓柴的朋友介绍了一家名叫“中关村芯愿景”的平台公司。这个人能帮你，他也是我的好朋友。老柴把中关村芯愿景老总的微信推给了任大任，让他自己去联系。

中关村芯愿景跟晶益电子是合作多年的老伙伴，公司也在中关村东路上，跟任大任的公司只隔了几个门牌号。有了他们的帮助，任大任终于如愿以偿地在晶益电子MPW和NTO了。

后来，老柴对任大任讲，你不能再像从前一样只闷头搞研发了，因为你的身份已经不只是研究员，更是企业家，所以你得学会交朋友，交更多的朋友。这是创业给任大任上的重要一课。老柴后来也成了任大任公司的重要投资人，还拉来了更多的投资者，从 Pre-A 轮开始陪着他一路走来。

一会儿要给老柴打个电话，还得找老曲。任大任心里给自己排好工作任务。老曲就是中关村芯愿景的老总，任大任还得再拜托他帮忙推动接下来量产的事情。

一想到量产，任大任的头围就缩小了一码，跟有人给他念咒了一样，不过那是下一步，而非此刻。任大任将芯片置于掌心，仔细端详，像在端详襁褓中的婴儿，仿佛从上面看到了他儿子当年刚出产房时的模样。

虽然儿子调皮捣蛋经常把他搞得很恼火，但是一想到儿子，任大任还是心头一热。从创业那天起，他就没再管过孩子，儿子从吃喝拉撒到上学放学，再加上课外辅导，全都由家里人操心着。哪怕儿子就读的小学离他的公司只有几百米，任大任都从没送过，也没接过。他很愧疚。他恨不得立刻就把手里这颗凝结着心血和智慧的芯片拿给父母妻儿看，甚至希望他们此刻就在现场，和那些跟他从所里出来创业、奋斗的兄弟姐妹们一起，共同分享这初战告捷的喜悦时刻。

任总，摆个 Pose！邓肯大声招呼。

任大任很配合也很自然地将托着芯片的那只手攥成了拳。芯片握在掌心的感觉很真切。掌握核心科技，这是公司名称“掌芯科技”的由来，也是他们这个团队所要实现的宏愿。

在即兴演说的最后，任大任用力挥了挥拳头，话锋一转，就把这简短的庆功会开成了动员会、誓师会。芯片仍然紧紧攥着，他动情又满怀激情地说，这款价值百万的“拳头产品”马上就将全力打入市场，将像二十五万粒种子，撒向广阔无垠的大地，然后等待它们早日破土、茁壮，结出累累硕果，长成参天大树！

任大任没把那颗芯片放回收纳盒，而是单独收好，之后又从收纳盒里另外取出一颗，装进了衣兜。

接下来还要对样片进行测试，这部分工作将由软件开发部门完成，芯片设计部门的人全都回去，继续为即将 MPW 的另一款芯片做准备，其他部门的人也都回到各自工位，各忙各的。

一切都有条不紊，按部就班地进行着。这也是任大任的行事风格。当初选定切入的市场领域，任大任就力排众议，没有选择更受资本市场青睐也更受媒体追捧的计算机视觉，而是将工业控制和电机驱动这个“熟透了”的行业当作突破口。

任大任对这块市场也“熟透了”，他本科就钻研过工业控制和电机驱动，申请的还是TADI在该领域应用最广、出货量也最大的一款经典芯片的样片。掌芯科技的首款DSP芯片“鱼翔”系列要替代的就是前者。

有人背后议论，说任大任挑这么“经典”的芯片做国产替代，没挑战，也不会有啥前景。这话传到了任大任耳朵里，他不屑一顾地反问，没挑战他们怎么不做？眼高手低！他说从小他奶奶就教他，不管干什么，都要一步一个脚印，没学会走就想跑，留在地上的肯定不只脚印，还得有人印。

主打低功耗的“鱼翔”系列只是起手式，后面还有大招，性能更高的“鹰击”系列不久就将横空出世。此时此刻，任大任和他的掌芯科技都需要像鱼一样继续在水下沉潜，积蓄力量，等待时机来临，再一举跃过龙门。

然而，再要沉住气也忍不住生闷气。“鱼翔”系列的第一款芯片工作频率就做到了TADI同型号产品的两倍，算法性能也提升了一倍，还增加了硬件乘除法加速器，可以大幅减少代码量。这叫没挑战？

还有人说我投了个寂寞呢！老柴曾喝着老酒宽慰任大任。任大任也借着酒劲拍着桌子强调，做我们这行，只有步子迈扎实了，才能一步一步、步步为营地一直走下去，从胜利走向胜利！更重要的是，有了这款以及后续一系列自主研发的国产DSP，国内厂商就再也不必为“断供”提心吊胆了。任大任还是引用他奶奶的话，管这叫作“家中有粮，心中不慌”。对！咱奶奶说得对！去他奶奶的！老柴又给任大任满上了他家乡的原浆老酒。那酒是酱香的，却是豆瓣酱的香。

连接成功。烧写成功。眼见测试顺利展开，任大任放下心来，回他办公室途中路过了芯片设计部门的工区，他停下了脚步。“鹰击”系列第一款芯片的流片已经进入倒计时状态，这会儿正是这个部门最紧张忙碌的时候。

任大任也紧张，虽不像第一次MPW的时候那样夜不能寐，但闭眼前、睁眼后琢磨的都是这事儿，连睡觉都梦见他亲自把MPW完的样片背回了公司，结果到公司才发现背回来的全是裸片，一颗都没封装。

老邝走了快一个月了，这个部门的主管还没招到，任大任不得不继续暂代。四下里望去，这片工区也快坐满了，他这一个月内就招进来五个人，可人手仍嫌不够。有一个还是刚出校门没多久的大学生，任大任此刻就站在他身后，像老师在检查作业。任大任当初曾经犹豫是否录用这个小伙子，但这孩子目光中对于求职的热切，还是为他争取到了这个工作机会。

他回头瞅了任大任一眼，略显紧张地叫了声“任老师”。任大任喜欢别人这么叫，跟他从所里出来创业的兄弟姐妹们至今还保持着这个称谓，但老邝来公司后，叫他“任总”的人就越来越多了。

想到老邝，任大任稍感不快。也不知道现在在哪儿高就呢，他还得叫人把老邝从前的职位从官网的招聘页面上撤下来，这种职位不适合在官网上招。

许是他的语气里带出了心中的不快，小伙子答话的声音有些颤。任大任意识到了这点，便想轻松地聊几句，缓和一下气氛，于是他就给这位正盯着“后仿真”的后端工程师讲他从前碰上过 LVS（版图对比电路原理图验证）报告没问题，结果流片依然失败的惨痛经历。他是当笑话讲的，可小伙子却是当教训听的，不仅没笑出来，连鼠标都点不利索了。

任大任拍了拍小伙子的肩膀，笑话被当成训话，他也很无奈。

董事长办公室紧邻芯片设计部门，这个隔出来的空间是专属于任大任的一方天地，虽然才十来平方米，却也足够他从老板的角色里走出来了。

任大任换上了奶奶亲手给他缝的那双“千层底儿”。还是这鞋舒坦，接地气，就算在十八层楼高的地方也能接着。随后，他从柜子里取出一个做工精细的锦盒。锦盒一尺见方，风格复古，盒身是孔雀蓝色的细纹织布，顶面使用了象征祥瑞的刺绣云锦。轻拨开象牙的搭扣，一块晶莹剔透的长方形水晶置于锦盒当中。公司 Logo 居中刻在水晶上部，水晶的下部则以隶书镌刻着“掌芯科技‘鱼翔’系列首款 DSP 流片成功”的字样以及该芯片的具体型号“ZHX320F28026”，中部不细瞧都发现不了，还有一个正方形凹槽，由淡淡的细线勾勒出四边，才指甲盖大小。

任大任取出水晶，随手一扭，水晶就分成了上下两片。他从衣兜里掏出那颗特意装起来的芯片，来回吹了吹，又在袖口蹭了蹭，然后把它正面朝上放进了凹槽，将两片水晶重新合而为一。他拿眼镜布仔细地擦净了上面的指纹和灰尘，将几乎纤尘不染的水晶放回到锦盒里。那颗小小的芯片如同黑色的钻石，被红色锦缎映衬得更加夺目，闪烁着晶莹剔透的光。任大任满意地合上锦盒，扣好搭扣。此时，一缕春风拂面而过，在他脸上留下了一丝暖意，还有一丝得意。

湛蓝的天空也似织了云锦，舒展在中关村东路上。那是他每天的必经之路。这条路，他来回走了十多年，他这十多年的人生，也一直都在这条路上。

当初公司扩大，寻址搬家，任大任特意找到东升大厦。这座大厦的大名，任大任久仰多年。2000 年，他刚考来北京之际，东升大厦里可云集了不少创业的 IT 公司，俨然中国互联网圈的地标建筑。后来，这里果真走出了两家至今声名显赫的互联网企业，可其后的许多年，却再未有其他公司追上那两家公司的脚步。就这样，在周边新建的写字楼一座座拼乐高似的拔地而起之后，这座大厦慢慢归于沉寂。

不过，任大任还是将公司的新家安在了这里。当时有两个选项，他放弃了楼层更低、价格也更低的那个。这对一家初创公司来说可不是一个理性的选择，尤其是芯片这个大把烧钱的行业，哪怕刚刚拿了大笔投资，都没人敢说自己手头富裕。况且，租赁中心的人还特意提醒他，这栋楼一共二十层，如果选十八层，上下班高峰可能一趟电梯就得等半个小时。可任大任还是执意选了十八层。因为从这里，他能看到自己的母校清华——他曾经发誓，有朝一日一定要让母校看到自己。

风还是有点儿凉，任大任起身关上了飘窗。

窗对面的墙上挂着幅字：“宠辱不惊，看庭前花开花落；去留无意，望天上云卷云舒”。字迹洒脱中透着苍劲，一笔一画都不落凡俗。这字是他的导师卢教授亲笔题的，亲手裱的。见字如面，任大任的手不经意间轻轻地按在了锦盒上。

四

任大任上一次来导师家，还是去年“五一”假期之后，他专程来送从老家带回北京的螃蟹和皮皮虾。

这次来一切还是老样子。

这楼也是“80后”。外墙体的红砖由于风吹日晒雨淋，使它要比后面那几栋外立面砌着水泥的“90后”更显老。楼道内的台阶也像老年人的牙齿，边沿大多已经磨得很滑溜，甚至有了缺口，完整无缺还有棱角的，也是水泥修补过的。

许是红砖楼越来越少，物以稀为贵，这几栋年久未失修的“80后”一夜之间就成了“网红”，每天都有校内外的大学生慕名跑来，在抖音或者快手上打卡，也向住在这些楼里的老教授、老专家们问好和致敬。

任大任拾级而上。导师的家在顶楼。这种年代久远的老建筑几乎都有一种静谧，而这栋楼里的静谧要更独特一些，任大任每次上下楼，心都格外沉静。

导师家的门也还是老样子。门上贴着导师亲笔题的对联，仿佛导师早已在此等他。任大任知道导师不在家，他下午刚给导师发了微信，导师回复，正在外地开会。

那改天吧。任大任有些失落。

去看看你师母，她想你了。过了一会儿，导师回复说。

任大任的手轻轻地按在了门铃上。没响两下，对讲器里就传来了师母和蔼的声音。听出是任大任，和蔼中立时又多了慈爱跟亲近，随即“啪嗒”一声，安全门就打开了。

师母的皱纹更深了，银丝也更浅了。他很亲热地叫了声“师母”。在导师的众多弟子中，师母最疼他这个关门弟子，他读研那会儿总是被喊来家里吃饭，那段时光，这里俨然就是任大任在北京的家。

毕业之后，任大任到了所里工作，也还总是隔三岔五来，偶尔还有个和他同一课题组的哥们儿跟着他来蹭饭，美其名曰向导师讨教学术问题。可后来这哥们儿来“讨教学术问题”的频率越来越高，有时候任大任不来他都来，再后来他就娶了小师姐卢苒，成了任大任的师姐夫。

师母细细端详着任大任，一会儿说你胖了，一会儿又说你瘦了。胖了是跟读研那会儿比，瘦了是跟上次见面比。

任大任说，您没胖也没瘦，越来越年轻了。

都是这头发显的。师母抚了抚新烫的发型，说这是为拍金婚纪念照特意烫的。

啊呀，我都忘了，都没祝贺您和师傅！任大任拍了拍记性越来越差的脑袋，像在惩罚它。

不用，不用，知道你们忙，就谁都没告诉。师母笑眯眯的，问任大任公司怎么样，是不是比在所里还要忙。

任大任把锦盒从手提袋里抽了出来，请师母验收他的最新成果，说刚好拿这个当作她和师傅的金婚纪念礼物。

师母的面庞有了水晶光泽，钻石般的“中国芯”令她眉开眼笑，乐得合不拢嘴。

任大任被师母的由衷开怀感染了，也感动了。在他心里，师傅和师母就是他的家人。

留下来吃饭吧。广延今天难得有空儿，带孩子游泳去了，游完也过来。你们俩很久没一起吃饭了吧？

改天吧。任大任婉辞。他告诉师母，马上又有芯片要MPW，最近天天加班，今天是专程过来才特意早下班一次，正好也回家吃顿晚饭，家里都准备好了。

师母没再挽留，把任大任送到门外，还在跟他讲，你们这个岁数，正是忙事业的时候，好好干，多给国家做贡献。但是也要注意身体，别累着。广延从前就总是加班，这两年当了副所长，连个正经周末都没有了……

是啊，头发也快没有了。任大任下楼的时候心想。

阳台的炉灶边似乎有了师母的身影。任大任也仿佛闻到了饭菜香，味道还跟许多年前一样。

师母是清华大学原子分子与光物理领域的权威专家，桃李满天下。任大任读大学的时候还旁听过她的课，当时印象最深的是师母的温文尔雅，总能把所讲的每一句话都舒舒服服地送入听者的心中。

导师家的这套房子是师母单位分的。据说起初分给她的是二楼，后来有同事找她换，她才换到了五楼。虽然后来也有几次搬家的机会，但是都没搬，老两口的理由始终都是“住惯了”。

换了我会住得惯吗？任大任又回头望了一眼。那几栋红砖楼退隐在暮色里，没有一丝喧嚣能够将它们烦扰，它们成了校园里最淡然的存在。

出了清华，重入繁华。

正是下班时间，清华科技园的一栋栋写字楼华灯初上，估计不少人还得挑灯夜战。居高临下的“TADI 大厦”也点亮了标牌，望上去更具压迫感。

妻子辛香织刚刚打过电话，问几点到家。任大任估算了一下，说半个小时或者二十分钟。虽然他家离这里不到三公里，过五个红绿灯就能到，不过他的车不断礼让着行人。人们行色匆匆，谁的速度都比他快。

任大任心里也挺堵。下午给老曲打电话，一是感谢他从 MPW 到 NTO 帮了不少忙，另外也拜托他继续帮忙推进量产的事情。老曲依然很豪爽，让任大任别客气，其他芯片的 MPW 以及将来的 NTO 他肯定都接着给好好整，但量产这事儿，真的不好弄。

不是钱的事儿，人家不差钱。老曲也很无奈。晶益电子的人早就说过，除非是他们特别感兴趣的制程，否则很难排上期。

“鱼翔”系列所需的 180 纳米 eFlash（嵌入式闪存）工艺显然不在此列。但任大任不肯轻易放弃，仍说，我需要的不多，每个月给我五十片就行。

五十片不少了，兄弟。切出来得有五十多万颗，一年六百多万颗，你有那么大出货量吗？

那就二十片，起码今年先这样。

你跟我讨价还价没用，兄弟。能帮你老哥肯定帮，咋可能不帮你呢？

当初不是说能在他们那儿量产吗？

当初是当初。

那我直接联系他们呢？任大任不服气，也有些赌气。

老曲在电话那头咳嗽了两声，那他们可能连账户都不给你开。

任大任长吁一口气。中关村东路和四环路交叉的那个路口，红绿灯时间更长。他从车里朝上望，能望见东升大厦十八层的那排窗子全都亮着。

芯片设计部门的人在最后冲刺，软件开发部门的人也在赶测试进度。没能搞定产能，任大任有些失落……

老柴要是知道了，肯定也得失落。任大任下午先给老柴打的电话，当时的兴致也跟老柴一样高。

老柴是四川人，讲起话来有一股绵长的豆瓣酱味儿，大笑起来更是有一股上头的牛油火锅味儿。任大任特爱跟老柴聊天，因为这两种味道都是他的心头好。

老柴还懂风水，第一次来公司参观，就说任大任歪打正着租的这个大开间财位特别正，因为“文财神”就坐东朝西，所以肯定招财进宝。

您也是财神爷。任大任顺嘴恭维了一句。

老柴连说不敢当，说他顶多就是个送财童子。他还想给任大任送更多的财，所以“鱼翔”系列 ZHX320F28026 顺利 NTO，他特别兴奋。这是老柴从投资 IT 转型投资 IC 之后的第一个战例，不光要赢，还要赢得漂亮。截至目前，任大任都令他很满意。

搞投资，宏观上要跟着国家走，微观上要跟着感觉走。老柴甚是得意地说，知道我为什么投你吗？因为我第一眼见你，就感觉你是个很踏实的人，不好高骛远，不像那些整天拿 PPT 来忽悠我的人，虽然你来找我也是拿着 PPT。老柴的豆瓣酱味儿打住了，又散发出了牛油火锅味儿。你当时那个 PPT 啊，是我见过最差的，哈哈，IC 行业整体的 PPT 水平比 IT 行业差了不是一个数量级，哈哈哈……

量产也得跟上，晶益电子那边没问题吧？牛油火锅味儿还没散尽，老柴就问任大任。

可能会有一些难度，我尽力克服。任大任不是很有底，没把话说满。

让老曲想办法，他肯定有办法。量产搞定了，咱们年底 A 轮就安逸了。争取明年 B 轮，后年 C 轮，大后年科创板——巴适的板，哈哈哈哈……

科创板……任大任感觉好远，就像他当初遥想创业，但又感觉很近，就像他家，不堵车的话，几脚油门就到了。

“庆功宴”早已摆好，有一道菜还是儿子亲手剥的橘子瓣儿，拼成了个大大的“牛”字。任大任把整头“牛”都吃了。带回来的芯片转眼就被儿子抢了过去，谁都不给多看一眼。

别弄丢了！他冲儿子喊。

喝一杯吧？他老爸问他。

任大任敬全家。鲜啤一入口，绵密的麦芽味儿就生出根来，板结在身上的疲累立时开裂，掉落了很大一块在地上。

爸也敬你！老爷子又单独和任大任干了一个，打着酒嗝说，真不容易，走到今天。

酒有点儿上头，快溢出眼眶了。是啊，走到今天真不容易，就跟当初下决心迈出第一步一样难。任大任放下酒杯，好些事儿又全都上来了。

肯定会越来越好，越来越顺！他老妈也单独跟他喝了一个。老太太当初可不是这个态度。

任大任那会儿也是在饭桌上宣布的他离岗创业的决定，当时他老妈筷子就像失去了重力一样悬停在了那盘色香味俱全的豆瓣豆腐上，震惊地问，不准备当所长啦？

谁说我要当所长？

在研究所可不就要将来当所长？

任大任没答话。

当那破玩意儿干吗？操心受累挨人骂。他老爸接过话茬儿。

任大任把他的创业构想用老两口能听懂的语言讲了一遍。讲完，老妈说折腾，老爸说折腾挺好。

为啥好好的工作不干，非要创业呢？老妈担忧地问。

谁叫你们给我起“大任”这名字呢？任大任说，不干点儿大事都对不起你们。

你爸起的。他妈埋怨地瞪了他爸一眼。

你当初还说起得好呢！他爸不服。

你也支持他自己干？老妈问一直没吱声的辛香织。

我不反对啊。辛香织给孩子搛着菜，轻描淡写地说。

我也不反对！孩子突然举手，跟课堂上抢答问题一样。

你咋不反对呢？老妈一愣，又着急地念叨她儿子说，放着好好的工作不干，所长都不准备当了……不行，你不能离岗创业！

申请书都交了。任大任也急了。

交了也得要回来！

要回来也没用！已经批了，都办手续了！

气死我了！你咋不拦着呢！老妈埋怨起儿媳妇来……

“庆功宴”持续了将近两个小时，两斤啤酒下肚跟喝了两斤白酒似的。老爸志得意满地说要把芯片收藏起来，任大任就让儿子把芯片给爷爷。儿子支支吾吾，半天才承认，芯片丢了，找不着了。

任大任一听就火冒三丈了，不是告诉你别弄丢吗？

儿子哇地哭了。

老爸赶忙说，我去找，在咱家，丢不了！

让他找！任大任没好气地吼道。

别跟孩子喊！吓着孩子了！老妈立刻赶过来护住孙子。

你大吼大叫干吗？辛香织也从厨房里冲出来。

我管儿子！任大任借着酒劲儿高声道。

平时你怎么不管？辛香织也提高了分贝。

那我不管了！你管！任大任气冲冲地离开家。

好好一顿饭，不欢而散。任大任头像灌了铅。因为喝了酒，不能开车，他就扫码开了一辆共享单车。小蓝车挺好骑，骑起来很治愈。当年任大任也有一辆二六自行车，蹬起来很费劲，但他驮着妻子在中关村东路上来回骑，也骑得很欢乐，有时候还骑到中关村南大街上去，那边曾有不少有意思的“吧”，可以喝喝酒、听听歌。

来到公司楼下，车刚锁好就被人骑走了。骑车的也是加班的。任大任低头跟门卫大爷打了声招呼。大爷正攥着手机闷头追剧，老侠客似的头也没抬就问，又加班啊？

加班。任大任闷声完成了他俩之间的对答流程。

这大爷姓霍，霍元甲的霍。跟现在的年轻人不一样，任大任知道霍元甲是谁，所以霍大爷对他印象格外好，还给他连唱带比画过“万里长城永不倒，千里黄河水滔滔……”大爷可能的确练过几年功夫，都六十开外了，仍然身材挺拔。从互联网的“黄金时代”就开始守护这里的霍大爷，来去之间见证过无数个“青铜”，也见识过真正的“王者”。

进到公司，芯片和软件两个部门还在各自忙活。软件部门挨门近，先发现了来“探班”的任大任。守着测试的乔劭旸叫了声“师哥”，有点儿诧异地问他，不是说不过来了吗？

任大任什么也没说，手搭住师弟的肩膀。他俩都是国科大的博士，但导师不同。

乔劭旸汇报起测试进展，说什么问题都没发现，顺利的话，很快就能全部搞定。

任大任心里低落的“海平面”升高了一些。样片回来要做三十几项测试才能入库，他下午还叮嘱乔劭旸得抓紧，因为市场翻脸比翻书还快，给客户寄样片不能一拖再拖。乔劭旸果然没让他失望。任大任欣慰之余，又有些过意不去。他让乔劭旸早点儿回去，明天继续。乔劭旸说，时间还早，再测几项。

这小师弟虽然是80后的“尾巴尖儿”，从前在所里也没管过人，但当起头儿来有模有样，手底下的人也全都很听他的，他让干啥就干啥，从不抱怨。他们也从不管乔劭旸叫“乔总”，而是叫他“乔帮主”或者“帮主”，甚至还有女生背地里戏称他“小乔”。

样片入库，一个项目就算正式结束。任大任提醒自己，明天别忘了让财务准备好给大家发奖金。他正要去芯片那边转转，却被乔劭旸笑嘻嘻地拉住。他说想买TEGGER家的emRun运行时库。

用得着吗？任大任知道emRun库不便宜，都是圈子里那些“大家伙”在用。

早晚得用，早用早享受。乔劭旸又拿出插科打诨的劲儿。

你先询个价吧。任大任不好驳了师弟的面子，但是总有出项、少有进项，也让他花起钱来越发理智和审慎。

转到芯片部门，任大任低落的“海平面”又升高了一些。又一款从RTL到GDSII的“作品”即将完成，这是“鹰击”系列的首款芯片，大家情绪都很亢奋，如同等待着扬帆出海，去乘风破浪。

任大任也拿了包小零食，跟他们一起等“后仿真”的结果。最后一步如果也没问题，整个设计流程就彻底Sign-off，达到交付标准，签发后便是导出GDSII，给到Foundry，然后静候MPW完成。

测试的小伙儿一直在闷头刷手机，瞧手速应该是在聊天，看表情应该是在和女生聊天。大概率是女朋友，虽然任大任没听说他有女朋友。有女朋友也正常，任大任在他这岁数，也是在国科大的校门口，一眼就相中了一个同样脉脉含情望着他的女生。时间过得真快，那女生也嫁给他十来年了。时至今日，她都不肯承认跟他是一见钟情，总说她那天没戴眼镜，瞧谁都得目不转睛才瞧得清。

任大任吃方块酥吃出了笑意。妻子就是这么个倔脾气，他能怎么办？谁让他深爱着这个名叫辛香织的女人呢？

方块酥还剩点儿渣渣，任大任也倒进了嘴里。才倒完，“后仿真”就完成了，结果跟“前仿真”一模一样。

方块酥渣渣嚼都没嚼就咽了下去。原来不嚼就咽下去这么拉嗓子。

一般来说，“后仿真”的结果跟“前仿真”有所差别才正常，一点儿差别都没有反倒不正常了。肯定是哪里出了问题，任大任的“海平面”骤降到地平线以下。所有聚过来的人都在七嘴八舌，纷纷猜测和分析“事故”原因，测试的小伙则陷入了重围，一动都不敢动。

任大任一脸茫然，脑袋空空，这样的事他也从没遇见过。眼瞅着 MPW 的“班车”就要发车，如果真有什么差错，那版图就必须返工修改，重新生成文件，抽取参数……每一步都得耗费不少时间，可“班车”不等人！

所有人都在等他发话。任大任咽了口唾沫，立即要求大家分头去查资料、想办法，一定要尽快找到“事故”原因。

他自己也回到办公室，打开了电脑，却发起呆来。他方寸有点儿乱了，很像酒驾撞见了交警。长呼口气，任大任逼自己尽快镇定。这种情况书本上没有，老师也没教，只能去工程师聚集的论坛上碰碰运气，那里尽是各种长知识的技术帖，包括五花八门的疑难问题和实操性很强的解决方案。

然而，上遍了那几个知名技术论坛都一无所获，“度娘”也一点儿有用的信息都给不了他。酒劲儿又上来了。白天剩的半杯咖啡还在桌上，凉冰冰的，被他拿去浇了干巴巴的喉咙，可火苗忽又从他心头蹿起，火焰径直烧向刚才做测试的那个叫迟志恒的臭小子。

任大任后悔把他招进来了。这家伙既不是 985、211 院校毕业的，又没工作经验，还总是心不在焉，有事没事就刷手机。这么个人干这么重要的活儿，能不出错吗？幸好还在试用期，还没转正……走人，让他走人！任大任刚动了辞退他的念头，迟志恒便送上门来。

任大任运着气，盯着他，看他到底是来认错还是来辞职。

迟志恒的脸通红通红，不知是兴奋、着急还是愧疚。他竟说找到解决办法了。

这么快，怎么可能？我都没找到，他能找到？任大任难以置信，将信将疑地看迟志恒递过来的手机，他从一个技术博主那里扒来的帖子，讲述的状况跟刚刚发生的一模一样。

任大任来回确认了好几遍。走，去外面！他立刻起身。

帖子里说，之所以“后仿真”结果跟“前仿真”一样，因为操作时漏按了一个键。那位博主还用截图一页一页演示了操作步骤和结果。

真是这么简单就能解决的问题吗？有人提出质疑。万一是别的原因呢？一次“后仿真”得好长时间，要是还不行，那时间又白白浪费了。

应该是……迟志恒支支吾吾，说他的确是少按了那个键。

所有人的目光又都集中到了任大任身上。

任大任不能只听一面之词，但直觉告诉他，这个办法可行。

试错的成本如同南墙一样，冷眼望着任大任在那儿纠结到底撞还是不撞。

任大任决定赌一把，他让迟志恒按照帖子里说的去做。

迟志恒轻点鼠标，在 Virtuso（芯片版图设计工具）的 ADE（模拟设计环境）窗口先点了 Simulation（仿真）菜单下的 Stop（停止）键，然后才点的 Run（运行）键，开始了新一次的“后仿真”。

还有这种操作。有人嘀咕了句，语气里夹杂着不屑与不满。任大任也无论如何都想象不到，没 Stop 就直接 Run 会导致结果无效，这不就跟抢跑犯规一样吗？

其他人三三两两地打卡下班了，脸上多少都带着懈怠和疲惫。迟志恒主动留下来值班，他要确保这次的“后仿真”顺利运行下去。

任大任回办公室关上门，也关上了灯。脚搭在茶几上，人倒在沙发里，劲头顷刻像从身体里卸载了一样。隔壁写字楼十八层的灯也黑着。那间办公室此刻是不是也有一个人，像他一样疲惫，又惴惴不安，心中刚燃起火焰，就又被阵风吹灭？

如果有，那个人是不是也把工作当成了生活，把公司当成了家？在家人需要的时候总是找不到自己，甚至在自己需要的时候也找不到自己了？

如果有，他想和那个人通个电话，只要接通就好，无须说话。他怕电话那头说话的人是他自己。

已经快十二点了，身体都跟他说别再动了，眼皮也急于再次合上，但他还是撑起来，双脚重新落回到地上。

地毯和脚都软绵绵的。明天还要去所里开会，介绍创业的成功经验。如果不是必须回家换身衣服，今晚肯定就在办公室睡了。

他打了个嗝，喷出来的酒气连同胃里的胀气钻入鼻孔，熏得他一阵恶心。衬衣穿了两天，已经有了汗味。按照辛香织的标准，衬衣是每天都得换的，现在超标了一倍，她洗衣服的时候肯定又要唠叨。

任大任瞧了眼手机，妻子没给他打电话也没给他发消息。他灌下一瓶矿泉水，还是感觉浑身上下哪儿都不对劲。

公司除了他，就只剩迟志恒。小伙子还在那儿盯着电脑，连姿势都几乎没变。

你住哪儿？任大任走过去问。

挺远的。迟志恒迟疑了一下才说。

你怎么回去？都这点儿了。

不回去了。迟志恒说。我怕再出问题。他忙又解释。

任大任也略微迟疑了一下，点了点头。不用一直看着，到了门口，他又回过头说。

再见，任老师，您慢点儿，您放心吧。迟志恒朝他挥手。

电梯快得不像话，估计是想赶紧把打搅它休眠的人给送走。平时都延迟两三秒才开的电梯门也快门似的一闪即开，门边不知是杨絮还是柳絮滚成的毛球儿趁机窜进了电梯里。

电梯门在身后咣当一声合拢，犹如猛然打了个喷嚏，那响动竟跟任大任小时候住过的平房院门关闭时的声音很像。

一晃三十几年了，时间久得让人恍惚。那套院子给任大任家换来了两套楼房，爷爷奶奶家一套，他自己家一套。搬进楼房着实让还是孩子的任大任欢天喜地了好一阵子，甚至连那棵跟自己同岁、他总是爬上爬下的香椿树都被丢到了脑后。可近来他口中时常泛起从那棵树上摘下来的香椿芽的味道，那味道却无法从大棚里栽的、超市里买的香椿那里找到。

外面的毛球儿更多，也更讨厌，不眠不休地到处滚着，仿佛四处游弋的精灵。楼下的共享单车都被骑走了，网约车也都跑到西二旗那边去接单了。这会儿的中关村东路很适合夜跑。当然不能“抢跑”，任大任等变了绿灯才过的四环。

这个时间的中关村东路也适合独行，所以路边即使有了共享单车，他还是把它留给了明早上班的人。

不对，是今早，新的一天已然开始，这一天又有许多事要处理。

也不知道这次“后仿真”的结果如何，任大任想抛诸脑后，可它却始终在脑海里扑腾，时不时溅起朵朵浪花。

如果创业也能仿真就好了，那样他就能知道自己的选择是对是错。今天上午的会，他要介绍创业的成功经验，可他现在算成功吗？到底怎样才算成功呢？

心底袭来的困意又困住了他的身体，步子渐渐沉重起来，眼皮比步子还重。

家人都已入睡，但灯还为他亮着。

被子又被儿子踹到了脚下，贴墙放置的小床也不够大了。任大任给儿子盖好小被子，掖紧在腋下。儿子枕旁还有一张从练习本上撕下来的田格纸，撕得一点儿都不整齐，被小枕头的一边压着。纸上写着一行铅笔字，歪歪扭扭，仿佛儿子在亲口对他说："爸爸我 cuò 了，心（芯）片 zhǎo 到了，我自己 zhǎo 的，zhǎo 了好酒（久）……"字迹越来越模糊，铅灰融进了白里。任大任俯身亲了亲儿子，儿子攥着的小拳头朝他微微张开，掌心露出一角镶着银边的黑色。

任大任躺到床上，妻子背对他睡着。他转过身去，从后面抱住了妻子，他的手也找到了妻子的手。妻子的发香很快就令他沉沉睡去，他梦见一滴温热，在他手背轻轻坠落。

五

早晨不到五点他就醒了，心里装的全是"后仿真"的事儿，生怕半夜又出什么意外，来回烙了几下饼，还是把微信电话打了过去。

迟志恒不到五秒就接了，含混的声音里夹杂着惊慌失措。任大任过意不去地问，吓着你了吧？那头迟滞了两三秒才说，没事的，任老师。

"后仿真"还在正常跑着，迟志恒说他会一直盯着，让任大任放心。任大任稍感安心，对迟志恒也没那么不满了，于是嘱咐他抓紧时间再眯会儿。他自己也贴近妻子，又睡了个回笼觉。

再醒就是被儿子摇醒了。儿子朝他晃着失而复得的芯片，让他猜是在哪儿找到的。

咱家！任大任将儿子抓进怀里，连夜冒出来的胡子碴儿扎得儿子又躲又乐。

上午的会临时通知改到了下午，他还是按正常点儿去公司。临出门，老爸叮嘱他以后别总跟媳妇吵架，老妈也难得地说了句，你爸说得对。

任大任开车门的时候被毛毛呛到了嗓子眼儿里，直到公司都还没把它给咳嗽出来。

乔劭旸问他怎么没去开会。任大任咳嗽着说所长临时有会。乔劭旸赶紧汇报，说他和TEGGER中国区总经理聊到快天亮，人家最终同意打三折把emRun库卖给他。

任大任以为自己听错了，这种打折方式和降价幅度很少出现在高科技界。他问乔劭旸怎么聊那么晚，连觉都不睡了。

乔劭旸说没办法，对方在地球另一边，所以人家上班，他就得加班。他又解释说，人家之所以肯以“跳崖价”把东西卖给他，主要是因为TEGGER之前做的都是ARM，RISC-V这块才刚起步，所以想让客户尽快多起来；另外也是觉得一个初创企业还肯花大价钱去买他们家东西，这本身就是一个很好的营销案例，对他们开拓中国市场很有帮助，因而也乐于促成这笔生意。

当然，打折这事儿人家让我不要往外传，所以咱对外还得说是正价买的。乔劭旸叮嘱了一句。

任大任刚张嘴，嗓子眼儿立马又痒了起来，他不得不使劲咽了口唾沫，把话也咽了回去。

买emRun库这样的超前消费虽然花了钱，其实也省了钱，因为价格的确诱人，双11活动都不可能比这更便宜，因此买就买吧。

不过，即便打三折也是笔不小的支出，对公司现阶段而言也是种奢侈的“享受”。任大任问财务账上还有多少钱。财务告诉他除了上一轮的融资之外，公司目前就中关村给的流片补贴和市经信局给的科技型小微企业的研发支持资金算是大额的收入。

日子还过得下去，任大任暂时不必为钱发愁，却也得精打细算，尤其是发奖金这事儿，不光关系到员工的个人收入，还关系着公司的薪资结构。

财务很早之前就找他定过分配方案，他挠头想了好久，反复斟酌哪些人该多发，该多发多少。现在招人本就很不容易，还得防备同行挖墙脚，那些开始搞IC的IT公司也跑来添乱，一个个都挺财雄势大，出手比地主家的傻儿子还阔绰。因此，公司发展前景、个人发展空间这些就只能拿来当开场白，吸引人、留住人靠的还得是真金白银。

另外，老邝出走也给公司带来了不小的冲击，让他担忧这件事的连锁反应。他前些天就在楼道里偶然听见有员工同其他公司暗通款曲，不过那员工目前还没提出辞职，不知是条件没谈妥还是在等着发奖金。

大概率是在等奖金。所有相关人员都在等，特别是最初追随他出来创业的那批人。这批人当初定的薪资都比较低，跟后来招入公司的人员存在不小的差距。他们当中就有人拿着网上的招聘启事来找任大任，要求同工同酬。任大任好言安抚，保证绝不让兄弟姐妹们吃亏，年底一定重新调整薪资结构，但眼下只能暂时照旧，先在奖金上给大家找齐。然而，如此也可能按下葫芦起了瓢，给这拨人奖金定高了，后招进来的那些人又该不平衡了。不患寡而患不均，收入落差势必造成心理落差，心中有了落差，再往后就难以心往一处想、劲往一处使了。薪资上涨还会带来个税、社保、公积金的增长，这些加在一起也不是小钱，都会把用人成本垫得更高。所以，任大任已经很能做到跟所长换位思考了。

下午的会开了将近三个小时，这多出来的将近一小时，成了任大任的专场报告会。任大任一点儿准备都没有，虽然也专门修改了被老柴 Diss（鄙视）过的那个 PPT。

丁所长在会上把他当成了表扬重点，说他的公司是所里这些创业企业中第一个跑出量的，所里必须第一个表示支持。

这个“第一”一下就使大家瞧他的眼神不一样了。任大任连忙低头记笔记，就跟他第一次也是唯一一次在课上被点名批评一样。

丁所长很高兴，当场拍板先采购一万颗芯片意思一下，并说还会利用所里的关系帮忙推广。他问坐在长桌远端的任大任，有折扣没有，能给打几折？

成本价，成本价。任大任连说两遍。他的脸红半天了，答话时更像是熟透了的草莓。在座的虽然全是关系不错的同事，但个个也都是专利压身甚至等身的行业专家，要么资格比他老，要么创业比他早，要么两者兼备，所长单把他拎出来夸，虽然夸的是事实，但事实往往更令人尴尬。

可丁所长不管这些，仿佛有意刺激大家似的，继续脱稿讲话，说大家都要加速产业化，还没产品的尽快把产品推出来，靠 Paper（论文）打天下的公司都是纸上谈兵，没有实战能力。当然靠 Paper 打天下也比靠 PPT 打天下强，起码还能在论文数量上给国家做贡献，但国家现在更需要的是能到市场上冲锋陷阵、敢打敢拼的企业和企业家，任大任和他的公司就是很好的例子，给大家树立了榜样，所以在座的各位都要虚心向他学习，力争有所超越……

前面的人都说要向任大任好好学习，轮到任大任介绍经验，他使劲往回找补，丁所长连说好几次“别谦虚，要实事求是”。

实事求是地讲，由于我们进入赛道相对早一些，并且用 RISC-V 基础指令加我们自己写的专用指令设计了具有自主知识产权的 DSP 内核，所以投资人和市场反响都比较好。任大任又一次刻意回避，把“第一”换了个说法。

你们上轮融了多少钱？有人打断他。

三千万。

美元吗？

人民币。

估值多少？

四亿左右。

投前投后？

投后。

下一轮估值呢？

八到十个亿吧。

投前投后？

投前。

连珠炮似的一串提问之后，那人不再吭气。任大任往下介绍说，我们的 DSP 能和友商的同型号产品实现 Pin to Pin（引脚对引脚）替换，IDE（集成开发环境）的用户界面也和友商几乎没有差别，这样可以大幅降低用户的迁移成本，提高他们的使用意愿。

你说的友商是哪家，TADI 吗？此时又有人插话。

是的。任大任说。

你们的 IDE 一点儿都不需要改动吗？

如果是 C 语言的话，99.5% 的代码都不需要修改，只修改几个寄存器配置就行。

汇编呢？

汇编的改动量还是比较大的，不过用户还是使用C语言的居多。

那你们的IDE还是有局限性嘛！那人终于挑着根刺儿。

国内有几家自己做IDE的？大任他们这样已经非常难得了，这才是真正对标国际大厂的做法！丁所长讲了句公道话。

任大任感激地望向自己的老领导。我们继续努力，力争做得更好！他说。

除了融资，大家最关心的就是实际性能，除了跑赢TADI的那几个主要参数之外，还问了不少其他指标的实际表现。也有人不认可RISC-V架构本身，认为跟ARM比差距还很大，还有人认为DSP竞争不过MCU（微控制器）和FPGA（现场可编程门阵列），本就不大的市场还得被继续挤压和蚕食，任大任于是又耐心解释他们是如何弥补差距的，以及DSP自身的优势在哪里。

你应该找机会请大伙去你公司参观参观。丁所长又让任大任明天先送一套芯片和核心板过来，因为马上要有院领导来视察，正好趁这个机会推一推，争取得到院里的支持。

芯片也拿你定做的那个水晶块块装着，那个做得很不错，很显档次。紧挨着丁所长的汪广延也发话，跟大家说任大任前几天给卢教授送去的样片装得可精致了，跟工艺品一样。

后来有人问什么时候能量产，这一下戳中了任大任的痛处。任大任据实相告，晶益电子那边产能很紧张，想量产有难度，他还在想办法推动。

真是因为产能紧张吗？有人冒出来一句。

全球都紧张，你不看新闻啊？丁所长半开玩笑地给怼了回去。

会后有人找任大任拷走了PPT，说是要拿回去好好学习。

丁所长特意把任大任拉到一旁，说你别怕人质疑，别人越不服气，你越要让人服气。你走产业化、市场化这条路，将来肯定有更多人质疑你，尤其是同行，更得拿着放大镜找你毛病，所以你要经得起同行检验，就先得经得起同事检验，如果连同事检验都经不起，那你这东西拿到外面去也不会有啥竞争力。

从所里出来已经快六点半了。临出来前，汪广延找他晚上一起吃饭，就去他俩原来常去的那家烧烤店，说是那家店要搬家了。

汪广延还特意说，没别人，就咱俩，我买单。

任大任说，改天吧，昨晚“后仿真”出了点儿问题，我得回公司处理一下。

汪广延问什么问题。任大任说不是啥大事。

公司其他人都下去吃饭了，就迟志恒还在电脑前盯着。确实是盯着，眼睛都不眨的那种。任大任觉得他可能是有心事。迟志恒说他白天回了趟家，把铺盖拿来了，他这几天就住在公司，直到“后仿真”结束。任大任本想说不用这样，可为了以防万一，他还是把这话咽了回去。

这小伙要比看上去有责任心得多，真是人不可貌相。任大任看人向来不准，总爱把人往好处想，对人没防备。汪广延当初就告诫过他，你要再这样，将来肯定得吃亏。后来任大任果然吃了不少亏，幸好他从小接受的都是吃亏是福的教育，才保持着比较平和的心态，一直到现在。

任大任现在心态的确平和许多，也不再纠结看人不准这事儿了。人都是复杂多变且多面的，像丁所长那样阅人无数的人，不也连他都没看准吗？

丁所长后来跟人讲，他万万没想到任大任会找他申请离岗创业，因为任大任在他心里一直都是那种“两耳不闻窗外事，一心就想搞科研”的人。

任大任对这样的评价并不陌生，上大学的时候就有人说过类似的话。他还被戏称为“自习室里的花朵”，这个绰号是睡他上铺的束弘庚给他起的，久而久之，“自习室里的花朵”就简化成了更加朗朗上口的“室花”。任大任不介意别人这样叫他，他觉得“孤芳自赏”挺好，因为他确实喜欢一个人安安静静地看书，与世无争，除非别人不爱惜他的书他才会生气，后来只要有人管他借书，他都直接把书送给对方，然后自己再买一本。

束弘庚是唯一管任大任借书，任大任不送的人。他俩是出了名的“好基友”，虽然考进清华的都是人尖子，但束弘庚跟班上其他同学比起来，尤其是跟任大任比，就显得不那么拔尖了，大学四年他的主要精力都放在了各种社团和学生会上，每次临考试都找任大任帮他突击，尤其考研之前，更是跟任大任形影不离。

任大任当时听说束弘庚要考研，很是高兴，因为他从前说过一毕业就要找工作赚钱，任大任感觉那样挺可惜的。他自己肯定要继续读研，而且系里也有意把唯一一个保研名额给他，所以他帮束弘庚复习的时间跟他预习研究生课程的时间一样多，结果“推免生”的名单下来了，得到那个保研名额的不是他，是束弘庚。

六

“鹰击”系列首款芯片 ZHX320F280040 赶在最后一刻搭上了 MPW 的班车。整个过程可谓“有惊有险”，但在任大任看来，一切都挺值得：既锻炼了队伍，又培养了新人，掌芯科技也向成为一家更成熟的 IC 设计公司前进了一大步。

他对迟志恒的态度也发生了扭转。这小伙为了确保“后仿真”万无一失，在公司吃住了将近一个星期。虽然他自带了铺盖，公司也有折叠床给他睡，但他好几天没洗脚、没洗澡，也忘了拿剃须刀，到最后，他旁边工位的兄弟都说他身上有馊味儿了，任大任瞧他那张脸也觉得像鲁滨逊，充满荒岛求生的欲望，想必他自己也难受得很，也是在强忍着。

“后仿真”一完活，任大任就特批了一天带薪假，让他回家休整，主要是把澡洗了，把胡子刮了。

这样的人值得给他一份转正申请，虽然他的学历和技术能力与其他人比起来还不够有竞争力，但是责任感这东西就跟天赋一样，有些人天生平庸，有些人很差甚至没有，而有些人则天赋异禀。

那个差错，任大任现在也不觉得是多大事了，甚至认为那是成长路上必须交的一笔“过路费”。毕竟老家雀都是小菜鸟熬出来的，任大任自己年轻的时候也没少走弯路、刷里程，而且那个失误还给大家扫除了一个知识盲点，不光吃一堑长一智了，还活到老学到老了。

还有一个“重大地理发现”，也让任大任好像哥伦布遇上了新大陆。他前些天安排小耿去直接联系晶益电子，小耿开始还有畏难情绪，接连几天都没进展，可是忽然有一天小耿跑来跟他汇报，说晶益电子联系上了，他们华北区的办公室就紧挨着中关村东路！

任大任兴奋得直拍桌子，邓肯也激动得搓着手说这就叫“山重水复疑无路，柳暗花明中关村”，也叫“踏破铁鞋无觅处，得来不太费工夫”。他俩都让小耿赶紧约时间去拜访，量产绝不能再等了，得赶紧推进。

上次 NTO 的那批样片抽测全部合格，邓肯已经开始给客户“群发”。虽然要样片的客户络绎不绝，但是每家的量都不太大，从几十颗到几百颗不等，所里那一万颗目前还是最大的一笔订单，而第二大的订单是任大任的小师姐卢苒给的。

卢苒也是国科大的教授，她那天专门打来电话，说听汪广延讲，所里准备采购一万颗芯片支持一下。她说手里没那么多经费，只能采购一千颗聊表寸心，刚好学生们也需要样片，尤其还是 RISC-V 架构的。任大任充满感谢地说，礼轻情意重。卢苒反问，你觉得礼轻吗？任大任连忙改口说，不轻不轻，然后又说他可以买一送一，再附赠十套开发板，也算他给母校做贡献了。

除此之外，就没有其他上千的出货了。邓肯为此想了个办法，跟任大任提议说，他跟一家在线分销商的老板关系不错，可以拉来入伙，成为公司的小股东，这样在市场推广上人家就会实打实地帮忙做，也能够很大程度纾解公司销售力量不足的现实困难。另外，他还建议把突破重点放在华南市场，虽然那边的老板们都不太懂技术，甚至连 DSP 是啥都不清楚，但只要东西便宜好用，他们才不管是不是 TADI 的，是 ARM 还是 RISC-V。

没量产真是个大问题。邓肯又强调了一遍。市场对咱这东西是真感兴趣，很多人都来找我问，但是一问“你们现在一个月产能多少”，我就立马没词了。人家一看你连量产都没量产，说什么都是白搭，就没兴趣继续往下谈了，很多家都是这种情况。所以量产咱是真等不起了，市场翻脸比翻书还快，今天可能还邓总、任总地叫咱，明天就可能连咱是谁都忘了。

是啊，希望小耿那儿能有好消息……任大任眉头紧锁。所以这种情况下，他真不太愿意跟束弘庚去打球，可束弘庚约了他好几次，他一次也不去，又怕显出他故意躲着，束弘庚那么鬼精的人肯定又得琢磨为什么。

他俩打壁球的场地在清华科技园某栋大厦的 LG 层（地下楼层），这里的人几乎不断，订场地之难堪比摇号。束弘庚一见他就问最近怎么忙得连球都不打了。任大任当然不会实话实说，因为束弘庚是 TADI 中国区的业务发展和产品市场总监，所以他含糊其词地回了句啥都忙，不像你们兵强马壮，干活的人多。

我们也缺人手，也得招人。束弘庚率先发球，球路刁钻。他俩打的是黄点球，束弘庚水平接近专业选手，任大任勉为其难，但束弘庚就是不换球迁就他，还挤对说，你不爱对标吗？那你就得跟得上我的脚步，接得住我的球。

束弘庚保研之后，两人虽没断交，但也来往甚少，这种状况持续了好几年。束弘庚对那件事的解释是，他也不知道是怎么回事儿，可能因为他是学生会干部，也可能因为老师觉得任大任即使自己考也没问题。任大任没求证，也没考本校，而是选择远走中关村东路 80 号。

后来，他们偶然在中关村东路上遇见，那时候束弘庚已经硕士毕业，进入 TADI 工作好几年了，任大任也马上博士毕业，准备去研究所工作。迈上不同人生路，也增长了不少阅历的两个人，狭路相逢之后对视一笑，一起吃了顿烧烤，喝了几斤啤酒，从前的不快就随风飘散了。

不过，任大任创业之后，“好基友”就又变得“亦敌亦友”。束弘庚对任大任创业是很反对的，总说他更适合在研究所待着，不适合出来闯。可他分明也嘲笑过任大任进研究所，不敢像他一样去外企，去 PK。

人各有志。任大任这样回答过两次。你也可以出来创业啊。他又反将了束弘庚一军。

束弘庚的击球更狠辣了，每一球都极力为难着任大任。任大任很快就气喘吁吁，疲于奔命，好几次都堪堪将球击中，也好几次都差点儿被球击中。

要不要歇歇？歇歇吧？束弘庚嘴上给任大任泄着气，手上却更来劲了。可任大任就是不歇息，再狼狈也要把球打回去，直到打不回去。

那球没接着也是有原因的，任大任的手机铃响让他分了神。来电是一个陌生的手机号码，从上海打来的，任大任喘着气接听之后，差点儿没喘过气来。

是晶益电子打给他的。他高兴得快要跳起来。可对方找他说的是“鹰击”的 MPW，不是“鱼翔”的量产。

那人听口音也是上海的，起码是“江浙沪包邮区”的。他说 IP Merge（模块并入）的时候发现 RDL（重分布层）有部分没连，和 Database（数据库）里的图形不一致。

任大任打了个激灵。对方是在告诉他，“鹰击”系列 ZHX320F280040 的

GDSII[1] 文件有问题！他浑身的热汗瞬间倒流回体内，仿佛每一个毛孔都注入了冷却液。他强迫自己镇定，哪怕接了半天球的手臂微微颤抖，手机也冰块似的从手上往下滑。

您稍等，我找人处理一下，一会儿打给您。任大任挂掉电话，很自然地又打给了迟志恒。迟志恒刚从公司出来，听任大任讲完，他说他马上回去。

任大任这会儿才反应过来，晶益电子之所以给他打电话，是因为他现在兼着老邝的工作，联系方式留的是他的。

又是老邝！

等了好一会儿，迟志恒的电话才打回来，还喘着粗气，他说电梯太慢了，他爬的楼梯。任大任告诉了他该怎么做。迟志恒检查之后说，确实缺了块金属的信息，他分析可能是因为属性不对，在做最后一次 ECO（工程改动要求）绕线的时候给优化掉了。

补上金属重新导出 GDSII 文件再上传肯定来不及。任大任背靠球场的木墙壁盘坐在木地板上，腿脚也是木的，可意识却在脑回路上疾速飞奔，追寻着解决办法。一旁的柬弘庚坐姿惬意得多，啜饮着运动饮料，脸上似笑非笑。没事儿吧？他明知故问。

任大任无暇也无心作答。球场的灯光似乎比先前暗了，少掉的那部分亮变成了追光，打在滚到球场另一侧的黄点球上。那球上的小黄点猛然灵光一闪，瞬间击中了任大任的印堂穴。对啊！缺的不就是那“一小点儿”金属吗？把它补上不就得了？这不就跟随便找个球，在上面点个点儿一样简单吗？

同理，现在缺的就是那块金属的信息，信息量非常之少，仅是一个多边形以及层次的信息而已。那么，最佳也是最简单的解决办法，就是把这块金属的 GDSII 单独导出、上传再并入。

任大任让迟志恒赶快用 TCL（工具命令语言）把金属形状写出来，然后新建一个空数据库把写好的命令读进去。这些完成之后，剩下的就都好办了，他放心地交给了迟志恒处理。

又是一件有惊有险、又惊又险的突发事件，虽然包场时间还没到，但

---

① GDSII 是一种数据库文件格式，其中含有集成电路版图中的平面几何形状。

任大任已经丝毫没有了打球的兴致，哪怕束弘庚一个劲儿撺掇他说再来几局。

束弘庚像发现了什么隐秘，追着任大任问，怎么这种事儿还得你亲自出马？公司没其他人吗？你们官网前阵子还在招设计主管，后来招聘信息就不见了，但是“BOSS 直聘”上还挂着，人到底招到没招到啊？是不是不好招啊？

要不你来我公司？任大任不胜其烦。

我去可以，但是也得有用武之地呀！你们出货量现在多少？有大客户吗？不会就只卖给高校和研究所吧？我打交道的客户可都是几百万片起……

直到 TADI 大厦楼底下，任大任耳根子才清净。束弘庚说他顺路，要开车送任大任。任大任说，不，你不顺路。

束弘庚去而复返，叫住没走出几步远的任大任。任大任以为他还有什么遗言没交代完，他却从爱马仕包里掏出份请柬来。

你要再婚了吗？任大任问他。

我再婚你不还得随份子？束弘庚说，这是咱们学校集成电路学院成立仪式的邀请函，石老师特意让我转给你，要你务必参加。

仪式就在后天。到时候看吧，任大任收起请柬，兴致不高。

这时一个很像老邝的人从 TADI 大厦里快步出来，朝着另一个方向匆匆而去。

七

小耿很快拜访了晶益电子的华北区办公室。晶益电子并没像老曲说的那样连个账户都不肯给开。对方还很惊讶，说一个月要五十片晶圆，产能已经不小了，怎么不直接联系他们？

小耿慢条斯理地转述，不疾不徐。

那他们能给咱们产能吗？任大任急切地问。

人家没说能，也没说不能，就说咱们如果不着急，可以等等看。

小耿依旧娓娓道来。

能不着急吗？邓肯猛插了一句。

我也说了，咱们非常着急。人家也说了，他们排期已经排到了后年年中，除非中途有企业撤单。但是，排队等着替补的公司一大把，他们也得按顺序来，不可能让咱们加塞，所以等还是不等，全看咱们自己。

见小耿看着自己，任大任无奈地说，再等等吧。

他们还说，当初要是直接联系他们，或许还能给想想办法，那时候产能还不像现在这么紧张。

别听他们的。邓肯把话驳了回去，他们那么挑客户，就算当初直接找他们，他们也未必瞧得上咱们，这是现在了，看咱们各方面都不错，才这么说。

邓肯这话有理。别说晶益电子，就连任大任自己当初都不敢看好自己，更别提张口就管人家要五十片的月产能。这也就是产品出来了，市场反馈积极，他才有了自信，敢开这个口。

可如果当初直接联系一下呢？万一……

要不咱找找关系？五十片的量虽然不小，但是也不大，万一能协调出来呢？邓肯又说，小耿联系的就是个普通销售，手里肯定也没这权限，要是能联系上个说话管事的就好了，最好是直接管产能的。

能联系上当然好，可是上哪儿找那样的关系呢？近水楼台不得月，任大任在会场里独自坐着，独自愁着。

集成电路学院的成立仪式邀请了官产学研的各界宾朋。束弘庚来得比任大任早多了，而且一直没闲着，不是请安、问好，就是换名片、套近乎，还不负光阴地抽空找现场服务的女生撩几句，任大任连问他几句话的机会都没找到。

任大任就这样坐着，看着，跟周围鲜有交流，一个挺漂亮的女生过来给他送了瓶矿泉水，他才说了句谢谢。老柴说了，得多交朋友。这种场合最适合社交，说不定能帮忙的人就在这群人里。可是一想到跟这么多人应酬也不一定有收获，他就又没有起来的动力了。

还是束弘庚把他拽了起来。石老师刚有空儿，从任大任看见他，他就忙前忙后地招呼着、接待着。任大任毕业之后就没再见过石老师，他现在是集成电路学院的副院长，当初以浓茂著称的头发，如今已稀疏了许多，但让人一点儿觉不出疏远来，他还亲切地叫着大任，怪任大任这么长时间都不来看他。任大任反倒不好意思了，说以后一定常来看您。

听说你自己创业了？量产了吗？

还没有，刚刚 NTO。

得抓紧量产。石老师语重心长地说，现在创业的设计公司很多，形成产能才能真正站稳脚跟。

任大任连连称是。当着束弘庚，他没多言语。

石老师很热情地攥住他的手臂说，我跟院长请示过了，学院准备从你的公司采购一万颗芯片、一百套开发板，这样既是支持我们自己的学生，也支持了“中国芯”。

所有来宾的发言也都围绕着“中国芯”，都强调人才培养的重要性，都说作为表率的集成电路学院任重道远。

任大任感觉他同样任重道远。越来越多的人知道他任大任的公司正在用 RISC-V 架构做国产替代，如果没有成功，丢的就不仅是他任大任的人，还有“中国芯”的脸。尤其不能成为束弘庚嘴里的“反例”，就他那嘴，多扎人心窝子的话都能当玩笑说出来。

所以，任大任也是犹豫再三，才决定来参加这场盛会，来见多年未见的故人。

在院长和校长之前发言的是同芯半导体的联合 CEO 赵用心，任大任直到此刻才知道，这位业界名人还有一重身份是微电子系 84 级的老学长。

老赵现在可是红人。束弘庚在任大任耳旁嘀咕。他已经跟赵用心换了名片，也加了微信。还有更多校友通过视频送来了祝福，他们也都是半导体业界有头有脸的人物，束弘庚很惋惜这些人没来现场，没被加进他的朋友圈。

赵用心说他们 14 纳米工艺良率已达 95% 以上了，受新能源汽车的推动，28 纳米工艺成为目前最赚钱的制程，虽然面临着非常大的困难，但企业仍然会继续向前发展，在缺少设备的情况下，也坚决不放弃对先进工艺的研发……

这位赵师兄的发言激起了任大任心中的共鸣与共情，他和他的公司又何尝不是在负重前行！他们这些胸怀“中国芯”的人，每一天都不只是在奋斗，更是在战斗。

阳光总在风雨后，不经历风雨，怎么见彩虹？赵用心以两句歌词作为结语，还号召大家携起手来，互相扶持和鼓励，一起奔赴“芯”的未来。

任大任心里忽然一动。仪式结束之后，他正要去找赵用心加微信，却被束弘庚一把拉去跟石老师道别。石老师要送一位嘉宾，让他俩等一小会儿，先别走，就这一小会儿的工夫，赵用心就消失不见了。

很快，石老师回来了，还带了两个姑娘，其中一个就是给任大任送矿泉水的漂亮女生。

她们都是石老师的硕士研究生，他让束弘庚和任大任帮两位师妹安排一下实习岗位。束弘庚说，正好他那儿要招实习生，就主动加了她们的微信。任大任出于礼貌，也加了微信，但他不认为有谁会放着 TADI 不去而去他的公司。

就说 RISC-V 的东西适合高校和研究所吧？你们所里采购了多少？往回走的路上，束弘庚调侃任大任。

任大任斜了他一眼。

咱们学校姑娘的颜值可提高不少啊，当年要是这么高，你也不用去别的学校找对象了。

这我可得谢谢你，要不是你，我也遇不见我老婆。

所以你才不恨我了，对吧？

老邝是不是去你那儿了？

谁？

邝斌。

哦……他呀。

你主动联系的他吗？

我联系他干吗？我知道他是谁啊？

对呀，你怎么知道他是谁的呀？每一个去你们公司的人你都认识吗？

正好他到我手下工作，我才认识的他。

到你手下工作，你不得先面试吗？他的简历你不看吗？怎么不提前告诉我一声？

凭什么提前告诉你？我招谁用谁还得跟你汇报？再说人家想去哪儿那是人家的自由，谁都无权干涉。

你这是挖我墙脚呢！

你搞国产替代不也是挖我们墙脚吗？

那不一样！我跟 TADI 没关系，可咱俩啥关系？你就是这么对朋友、对兄弟的吗？

任大任指地呵斥，声音盖过了東弘庚，然后头也不回地跨过了成府路。

余怒未消的任大任进电梯忘了按楼层，不得不坐到二十层再走消防通道下到十八层。二十层把着电梯口的也是一家新成立的公司，做互联网金融的。任大任上次坐错楼层，这公司还人丁兴旺，午间吃饭总是呼啦啦一大帮人，此时却是人已去楼未空，门上绕着铜锁铁链，门里办公桌椅还在，不知道生意是做大了还是做没了。

消防通道里黑漆漆的，还有烟味，抽烟的人应该是没瞧见墙上有“禁止吸烟”的标识。任大任也没瞧见过，他偶尔也吸烟。下到十九层，有人在讲话，声音不敢太大似的，像是迟志恒。通道里没有灯，只能借着每一层楼门里透进来的光才能有点儿亮。果然迟志恒就在通道与楼层的接合部那儿，乍见任大任，他像做了什么错事被老师抓到的小学生，怯生生地叫了声“任老师”。任大任应了句“在这儿呢”，迟志恒身旁还有个人，立在暗影里，看不太清。

才进门，邓肯就张着双臂滑翔过来，朝任大任比出胜利的手势。任大任有点儿蒙，一向“石佛”一样沉稳的邓肯从没这么雀跃过，不知是不是也跟他一样受了刺激。

刺激大了！邓肯说，“UVW 中国”的人过几天要来公司考察。

这么快？是不是你上回忽悠得用力过猛，人家把你当骗子了，才想赶紧过来实地考察一下？

邓肯哈哈大笑，说他也没想到才拜访完一个星期，人家就来回访，所以去深圳出差跟这件事冲突了，他约了一长串客户要去拜访又没法改行程。

我要是能回来，就咱俩一起接待，我要是回不来，呸，我要是赶不回来，就只能你单独接待了。

行，你放心去吧，但是咱俩得先对对词儿，别你忽悠的跟我说的对不上。任大任又难得地开了句玩笑。

咋叫忽悠呢？我吹出去的牛，咱们哪个没实现？邓肯又哈哈大笑。

没顾上吃午饭，邓肯就拉着行李箱奔赴机场了。年过四旬的他曾经说过，上一波互联网的风口错过了，这一波半导体的机遇他一定要抓住。

任大任下楼点了碗牛肉面，还点了五个烤串，这是他吃兰州拉面的标配。午饭吃得很熨帖，回来本想踏实地眯一觉，没承想迟志恒敲门来找他。

迟志恒支支吾吾地说跟您商量个事情，能不能预支我半年的薪水？任大任一听，立刻睡意全无，问为什么，干吗使？

迟志恒不肯说，呆呆站着，目光也呆呆的，像是很绝望，却又不肯放弃希望。任大任对他已经很有好感了，但还没到轻易就能预借他十万八万元的地步，何况他还没转正。

对不起了，任老师，就当我没说。迟志恒转身就走。

你等等。任大任叫住了他。

八

邓肯还是没能在“UVW 中国”的人来考察之前赶回来，但他故作神秘地预告，这趟深圳之行，他有可能捞到一条 Big Fish（大鱼）。

有多 Big？任大任问。

前所未有的 Big，够咱吃一年半载的。邓肯说。

任大任对接待“UVW 中国”的考察很是重视，特意请大家整理一下各自的工位，也注意一下当天的着装。迟志恒的工位依旧空着，物品还是他上次下班时的样子。任大任让小宋帮忙收拾了一下。

预支给他的十一万元到账第二天起，迟志恒就再没来上班，也没有请假，已经连着四天了。给他打电话不接，发微信不回，小宋问任大任要不要报警，任大任亲自给迟志恒打了电话。迟志恒终于接了，一上来就说对不起，说他有不得已的苦衷，才不告而别。

你这已经是诈骗了，知道吗？是犯罪！如果我报警，警察是会抓你的！

我知道，任老师，求您别报警，我不是有意骗您，真的是逼不得已……迟志恒竟然痛哭起来。请您一定相信我……钱我一定还……

任大任也不清楚自己当时为何心软，可能是迟志恒一直叫他“老师”，他也真把迟志恒当成了学生。

还这么轻信人，学费还没交够吗？任大任嘲笑自己。财务问他这笔钱怎么记账。他说，你随意。

“UVW 中国”一行三人，统一的黑西装和黑皮鞋，统一的双肩背包和登机箱，双肩背包和登机箱全都是万宝龙的，精细地绣着 UVW 的银白色 Logo，无处不体现着这家公司的低奢气质。

任大任这次没用被老柴 Diss 过的那个 PPT，因为邓肯上次拜访的时候已经用过了。他拿的是 FAE（现场技术支持工程师）专门做的 PPT，介绍重点也放在了产品上，从具有自主知识产权的 ZHX 内核，到数学函数支持能力、实时控制接口、软件开发环境以及可靠性和环境适应能力，尤其是跟 TADI 同型号产品的全面对比，有 PPT 上的参数对比表，还有三套应用方案的现场对比演示。采用 ZHX320F28026 的系统很争气，每次都比对手转得更快也更稳。这些肉眼可见的战果同样从示波器的屏幕上得到了印证，波形非常规则，如德芙巧克力一般令观者“纵享丝滑”。

“UVW 中国”的向经理肯定是被甜到了，咂了咂嘴说，听邓总讲，你们这款 28026 已经启动 AEC-Q100（车用可靠性测试标准）的认证了。

啊……任大任一时语塞，这词儿邓肯没跟他对过。邓肯虽然经常顺嘴跑火车，但这次跑的是高铁，在向经理那里“经停”，然后飞驰到他眼前。

没想到“高铁”又自己改道了。向经理紧接着说，我看你们的工作温度是-40℃到 125℃，这已经达到 AEC-Q100 的第 1 级标准了，虽然跟最严格的第 0 级标准还有差距。

另一位姓项的经理也说，他们现在不再严格要求供应商一定要经过车规认证了，只要产品性能和可靠性达标，就在他们考虑范围之内。

剩下那名姓田的采购工程师补充说，像你们公司这种本土供应商正是我们需要的，我们内部也有一个完全国产化的目标，尤其你们还不存在被“卡脖子”的风险。

连“卡脚脖子”的风险都没有。任大任保证。

田工程师从前也是搞开发的，所以对 IDE 工具格外感兴趣，他一边试用一边感叹，不能说跟 TADI 的毫无差别吧，简直就是一模一样！

面儿上是没差别，这是为了照顾用户的使用习惯。但我们的 IDE 有

emRun 库，TADI 的没有，这是巨大差别。乔劭旸略显得意地介绍。

田工程师甚为惊讶，说没想到你们这么舍得投入，emRun 库也就那几家大公司在用而已。

我们将来也会成为大公司的！乔劭旸和任大任相视一笑。

什么时候能量产？向经理忽然问，邓总上次跟我说是今年 Q3（三季度）或者 Q4（四季度），跟晶益电子那边敲定了吗？他们家产能可不好拿，已经有市无价了。

还在谈，确实很难拿。任大任勉强讲了句半真半假的话。我们也在和同芯半导体谈，多管齐下。他又加了句真的假话。

同芯半导体的东西我们用不了。向经理说。

您放心，我们给客户肯定都合规供货。任大任的喜悦没了踪影。

不知道供货问题会给双方合作蒙上多大阴影，这道坎儿有时像城墙，有时像壕沟，总是横亘在面前，不得不面对，也不可能不攻自破。

不过，“UVW 中国”那边的反馈倒是挺积极的。事后邓肯专程给向经理打了个电话，向经理说他对考察很满意，还说很快就会启动供应商的认证工作。

不是在应付你吧？任大任不是很有信心。

应该不是，老向那人说话挺直的，不行肯定就跟我说不行了。邓肯回答，但听得出他底气也不是很足。旋即，他又找回了自信，说他跟泰格电子谈得很顺利，ZHX320F28026 正是他们国产替代所需的产品。

泰格电子就是邓肯从深圳捞回的那条 Big Fish，是当地一家非常知名的上市企业，国内外很多家电大品牌都由它 OEM（代工生产）。任大任不敢想象，这样一家公司会一上来就给他一份每月三十万颗芯片、共计三百万颗的超级大单！

这对人家就是毛毛雨，可对咱是及时雨。邓肯信心十足地说，拿下泰格电子，局面就算真正打开了，其他大客户也会一个个跟着来，这就是示范效应。

可是拿啥给人家交货啊……任大任又发愁了。为了产能的事情，他没少托关系，酒没少喝，客没少请，然而求过的那些人不是没办法，就是没回音。

咱要换一家呢？邓肯提议。

那又小半年出去了。万一有点儿什么问题，时间更没谱儿了。

老向说你提过，咱们也在跟同芯半导体谈。

我那是应付他的。任大任羞于嘴里也跑了高铁，感觉有点儿丢脸。

咱倒真可以找同芯半导体谈谈，听说他们家 55 纳米 eFlash 工艺还可以。

前几天开会，我还见着他们 CEO 来着，他也是清华毕业的。任大任说。

赵用心吗？邓肯眼中瞬间就有了光。

对，他 84 级的。

那是你师兄啊！这一下格局就打开了！

任大任却乐不起来，说，我也考虑来着，问题是找他们做要冒风险，万一牵连咱们怎么办？而且也没法给老向他们这样的客户供货。

邓肯眼里的光暗了下去。没关系。他只能安慰说，反正泰格电子测样片还得段时间，而且交期他也说了，可能会比较久，他们说没问题，能等。

问题是能等多久……任大任推开飘窗，让暖融融的风多进来一些。中关村东路上的车停停走走，人也来来往往。应该每个人都有心事吧？不管开心的，还是烦心的。任大任不愿将他的心事冲着人，但是冲向阳光，暖洋洋的。

敲门声打断了他的“日光浴”。小宋正冲着他笑，酒窝里又斟满了酒。她说她招到了一个清华的实习生，还是硕士研究生，仿佛她也捞到了一条 Big Fish。

还确实是条“大鱼”。任大任有点儿意外。清华的学生肯来实习，不说纡尊降贵，起码也是自降身价，将来找工作没准还得解释为什么要到这样一家小公司实习。对啊，为什么来实习？因为近吗？TADI 可比这儿还近啊。接过简历，一寸免冠照片里的人有点儿面熟。上次在集成电路学院成立仪式上加过微信的谢雨霏？

这姑娘真挺有意思，石老师都打好招呼了，她还自己投简历，也不提前说一声，哪怕发个微信呢。任大任琢磨，她是有什么想不开，才放着 TADI 不去而要来这儿实习，还是束弘庚那儿没职位了？没职位也可以去别的公司啊，清华的实习生哪儿不抢着要？他让小宋把面试安排在了隔天下午两点。

谢雨霏到得很准时。小宋先把她带到了会议室，然后来叫任大任。任大任当时正在跟一家科技咨询公司的老板通电话，这家公司搞得他挺恼火。

之前他跟这家公司签过一份为期三年的框架协议，由这家公司负责代理十二项科技计划或基金的申报工作，按每笔拨款实际到账金额的百分之十八，一次性收取代理服务费。可是协议执行了一年有余，除了没有资金支持的，这家公司一个项目都没申报下来，有些明明符合条件的，也不知道究竟卡在了哪里。

昨天晚上，市经信局的廖处长给任大任发微信，提醒他“专精特新”已经改为敞口申报了，每个月可以申报一次。这位廖处长跟任大任是在市里那次调研会上认识的，当时任大任表现很好，被市领导点名表扬，廖处长从此之后隔段时间就会主动关心一下公司发展。

廖处长跟任大任强调，一定要抓紧申报，因为后续很多扶持政策都会跟“专精特新”挂钩，所以任大任才专门给咨询公司的老板打电话说这件事。对方答应得很痛快，但是提出要再签一份补充协议，不光要求收取两万块钱的代理服务费，还要求把后续市级以及国家级专精特新“小巨人”企业的申请也交给他们，到时候再按对他们有利的方式收费。

哪有这种稳赚不赔的买卖？任大任没好气地问，能保过吗？

这谁也不敢保证，咱又不是卖瓜，敢保熟保甜。那老板腔调油滑地说。

你可没少自卖自夸。任大任反问，收钱了还不保过？那我跟你签协议干吗？

协议肯定得签啊，万一我们干完了，您不给钱，我们不白干了？而且这钱我们也不白拿，只要没通过，协议就一直有效，这个我可以向您保证。

怎么想怎么亏。任大任说他再考虑考虑。

您也别考虑太久，趁现在“专精特新”还不多，抓紧把“小巨人”申请下来，往后肯定越来越难申请。

如果不是当初不懂行，也苦于没有专人做这件事，任大任才不会签那份协议，还一签三年。又吃一堑长一智。要不还让邓肯干？之前中关村那两笔钱就是邓肯申请下来的。可邓肯现在忙着跑客户，飞得比乔丹还勤，他也不好意思再给邓肯安排这种琐事了。

任大任才进会议室，一阵风铃般悦耳的声音响起。

师兄。谢雨霏起身望着他，笑吟吟的。

坐。任大任让她别客气。他给她拿了瓶矿泉水，提前拧开了瓶盖。

谢雨霏淡施粉黛，很雅致，衣着也说不出的别致，背了个做工精致的包包，是 PRADA 的，这牌子难得任大任认识。

她投的是芯片设计工程师，这岗位自老邝走后到现在还没招到合适的人，任大任又说宁缺毋滥，所以实习生来了只能他亲自带。任大任没问太多跟专业相关的问题，清华的学生专业肯定没问题，他更好奇谢雨霏为什么要来他这儿实习。

谢雨霏貌似预先就想到了任大任会问到这个，所以很从容也很坦然地告诉他，因为她毕业之后也想像任大任一样创业，自己开公司。

任大任哑然失笑，他也不清楚自己究竟是被这个答案惊到了，还是单纯觉得好笑。开公司可没你想的那么简单，与其毕业就创业，不如先就业积累资源。作为过来人，也作为师兄，他还是善意地给出了建议。

我有资源，缺的只是经验，所以才来您这里学习。

任大任这次确实是被惊到了，初生牛犊不仅不怕虎，简直就是只披着牛皮的虎啊！他瞥了眼简历，1998 年生。现在的年轻人都这么生猛吗？没学会走，就想要飞。当然，人家没准儿还觉得他这种一步一个脚印的人是 Outman 呢，Superman 不都是一踮脚就能飞出大气层吗？

任大任忽然感觉自己老了，但他还生怕对方“不听老人言”似的说，开公司不光懂技术、有投资就行……

我在学校听好多人讲起过您，都说您很厉害，所以我要向您好好学习。谢雨霏忽然收起了野心和抱负。如果您不要我，那我就只能去束师兄那里试试了……

正好有个事儿，你可以帮我。不是技术方面的，你可以登录市经信局的网站先了解一下……任大任把申报“专精特新”的事情安排给了谢雨霏。他让她坐到迟志恒的工位上，那个工位已经被小宋提前收拾出来了。

有清华美女要来实习的消息肯定提前走漏了风声。单身的小伙子们今天都格外振奋，着装也比“UVW 中国”来考察那天走心。任大任也挺开心，他希望公司以后还能有更多管他叫师兄的人来，他希望能将这些人都留住。

九

那位向经理果然不是应付，也没食言，“UVW 中国”没两天就发来了供应商的认证文件。一共五份，要填的内容不少，很多都涉及公司的具体经营状况，但任大任还是把这项工作交给了谢雨霏，让她有不清楚的就来问自己或去问邓肯。

通过申报“专精特新”，他发现谢雨霏做事很细致，也有条理，而且头脑灵活。她的人际交往能力还很强，完全不像“理工女”，没两天就跟财务和出纳两位大姐混熟了。财务和出纳都不厌其烦地给她提供资料，她也请教了许多专业问题，能看出她的确是在用心学习，并且一点就通。

进取心真强，真不是一代人了。任大任不由得感慨。

她家里估计挺有钱的。鲜少议论人的乔劭旸也感慨，衣服全是香奈儿的，都没重过样。

你连自己穿什么都不关心，关心人家穿什么干吗？任大任取笑师弟。

我就是奇怪。鲜少脸红的乔劭旸竟然脸红了，她跟我说她穿的是假香奈儿，包也都是高仿的，你说奇不奇怪？

任大任奇怪地盯着乔劭旸问，难道你怀疑她是商业间谍，来咱们公司刺探机密？

那倒不至于。乔劭旸没顺着谍战小说的思路往下梳理，我就是觉着奇怪，如果说真有钱吧，那肯定就不会买假货；可如果假有钱，那也肯定不会承认自己买假货。

还是你更奇怪，突然就变柯南了。任大任对真假没兴趣，他也不担心谢雨霏泄密，因为实习协议里也有保密条款，更主要的是，他相信谢雨霏不是那样的人。

给泰格电子的“鱼翔”系列样片已经寄出，一共五百颗。这五百颗如果测试通过，供货协议将正式生效。希望一切顺利。任大任还是挺紧张的，毕竟这关系到三百万颗芯片的订单，甚至不止于此。

邓肯如他之前所说，拉来了那家在线分销商的老板。老板姓冷，潮汕人，对人热情得像潮汕火锅，说话行事也跟吃潮汕火锅一样，不管涮牛肉还是煮牛丸，火候都把握得极好，所以双方相谈甚欢，很快就达成了代理和入股协议。

冷老板也很关注量产问题，说他好几个汽车行业的朋友最近都在找他帮忙扫货，因为大家的芯片都快断供了。他说这对他们是挑战，但对掌芯科技这样的新公司却是机遇，只要手里有货，就有机会打入从前铁板一块的供应链体系。

跟冷老板谈完，任大任第一时间就把会谈结果告诉了老柴。老柴从一开始就乐观其成，他的原则是众人拾柴火焰高，大家一起把掌芯科技这热灶给烧得越旺越好。不过，他的站位要比冷老板更高一些，说全球供应链、产业链都在调整，这就不仅仅是机遇，更是千载难逢的历史机遇，谁能把握这历史机遇，乘势而起，谁就有机会成为中国的TADI甚至Inletam。

所以量产这事，时间点你一定得把握好。这波错过了，就真的错过了。你当初怎么跟我承诺的，我就怎么跟别人承诺的，咱可不能让人说咱是大忽悠。老柴最后又叮嘱说。

任大任听出这话里有敲打他的意思。他也有苦难言。谁知道代工产能会变得这么吃紧，让全世界都跟着闹“芯”？他是个言出必行的人，甚至一条道走到黑……

天还没黑，然而已经过了放学时间，任大任猛然想起他今天得去接孩子！

要了亲命了！辛香织那气势汹汹的模样令他心惊肉跳，一出门就跟正巧来办公室找他的谢雨霏撞了个满怀。谢雨霏要找他给UVW的供应商认证文件签字盖章，任大任心急火燎地说，你先放我桌上，等我回来再说……

您干吗去？谢雨霏追问了一句，她可能也没见任大任这么惊慌失措过。

回来再说……任大任冲到电梯间，电梯还在一楼，不知上来还要多久，等不及的他火急火燎地冲入消防通道。几乎是小跑着下到一层，他的小腿已经酸软难耐，然而还得争分夺秒地撒开腿继续跑。好久没跑了，从前慢跑的爱好也跟他那双两千块钱的专业跑鞋一起闲置了一年有余，这会儿猛然快跑起来，胸腔炸裂一样疼，口腔也不断泛着酸水。

今天接孩子放学是他主动请缨，他小时候有一回放学家里就接晚了，让他孤零零在校门口等到了天黑。

幸好儿子的老师拖堂，虽然迟到了几分钟，但是刚刚好。排队出来的儿子大老远就冲他挥手，像在展示什么，到近前才看清原来是手里攥着瓶涂改液。儿子说，这是他数学、语文、英语考满分，老师奖他的。

爸爸也奖励你！任大任又激动又感动。儿子学习这么好，除了老师，全是家人的功劳。

他拉起儿子的小手。

儿子问，爸爸，你刚才喘什么啊？

任大任说，爸爸锻炼来着。

儿子又说，书包我自己背吧，老师让我们自己的事情自己做。

还是爸爸背吧，爸爸也想背了。

为什么啊？

因为爸爸好久都没上小学了呀……

日渐西斜，父子俩聊了几百米远。这一小段路比来的时候又短了很多，不过他们爷儿俩的身影全都留在了这段路上。

这是任大任第二次带儿子到公司，上一次，公司还没搬家。不少人都放下手里的工作来夸少东家。乔劭旸也特意过来跟小侄子打招呼，他喜欢孩子，可惜还没结婚生子。

任大任问他问题解决得怎么样了。乔劭旸耸耸肩。下午做测试，发现程序在 RAM 运行没问题，可是一烧写到 Flash 就不能正常运行。

没事儿，别急。任大任安慰道。他说他安顿好孩子就过来。

办公室光线稍微暗了点儿，任大任开了灯。儿子一屁股坐到他的老板椅里，跷着二郎腿，有模有样。任大任小时候去他老爸单位写作业，也是坐在老爸的椅子上，可是那把粗重的木头椅子即使垫着厚厚的棉垫，也硬硬的，硌屁股。

谢雨霏这时给孩子捧来一大堆零食。零食是公司提供给员工的福利之一，论种类、论档次都绝对不输那些拿这个自我标榜的 IT 公司。除此之外，公司还给了每个部门团建预算，并且“强制消费”，如果有人过生日，公司还当月组织生日会吃吃喝喝，谢雨霏才来没几天，就赶上了一次。

文件我还没看。任大任对谢雨霏说。

没事，不急。谢雨霏跟小朋友聊了几句便走了。

任大任惦记着乔劭旸那边，就让儿子老实吃零食，写作业，不许动电脑。儿子痛快答应。出去的时候，他不禁回头看了儿子一眼，如果有朝一日能把一家成功的上市公司交到儿子手里，那么现在无论付出多少都值得。

乔劭旸跟负责嵌入式软件开发的工程师终于找到了问题的成因，让任大任赶紧回去陪孩子，剩下的事儿他来搞定。任大任的确有点儿不放心儿子自己待在办公室，然而刚走出两步去，又被邓肯给叫住了。

邓肯把他拉进办公室，关上门，唉声叹气，晶益电子给咱开不了账户了，小耿刚跟我汇报。

为什么呀？任大任一惊，椅子都没坐稳。

因为咱们股东里有涉及敏感业务的。邓肯又叹了口气。

你说老尹？

邓肯愁眉苦脸地点点头。

虽然开了账户也不一定能量产，但连账户都开不了更让人泄气。连个账户都开不了吗？任大任既是在发问，又是在发泄心中的闷气。

除非老尹退股。邓肯试探地说。

那不可能。任大任立即否决，顿了顿说，当初天使轮就是人家老尹投的，打钱非常痛快，咱现在干起来了，怎么能过河拆桥，把人家一脚踢开呢？

在商言商。邓肯劝道，老尹这时候退出也少赚不了，比他当年投的价格已经得翻好几倍了。

那也不行。任大任态度依旧坚决。这会儿让老尹撤出去，咱以后还怎么在圈子里混？再说，老尹也不可能咱让撤他就撤，他怎么可能听咱的？

价钱合适可以谈嘛……

任大任陷在椅子里纹丝不动，目光却远眺到天际的那片火烧云上，又被飞鸟带动着，飘忽着……良久，他问，就算价钱合适，老尹的股谁来接？有些话一旦说出口，事情就完全不一样了。

邓肯也从椅子里往下出溜了一些。那晶益电子这边就只能通过老曲了，可是“曲”径不通幽啊……

两人的神色随天色一同暗沉下去。辛香织这时打来电话，催任大任赶紧把孩子送回家。任大任一晃在邓肯办公室待了快一个小时，他匆忙赶回自己办公室，却没承想小家伙已从办公室里出来，正跟漂亮小姐姐愉快地玩手机呢！

任大任让儿子把手机还给谢雨霏，问她，下班了，怎么还不走？

谢雨霏双眸亮闪闪的，提示灯一样，说，等您签字盖章呢，我答应UVW那边今天就扫描给他们发过去。

马上！任大任重重一拍脑袋，仿佛里面的存储器也出了毛病。

孩子送回来晚了，作业也没写完，妻子一晚上都没给任大任好脸色。等孩子写完作业也睡了，她才愠怒着上了床，一个都不放过地削着手机里的瓜果梨桃。

按惯例，接下来就该进入任大任认错以及批评与自我批评的环节了。可任大任迟迟不开口，哪怕妻子咳咳咳地清嗓子给他提示音，他都置若罔闻，一点儿也不害怕的样子。

一颗桃子在辛香织指尖一分为二。你是聋了还是哑了？她忍无可忍，靠着床头发起飙来。

任大任侧靠着床头，以背示妻，仍继续装聋作哑。

怎么了你？辛香织火气更大了，质问开“斗气车”的任大任，你是想气死我娶小老婆是吗？

没怎么。任大任这才开口，回过身来，侧对着辛香织。

没怎么你怎么不说话？

累了，不想说话。任大任还两眼盯着手机，却没在看。

别看了！辛香织一巴掌拍在他手机上。你到底怎么了？是不是公司有什么事儿？

公司哪天没事儿？任大任熄屏，不再看手机，但也没看辛香织。他无意间发现屋顶上有几条细细的裂纹，弯转曲折，仿佛附着在上面的蛛丝。

那你怎么这么反常？辛香织不依不饶。

我就是累了，我不能累吗？

为什么累？

累就是累。

昨天怎么不累?

昨天没这么多事儿啊。

那今天有什么事儿?

你别问了!任大任烦躁起来,像棉花被搓成了火捻儿。

不行!我是你老婆,我就得问!辛香织毫不退让。

你怎么不当警察去呢?任大任掐灭了“火捻儿”,被逼无奈,只得老实交代了晶益电子开不了账户,除非老尹退股的事实。

就为这事儿?辛香织将信将疑。

你还想有啥事儿?这就够我头疼的了!

我给你揉揉。辛香织朝他示好。

不用!任大任扒拉开妻子的手。你这发脾气的功夫越来越炉火纯青了,也忒收放自如了吧?

我不是心疼你吗?再生气也得忍住啊!

快拉倒吧!你还心疼我?你整得我心疼!本来就够烦的了,你还没完没了地叨叨我!

不叨叨了,你也别烦了,车到山前必有路……

哪儿有路啊?都快无路可走,眼瞅着就进死胡同了。

那就换条路走呗,找其他家代工不行吗?

你说换就换啊?有 eFlash 工艺的就那么几家,除了晶益电子,别人家的产能也都是满的,这时候谁能腾出产能来给我?而且跟晶益电子都耗这么长时间了,时间也是成本啊!

那要找老尹商量商量呢?

怎么商量?我怎么开得了口?那不一下就把老尹得罪死了?

别烦了……辛香织也没了主意。

睡吧!任大任躺了下去,又以背示妻。烦心事儿一件接一件,就没痛快过!

辛香织从后面贴了上来,温温软软地说,哪件烦心事儿你没解决好?这件事儿肯定也没问题……

第二天一睁眼,任大任眼皮就跳个不停。别人眼皮跳还分左右眼,到他这儿不管左眼跳还是右眼跳,都肯定没好事儿。

果然,一到办公室,屁股还没坐稳,邓肯就攥着手机一脑门子官司地来找他。邓肯说，老向刚才打电话过来特别生气，质问怎么给他的文件被涂得乱七八糟的，让他挨了上司一顿骂，还是中外双语。

这又是哪出儿啊？任大任心中近乎绝望。

邓肯给他看手机，手机里是《制造商调查表》的扫描件。这也是供应商的认证文件之一，上面许多地方都被涂改液盖住了，有长方形也有正方形，全部横平竖直、工工整整。

任大任太阳穴猛跳了两下，像他儿子在里面调皮捣蛋似的。这小子又惹麻烦了！他有点儿头晕，坐椅子里半天没言语。昏眩好一阵儿才过去，他稳了稳情绪，告诉邓肯，你现在给老向打个电话，我跟他解释。

能听出老向在尽量克制，但有些话说得还是挺刺耳。任大任忍耐着向他道明原委，承认是自己疏忽了，对给老向造成的麻烦感到非常非常抱歉，非常非常过意不去。老向听罢，没再深究，但还是埋怨了一句，说这么重要的文件，怎么能落到孩子手里？他还说他会把任大任的原话如实向他上司转述，他上司接不接受就不是他能决定的了。

麻烦您了。任大任又补了一句，连他自己都听出了低声下气。

他把手机还给邓肯。邓肯欲言又止。

任大任也欲言又止。这事儿虽然很让人恼火，然而也不能全怪到孩子身上。如果他看一遍文件再盖章，如果谢雨霏看一遍文件再扫描，如果老向看一遍文件再发给上级，那这件事就能在成为麻烦之前得到解决，甚至避免。

可能是早点吃得不舒服，任大任有点儿烧心。他让谢雨霏重新打印文件，然后签字盖章发给老向，谢雨霏也没敢问他因为什么。

打印机又私自离线，不知脱机去了哪里。任大任的怒火再也压制不住，炽焰从他口中喷薄而出，响彻了整个公司：

把它扔了，换个新的！

十

能穿短袖了，肉就藏不住了。任大任把新 T 恤升了一个尺码，穿起来才不那么显身材。

然而体胖了，心却没宽。“鹰击”系列 ZHX320F280040 的 MPW 样片虽然回来了，但是“鱼翔”系列 ZHX320F28026 的量产仍旧没有着落。

你可得抓紧，这条赛道上不可能永远只有你一家在跑。老柴开始“警告”任大任。他对任大任的不满表达得愈发直接，干柴距离烈火可能就只差个小火星儿。

任大任也心火旺盛，那股火还总往鼻头上蹿，时不时就夺占五官的制高点，盘踞多日不去，任谁都能瞧出他内心的焦灼不安。

他起泡的嘴对外说，不考虑其他代工厂是嫌重做光罩时间太长，但其实他等候晶益电子的这段日子，也快够找其他 Foundry 重做一套光罩了。当然，晶益电子的工艺最好、良率最高，迭代也最快，确实也是他至今不忍放弃的最主要原因，他创业至今凭借的就是这份无论什么都要做到极致的信念，他怕他妥协了、凑合了，这信念就没了，气就泄了。

然而，这也还只是表面原因，他微妙的心理也如光罩一样分层，更深层的原因其实还是他的好胜心。或许称之为虚荣心更确切一些，因为这已不仅是不服输、不服气的问题，一定要找晶益电子代工到现在更像是买奢侈品，不管拎手里还是穿身上，更多的还是为了显示给别人看，尤其是束弘庚。

任大任也清楚是这种心理在作祟，但就像他爸那套《王阳明全集》里讲的那样，“破山中贼易，破心中贼难”，这股劲只要过不去，他就会一直如宿醉之后一样难受。

再难受也得给奶奶祝寿，任大任开车带全家回了趟老家。老太太也跨入“90 后”了，除了背又驼了一些，跟真“90 后”区别不大，尤其手捧着任大任给她定做的水晶寿桃时，虽然不知道里面“中国芯”的桃核儿到底是个啥，但只要知道是她大孙子做的就够了，她快乐得也更像真的“90 后”。

老太太依然心明眼亮，一眼就瞧出了孙子心里的“难受”，她偷偷拉着任大任的手，悄悄地问他。任大任不太想说，也不太好说，但他还是当陪老太太聊天，给奶奶讲了个大概。奶奶可能连个大概都没听懂，却不妨碍她一直笑眯眯地边听边点头。最后，老太太言简意赅地来了句：“活人还能让尿憋死？”

老太太口音极重，却余音绕梁，回味无穷。是啊，活人还能让尿憋死？当任大任从海里冒出头来的时候，他忽然想通了。

游出来五六百米了，密匝匝的人群已经完全没了喧嚣。此刻的宁静专属于他，连海鸥都尽量不来打扰，只偶尔召唤几声，叫他别再往深处游了。

的确还想再往远处游游，海天一线总是牵引着他再游近一点儿，即便他知道那是永远都不可能游到的天边。任大任后仰身体，整个人松弛下来，海水给他扣上了降噪耳机，耳机里只有咕咚咚的海水声，像在聆听自己的心跳。

与海重合，与天平行，他终于也有了“望天上云卷云舒”的心境。天高任鸟飞，天也是鸟儿的大海。任大任合上眼，蔚蓝的天与湛蓝的海瞬时融为一体，他也仿佛悬在了空中。

就快睡着的时候，他猛然惊醒，连蹬几脚才把控住身体，四下里张望，发现回头是岸。还是脚踏实地的感觉更好，任大任远远望见妻儿都在使劲朝他招手，他抡起臂膀，游得更带劲了。

旺盛的心火被家乡的海水熄灭。任大任让邓肯和小耿重新联系其他代工厂。之前都是对方一回复说没产能，他就没了继续沟通下去的兴趣。

联系一圈下来，仍旧一无所获。能量产的 Foundry 本来就那几个，各家产能更是早就被吃了晶益电子闭门羹的企业分了个干净，排期最近的也得到今年底、明年初。这下退而求其次都无路可退，任大任仿佛游了场冬泳，倒希望身体里还能有点儿火有点儿热。

因而卢苒来找他聊合作时，他情绪低落，让她误以为他没有兴趣。

不是的。他连忙向小师姐解释。你说的这个“一生一芯”计划我非常希望参与，也肯定会大力支持，这才是解决人才短缺的根本之道。

那你还意兴阑珊的？上赶着不是买卖是吧？

不是……任大任在卢苒的伶牙俐齿面前再度词穷。

什么事儿啊到底？卢苒是个急性子，任大任越磨叽，她越着急。你要是缺钱，我可以借你！她迫不及待地说。

不是钱的事儿。任大任哭笑不得。钱能解决的问题就不是问题了，问题是我现在有钱也花不出去。他把到处找不到产能的困窘和盘托出。

找我们家老爷子了吗？卢苒问。

没有。任大任说。

这事儿你怎么不找他呢？

我不想给他添麻烦。

他是你导师。你找他天经地义，他帮你理所应当。

问题是他未必能帮上忙，还得让他为我去求人。

所以求人不如求己是吧？

老师说，自己的事情自己做。任大任想起儿子那天的话。

小学老师才这么说呢！卢苒白了任大任一眼。好歹他是院士，认识的人多，没准儿能帮上你呢？你要不好意思，我跟他说去。

别！任大任赶忙阻拦。

你别管！怎么感觉你越来越生分了？

不是生分……

那是什么？我就觉得是生分了。也不来我们家吃饭了，留你你都不吃，放下东西就走。

改天……

又是改天，你都改多少天了？一年三百六十五天够你改吗？

闰年三百六十六天。

你再跟我贫？卢苒瞪了任大任一眼。

任大任忙拱手。对这位更像小哥哥的小师姐，他只能说谢谢。

还跟我说谢谢？再说又不是白帮你，你不也得帮我吗？卢苒的话题回到了正题。她说她带的这帮孩子都很聪明，理论扎实但缺乏实践，所以希望任大任的公司能变成他们的第二课堂，让他们既能动脑，又能动手，手脑并用，将来毕业工作了，才能成为真正的可用之才。

你其实也是在帮我，本来我也要招实习生，尤其是高素质的实习生。任大任说，唯一影响合作的因素，就是工位快不够了。

工位不够就换个大点儿的地儿啊，活人还能让尿憋死？

过了没两天，导师就给任大任发来了微信。手机当时不在身旁，任大任过了四十多分钟才瞅见有新消息。微信内容很简短：你可联系同芯半导体赵用心总，他愿帮忙。下面紧跟着的，就是赵用心的微信名片。

见字如面。导师一向简洁明了，多余的话不说，多余的事不做，多余的字当然更不写。他帮人也从不喜欢被感谢被感激，然而这次不只是帮忙，简直是救命，他却依然这么轻描淡写，一笔带过。

任大任当即把电话打了过去，导师没接。听卢苒讲，老爷子最近出差比从前更频繁，各地都请他去指导工作，他发挥余热的热情也更加高涨，说终于等到了奋起直追的一天，“中国芯”一定能够证明自己不弱于人。

阳光终于冲破乌云打在墙上，像在墙上开了一扇窗，金灿灿的，瞧着心里就亮堂。任大任写好问候语，把添加好友的申请给赵用心发了过去。

等待总能把时间拉长，就像楼下那位做拉面的师傅，当你以为面条已经被他拉得足够长、足够细了，结果他又将手里的面条对折，继续拉长，拉得更细，这面条仿佛有使不完的弹性，只要他想，就可以永远地拉下去。

任大任忙到很晚，吃了一碗拉面之后又感觉到饿的时候，赵用心终于通过了他添加好友的申请。

这漫长的等待已让他起初的兴奋归于了平静又陷入了纠结。顾虑重新笼罩了他的心头。他还是担心即将引入的不确定性有可能为将来埋下隐患，造成风险，而他至今所做的一切都是在规避隐患和风险，努力将没有任何使用顾虑的产品交付到客户手中。

夜越深陷得也越深。手机屏忽地亮了一下随即便熄灭，是任大任看了眼时间。怎么都睡不着。凌晨三点多正是深夜的谷底，他踽踽独行，仿佛蒙着眼睛踏上了独木桥，脚下虽然有了路，却唯恐稍有不慎便从这万丈深渊之上的唯一出路上跌落下去。

还有工艺本身的问题。如果良率不够高，迭代不够快，那么即使有了出路，这条路也会走得很慢，很难……Flash 寿命？功耗？漏电？还是别的什么？更多的担忧接二连三地跳了出来，哪一个都有可能变成拦路虎，任大任越琢磨越睡不着。他摸到了妻子的手，攥住，这是他此刻唯一能够抓住的确定性，而妻子睡得很香，没被他弄醒。

他不知道自己是几点睡着的，被闹铃强行唤醒之后，也没感觉来到了新的一天。去见赵用心，任大任心里稍有点儿忐忑，毕竟人家是风云人物，而他连个人物都还不是。

赵用心比他所担忧的要平易近人得多，甚至还有种亲近感。并不全然因为他俩毕业于同一所大学，接受过同样的熏陶，有些东西就是天然的，油然而生的，才能够一见如故。这令任大任轻松不少。虽然不断有人来敲门，也不断有电话打进来，但每一次赵用心都能把被打断的谈话无缝衔接起来，仿佛他俩之间的谈话远比那些事情重要。

赵用心说他非常敬重卢院士，所以听卢院士讲完任大任这边的情况，他就立刻答应下来。不过，确实要费些力气，因为同芯半导体的 55 纳米 eFlash 工艺已经被国内那几家汽车电子厂商吃得差不多了，他得亲自去协调才能拿出产能来给任大任。

好在你量不算大，再大我也就没办法了。赵用心语气平常，不像是对初次见面、求上门来的小客户，而像是在跟自己的小兄弟说着交底的话。

太感谢您了！任大任的感激发自内心，他很清楚做汽车电子芯片的生意要比做 DSP 多赚不少钱。不过，他还是问了句，制作光罩需要多久？

一个半月，我说的是进厂时间。跟晶益电子比还有差距，但差距不大。

差距确实不大，才只差半个月而已。任大任暗自惊喜，对同芯半导体的制作能力有些刮目相看。

赵用心似乎察觉到了他面部的细微变化，因而微笑着又主动说，良率差距也不大，已经缩小到百分之二左右了。

同芯半导体的成熟工艺很能打，任大任对此早有耳闻，却没想到已经这么能打。他忽然为对方感到一阵惋惜，如果不是受限，同芯半导体先进工艺的追赶速度肯定更快……

听说还可能有进一步的限制？任大任脱口而出，随即便意识到自己可能失言了，心中十分懊悔。

你担心受影响是吧？赵用心没有表现出不快，至少面上没有。大家都担心，包括我们自己有不少人也担心，可是担惊受怕有用吗？该来的总会来，只要你还继续追赶，还想变强大。他语气淡定，双眸却显露了锋芒。

只要是中国企业，就可能遭受这样的刁难，包括你的公司，将来如果做大做强，在你的领域领先了，就也可能被针对。

这很不讲道理。赵用心嘴角轻蔑一撇。我们被限制并不是我们做错了什么，唯一的理由就是我们追上来了，变强大了，只要我们继续追赶，越来越强，他们就会继续给我们制造困难，直到我们追上他们甚至超过他们，只有强大到任何限制都对我们无效的时候，这些蛮不讲理的手段才会停止，所以我们没有任何退路，必须将我们的事业进行到底……

当然要进行到底，谁也不愿半途而废。所以兵来将挡水来土掩。任大任的车驶离同芯半导体，心情也坦然下来。

他在车上给老柴打了个电话。量产终于有了着落，虽然导入尚需一段时间。老柴高兴坏了，赵用心亲自出面更令他喜出望外。他说他早就知道任大任能搞定，非要叫任大任过去跟他一起去吃牛油火锅庆祝一下。

任大任把车开回了公司。大厦前的花坛里栽着月季，这花不似玫瑰那样时常被人捧着，却依然不改颜色地淡定开着。改天我请您吧，尝尝铜锅涮肉，地道老北京，就在中关村东路上。任大任对老柴说。

十一

虽然从同芯半导体拿到了产能，也有其他平台公司给出了更优惠的报价，任大任还是把 ZHX320F280040 的 NTO 按顶格标准交给了老曲去做。

这笔钱花出去之后，账上资金减少了一位数，任大任身上的压力也随之增加了一位数。老柴给他约了红石资本的高管谈融资，任大任越往后翻商业计划书，对方瞧他的表情越不对劲。他还以为这位夏总也跟老柴一样嫌他 PPT 做得不够精致，没承想对方忽然打断他说，不好意思，任总，您这 PPT 我见过，有人拿过一个几乎一模一样的来找过我。

任大任吃了一惊，老柴更是一脸错愕。任大任问心无愧地迎着夏总质疑的目光，他还没说什么，老柴就骂骂咧咧地说那人绝对是抄袭，之前的版本他手机里还有，说着就找出来证明给夏总看。

您瞅瞅，从前的更不美观，任总就是个干实事的人，不屑于把时间花在做 PPT 上。老柴跟夏总打着哈哈，打消了他的疑虑。夏总念了句三字经，说还真是任总的知识产权被侵犯了。

不算侵犯，借鉴而已。任大任轻描淡写地一语带过。夏总眼里多了丝敬佩，当他听老柴说赵用心是任大任师兄，产能是他亲自出面给解决的，眼里的敬佩就更多了。

不久，红石资本便与掌芯科技签订了 NDA（保密协议），开启了尽职调查。老柴说，这轮由红石资本领投，他再拉其他投资人进来就更容易，融资规模肯定破亿，然后就可以大展拳脚，不用再束手束脚。他还告诉任大任，老夏说你大气，做企业先做人，看来你已经领悟了真谛。

有钱才是真的，任大任做梦都想这上亿规模的融资尽快到来。未来需要砸钱的地方越来越多，不光产品线要铺开，公司架构也要完善，许多新职位都要设置，起码得先物色一名比老邝高好几个档次的人来当 CTO（首席技术官）。

他把配合尽职调查的工作交给了谢雨霏。上次申报“专精特新”，谢雨霏一次通过，连廖处都说你们效率够高的，这轮融资之后，你们就可以继续申请市里的“小巨人”了。不过，配合尽职调查可比申报“专精特新”烦琐得多，不光要提供企业团队、业务、市场、技术、财务、法务等方方面面的资料，还得回答投资人各式各样的问题。

谢雨霏虽然是新手上路，却一点儿畏难情绪都没有，也从未抱怨总给她安排这种事务性工作。任大任发觉这姑娘确实有做企业的天分，对公司业务熟悉起来以后，本就行事干练的她变得愈发老练，调动起其他人来也很有一套，完全看不出她只是名实习生，反而更像是从创业伊始就追随任大任的公司元老。

任大任仔细查看谢雨霏整理好的“尽调”资料，资料比上一轮融资时翔实许多。当初画的饼都一张张烙了出来，尤其是有了那两颗芯片打底，不要说画更大的饼，就算让他画比萨，他都一点儿不虚。

他也确实不用虚，泰格电子反馈相当不错，让他心里的石头终于落了地。泰格电子有自己的检测部门，但还是把样片交给了一家有长期合作关系的第三方专业机构去做更全面的分析检测。检测报告显示的结果跟任大任他们提供的测试报告相一致，各项数据也都基本吻合，接下来就可以把样片放到泰格电子的产品上试用了。

泰格电子也是 TADI 的老客户，要用一家名不见经传的新公司取代 TADI，虽然只是替代个别产品，在公司内部还是有不少反对声音。好在推进国产替代这事是老板亲自过问，主抓的总工程师也对供应链安全非常重视，所以整个过程才得以持续推进。

这些都是邓肯告诉任大任的，任大任为此专门打电话给那位姓章的总工程师表达谢意。章总说，也感谢你们给了我们国产替代的机会，像你们这样拿 RISC-V 做 DSP 并且成功量产的供应商真的非常难得，他希望双方的合作可以持续下去，“鱼翔”之后接着“鹰击”。

看完资料，任大任把他认为存在问题的地方标了高亮，发给谢雨霏去修改，然后给老曲打电话说发票的事情。

他俩之间的不快已经因为 ZHX320F280040 的 NTO 订单“一笔勾销”。

老曲不知从哪里打听到任大任他们自己联系晶益电子却开不了账户的事情，便跟任大任说，老哥没骗你吧，你们自己真是连账户都开不了。

这话挺添堵的，好在任大任知道老曲不是那种得便宜卖乖的人，而且能办的事儿也绝不推脱，所以他问老曲能不能把NTO发票提前开出来，老曲立马就答应说没问题，然后才问为什么这么着急。

任大任解释说是申报市里的首轮流片奖励要用，廖处正好负责这个，就提醒他尽早准备好材料，别耽搁了。老曲问奖励多少。任大任说，在京代工的奖励费用总额的百分之五十，京外代工的奖励费用总额的百分之三十。老曲一听就乐了，说幸亏你是跟老哥我合作，要不得少奖你百分之二十，那钱可差老鼻子了！

是啊，我这补贴等于是给你申请的，早晚还得进你口袋。

哎哟，那我可得让财务赶紧把发票给你们开出来，哈哈！

落实完发票，任大任把剩下的工作也交给了谢雨霏。他怕谢雨霏忙不过来，就让小耿配合她，小耿对流片业务更熟，具体的事情都是他经手办的。任大任怕小耿不听谢雨霏使唤，便特意把他和谢雨霏都叫来办公室，让两人分好工，没想到小耿还挺乐意给谢雨霏打下手，就像这工作是他分内之事一样。

申报窗口开放两周时间，谢雨霏只用两天就基本备齐了申报材料，唯一缺少的是与代工厂之间的相关合同。由于掌芯科技是通过公共服务平台流片，因此不光要提供公司跟平台之间签订的合同，还要提供平台跟代工厂之间的委托合同，这样逻辑链条才完整，申报也是这样要求的。

跟老曲之间的合同是现成的，老曲跟晶益电子之间的合同就只能再让老曲提供。任大任于是又找老曲说这事儿，老曲一听就犯了难，说不是老哥不帮你，主要这里边牵涉到商业机密。

啥商业机密？不就是中间商赚差价吗？这还算机密？任大任让老曲放心，说赚多少钱都是你应得的，我保证不对外泄露你的“商业机密”。

老曲嗯嗯啊啊了半天才说行，但是又说得先问问晶益电子，征求一下人家意见，毕竟里边也有人家给他的报价，那是人家的商业机密，他不能随意泄露。

任大任说没问题，你问吧，我等你消息。然后老曲就没了消息，也不发朋友圈了，也不到处点赞了，就跟没注册过微信或者把微信注销了一样。

等了一周实在等不及了，任大任又把电话打了过去，老曲好半天才接，一接就说老哥这次帮不了你了，晶益电子坚决不同意。

凭啥不同意？任大任着急地说，我跟客户签的合同都能提供，都不怕报价泄露出去，他们的报价已经是公开的秘密了，至于捂这么紧吗？何况我是把材料提交给政府，又不四处乱给去，他们还有啥不放心的？

话是这么个话，理儿也是这么个理儿，我都说得明明白白了，但是人家就是不同意，咱还能有啥办法？

那以后不从他们那儿做了！任大任赌气地说。

这咱可威胁不了人家，人家最不缺的就是客户。老曲给出了个主意，让任大任去跟廖处商量商量，看能不能通融通融。

实在没有办法，任大任就把情况反映给了廖处。廖处也很为难，说不合规矩肯定不行，审计和专家都只认材料不认人。

那算了。任大任不得不放弃，窝火了好几天。

谢雨霏从楼下给他带了超大杯的冰拿铁，他不顾已经喝了杯咖啡，把冰拿铁当灭火剂似的几口就倾泻了进去。然后他就感到了心慌、没劲儿，瞅啥都像调高了亮度，连自己讲话声音都像从很远的地方飘进耳朵里，听的人和说的人都觉得有气无力。

谢雨霏问他怎么了，她来找任大任汇报尽职调查的事情。任大任说没事儿，可能是咖啡喝多了，有点儿低血糖。谢雨霏赶紧出去捧回来一大堆零食。不知道你爱吃什么，她自责地说，都怪我。

不怪你。任大任拆了包奥利奥，咔嚓嚓地紧嚼。当年高考复习他就经常低血糖，有次晚自习，他眼前一黑栽倒在地上，吓得班主任赶紧把救护车和他爸妈都叫到了学校。

这回没再叫救护车，更不可能让他爸妈知道。他现在已经是别人的靠山，父母妻儿全都依靠着他。

谢雨霏怕他有事儿，一直守在他对面的椅子上。任大任也靠在座椅里，眼神飘忽，聚焦不到一起。

无论考清华还是开公司，都是为了出人头地，当初出人头地是为他自己，现在来看还是为了孩子。那个调皮捣蛋的淘小子前两天又把他惹火了，但慑于辛香织那强大的压迫感，他没敢发作，不得不跟刚点上的烟一样赶紧把火儿给掐灭了。

辛香织也挺奇妙的，他不管孩子她也不管他，他一管孩子她就管他。可能男人在女人眼里永远都是孩子吧，不管多大年纪。老妈也总跟小时候一样说他，别总跟孩子生气，哪家孩子不淘气？长大就好了。

是啊，长大就好了，任大任这个当爸的也还在长大。上次儿子拿涂改液"搞破坏"，他回去不就只是批评教育了一番，没朝孩子发脾气吗？

对了，涂改液……纷乱的思绪被任大任一把抓住，散乱的目光随之聚焦，将眼前照得更亮。手脚也忽然有了力气，任大任兴奋地抓起手机，谢雨霏连忙问他，是要叫救护车吗？

不是，找老曲！他中气十足的声音让谢雨霏一脸惊讶。

老曲也很惊讶，问他，又啥事儿呀？

还是那事儿。你看这样行不行，你把你认为是商业机密的地方都盖住，在扫描件上，怎么弄都成，只要露着甲乙方和公章，能证明是你们两家签的就成。

我这儿没问题。老曲听了不怎么兴奋，还是说得先问问晶益电子同意不同意。

赶紧问吧，没两天了。任大任催促。谢雨霏提醒说也得问下廖处，任大任便赶紧又给廖处打电话。廖处把电话摁了，过会儿打了过来。任大任就把他想到的法子告诉了廖处。廖处说可以，说你们企业认为敏感的信息都可以处理掉，我们也不看那些。

任大任松了半口气。时间确实很紧迫，周五中午十二点之前申报窗口就将关闭，从此刻开始满打满算也就剩二十四个时辰而已。

到傍晚，老曲给他发了两条语音，每条都够六十秒，声音听着也欢实许多。他说他昨晚喝了顿大酒，今天一天都跟坐贼船似的，还说他已经跟晶益电子说了，那边得请示之后才能答复，他会盯着。

第二天下午，晶益电子的答复来了，说可以，但是处理之后的扫描件得先给他们确认。然后他们就又确认了半天，周五早上任大任让老曲继续催促，他们才说 OK 没问题。

余下的时间得以小时计算，谢雨霏要先把申报书的 Word 版、申报明细表的 Excel 版和盖章扫描版打包发送到指定邮箱，再把四份合同的扫描件和其他证明材料合成一个 PDF，编好页码、目录之后打印三份，并且装订成册。其中一份在装订之前还要先盖章扫描，因为扫描出来的 PDF 要跟打包的那仨文件以及申报书的盖章与不盖章版刻到一张光盘里，连同那三份装订成册的申报材料面交到指定地点去。

幸好换了新打印机，不仅能自动扫描，打印速度也不慢。

然而一份材料就三百多页，盖章、扫描之后又连打两份还是耗费了不少时间。谢雨霏快十一点时才去打印社装订，再给任大任发微信已经过了十二点，内容就一个单词：Done。

起了个大早，赶了个晚集，但好歹赶上了。任大任跟着紧张了一上午，一放下心来顿感格外地饿。他问谢雨霏想吃啥，他请客。谢雨霏居然说想吃铜锅涮肉，要去的还是任大任跟老柴提起过的那家。

任大任随口念叨了句，中午吃火锅有点儿赶。

那就算了，吃什么您定吧。谢雨霏说。

不，就吃火锅。任大任说。

三十多度的高温在空调房里涮火锅的确很解压，任大任说他先去占位置，让谢雨霏坐车直接过去。谢雨霏是跟束弘庚前后脚进门的，束弘庚身后还紧随着许久未见的老邝。

这家火锅店的牛羊肉都是从锡林郭勒盟专程运过来的，所以老饕盈门，生意奇好，除了任大任这桌没点菜外，其他桌都满满当当吃半天了，等号的队伍也已经排到了店外。

没想到"狭路相逢"，任大任若无其事，大方招呼束弘庚和老邝他俩过来一起拼桌。

束弘庚和老邝脸上的尴尬虽然程度不同，但都不约而同地把干笑堆在了尴尬之上，说起话来也跟生怕被铜锅子烫到一样，时刻注意避开那令人尴尬的过往。

谢雨霏似乎察觉出了异样，于是主动承担起气氛组的工作，不断张罗这仨男人吃这吃那，还适时地抛出避免冷场的各类话题。

所有话题束弘庚都能接住，稳如谢雨霏特意扔给他的飞盘。他不失时机地展示着自己的风趣幽默以及他这个年纪男人的魅力，虽然和人家才只第二次见，熟得却比涮肉还快，还力邀谢雨霏过段时间再去他那里实习，说 TADI 的实习证明可比掌芯科技的值钱多了。

掌芯科技的也很值钱啊，谢雨霏说，我们在全球范围内都是 RISC-V

DSP 赛道的第一名。

那跟 TADI 也没法比，束弘庚说，有 TADI 的实习经历才更容易进入 TADI 工作，校招的也比社招的更受重视。

一直沉默寡言的老邝从旁赔笑，筷子间的手切羊肉在沸滚的高汤里变了颜色。

人家实习可不是为了就业，是为了创业。任大任告诉束弘庚。

你准备一毕业就自己开公司？束弘庚的反应跟任大任当初一样。

比尔·盖茨和扎克伯格没毕业就创业了。谢雨霏说。

IT 跟 IC 没法比，搞 IT 有天赋就行，搞 IC 没经验不行。束弘庚语重心长地教导她。

那就找有经验的人来搞呗。谢雨霏一脸云淡风轻。

到时候你可以去给她打工，她肯定不会亏待你。任大任抢白束弘庚说。

束弘庚抿嘴微笑，表情有些复杂。他让服务员再拿一碗麻酱蘸料过来。谢雨霏见任大任碗里也没麻酱了，就让服务员再多拿一份。

服务员端来两碗麻酱，给了束弘庚和谢雨霏。谢雨霏问任大任葱花和香菜都要吗。任大任说，我自己来吧。谢雨霏说，没事儿，我帮您弄。她还示意束弘庚说，您先来。

你先。束弘庚又展示了他的绅士风度。

谢雨霏也没客气，纤细的手指捏着瓷白的汤匙扤了一小勺葱花又扤了一小勺香菜，然后拿了双一次性筷子搅拌好轻轻放到了任大任面前。

任大任不好意思地说了声谢谢。谢雨霏只莞尔一笑，嫣然无方。

束弘庚视若无睹地伸手捏了一大撮葱花又捏了一大撮香菜，撒进了自己的麻酱碗里，搅啊搅，一会儿顺时针，一会儿逆时针，一不小心就将沾了麻酱的葱花搅到了他修身的纯黑色衬衣上。

纯黑色的衬衣上原本只有一只金色小蜜蜂，这小蜜蜂栩栩如生，刚才束弘庚和谢雨霏热聊的时候，都仿佛能听到它嗡嗡嗡地振动翅膀，像要急于飞离它周遭这片枯燥的黑色，飞到谢雨霏那盛开着五颜六色花朵的 T 恤上面。可现在，它不仅没飞出去，衬衣上还多了个黏糊糊的麻酱点子，这麻酱点子又恰好盖住了它的小脑袋，这下连它眼前的一切也都黑乎乎了，它懊恼地想甩却怎么都甩不掉。

这衬衣肯定不便宜。任大任心想，他知道束弘庚从不穿一千块钱以下的衬衣。

束弘庚懊恼地拽过两张餐巾纸，小心翼翼地想将麻酱点子揩拭干净，可这家的麻酱过于真材实料，即使仔细得如同清理出土文物，却还是在金色的小蜜蜂身上留下了暗黄色的印渍。

不知从哪儿飞进来一只大个儿的绿头苍蝇，嗡嗡嗡的，看热闹一样在他们这桌盘旋来盘旋去，然后落到了束弘庚的筷子头儿上。老邝赶忙轰走苍蝇，给束弘庚换了副筷子。

趁任大任不注意，老邝又偷偷把账给结了。人家又买单，又得干洗衣服，任大任特别过意不去。

谢雨霏下午有课，吃完就直接回了宿舍，剩下三人汗流浃背地步行至TADI大厦楼下，一路几乎都没说话。这时，束弘庚却问任大任，聊几句再走？老邝于是识趣地先回了公司。

往前遛达遛达吧。束弘庚提议。成府路的路对面有家小超市，他俩还上大学那会儿，这家店就已经开了好久。束弘庚本想请任大任喝北冰洋，结果只剩芬达、美年达。这次任大任坚持要扫码付款。

束弘庚选了芬达。午后的太阳毒辣辣的，能把人晒化在地上，束弘庚还像从前一样躲到了大树底下。任大任以为大树的阴凉和芬达的冰凉又得让束弘庚冒出什么风凉话，束弘庚却出乎意料地主动承认，的确是他先联系的老邝，在去年的RISC-V年会上。

老邝也确实想来我们公司。他强调。

这就说得通了。美年达让任大任打了个嗝，吐出口羊肉味的二氧化碳。在年会上碰见束弘庚，他还挺惊讶，问你一个做ARM的跑RISC-V的会上来逛啥？

刺探军情。束弘庚当时说。

还顺带完成了策反工作。任大任这时想。

为啥跟我说这个？他问束弘庚。

你不也说了嘛，咱俩这么多年兄弟，虽然各为其主，我也不应该挖你墙脚。

良心发现了？束弘庚的坦诚认错居然让任大任有点儿小感动。其实无所谓了，你不也说了嘛，人家想去哪儿那是人家的自由，咱谁都无权干涉。

束弘庚没接话，而是仰起头，望着TADI大厦，指点着说，你看那一道道的，跟梯子似的。TADI大厦每层窗户下面都有一整道探出来的窗台，横亘在墙体上的确很像梯子的踏板。

我现在在那儿，从前在那儿，将来……束弘庚忽然很疲惫地垂下手，手里的饮料向下淌出，仿佛从天而降的激流，冲走了正往树上爬的蚂蚁。

还得继续往上爬，要不就被人踩脚底下了。他扭头问任大任，你懂吗？

任大任没说话。

肯定不懂。束弘庚自说自话。我要是能像你一样就好了……

像我一样有什么好？我也有压力，我也经常睡不着觉。

但你有事业了啊，我这，就是个职业。

两个中年男人像两个中学生，一边喝着甜水，一边吐着苦水。聊完，束弘庚看上去舒服多了。

任大任一路走回了公司。前面的背影很眼熟，竟是小耿跟小宋。两人肩挨得很近，手指还不时地相互触碰。小耿的衣品从前很不稳定，难怪最近变稳定了。任大任故意放慢脚步，不去惊扰。只要不耽误正业，他才不愿拿公司规定去干涉员工的恋爱自由。

楼下“便利蜂”有北冰洋，一口下去清清凉凉，格外甜也格外爽。

十二

丁所长升到国科大去当领导了，汪广延的排序也前提了一位。新所长把离岗创业的相关工作都交由他负责，汪广延因而又成了任大任的主管领导。

任大任给丁所长打电话表示祝贺，丁所长说他听说任大任支持“一生一芯”计划的事情了，这个计划肯定是他未来主抓的重点，所以希望任大任帮他把工作做好，他对任大任肯定也会不遗余力地支持。

小汪在我面前说过你不少好话，所以肯定也会继续支持你。丁所长让任大任放心，说他从前最看好的就是任大任和汪广延，认为任大任最适合搞科研，反倒是汪广延更适合离岗创业，到外面去闯一闯，结果两个人选择的道路都出乎他的预料，不过成绩也都超出了他的预期，他希望自己亲手带出来的两个人今后都能发展得更加顺利。

任大任对丁所长是很感恩的，也希望这位老领导能越来越好。没过多久，所里就又召集所有离岗创业人员开会，会议由汪广延主持。上次拷贝走 PPT 的那位老兄私下里跟任大任嘀咕说，这是新领导给自己办的就职典礼。任大任问他，融资融得怎么样了，他才不好意思地谢谢任大任让他学到很多。

汪广延在会上说，今后将加大对离岗创业人员的支持力度，推动科技成果更加快速有效地完成转化，不过具体有哪些措施他没有透露，所以会后又有人担心新领导口惠而实不至，就是开会的时候说说而已。

这些议论任大任一点儿都没听进去，倒不是他不关心，而是会议中途他出去接了个电话，接完电话就整个人都不好了，心思也完全离开了会议室。

汪广延会后又叫任大任留下来一起吃晚饭，还是没别人，就他俩，他买单。任大任只能再次推辞说真不行，改天吧，公司真有事儿，他得赶紧回去处理。

你不舒服吗？脸色不太好。汪广延问。

任大任下意识地摸了把脸，真有点儿烫。他说，没事儿，可能有点儿中暑，吃个药就好了。

他可能的确是中暑了，接完电话头就一直晕晕的，连发脾气的力气都没有。他的手还有点儿抖。泰格电子的章总在电话里说，他完全没想到任大任公司的芯片这么不堪用，五台替换成 ZHX320F28026 样片的洗烘一体机竟有三台不能正常工作，他已经让人把失效的三颗样片连同其余那四百九十七颗一齐打包寄回来了。

邓肯也接到了章总的电话，章总跟他通话的时候可能火气更大。他和任大任相对无言地在办公室里呆坐了好半天，才清了清嗓子，嗓音干涩地说，怎么别人家的样片都没事儿，偏就他们家的样片出事儿了呢？

任大任依旧无言，他最郁闷的也是这点。这批样片被打回，事关的不止那三百万颗芯片的订单，还有邓肯所说的示范效应。掌芯科技刚刚在业界树立起来的口碑，可能因此毁于一旦。

那么多测试、检测都没测出来。邓肯苦笑，又感到好笑。像芯片失效这种事情，有可能发生在从设计到制造的各个环节，甚至经常是出货之后才出现，任大任他们碰到的就是这种情况，也是最糟的情况。

马上再给泰格电子发一批样片。任大任拿定主意。一颗一颗地测，就算不睡觉也得测完。

是得这么干。邓肯立马赞成。章总也顶了不小的压力，咱这是让他打脸了，他才那么生气，所以这脸咱必须帮他找回来。

任大任也要把自己的脸找回来。他去找乔劭旸，乔劭旸正好也要找他。你什么事儿？他问师弟。

乔劭旸少见地面露愁容，连声音都降了调值，踌躇地说，我离岗创业不是马上就满三年了吗，所里催我赶快决定，到底是回所里还是跟所里解除劳动关系。

任大任又被突如其来地撞了一下，恍惚间身体似乎在晃动，耳鸣也更尖锐更刺耳。你怎么打算？他问乔劭旸。

乔劭旸叹了口气，我肯定是想继续干下去，但是忽然就让我放下所里那些，说实话，我心里也挺不得劲儿的。

人之常情。创业有风险，不如稳定的工作保险。任大任体谅地说。他心里不禁也叹了口气，连他自己都没底，又怎么劝人家放弃一切、放心大胆地继续跟他干呢？

没事儿，你好好想想再做决定，就算你回去，我也不怪你。任大任安慰乔劭旸。

我不是这意思，师哥……

这个回头再说，现在有件着急的事儿。任大任让乔劭旸赶紧安排人手，从库存的芯片里再测试五百颗没有任何问题的出来。

必须一颗颗地测，一颗都不能漏过。他一字一顿，像要把每个字都敲进乔劭旸心里。

乔劭旸认识到了事态的严重性，但他人手不够，不得不从别的部门调人。谢雨霏自告奋勇。可能真中暑了，任大任还觉得天旋地转，就下楼去买药。

藿香正气胶囊已经售罄，他拒绝了藿香正气水而选择了藿香正气滴丸。回来的时候，他们这座楼的电梯又不能用了，一部正在养护，另一部停在十八层一动不动，不一会儿“18”就变成了“ER”（错误）。

消防通道又有人抽烟，任大任忽然很厌烦。地上的烟头令他脚底一滑，黑暗中向后趔趄了几级台阶，险些从楼梯上栽落下去。

他连忙扶住了墙，无力地靠在墙上，仿佛紧贴着绝壁，稍微动弹就会坠入万丈深渊。

他喘着粗气，心口咚咚咚地在这片黑寂之中捶出巨大的声响，每一声都转瞬就被不见底的深渊所吞噬。

这深渊能吞噬一切，包括他，所以他已没了退路，包括他的人生。

创业对所有人而言都是冒险，但对有些人来说，是冒着生命危险。

他和乔劭旸一样，也跟所里签了离岗创业协议，只不过乔劭旸是三年，而他是五年。

可不管三年还是五年，他都能像乔劭旸一样拥有另外一种选择吗？

不，没有，从创业开始的那一刻起，他就已没了退路，就不可能再走回头路。

否则他的生命就会因此不再旺盛，会枯萎，会衰败。

所以必须向上，向前，哪怕再难，再累。任大任又迈开脚步，每一步都踩得很结实，一步一个台阶。

乔劭旸他们已经动手做了。既然芯片是通电之后失效的，那么就用最笨的办法，把每一颗芯片都焊接到板子上，上电，检测，没问题再拿热风枪把芯片卸下来，用洗板水清洗干净。

每一道工序都至少一个人在忙，乔劭旸带领的这支“突击队”被临时组装成一条“流水线”。“流水线”刚开始运转还不顺畅，乔劭旸边忙手里的活儿边调试。作为唯一的女生，谢雨霏被安排在了检测环节，她得确认电压和电流都没问题才行。

没多久，“流水线”就运转顺畅了，效率也高了不少，空气里到处弥漫着焊锡的味道，有点儿像战场上的硝烟。

任大任不必亲自上阵，但也得留下来督战，跟大家一起奋战。这真是一场战斗，甚至是攸关生死存亡的决战。虽然挑灯夜战早已是家常便饭，但是这个场景还是熟悉得让任大任又有点儿恍惚，好像以前曾经历过。

也可能是药吃多了，他一顿吃了四个成年人的量。毕竟药不是饭，吃多了不仅有不良反应，还不顶饿。晚饭他没吃，但给大家订了吉野家。夜宵他想换个样，就上网搜他和汪广延原来常去的那家烧烤店。

那家店应该是已经搬走了，信息显示暂停营业。任大任咂咂嘴，忽然有点儿想念那家的肉筋和烤翅，但嘴里残存的却只有藿香正气的辛辣和苦涩。

回去睡吧。快十一点的时候，他提醒谢雨霏。谢雨霏说她不困。辛香织打来电话问任大任几点回家，任大任说肯定得明天了。

熬到后半夜，实在是撑不住了。乔劭旸看他眼皮子一直打架，就让他回办公室睡会儿，反正已经测完一百来颗，还一颗坏掉的都没碰见过。

脑袋里像塞了棉花，听觉也下降许多，唯有耳鸣听得真切，然后任大任就倒在办公室的长沙发里什么都不知道了。

肯定是做梦呢。不知过了多久，他的意识清醒了，虽然他自己还没苏醒。意识决定存在是错误的。任大任告诉自己。他在体育课上学过的函数知识让他懂得了做人必须言而有信的道理。肯定是做梦呢。他又提醒自己一遍。如果不是做梦，月亮不可能贴到窗户上还没开美颜，而且他清楚记得窗帘是他亲手拉上的，上面还画着 PPT 版的《清明上河图》。

啊，PPT……居然自动播放着老柴那上头的笑声。铜锅子里牛油滚沸，手切的羊肉载浮载沉。谢雨霏把整盘芯片都下了进去，还说“七上八下”就能吃了。这让束弘庚和老邝都笑得很开心，嘴角咧到了耳根子后面。接着，很多人都跟着他俩笑了起来，这些人任大任都认识，最后连任大任自己都笑了，笑容比谁都狰狞……

怎么哭了？做梦了吧？有个声音疼惜地问。这声音也是梦里的吗？任大任感觉脸被温温的掌心贴住，指头在他眼下轻轻擦拭。

他的手找到了那双手，还吻了一下，感觉随即变得更真实。声音大吗？过了会儿，任大任才问，才睁眼，辛香织正脉脉深情地望着他。

不大。辛香织说。门关着，外面听不见，但你的表情挺吓人的，是做噩梦了吗？

不记得了，乱七八糟的，睁眼就忘了。任大任问，你怎么来了？

给你们买了早饭。饿不饿？起来吃吧？

任大任不想起。他往里挪了挪，让妻子往里坐了坐，然后将妻子搂到了怀里。这回有点儿难办。他把昨晚在电话里不方便讲的都跟辛香织讲了一遍。辛香织听完之后说，不怕。

该怎么办怎么办，剩下的交给老天爷，老天爷肯定会保佑你。她声音不大，却很坚定。任大任抱紧妻子，向窗户那儿瞄了一眼。窗帘没拉上，玻璃上映着旭日的红光。

我确实是第一眼就喜欢上了你。辛香织的呢喃细语也涂了一抹晨曦的羞涩。

你不是眼神儿不好吗？任大任终于乐了。

不，我眼光很好。辛香织咬了下他的耳朵，他感觉又像两人第一次一起醒来时那样疼了。

五百颗新样片都测完了，被退回来的也快递到了，全部一千颗芯片还是只有那三颗是坏的。

科学已经无法解释了，只能靠玄学。邓肯又开起了玩笑。这两天有点儿消沉的他终于重新乐观起来，说他这就去给章总打电话，也找人尽快给泰格电子重新发货。

任大任在邓肯之后也给章总打了个电话。章总语气缓和许多，还说类似的事情他们当初也碰到过，气得老板把样机全给砸了。

坏了的样片还要送到检测机构去做失效分析，所以不能砸。任大任让小耿联系晶益电子，请代工厂也帮忙做一下剖片分析。

过了没两天，汪广延忽然打来电话，问任大任什么时候有空儿回所里一趟。任大任说下午正好有空儿。汪广延说那就下午。两人约好时间。任大任没问找他干什么，汪广延也没说。

听说任大任要去所里，乔劭旸笑嘻嘻地说，他和所里解除劳动关系的手续已经办妥了，以后他在公司就是全职不是兼职了。

任大任没想到师弟能在患难之中做出这种决定，既深受感动，又深受鼓舞，去见汪广延也多了份底气。

办公室还是那间。汪广延临时有事，让任大任等了一会儿。等他风风火火从外面回来，一进门就直奔文件柜，从里面取出两份协议递到任大任手上，才找毛巾擦了把脸，抱怨说今天实在是太热了。

这一式两份的协议跟专利所有权有关。任大任没往下看，而是看着汪广延。

看我干吗？看协议呀！汪广延拿了两瓶农夫山泉，给任大任一瓶，又说回去再看也行，反正也不用现在就签。

任大任还是简单翻了翻，这份协议明确了离岗创业人员在创业期间所获专利的权属，原单位将不再作为专利权人……

为了鼓励你们多申请专利，不用有后顾之忧。汪广延说。

他的话听起来推心置腹，任大任万万没想到丁所长在的时候都没批的事情，竟能在汪广延手中通过。

不满意怎么的？这可是帮你们增加无形资产呢！

满意！谢谢！任大任除此之外也不知该说什么。

行，那这事儿过了，咱们接下来说正事儿。汪广延忽然换了领导的语气。

任大任一愣。汪广延笑了，问，什么时候一起吃饭啊？再一再二不再三，你可不能再找借口了。

任大任不是个爱找借口的人，因而也不许其他人找借口。他要求相关人员一定要把样片失效的原因查清楚，虽然新样片重新试用之后没再出任何问题，章总也很满意。

剖片分析报告比失效分析报告先给了回来，报告认为芯片失效是 EOS（过度电性应力）损伤造成的，需要检讨电路设计。小耿说不管是不是设计问题，报告肯定都这么写，为了规避责任，避免纠纷。任大任当然希望不是设计问题，他跟设计人员一起复盘，从前端到后端每个环节都认真检查了一遍，也没发现设计方案存在什么缺陷。

检测机构的失效分析报告随后证实了这点，报告上说芯片内低压 MOS 器件栅遭击穿，从而触发 Latch-up（闩锁效应）才是芯片失效的肇因，建议采取措施降低 Latch-up 发生的可能性。

任大任问小耿要之前做过的 Latch-up 检测报告。小耿说报告不在他手上，那家检测机构是老邝直接联系的，检测报告也没给他备份。任大任不得不亲自到老邝交接工作的文件夹里去找，结果一无所获。他不想联系老邝，就让小耿找其他检测机构重做一份。

目前来看，只有那三颗样片发生了 Latch-up。也许真就只有那三颗，任大任可以把它当作小概率事件，每次出货都像上次那样一颗颗地检测、一颗颗地过。

还有一个办法就是采用外延片工艺再做一批。采用外延片当衬底能够显著降低 Latch-up 的发生概率，最初的工艺方案由于芯片内部的多电源设计原本也计划使用外延片，但老邝说采用外延片在早期工艺当中比较普遍，现在如果设计没问题，就没有再使用外延片的必要了。

还是太信任老邝了。任大任当时正忙于找钱融资，老邝看过的他都没再看，老邝说没问题的他就也认为没问题。

然而，采用外延片工艺再做一批也同样会有问题。这笔本不需要支出的费用可能会引起股东不满，也可能导致投资人对创业团队不信任，这些任大任都不得不考虑，毕竟他是法人，是创始人，是第一责任人。

问过财务账上还有多少钱，任大任又多了一重顾虑，但也多了一个说服自己的好理由。尤其是红石资本的投资就差临门一脚，任何理性的选择似乎都是确保融资万无一失。

可样片更得万无一失，每次出货都一颗颗地检测、一颗颗地过，也不是一家对标 TADI 的公司该有的样子。

任大任天人交战了好几天，是否重新再做一批，如同拔河一样来回将他拉扯，心理的天平也跷跷板一样反复地倾斜。直到某天，他看到儿子暑假作业画的手抄报，上面的他手拿着芯片，高高地举着，他和那颗芯片都闪着光。

既然是法人，是创始人，那他就得真正对公司负责，就得有他该有的作为和担当。任大任让邓肯先暂停给客户发货，说没有外延片衬底，他心里还是没底。他又让小耿去问晶益电子和同芯半导体，如果使用外延片工艺是否需要修改电路设计。两家都回复说，不用。

那些样片就不用啦？邓肯还有些恋恋不舍。

可以捐出去，留着教学用。那批样片教育了任大任，让他交了创业至今最为昂贵的一笔学费，任大任也给它们想好了去处。

儿子转眼又开学了，任大任终于实现了送孩子上学的愿望。父子俩在校门口击掌约定这学期一起努力，望着儿子飞奔向教室的背影，任大任也有了跑步的动力。

当晚他就蹬上了那双专业跑鞋出门夜跑，从家里跑到公司，朝楼上望了一眼之后，又从公司跑向中关村东路的尽头。那晚他躺到床上就睡着了，连做梦都在跑步，可终点却忽远忽近，模模糊糊看不清楚。

老柴没过两天就给他打来了电话，一上来就说红石资本的投资你不用想了。

任大任心里咯噔一下，忙问出了什么状况。

什么状况都没出。因为 OK 了，所以不用想了。任大任的手机闻起来都有一股牛油火锅味儿了。老柴又问他看没看昨晚转给他的新闻。

没来得及看呢。任大任早起才看见老柴的转发。什么新闻？他问。

北交所啊！“牛油火锅”一下就沸腾了，咕嘟着泡泡告诉任大任，那可是给“专精特新”量身打造的，以后上市路就近了，连北京都不用出……

……条件够了就马上。廖处也提醒任大任抓紧申请市里专精特新“小巨人”的资格。

又过了一段时间，泰格电子竟然表达了投资入股的意愿，不久就发来了尽职调查的文件清单……

隔壁为了扩大办公场地新租的大开间从一开春就装修，每天都叮叮咣咣的，电钻与电锯协奏，让任大任不胜其烦却又有苦难言。

今年得上 CRM（客户关系管理系统）了，还得在深圳和上海设立办事处，配备专门的销售人员和 FAE。邓肯向任大任建议，希望把这两项工作也尽快提上日程。

是得抓紧。任大任对邓肯说，你抽空先去深圳和上海考察考察，看看办公室。而他自己也得先去院里开个会，一个重大课题找到他，掌芯科技有希望获得参与的机会。

这座楼的电梯又临时停运了，但消防通道的灯都恢复了。许是看到了墙上“禁止吸烟”的标识，地上已经找不见一个烟头。任大任比上次下楼从容许多，也比上次爬楼轻松许多，在“半山腰”，财务给他打来了电话。

财务说，账上收到一笔汇款，十一万元整，不知道是谁打的。任大任想了想，笑了，说甭管谁打的，收着就好了。财务问他这笔钱怎么记账。他说，你随意。

天还有点儿凉，任大任系上风衣的两颗纽扣。车在楼下的露天停车位里停着，没有停在地下停车场的固定车位里。霍大爷正巧在抽烟，两人打了招呼。

又租了间办公室？霍大爷问拉开车门的任大任。

是啊，人多了，地儿不够了。

将来把那一层都租下来！霍大爷大手一挥，风卷残云般说。

必须的！任大任大笑着上了车，关上了车门。

天上的云都被霍大爷卷走了。一架纸飞机在蔚蓝的天底下飘飘悠悠地从车顶上方掠过，乘着还没暖透的气流向四环方向飞去。任大任望了一眼，像要追赶那架纸飞机似的，利落地把车开上了中关村东路，顺着同样的方向快速驶去。

（原载《当代》2022 年第 5 期）